Kristen Bailey

Wo kann ich bitte meinen Mann zurückgeben?

Über die Autorin:

Kristen Bailey ist Mutter von vier Kindern, schaut Serien gerne am Stück, hortet Rezepte und ist eine begeisterte, aber leider grauenhafte Köchin. Nebenbei schreibt sie auch. Und das mit Erfolg.
2016 veröffentlichte sie ihren ersten Roman, 2019 wurde sie für den Comedy Women in Print Prize nominiert. Sie lebt mit ihrem Mann und den Kindern in Hampshire, UK, und ist der festen Überzeugung, dass Ananas auf Pizza gehört.

KRISTEN BAILEY

Wo kann ich bitte meinen Mann zurückgeben?

Und gibt es eine Geld-zurück-Garantie?

Roman

Aus dem Englischen
von Antonia Zauner

lübbe

Dieser Titel ist auch als E-Book erschienen.

Die Bastei Lübbe AG verfolgt eine nachhaltige Buchproduktion. Wir verwenden Papiere aus nachhaltiger Forstwirtschaft und verzichten darauf, Bücher einzeln in Folie zu verpacken. Wir stellen unsere Bücher in Deutschland und Europa (EU) her und arbeiten mit den Druckereien kontinuierlich an einer positiven Ökobilanz.

FSC www.fsc.org MIX Papier aus verantwortungsvollen Quellen FSC® C014496

Vollständige Taschenbuchausgabe

Deutsche Erstausgabe

Titel der englischen Originalausgabe: »Can I Give My Husband Back?«
Originalverlag: Boukouture, London

Textredaktion: Dr. Ulrike Strerath-Bolz, Augsburg
Titelillustration: © shutterstock.com: Jaco Art | Kolonko
Umschlaggestaltung: Massimo Peter-Bille
Satz: Dörlemann Satz, Lemförde
Gesetzt aus der Minion
Druck und Verarbeitung: GGP Media GmbH, Pößneck
Printed in Germany
ISBN 978-3-404-18578-8

2 4 5 3 1

Sie finden uns im Internet unter luebbe.de
Bitte beachten Sie auch: lesejury.de

Für Lauren und Barry.
Das glücklichste geschiedene Paar,
das ich kenne.

Prolog

250 Tage nachdem ich Simon gesagt habe,
dass unsere Ehe am Ende ist

Was hast du an?

Ich habe mich für Schwarz entschieden. Ein Kleid mit gerüschten Ärmeln. Dazu meine schwarze Jacke und schwarze Schuhe.

Ist wer gestorben? Willst du dem Herrn einen Flamenco vortanzen?

Ich trage keinen Trauerflor. Es ist ein klassisches Outfit.

Warst du beim Waxing?

Ja. Aber vielleicht will er ja gar nicht mit mir schlafen.

Er wird wollen.

O Gott, was, wenn er wirklich will?

Weißt du noch, wie es geht?

Ich hasse dich.

Ich liebe dich, Schwesterherz. Viel Spaß x

Hi. Wow. Schön, dich kennenzulernen … Hallo. Ich bin Emma. Wie geht's dir? Gut siehst du aus … Guten Abend, Phil! Phil? Du bist hier und ich auch! … Ich grüße dich! … Schön, dich endlich persönlich kennenzulernen.

Persönlich kennenzulernen? Das ist doch kein LinkedIn-Treffen. Warum gehe ich das in meinem Kopf durch wie das Skript für einen Film? Wer macht so was? Ich habe mit dem Mann telefoniert und WhatsApp-Nachrichten geschrieben, und alles war gut. Er war nett. Niemand auf diesem Planeten würde je »Ich grüße dich« sagen, es sei denn, es handelte sich um einen Außerirdischen aus einer anderen Galaxie.

Wie soll ich lächeln? So, dass man meine Zähne sieht? Dann sehe ich aus, als wollte ich ihn auffressen … Keine Zähne. Aber dann wirke ich arrogant und unsicher.

Rück deine Titten zurecht. Stell sicher, dass sie nach vorne zeigen. Lass ein bisschen vom BH rausblitzen.

Soll das heißen, dass meine Brüste nicht immer nach vorne zeigen? Wo zeigen sie denn dann hin? Ich habe mich bei der Sache eindeutig von der falschen Schwester beraten lassen.

Lucy, die jüngste, ist noch Single und kennt sich im Dating-Dschungel aus. Um mir Nachhilfe in Sachen modernes Dating zu geben, ist sie mit mir in eine Unterwäscheabteilung gegangen, wo sie mich über Tangas und Hipster aufgeklärt hat. Nur alte Leute kaufen Baumwollschlüpfer im Mehrfachpack, meinte sie. Außerdem hat sie mir Begriffe wie »Ghosting« beigebracht, und ich war froh, dass das nichts mit Sex zu tun hat. Ich dachte schon, ich müsste wie ein Geist mit einem Laken über dem Kopf herumlaufen.

Ach du Scheiße, ich sollte los. Ist das schlechter Stil? Wo zum Teufel ist mein Wortschatz hin? Ich *habe* einen Wortschatz. Ich weiß, wie man sich ausdrückt. Ich schaffe das. Ich kann ganz natürlich sein, und es wird bestimmt toll, außerdem treffen wir uns nur auf einen Drink, und das war es schon. In einer Bar, in der es schicke Burger aus Halloumi und Rote Bete gibt und wo die Pommes in kleinen Silbereimerchen serviert werden, wie man es mit gebrannten Mandeln bei einer Hochzeit tun würde.

Bei meiner Hochzeit gab es gebrannte Mandeln. Ich hatte eine Hochzeit. Ich war die Braut. Die gebrannten Mandeln waren keine gute Idee. Ich hatte nicht an die vielen älteren Gäste gedacht; Simons Onkel Brian hat sich den Zahnersatz beschädigt und uns die Rechnung geschickt. Warum denke ich jetzt darüber nach? Warum denke ich an Simon? Warum jetzt? Raus aus meinem Kopf, du Affe! Denk an was anderes.

Das Mädchen an der Bar trägt definitiv kein Höschen unter dem Kleid, oder? Ist das hygienisch? Ich bin jetzt in einem Alter, in dem ich an den meisten Tagen Slipeinlagen trage … Sie scheinbar nicht … Und seit wann tragen Männer eigentlich keine Socken mehr? Noch einmal: Hygiene. Während des Medizinstudiums musste ich mal eine fiese Blase öffnen, die auf das Konto von einem Paar schlecht sitzender Mokassins ging. Und heutzutage gibt es auch andere Schönheitsstandards. Augenbrauen bekommen jetzt allen Raum, den sie wollen, und Zähne sind weißer.

Außerdem sind die Leute jung. Ich fühle mich nicht jung. Ich fühle mich wie der Gebrauchtwagen in diesem Ausstellungsraum. Soll ich die Beine überschlagen? Das galt immer als elegant. Ich will hier nicht breitbeinig sitzen. Das könnte einen falschen Eindruck bei Phil erwecken. Vielleicht einfach nur die Knie zusammen? Wie die Royals? Ich rücke einfach nur meine Brüste zurecht, wie Lucy mir gesagt hat.

»Emma?«

»Howdy, Phil.«

Howdy?

Er lacht. Hat er mein Brüstewackeln gesehen? Er will mich auf die Wange küssen, aber wir verfallen in dieses seltsame Hin und Her, wo einer nicht weiß, was der andere vorhat, also küsst er mein Ohr, und ich komme auf ihn zu, als wollte ich ihn mit der Schulter rammen wie ein Football-Spieler. Ich lächle. Ich zeige Zähne. Er ist genau wie in seiner Beschreibung, die Größe, alles.

»Möchtest du was trinken?«

»Ich habe schon. Aber ich könnte noch ein Glas vertragen, denke ich.«

Jetzt hält er mich sicher für eine Alkoholikerin.

»Vielleicht etwas ohne Alkohol. Zu meinem Wein?«, füge ich schnell hinzu.

»Oder noch ein Glas Wein?«

»Warum nicht? Ich nehme ein Glas von dem Piquepoul. Ein kleines Glas.« Mit den Fingern zeige ich in etwa die Größe eines Schnapsglases an.

Er lacht. »Keine Sorge. Setz dich, ich bin gleich wieder da.«

Sobald er mir den Rücken zuwendet, greife ich nach meinem Handy, um Lucy einen Hilferuf zu schicken.

Ich weiß nicht mehr, wie man mit Männern spricht. Es ist schlimm.

Soll ich dich wegen eines dringenden Notfalls anrufen?

Nein. Ich hab »Howdy« gesagt.

Wie ein Cowboy?

Wie ein verdammter Cowboy.

Warum schreibst du mir? Wo ist er?

An der Bar. Ich glaube, er trägt Skinny Jeans.

Männer tun das heutzutage. Kannst du die Umrisse von seinem Schwanz sehen?

Warum sagst du so was?

Wie sind seine Augen? Wirkt er wie ein Serienmörder?

Er sieht normal aus. Wie sehen Serienmörder aus?

In der Regel auch normal, bis sie dich unter Drogen gesetzt und in einen Lieferwagen gesteckt haben. Schau dich draußen nach weißen Lieferwagen ohne Nummernschild um.

Ich hasse dich. Ich könnte entführt und getötet werden, weil jemand meine Organe will. Kümmere dich um meine Mädchen. Si soll sie nicht komplett verderben.

Zwei Dinge: Sag den Namen dieses Mannes nicht in meiner Gegenwart. Und du bist zu alt, um entführt zu werden. Deine Organe lassen sich nur schlecht verkaufen.
Noch mal: Ich hasse dich.

Ich spähe zur Bar hinüber. Herr im Himmel, er trägt keine Socken. Ich sollte ihn nicht darauf ansprechen, oder? Einen Moment lang stelle ich mir vor, wie seine schwitzenden Füße in den Velourleder-Slippern aussehen müssen. Ich kann ihn dafür nicht verurteilen. Ich trage vielleicht auch Sachen, die er nicht so toll findet. Vielleicht mag er ja kein Schwarz, zu düster. Er meinte, er sei »gut gebaut«, und ich befürchte, das ist ein anderes Wort für »Bierbauch«, aber ich sitze, was das angeht, im Glashaus. Ich hatte zwei Kinder, Teile von mir sind ausgeleiert und teigig. Ich kann es mir nicht leisten, wählerisch zu sein. Ich kann nicht einfach nach Vorwänden suchen, um nicht hier sein zu müssen, nur weil ich Angst habe.

Ich muss wieder zurück in den Sattel. Aber nicht buchstäblich, denn heute Nacht werde ich nichts und niemanden reiten. Ich hatte nur ein einfaches Bikini-classic-Waxing, kein volles Brazilian. Er kommt zurück zum Tisch. Aus irgendeinem Grund stehe ich auf, wie um ihn zu begrüßen. Schon wieder.

»Danke, was schulde ich dir?«

Er schaut mich fragend an. »Du kannst die nächste Runde übernehmen.«

Meine Güte, bin ich außer Übung.

»Das könnte ich machen.«

Ich zeige auf seinen Stuhl, fordere ihn förmlich auf, sich zu setzen.

»Du siehst so nervös aus, wie ich mich fühle.«

Mein Körper entspannt sich etwas. »Ich bin nicht immer so sozial unfähig.«

»Alles gut. Du bist toll«, sagt er.

»Ich bin toll?«

»Ich meine, du bist da, und du … siehst gut aus?«

»Du auch?«

Er lacht. Sein Haar ist sehr stabil, und damit meine ich, dass er es gestylt hat und seine Frisur sitzt. Fast möchte ich es mit einem Legomännchen vergleichen. Es entsteht eine Pause, in der wir beide schweigen, also nehmen wir erst einmal einen großen Schluck von unseren Getränken.

»Ich habe gesehen, dass du vorhin mit jemandem geschrieben hast. Hast du Bescheid gegeben, dass du nicht gekidnappt wurdest?«

Ich lache hoch und aufgesetzt. »Vielleicht?«

»Mir wurde aufgetragen, das Gleiche um zweiundzwanzig Uhr zu tun.«

»Wie sollte ich dich kidnappen?«

»Das geht. Catfishing.«

»Ist das so eine Sexsache?«, frage ich.

Er verschluckt sich etwas an seinem Wein. »Nein, so nennt man es, wenn jemand vorgibt, eine andere Person zu sein, um jemanden zu täuschen.«

Ich habe gerade in Gegenwart dieses Mannes das Wort Sex erwähnt. Es wäre absolut nicht nötig gewesen, Rouge aufzutragen. Aber er trägt es mit Fassung.

»Ich wusste auch nicht, was das sein soll, bis meine Tochter mir eine Sendung auf MTV darüber gezeigt hat«, fährt er fort.

Ich lache. »Deine Älteste ist zehn, oder?«, frage ich.

»Du hast ein gutes Gedächtnis. Sie heißt Jessie.«

Wir haben vor dem Date ein paar Details über unser Leben ausgetauscht; mir gefielen seine Ehrlichkeit und sein Stolz, wenn er über seine Kinder sprach. Wir stellten fest, dass wir beide Kinder haben und beide nach langer Zeit vorsichtig wieder in die Welt des Datings zurückfinden. Selbst wenn hieraus nichts wird, habe ich doch das Gefühl, Zeit mit einem Verbündeten zu verbringen und dass wir beide Geschichten zu erzählen und Tipps zu geben haben.

»Bradley ist acht und spielt Rugby, und dein Jüngster ist Miles, er ist fünf«, sage ich.

»Spricht da dein Ärztinnengehirn?«

»Ich kann mich gut an Dinge erinnern.«

»Du hast zwei Töchter, sieben und fünf«, antwortet er.

»Iris und Violet.«

Ich betrachte sein Gesicht. Er ist nicht abgrundtief hässlich oder wahnsinnig attraktiv, aber ich mag sein ehrliches Lächeln.

»Beides Blumennamen …«, merkt er an.

Eine Idee von meinem Ex, Simon. Iris war eine verstorbene Tante, und dann warf der Storch noch ein Kind vom Himmel, und er meinte, ihre Namen sollten zusammenpassen. Ich widersprach nicht – was man vermutlich als das Motto unserer Ehe bezeichnen kann. Ich bin froh, dass ich all das nicht laut ausspreche.

»Es kam uns einfach nett vor. Sie sind beide im Frühling geboren.« Ziemlich lahme Antwort. Da hätte ich gleich sagen können: Ich mag Blumen. Aber dann würde es klingen, als erwartete ich, dass er mir Blumen schenkt. Ich erwarte nichts. Lucy hat erzählt, dass ein Date ihr mal ein Geschenk bestehend aus Gleitcreme und Kondomen mitgebracht hat.

»Willst du was zu essen bestellen?«, fragt er.

»Nein, danke. Ich habe vorher gegessen.«

Ich bin mir nicht sicher, ob das unhöflich ist oder nicht. Aber es ist wahr – wenn ich noch mehr esse, dann bekomme ich Blähungen. Wird er denken, dass ich unhöflich bin, weil ich vorher gesessen habe? Aber wie hätte ich sonst etwas trinken und nicht sofort umkippen sollen?

»Ich hatte Pasta«, entscheide ich mich hinzuzufügen.

Er nickt. »Ich hatte ein Sandwich. Mit Garnelen.«

Er mag Garnelen. Ich mag Garnelen. Wir sind praktisch

ein Traumpaar. Er beginnt, mir von seinem Heimweg von der Arbeit zu erzählen und dass er Bradley zum Rugby bringen musste und ihm dann eingefallen sei, dass er das Essen vergessen hat, sodass er an einem Supermarkt angehalten hat, um Sandwiches zu kaufen. Ich würde gern mit ihm über Rabattaktionen sprechen. Aber das ist als Gesprächsthema nicht besonders sexy. Es wäre auch nicht gut zu erwähnen, dass die Chips von Walkers und Kettle keine gleichwertigen Snackoptionen sind. Lucy weckt in mir die Frage, wie interessant ich wirklich bin. *Was auch immer du tust, fang nicht mit deinem Ärztinnenscheiß an, rede auf keinen Fall über den Brexit oder was du über die Klimaerwärmung denkst.* Aber über was soll man sonst reden? Ich tue so, als wäre ich wahnsinnig daran interessiert, dass Phils Sohn seinen Southern Fried Chicken Wrap nicht mochte.

»Ich habe die Sache mit dem Essen immer Stacy überlassen, aber ich weiß, dass das total sexistisch war …«

Da ist es. Wie lange hat es gedauert? Elf Minuten, bis ein Ex-Partner erwähnt wurde. Ich habe mich gut gehalten. Ich habe mir auf die Zunge gebissen und *seinen* Namen nicht laut ausgesprochen, aber nun ist da Stacy, sie ist jetzt Teil dieses Dates.

Abgesehen davon, dass Phil vernünftig wirkt, schon leicht ergraut ist und Segeln als Hobby hat (maritim = Mann des Meeres = verlässlich), haben wir eine Sache gemeinsam: Wir sind frisch geschieden. Ich hasse diesen Ausdruck. Frisch ist ein Wort, das man benutzt, um Fisch zu beschreiben. Toten Fisch, der gefangen wurde und noch essbar ist. Und das heißt, dass ich eines Tages, wenn ich lange genug draußen war, verrotten und zu stinken beginnen werde.

»Aber dann hatte Miles den totalen Wutanfall, und weißt du was? Ich habe ihn sich einfach mit Pommes vollstopfen lassen«, fährt er fort.

Mein Ex mochte Pommes. Er mochte Snacks mit Käsegeschmack – die mir immer ein Rätsel blieben –, und wenn er fertig war, dann leckte er sich immer jeden Finger einzeln ab, um auch noch das Letzte des Geschmacks auszukosten. Ich nehme einen großen Schluck Wein, als könnte er helfen, die Wörter unten zu behalten.

»Manchmal muss so was sein«, antworte ich.

Er lächelt. »Also, wann warst du das letzte Mal bei einem Date?«

»Zweitausenddrei.« Und es war nicht einmal wirklich ein Date. Es war in einer Bar an der Uni, und es gab Freibier für alle, und die Leute fanden sich zu Paaren zusammen, und ich endete mit Si, der mich mit seinem Haar, das ihm verwegen ins Gesicht fiel, und seinen ausgezeichneten Zähnen bezauberte. Damals stand er auf Jeans in grellen Farben und Rugby-Shirts von Hackett. Ich knutschte mit ihm an der Bar. Wir hatten mittelmäßigen betrunkenen ersten Sex in seiner Studentenbude.

»Ist also schon ein Weilchen her«, sagt er grinsend.

»Ich habe vergessen, wie man spricht. Normalerweise bin ich viel interessanter. Ich glaube, ich …«

»Du machst dir in die Hosen?«

»Ja, so ziemlich. Ich meine, nicht buchstäblich.«

Ich weiß nicht, warum ich meinte, das klarstellen zu müssen. Ich erinnere mich an das Mädchen an der Uni, das ich einmal war. Damals konnte ich ohne BH rausgehen und lebte allein von meiner Jugend, billigen Shots und Hoffnung. Jetzt blicke ich auf mein Glas hinunter und hoffe einfach nur, dass es ordentlich gespült ist.

»Zweitausendacht«, sagt er. »Wir haben uns *Iron Man* angesehen. Sie hat eine ganze Tüte Maltesers gegessen.«

»Sie?«

»Stacey.« Schon das zweite Mal jetzt. »Zehn Monate danach bekamen wir Jessie und haben geheiratet.«

»Um die Zeit habe ich mich verlobt.«

Aber keiner von uns macht die Feststellung, dass dieser Zufall eine schicksalhafte Fügung ist. Er hat seine Frau jetzt schon zwei Mal erwähnt, und darum sollte es heute nicht gehen. Es sieht so aus, als hätte sie ihn immer noch fest im Griff. Er hat sie zu früh erwähnt. Es ist erst 20.46 Uhr. Ich stehe auf.

»Ich gehe mir nur kurz die Nase pudern.«

Er sieht aus, als würde er sich Sorgen machen, etwas Falsches gesagt zu haben. Wie lange wartet man bei einem Date für gewöhnlich, bevor man aufs Klo geht? Denkt er, ich will fliehen?

»Ich habe vorhin eine Menge Wasser getrunken. Ich habe eine kleine Blase«, erkläre ich.

»Oh.«

Too much information. Ich greife nach meiner Handtasche und sorge mich dann, dass er denken könnte, ich traue ihm nicht mit meinen Sachen. Ich folge den Pfeilen, die um die Bar herum zu den Toiletten führen. Drinnen frischt eine Gruppe junger Frauen ihren Lippenstift auf und plaudert um das Waschbecken herum. Sie tragen verschiedene Animal Prints und glänzende Leggins. Ich gehe in eine Kabine, klappe den Sitz runter und setze mich hin. Ich atme tief durch. Ich muss nicht pinkeln. Ich bin Chirurgin, also habe ich eine gut trainierte Blase. Stattdessen wende ich mich wieder an Lucy.

Ich bin auf dem Klo.

Ist es schlimm?

Es ist okay. Er hat seine Ex allerdings schon zwei Mal erwähnt.

Hast du Si erwähnt?

Nein.

Braves Mädchen.

Ich mag dieses Höschen nicht, das du mir gekauft hast.

Scheuert es an den Landeklappen?

Wenn man es so nennen will. Ich habe ihm gesagt, dass ich mir die Nase pudern gehe.

Warum hast du das gesagt?

Es war besser, als zu sagen, dass ich pinkeln gehe.

Und jetzt klingt es, als würdest du koksen.

Mist.
Genau, also bleib nicht zu lange, sonst denkt er, du kackst.

Ich drücke die Spülung und trete aus der Kabine. Die jungen Frauen debattieren, wohin sie nachher noch gehen wollen. Ich gehe ins Bett, Mädels. Vielleicht mit einem Podcast und Jasmintee.

Wenn es um mein Aussehen geht, bin ich nicht wagemutig. Seit zwanzig Jahren trage ich den gleichen braunen Bob. Ich benutze braunen Lidschatten zu meinen braunen Augen und den Rimmel Heather Shimmer Lippenstift, den ich in meinen späten Teenagerjahren entdeckt habe. Vielleicht hat Lucy recht: Ich bin langweilig. Ist mein Gesicht langweilig? Vielleicht sollte ich lächeln. Ich übe im Spiegel, aber eine junge Frau mit besonders sorgfältig aufgetragenem Eyeliner erwischt mich dabei, und für einen kurzen Moment glaube ich, dass sie gleich Streit mit mir anfangen wird.

»Ich mag deine Handtasche«, sagt sie zu mir.

»Danke. Ich mag dein … Gesicht. Ich meine, dein Make-up ist wirklich großartig.« Ich lasse die Hand kreisen, als würde ich etwas auf meine Wange malen. Die Frau und ihre Freundinnen sehen mich an. Ich glaube, das ist das Stichwort für mich, jetzt besser zu gehen. Als ich wieder in die Bar komme, schreibt er gerade eine Nachricht auf seinem Handy.

»Hattest du Sorge, dass ich durch eins der Badezimmerfenster fliehen würde?«

Er lacht. »Ich habe mir schon Gedanken gemacht.«

»Ich bin noch da.« Ich setze mich.

»Ich habe meinem Bruder geschrieben.«

Ich lächle und hole mein Handy aus der Tasche. »Ich meiner Schwester.«

»Er hat mir dieses verdammte Outfit hier vorgeschlagen. Wer trägt bitte keine Socken? Ich werde Blasen in der Größe von Untertassen bekommen. Und tut mir leid wegen der Jeans.«

»Sie sind okay.«

»Sie sind eng.«

Ich lache. »Mir hat man gesagt, ich soll kein Schwarz tragen.«

»Schwarz ist absolut in Ordnung. Es ist ein Klassiker«, antwortet er.

»Genau das habe ich auch gesagt.«

Wir werden langsam warm. Die Wörter kommen ins Fließen. Das haben wir dem Wein und der Einmischung unserer Geschwister zu verdanken.

»Wie heißt dein Bruder?«

»Peter, Pete. Und deine Schwester?«

»Lucy, sie ist die jüngste.«

»Von wie vielen?«

»Fünf.«

»Fünf?«

»Alles Mädchen. Meine Mutter hatte definitiv ihre liebe Mühe mit uns.«

»Wo stehst du in der Reihenfolge?«

»Ich bin Nummer zwei. Meg, ich, Beth, Grace und Lucy.«

»Seid ihr alle Ärztinnen?«

»Himmel, nein, wir haben eine Journalistin, eine Ärztin, eine Buchhalterin, eine Lehrerin, und Lucy, die im Moment bei mir wohnt. Am Wochenende verkleidet sie sich als Disney-Figur und tritt bei Kinderpartys auf. Sie ist die Unterhaltsame.«

»Du bist auch unterhaltsam«, sagt er mit leuchtenden Augen.

»Bis zu einem gewissen Grad vielleicht. Und bei euch gibt es nur Pete und dich?«

»Ja, er lebt in Wimbledon.«

»Kann er gut Tennis spielen?« Ach du Scheiße, was für ein schrecklicher Witz. Ich habe Glück, dass er mit einem Lachen antwortet.

»Ja, er heißt in Wirklichkeit Pete Sampras.«

»Ehrlich?«

»Nein.« Er lacht immer noch, und dafür bin ich ihm dankbar. »Wir arbeiten zusammen in der IT, führen die Firma gemeinsam.«

Er holt seine Brieftasche raus und reicht mir eine Visitenkarte. Ich nehme sie aus Höflichkeit. Und dann sehe ich es. In der Brieftasche ist das Foto einer Frau. Machen Leute so was wirklich? Bilder in der Brieftasche? Ich dachte, so was haben wir heutzutage auf dem Handy! Er folgt meinem Blick.

»Tut mir leid. Das hättest du nicht sehen sollen.«

Ich zucke mit den Schultern. »Ich trage meinen Ehering immer noch im Münzfach herum.«

Er wirkt erleichtert. »Für den Fall, dass du mal kein Kleingeld hast und ihn zum Parken in Zahlung geben musst?«

»Genau das.« Ich blicke auf den Streifen an meinem Finger, wo früher der Ring war.

»Es ist noch frisch, oder?«, sagt er.

Und dann sage ich etwas, was ich nicht hätte sagen sollen. »Willst du darüber reden?«

Wir hatten uns wenig darüber geschrieben, nur dass uns beiden das Herz gebrochen wurde. Keiner von uns hat allzu viel preisgegeben, stattdessen haben wir vor allem vage Details über unsere Leben ausgetauscht. Ich weiß, dass er Weißwein und Pasta mit Meeresfrüchten mag. Seine Hobbys haben einen starken maritimen Einschlag. Ich weiß das alles, aber nicht, was seine Frau gemacht hat.

»Ein Zumba-Lehrer. So ein verdammtes Klischee. Sie hat mich für einen polnischen Zumba-Lehrer namens Val verlassen.«

»Das tut mir leid.«

»Ist ja nicht deine Schuld.« Er denkt nach. Ich weiß nicht, ob ich die Sache auflockern soll, indem ich erwähne, dass ich Zumba für eine einigermaßen lächerliche Sportart halte.

»Ihr Verlust?«

»Eher meiner.«

Ich schweige. Er liebt sie noch, er vermisst sie noch. Er glaubt, dass es seine Schuld ist. »Warum?«

»Vielleicht lag es an etwas, was ich getan oder auch nicht getan habe. Ich versuche immer noch, das herauszufinden. Vielleicht war ich kein guter Ehemann? Vielleicht habe ich zugelassen, dass die Dinge zu eingefahren wurden?«

»Oder vielleicht ist sie einfach nur kein sehr netter Mensch?«

Sobald die Worte aus meinem Mund sind, weiß ich, dass ich zu weit gegangen bin.

»Sie *ist* ein netter Mensch.«

»Tut mir leid, das war unangebracht. Ich kenne sie nicht, und das war kein faires Urteil.«

Er schweigt nach wie vor. Ich verspüre das Bedürfnis, meinerseits etwas zu sagen.

»Mein Mann hat mich während unserer Ehe mehrmals betrogen. Und mehrmals ist eine Untertreibung. Es war erst vorbei, als meine Mutter ihm an Weihnachten ins Gesicht geboxt und sich dabei den Daumen ausgekugelt hat.«

Es ist eine gute Geschichte, aber es ist offensichtlich, dass er kein Interesse an einem Wettbewerb darum hat, wessen Herz schlimmer gebrochen wurde.

»Ich habe ihn in unserem Bett erwischt«, fährt er fort. »Ich bin vom Schulmarathon noch mal zurückgekommen, weil ich mein Handy vergessen hatte. Auf dem Boden meines Schlafzimmers lag überall Lycra verstreut.«

»Das tut mir leid«, antworte ich.

»Hast du schon mal gesagt …«

»Ich meinte das Lycra.«

Das hat nicht das Lächeln zur Folge, das ich mir erhofft habe.

»Und wie sie mich angesehen hat! Man sollte meinen, sie

wäre erschrocken oder beschämt gewesen, aber es war, als hätte ich sie bei etwas gestört. Und als wäre sie froh, dass ich es herausgefunden habe.«

Das klingt, als wäre sie ein totales Miststück, aber ich habe gelernt, so etwas besser nicht laut auszusprechen. Und dann passiert etwas, das ich nicht erwartet habe. Mensch, Phil! Ich weiß, es tut weh, aber bitte, bitte, bitte fang nicht an zu weinen. Ich weiß nicht, was ich tun soll, also ergreife ich seine Hände. Die Tränen laufen ihm in der Form von Koteletten über die Wangen. Kotelettentränen. Sie tropfen auf den Tisch. Ich reiche ihm ein Taschentuch aus meiner Handtasche.

»Na, prima. Pete hat mir drei Dinge eingebläut: Rede nicht über den Brexit, rede nicht über Stacey, fang nicht an zu weinen.«

»Wir können gerne mit dem Brexit weitermachen, wenn das hilft?«

Er lacht; Rotz läuft ihm aus der Nase.

»Ich glaube, ich habe keine Tränen mehr. Simon hat mich komplett ausgeblutet.« Meine Trauer ist bereits in Zorn übergegangen. Es ist offensichtlich, dass wir uns in unterschiedlichen Phasen des Prozesses befinden.

»Simon?«

»Simon. Mein Ex. Du kannst ihn gerne Wichser nennen, wenn du willst.«

»Wichser.«

Ich habe Jahre gebraucht, um so weit zu kommen.

»Es ist zu früh, oder?«, sagt Phil. »Pete meinte, ich könnte mich einfach mit jemandem treffen und es mir aus dem Kopf vögeln.«

Meine Augen werden groß, als das Verstehen einsetzt. Das hier war nur der höfliche Kennenlerndrink vor dem Sex? Ein kleiner Teil von mir ist froh, dass er mich für fickbar hielt, es sei denn, das ist jetzt, nachdem wir uns getroffen haben, nicht mehr so. Vielleicht hat er ja geweint, damit er keinen Sex mit mir haben muss. Ich will ja noch nicht mal mit einem Mann schlafen, der immer noch ein Foto seiner Ex im Geldbeutel hat. Ich will heute Nacht keinen Sex haben, nur damit er über sie hinwegkommt.

»Ich glaube auch, dass es zu früh ist. Zumindest für dich«, sage ich schließlich.

»Vielleicht in einigen Monaten.«

»Vielleicht, wenn du so weit bist, dass du dieses Foto da aus deinem Geldbeutel nehmen kannst.«

»Kann ich dir noch einen Drink spendieren? Als Entschuldigung für das Weinen und das miese Date?«

»Ja, zum Teufel, warum nicht? Ich hätte auch gerne Oliven.«

Lucy, bist du noch wach?

Ich hoffe, du schreibst mir gerade aus einem Taxi, weil ihr zu ihm fahrt.

Ich schreibe aus einem Uber. Und ich bin allein.

Gibt es ein zweites Date?

Er hat geweint.

Weil du so langweilig bist?

Du kannst mich mal. Er ist noch nicht über seine Frau hinweg.

Oh.

Ich hätte mit ihm gevögelt, und er hätte an sie denken müssen und dann auf mir geweint, und ich wäre vor Scham gestorben.

Das tut mir leid, Ems, der hatte echt Potenzial. Ich mochte dieses Seemann-Ding, das er am Laufen hatte.

Ja, nur dass bei ihm heute gar nichts gelaufen ist.

Hast du gerade einen Sexwitz gemacht? Scheint, als hätte ich einen guten Einfluss auf dich.

Geht es den Mädchen gut?

Jep. Also war es eine Vollkatastrophe?

Teilweise. Ich habe ihm die Kontaktdaten meiner Mediatoren gegeben. Außerdem repariert er Laptops, falls wir mal Hilfe brauchen.

Wie romantisch …

Er hat mir außerdem Oliven und Pommes gekauft.

Großzügig. Hat er wenigstens versucht, dich zu befummeln?

Nein.

Dann ist er ein Loser. Du bist megaheiß.

Sonst sagst du was anderes.

Ich meine das nicht so. Ich liebe dich, Ems x x x x

Ich liebe dich auch.

Wenn du Sex willst, ich habe da einen alten Kumpel von der Uni, der dich flachlegen würde. Er lebt in Brixton.

Traumhaft. Aber lass mal.

Du bist so langweilig.
Ich bin in fünf Minuten da, stell schon mal den Teekessel auf den Herd.

Kapitel eins

624 Tage nachdem meine Mutter Simon die Nase gebrochen hat

»Sie können hier nicht parken!«

Seit wir Hetty Michaels eine Signalweste gegeben haben, hat die Frau sich in eine machtbesessene Verkehrsfaschistin verwandelt. Ich sehe zu, wie sie einem Mann die Gesetze des Parkens vorbetet, der jedoch seelenruhig anhält, sein Kind aus dem Autositz hebt und mit ihm zur Schule schlendert.

»Fahren Sie den Wagen da weg, bitte!«

»Zwingen Sie mich doch dazu. Was wollen Sie tun, mir einen Strafzettel schreiben?«, antwortet er.

Die Eltern der St. Catherines Schule erstarren schockiert. Ich kenne den Mann nicht, aber mir gefällt, dass er nicht nachgibt, sodass Hetty sich wohl bald wieder um den Losverkauf kümmern wird. Wo sie auch hingehört.

»Es ist im Interesse der Sicherheit der Kinder!« Hettys Stimme wird hoch und schrill.

Ich schaue auf die Uhr meines Wagens. Ich habe noch gut eine halbe Stunde Zeit, um zuzusehen und mich durch das Chaos zu kämpfen. Es verwirrt mich, dass wir Menschen ins Weltall schicken und die Blattern heilen können, aber unfähig sind, das Parken und Rauslassen von Kindern an den Schultoren zu regulieren. Die Auseinandersetzung lockt eine kleine Menge an; der Hausmeister der Schule lacht in sich hinein, während er das Herbstlaub vom Gehweg fegt.

»Warum schreit Mrs. Michaels so?«, fragt Iris von hinten im Auto.

»Das hat was mit dem Parken zu tun … Wer ist der Mann?«, frage ich.

Iris späht hinüber, um ihn in Augenschein zu nehmen. »Das ist der Dad von Giles.«

»Mögen wir Giles?«

»Nicht, wenn wir keine Jungs mögen, die die Rutsche runterpinkeln. Er stand oben und hat drauf runtergeschaut, als wäre es ein Wasserfall. Der Junge ist ein Wolfskind«, sagt Iris anklagend.

»Guter Einsatz des Wortes Wolfskind, Kartöffelchen«, lobe ich.

»Was ist ein Wolfskind?«, fragt Violet.

»Das bedeutet, dass er im Dschungel aufgezogen wurde«, antwortet Iris.

Das nächste bewaldete Gebiet ist der Park die Straße runter, aber ich bin zu gestresst, um sie zu berichtigen. Giles' Dad hat den Absetzbetrieb aufgehalten, und Hetty formt wie besessen seltsame Signale mit den Armen in dem Versuch, das entstehende Chaos zu ordnen.

»Warum nennt du mich immer noch Kartöffelchen?«, fragt Iris.

Ich suche ihr Gesicht im Rückspiegel. Der Name passt zu ihrem runden Gesicht und den blonden Locken, wie eine kleine goldene Kartoffel.

»Hat sich so ergeben. Alle Menschen haben irgendeinen Spitznamen.«

»Aber keinen, der etwas zu essen ist …«

»Süße, Krümel … hat alles mit Essen zu tun«, sage ich zu ihr.

»Ich hab mal gehört, wie Oma Daddy eine bescheidene Melone genannt hat, das ist auch Essen«, fügt Violet hinzu.

Ich bin halb erleichtert, dass das die schlimmste Beschimpfung war, die sie in Bezug auf ihren Vater gehört hat, aber auch weil sie das Adjektiv, das meine Mutter vermutlich vor die Melone gesetzt hat, ausgetauscht hat. Ich seufze. Ich muss das jetzt machen, oder?

»Das war nicht richtig von Oma. Daddy ist keine Melone.«

Ihre kleinen Augen sehen mich durch den Spiegel an. Ich habe das Richtige getan. Aber ihr Vater ist die schlimmste Sorte einer verlogenen, bösartigen Scheißmelone, die es gibt. Lass dir nicht anmerken, was du denkst, sage ich mir stumm. Konzentrier dich auf etwas anderes, zum Beispiel auf diese Autoschlange, die sich nicht bewegen will, die Frau auf ihrem Lastenfahrrad, die selbstzufrieden um alle herumkurvt, und das Geschnatter der Mütter, die den neuesten Tratsch austauschen, während ihre Kinder an der Umzäunung der Schule herumturnen.

Hier gibt es eine seltsame Mischung verschiedenster Eltern. Ich war an einer öffentlichen Schule in Südlondon, also erinnere ich mich an Schultaschen und Sweatshirts und verschiedenste Gesichter und Familien, die repräsentativ für die Stadt waren, in der wir lebten. Hier gibt es mehr Au-pairs, größere Autos, die Jeans sitzen besser, und die Leute haben eine beeindruckende Bräune von ihrem letzten Wochenendausflug nach Antibes. Die Kinder hier sind ebenfalls besser ausgestattet: Der Sportbeutel hat die Ausmaße einer kleinen Reisetasche, und wir ziehen ihnen Blazer und Krawatten und burgunderrote Pullis mit V-Ausschnitt an in der Hoffnung, dass smarte Kleidung die Größe ihrer Gehirne beeinflusst.

Ein Kind läuft mit einem Cellokoffer an mir vorbei, ein anderes mit einem Hockeyschläger. Es ist eine andere Welt, eine, die meine sozialistischen Eltern mir nicht verzeihen und für die meine Schwestern mich ständig aufziehen, aber die Mädchen sind glücklich hier. Sie blühen auf, und sie können ein paar Brocken Mandarin, auch wenn sie sich dafür die Klasse mit einer Constantine und einer Ophelia teilen müssen.

Ein Klopfen an meinem Fenster lässt mich aufschrecken. Ich fahre es runter.

»Sind Sie Violets Mum?«, fragt eine Mutter.

»Das bin ich.«

»Es geht um Pippas Reitparty diesen Samstag.«

Wie ich schon sagte, eine andere Welt.

»Ich dachte, wir hätten auf das Einladungsschreiben bereits geantwortet?«

»Ja, das haben Sie, aber wir mussten das Essensangebot ändern, da eine der Besucherinnen allergisch auf Nüsse ist, deshalb möchte ich jeden darauf hinweisen, dass die Gäste keine Nüsse mitbringen sollen.«

»Haben Sie das auch den Pferden gesagt?«

Sie lacht, aber es ist offensichtlich, dass sie den Witz nicht versteht. Ich würde meine Tochter niemals mit einem Beutel Cashewnüsse zu einer Party schicken, aber ich nicke höflich.

»Und bitte nur Gutscheine als Geschenke. Wenn möglich von Smiggle.«

Wieder nicke ich und beiße mir auf die Zunge ob dieser Vermessenheit. Plötzlich werde ich panisch. Wir sind noch nicht ganz in der Ponyreitphase. Sollte ich Reithosen und Stiefel kaufen? Wenn ich es nicht tue, ist meine Tochter dann die Außenseiterin? Aber Pippas Mutter stolziert von dannen, bevor ich die Gelegenheit bekomme, sie zu fragen.

»Muss ich zu dieser Party gehen, Mummy?«, fragt Violet.

»Nun, wir haben schon zugesagt. Willst du nicht?«

»Ich gehe, wenn ich *muss.*«

Ich komme nicht zu einer Antwort, weil ich das Auto in eine frei gewordene Lücke manövriere.

»Ich hab euch lieb. Tante Lucy holt euch heute ab.«

»Im Bus? Juhu!«, quieken die beiden im Chor.

Scheint, als wäre ein gemütliches Auto mit geheizten Sitzen und einer Hightech-Soundanlage nichts im Vergleich zu dem Abenteuer, mit Tante Lucy Bus zu fahren und neben einem Betrunkenen zu sitzen, der Boney M singt und nach Achselschweiß stinkt. Sie schnappen sich ihre diversen Taschen und klettern aus dem Wagen.

»Bye Mummy! Wir sehen dich nach der Arbeit!«

Aber das werden sie nicht. Ich werde zu spät nach Hause kommen, gerade früh genug, um ihnen die müde Stirn zu küssen. Das tut mir immer ein wenig im Herzen weh, aber sie werden Zeit mit Tante Lucy verbringen, die mit ihnen in den Laden an der Ecke geht, um Süßigkeiten und überteuerte Zeitschriften zu kaufen. Ich winke ihnen zum Abschied. Inzwischen ist auch Giles' Vater zurück. Das könnte amüsant werden, aber ich habe genau zwanzig Minuten, um nach Hause zu fahren und meine Gedanken zu ordnen. Ich schere vor einem wütenden Mercedesfahrer aus, der mit den Augen rollt. Ach, hau doch ab – du trägst eine Sonnenbrille und eine Baseballkappe im September, du Trottel. Soll ich Streit anfangen? Nein, ich muss mir all meine Kampfenergie für Simon aufsparen.

Ich lenke mich ab, indem ich das Radio einschalte. Ich soll die North Circular Road meiden, es gibt eine Menge Regen, und man soll anrufen, wenn das nächste Mal Ed Sheeran gespielt wird. Warum? Kann man dann Ed Sheeran gewinnen? Das würde meinen Ex mächtig ärgern – *Schau mal! Ich habe dich mit einem dir weit überlegenen Wesen ersetzt. Er kann Gitarre spielen und braucht nicht mal eine Band.* Ich könnte Ed ins Gästezimmer einziehen lassen, und Lucy schläft bei mir.

Simon, Simon, Simon. Warum hat er um dieses Treffen gebeten? Seine Anwältin hat am Freitag angerufen, um einen Termin zu vereinbaren. Er hat sich so eine gnadenlose familiengeführte Anwaltskanzlei ausgesucht, die nur von oben herab mit mir sprechen kann. *Wir wissen, Sie sind eine beschäftigte Frau, deshalb kommen wir gerne zu Ihnen.* Übersetzt heißt das, Simon will wieder in unser Haus kommen und nachsehen, ob ich etwas geändert habe oder ob dort jetzt ein anderer Mann lebt. Und obwohl das aufdringlich ist, ist es auch praktisch. Wenn sie Glück haben, dürfen sie sich setzen und bekommen vielleicht sogar ein Glas Wasser serviert.

Als ich ankomme, wartet George, mein Anwalt, vor dem Haus auf mich.

»Du hättest klingeln sollen, George. Lucy müsste da sein.«

»Das habe ich. Keine Reaktion.«

Bitte schlaf nicht noch, Luce. Ich stecke den Schlüssel ins Schloss und öffne uns die Tür.

»LUCE! BIST DU WACH?«

»ICH BIN AUF DEM KLO!«

George schenkt mir ein Lächeln und streift sich die Füße auf der Fußmatte ab. Der liebe George. Zu Beginn meiner Scheidung hat meine Schwester Grace mich George vorgestellt. »Wird er mir kämpfen helfen?«, habe ich sie gefragt. »Wird er dafür sorgen, dass ich Kontakt zu meinen Mädchen bekomme, und wird er sich um meine Finanzen kümmern?« Ich wollte, dass die Hölle losbrach, wenn ich Simon entgegentrat. Ich wollte, dass er vor Angst erzitterte, sich buchstäblich in die Hosen machte, wenn er auf meine Rechtsvertretung traf. Grace reagierte, indem sie mir George schickte. Er ist freundlich und pünktlich, aber er steht hier in meinem Flur, Krümel kleben an seinem Hemd, und er hat einen winzig kleinen Marmeladenklecks an der Lippe. Er hat einen wilden Lockenkopf, eine Fünfziger-Wampe, und die Muster seines Hemds, der Krawatte und der Socken sind in Kombination gar nicht mal so schön anzusehen. Er wirkt, als könnte er ganz und gar aus Brot und altem Cheddar gemacht sein. Verlässlich, so hat Grace ihn beschrieben. Er wird die Dinge regeln. Du willst kein Drama, du willst jemanden, der völlig ruhig bleibt, einen, der jedes Gesetz und jedes Schlupfloch kennt, das es nur gibt. Und George ist so jemand. Er weiß nicht, wie man ein Sandwich im Mund behält, aber er ist ein verdammt guter Anwalt.

»Möchtest du einen Kaffee, George? Geh einfach ins Wohnzimmer.«

»Alles gut, Emma. Ich war noch nie hier, du hast ein schönes Zuhause.«

Ich lächle. Wie ich schon sagte, er ist lieb. Es war unser Familienhaus. Wir haben uns für Richmond entschieden, weil es südlich der Themse liegt, eine gute Verkehrsanbindung nach London hat und weil es nicht weit zu unseren jeweiligen Familien ist. Es ist ein dreistöckiges Stadthaus mit ganz wenig Garten, aber es hat hohe Decken, und die Treppe, die bis zur Eingangstür führt, erinnert mich an eines der Sandsteinhäuser in New York City. Wir kauften es, als ich gerade mit Violet schwanger war. Ich will das laut aussprechen, aber meine Gedanken rasen. Geht es bei dem Treffen um das Haus? Simon hat versucht, mich zu überreden, dass wir es verkaufen, das Geld teilen und neu anfangen, aber ich wollte die Mädchen nicht aus ihrer gewohnten Umgebung reißen. Er stand auch so nicht schlecht da, er kaufte sich eine Wohnung in Kew, in der Nähe der Royal Botanic Gardens und nur fünfzehn Minuten weit weg von hier. Fünfhundert Millionen Kilometer weit weg auf dem Mars wäre besser gewesen, aber die Tatsache, dass wir Kinder hatten, verlangte, dass er in der Nähe blieb.

George spürt meine nervöse Paranoia. »Du siehst sehr besorgt aus, Emma. Ich bin mir sicher, heute geht es nur um Formalitäten, deshalb ist ein etwas entspannteres Treffen ideal.«

»Ich traue Simon dieser Tage alles zu.«

»Und deshalb ist es gut, dass ich hier bin.«

George zieht ein Taschentuch aus seiner Brusttasche, wischt sich den Mund ab und putzt sich die Nase. Das Problem ist, dass ich im Scheidungsspiel zu sehr auf Nummer sicher gesetzt habe. Ich habe Verlässlichkeit gewählt – den alten George, der sich mit dem Gesetz auskannte und die Formulare so schnell wie möglich unterschrieben und durchs Gericht bekam. Simon hat sich für die andere Richtung und eine Anwältin namens Cat De Vere entschieden. Man kann sich direkt vorstellen, was für eine Art Frau hinter diesem Namen steckt. Sie ist jung, trägt ein Designerkostüm mit kaum sichtbaren durchsichtigen Strumpfhosen und unmöglich hohe Absätze. Ich mache mir keine Illusionen, dass Simon sein Anhängsel nicht auch in sie reingesteckt hat.

»Mach dir doch eine Tasse Tee, etwas, was dich entspannt«, schlägt George vor.

»Ich hatte heute schon drei Tassen Kaffee. Noch mehr Koffein, und ich kriege Schaum vorm Mund.«

Er lacht schnaubend. Es läutet an der Tür. Ich muss wohl hingehen, oder?

»Setz dich, George.«

Atmen. Ein durch die Nase und durch den Mund wieder aus. Ich gehe in den Flur und sehe ihre Köpfe hinter dem Glas. Fang nicht an zu weinen. Stoß sie nicht die Treppe runter. Er ist der Vater deiner Kinder. Bleib immer höflich.

»Guten Morgen«, sage ich, als ich die Tür öffne.

»Emma.«

Simon Chadwick. Er steht dort in einem grauen Nadelstreifenanzug. Er hatte schon immer schönes Haar – er verbringt eine halbe Ewigkeit im Bad, um es zu stylen. Er hat sogar seinen eigenen Föhn. Die ausgeprägte Kinnlinie, das übermächtige Selbstvertrauen, das er ausstrahlt. Er war mal so attraktiv. Und jetzt will ich ihm am liebsten eine reinhauen. So richtig. Mit einem Ziegelstein.

Cat streckt die Hand aus. Ich schüttle sie. Ich habe mich für ein klassisches Arbeitsoutfit entschieden: einfaches Shirt über einer schwarzen, schmal geschnittenen Hose. Sie sieht aus, als wäre sie von den Achtzigern verschluckt und wieder ausgespuckt worden. Stark gegeltes Haar und eine ausgeprägte Schulterpartie. Sie steht auf meiner Schwelle und wartet darauf, hineingebeten zu werden. Ich bin mir ziemlich sicher, dass Vampire das traditionell so machen müssen. Simon jedoch wartet gar nicht erst ab, sondern tritt direkt über die Schwelle. Zu meinem Leidwesen geht er nicht in Flammen auf. Stattdessen sieht er sich prüfend im Flur um.

»Du hast einen neuen Spiegel gekauft.«

»Stimmt.«

Und nicht nur den. Ich habe nach seinem Auszug den größten Teil der Einrichtung ausgetauscht. Die dumme dunkelgrüne Tapete in der Küche, die er so mochte, war als Erstes dran. Ich habe ein neues Bett gekauft, und in einem manischen Post-Scheidungsanfall bin ich ein klein wenig zu weit gegangen, was Blumen-, Palmen- und Vogelmuster angeht, weshalb meine Mutter sagt, mein Haus sähe aus wie der Club Tropicana. Seine Augen suchen die Küche ab, er sieht mich kaum an.

»Kommt doch ins Wohnzimmer«, sage ich.

Simon legt Cat eine Hand auf den Rücken, um ihr den Weg zu zeigen – und mich zu nerven. Als wir eintreten, erhebt George sich. Er hat bereits seine Akten und Stifte auf dem Wohnzimmertisch ausgebreitet. Simons Blick schweift ab zu einem Foto auf dem Kaminsims. Er sieht mich kurz an, doch noch bevor er etwas sagen kann, öffnet Cat ihren Aktenkoffer und setzt zu einer Rede an. Simon setzt sich in seiner üblichen Art neben sie, die Beine so weit gespreizt, dass sein Knie unmöglich nah bei ihrem Oberschenkel ist. Ich setze mich eine gute Sofakissenlänge entfernt von George.

»Also, ich möchte es knapp halten, da wir wissen, dass unsere Klienten sehr beschäftigt sind und heute noch zur Arbeit müssen. Im Grunde wollen wir über die aktuelle Sorgerechtssituation sprechen.« Sie holt ihre Akte raus, und ich spüre einen nervösen Kloß im Hals.

Das Sorgerecht ist die eine Sache, die Simon nur selten anspricht, weil wir eine faire Einigung erzielt haben und beide wollen, dass unsere Mädchen unbeschadet aus der Sache hervorgehen. Ich habe immer gedacht, dass wir uns darin einig wären. Wenn er mehr will, dann ist es vorbei mit den Samthandschuhen, und die Klauen kommen raus wie bei Wolverine. Cat tut so, als würde sie ein Dokument vor sich überfliegen. George sitzt ruhig da, seine Wampe ruht auf seinen Beinen, die Hemdknöpfe spannen und geben den Blick auf ein Unterhemd frei. Ich höre Schritte auf der Treppe. *Nein, nein, nein.*

»Es kam mir so vor, als hätte ich was gerochen. Ich dachte, du hast vielleicht ein Problem mit den Rohrleitungen, Ems.«

»Lucy.«

Cat und Simon wirken leicht verwirrt.

»Das ist Lucy; sie ist meine jüngste Schwester und wohnt hier«, erkläre ich.

Simon sieht sie an wie eine streunende Katze. Das ist nicht

weit von der Wahrheit entfernt, aber Lucy ist ein Segen, was die Kinderbetreuung betrifft, und hat mir schon eine Menge Geld gespart. Sie kann weder kochen noch putzen und braucht mein ganzes Shampoo auf, aber sie hat auch Licht ins Haus gebracht, als die grauen Wolken es zu verschlucken drohten.

»Das tue ich. Meine Schwester brauchte Hilfe beim Desinfizieren des Hauses, nachdem Simon weg war«, sagt Lucy. Sie steht in ihrem Yoga-Pants-Outfit und mit dem wirren blonden Haar da, das sie auf ihrem Kopf zu einem Knoten gebunden hat, und starrt meinen Exmann an.

Alle meine Schwestern hassen Simon gleichermaßen, aber Lucys Zorn scheint am heftigsten zu lodern. Vor zwei Jahren an Weihnachten war sie es, die ihn dabei erwischte, wie er das Bild des Intimbereichs einer Krankenschwester geschickt bekam. Woraufhin sie sein Handy packte und es aus dem Fenster im ersten Stock warf. Es bestand eine gute Chance, dass sie ihn an diesem Tag getötet hätte, aber zum Glück hatte sie zu viel Sherry getrunken und war nicht klar genug bei Verstand, um in die Küche zu gehen und ein Tranchiermesser zu holen. Lucy kommt herüber, um einige Hände zu schütteln, übergeht Simon dabei aber natürlich. Sie mustert Cat von oben bis unten.

»Ich wollte gerade Tee machen«, sagt sie in einem kaum zu deutenden Tonfall. »Wer will Tee?«

Simon sieht aus, als wäre er nicht sicher, ob er von dieser Frau ein Getränk entgegennehmen sollte.

Cat hebt die Hand. »Ich nehme ein Glas Wasser, bitte.«

Wir anderen lehnen ab, und Lucy verschwindet in die Küche, wo ich sie von hier aus noch sehen kann. Sie steht hinter der Tür, zeigt Simon den Stinkefinger und führt einen merkwürdigen Wuttanz auf. George mustert sie verwundert. Cat sieht aus, als wäre sie bereit fortzufahren. Ich sitze mit angehaltenem Atem da. Zieh nicht unsere Mädchen mit rein, bete ich stumm.

»Also ja, das Sorgerecht. Die aktuelle Vereinbarung sieht vor, dass die Mädchen unter der Woche montags, dienstags und donnerstags bei Ihnen sind und mein Klient sie mittwochs und freitags hat, wobei Sie sich an den Wochenenden abwechseln.«

Ich nicke wachsam. George mischt sich ein. »Das ist korrekt. Schlägt Ihr Klient etwas anderes vor?«

»Mein Klient wurde kürzlich befördert, und seine Mutter im fortgeschrittenen Alter wird sich teilweise um die Kinder kümmern. Mit Blick auf seine neue Wochenplanung fragt er sich, ob er die Dienstage statt der Mittwoche haben könnte.«

Ich runzle die Stirn. Simons Mutter Linda ist nicht gerade gebrechlich. Sie ist höflich mir gegenüber, aber Simon hat ihr weismachen können, dass seine Fehltritte etwas mit einem Suchtproblem zu tun hatten, über das er keine Kontrolle hatte, was bedeutet, dass ich mein Eheversprechen gebrochen habe. Eine bessere Frau wäre bei ihm geblieben.

»Ich habe zugestimmt, einen Posten in einem Gremium zu übernehmen, das sich um einige Forschungsprojekte kümmert. Es mehrt mein Einkommen und ist dem Ruf des Krankenhauses zuträglich«, sagt Simon.

Das brauche ich nicht zu wissen, aber Prahlerei ist nicht untypisch für Simon.

»Ich schätze, das sollte in Ordnung gehen. Wenn es nur darum geht, die Tage zu wechseln, denke ich nicht, dass es die Mädchen zu sehr beeinträchtigt. Iris hat dienstags Gymnastikunterricht, das solltest du also einplanen.«

Lucy kommt mit einem Glas Wasser zurück. Sie legt einen Untersetzer auf den Tisch. Oben im Glas ist Schaum, und bei mir läuten alle Alarmglocken.

»Lucy, wir reden gerade darüber, ob wir ein paar Tage in der Woche tauschen könnten, weil Simon einen neuen Job hat.«

»Ist er der neue Bürgermeister von Wichserstadt?«, murmelt sie leise, während sie sich neben mich hockt. Ich darf nicht lachen. George hat es ganz eindeutig gehört, ein breites Lächeln tritt auf sein Gesicht.

»Nun, ich kann meinen Plan den Mädchen anpassen, kein Problem«, sagt sie.

»Du hast also immer noch keine Arbeit, Lucy?«, erwidert Simon. Oh Simon, reize keine wütenden Katzen.

»Sie arbeitet meistens an den Wochenenden und studiert noch, deshalb hilft sie mir unter der Woche«, sage ich, um sie zu schützen. »Beth, meine Mum, mein Dad, jeder springt ein.«

»Eine echte Familienangelegenheit.« Lucy legt mir die Hand auf die Schulter.

Simon flüstert Cat etwas ins Ohr, und sie lächelt.

George reagiert schnell. »Ein informelles Treffen sollte bedeuten, dass wir offen miteinander reden können. Wenn Ihr Klient etwas zu sagen hat, soll er es laut tun. Dieses Flüstern ist einfach schlechter Stil.« Wenn Lucy in der Lage wäre, mit George abzuklatschen, dann würde sie es jetzt tun.

»Mein Klient hat das Augenmerk auf Miss Callaghans Eignung, die Kinder zu betreuen, gelegt«, antwortet Cat. »Wenn sie die Betreuung weiterhin in diesem Ausmaß übernimmt, dann verlangt er, dass sie wenigstens einen Kurs in Erster Hilfe an Kindern hat.«

Lucy visiert ihn an. Wenn Blicke töten könnten, dann würde dieser hier ihn durch die Augäpfel an die Wand nageln.

»Emma, jedes Au-pair, das wir je im Haus hatten, hatte eine entsprechende Qualifikation«, fügt Simon hinzu.

»In der Regel darin, dir einen zu blasen«, antworte ich.

Ich erwidere seinen Blick. Lucy atmet tief ein und kichert. George und Cat verziehen keine Miene. Teil eines ehelichen Schlagabtausches zu sein gehört wohl einfach zu ihrem Job. Simon starrt mich finster an und blickt dann zu dem Foto hinter mir.

»Lucy gehört zur Familie«, antworte ich. »Sie ist kein Aupair und ist genauso qualifiziert wie deine Mutter ›im fortgeschrittenen Alter‹. Wie geht es Linda?«

»Gut.«

»Schön zu hören.«

Ich wende mich an George. »Ich stimme der Änderung der Tage zu. Gibt es sonst noch etwas zu klären?«

»Mein Klient wollte über den nächsten Sommer sprechen«, sagt Cat.

»Ich will mit den Mädchen nach Disneyworld. Du musst etwas unterschreiben, damit ich mit ihnen das Land verlassen darf.«

Ich mustere Simons Gesicht. Das ist etwas, was wir immer als Familie tun wollten. Er weiß, was er tut. Er klaut meine Idee. Der Mistkerl.

»Schreib mir das Datum auf.«

George mischt sich ein. »Alles muss niedergeschrieben sein, Mr. Chadwick, und dann werden wir es bestätigen. Miss De Vere kann die Sorgerechtsvereinbarung neu aufsetzen und sie an mein Büro schicken, damit sie schriftlich vorliegt. Wann möchten Sie, dass die Änderung in Kraft tritt?«

»Ist nächste Woche zu früh?«, fragt Simon.

Ich zucke mit den Schultern. »Ist in Ordnung. Nachdem wir also bei unseren üblichen Tagen bleiben, sehe ich dich nächsten Dienstag.«

Cat nippt geziert an ihrem Wasser und macht sich Notizen.

Lucy grinst mich an. Ich weiß nicht warum, habe ich etwas Falsches gesagt? Plötzlich klingelt Simons Handy. Er verlässt den Raum und zieht sich in den Flur zurück, um den Anruf anzunehmen. Aus Gewohnheit lausche ich.

»Wie kann das sein, wenn ich das MRT angeordnet habe? Schau in die Notizen. Es steht alles drin.«

Er läuft im Flur auf und ab. Ich möchte wetten, das tut es nicht, denke ich bei mir. Ich weiß, wie Simon beruflich ist, weil wir beide Chirurgen sind. Wir unterscheiden uns allerdings. Ich hoffe, Menschen zu helfen, während er etwas von dieser stereotypen Arroganz an sich hat – nie lässt er sich etwas sagen, nie ist er an etwas schuld. *Ich bin Chirurg, näher werden Sie Gott niemals kommen.* Ich möchte wetten, dass sich diese Anweisung nicht mal in der Nähe der Notizen befindet und dass ein junger Arzt jetzt für seine Faulheit den Kopf hinhalten muss.

»Ich muss weg«, sagt er, als er zurück ins Zimmer kommt. »Cat, wir müssen.«

Die Tatsache, dass Cat seinen Befehlen gehorcht, lässt mich schwer vermuten, dass sie miteinander schlafen.

»Wir bleiben in Kontakt, Miss De Vere«, fügt George hinzu.

»Natürlich. Miss Callaghan. Vielen Dank.« Sie spricht das Miss so nachdrücklich aus, dass klar wird, dass sie mich an mein Dasein als geschiedene alte Frau erinnern will.

»Bis Dienstag dann.« Simon wirft einen letzten Blick auf das Foto auf dem Kaminsims und dreht sich zum Gehen. Er prüft sein Spiegelbild und sieht sich dann im Flur um. Ich musste ihn neu streichen lassen, nachdem ich eine Flasche Rioja an die Wand geworfen hatte. Es war ein schlimmer Januar. Er war gegangen, und ich hatte herausgefunden, in welchem Ausmaß er mich betrogen hat. Was für eine Verschwendung eines guten Weins!

Wir alle stehen angespannt herum. Cat und George schütteln sich die Hand, und ich bin dankbar, dass er die Art von festem Händedruck hat, die mit etwas Glück ihre perfekte Maniküre beschädigt hat. Simon und ich sehen uns an. Das ist immer der Moment, der mir nahegeht. Von der Intimität einer Ehe hin zu einem Zustand, in dem man jemanden ansieht, als würde man ihn kaum kennen. Er ist nur noch jemand, den ich mal kannte. Ich glaube nicht, dass ich es ertragen könnte, ihn zu umarmen oder ihm auch nur einen höflichen Kuss auf die Wange zu geben. Seine Hand in meiner zu halten würde sich fremd und kalt anfühlen.

»Ems.«

Es fühlt sich beinahe falsch an, dass er immer noch meinen Namen abkürzt. Er hat nicht das Recht, noch so vertraulich mit mir zu sein.

»Simon.«

»Lucy. Es ist mir immer wieder eine Freude.«

»Gleichfalls.«

Wieder ist da dieses Grinsen, das ich nicht verstehe. Ich werfe ihr einen verwirrten Blick zu, und als er uns den Rücken zukehrt, hat sie Mühe, nicht zu kichern. Sobald sie ein paar Schritte die Treppe runter sind, flüstert er Cat etwas zu, und sie lacht. Die beiden haben definitiv was miteinander. Na, von mir aus … Ich schließe die Tür etwas energischer als nötig. Atmen. Ich drehe mich um und fange Lucy mit dem Arm ein.

»Was zur Hölle ist mit dir los? Bist du high?«

Georges Augen weiten sich alarmiert. Wenn sie high ist, dann sollte sie definitiv nicht auf Kinder aufpassen, ganz unabhängig davon, ob sie Erste Hilfe kann.

»Ich habe in ihr Wasser gespuckt.«

»Lucy!« Ich muss lachen. »Ich weiß schon, warum ich dir das mit den Getränken überlassen habe.«

»Dieser Haufen Scheiße sagt mir, dass ich keine Erste Hilfe kann. Der kann mich mal.«

»Wir hatten mal ein Au-pair, das die Haare der Mädchen mit Spülwasser gewaschen hat, du bist also auf jeden Fall eine Verbesserung.«

Scherzhaft drückt sie mich, etwas zu fest.

»Kannst du versuchen, etwas weniger feindselig zu sein, wenn er hier ist? Für die Mädchen und um des Friedens willen?«, frage ich.

»Wie gut kennst du mich?«

Ich lächle. Sie hat recht. Sie ist die Callaghan-Schwester mit dem losen Mundwerk, die immer ungefiltert sagt, was sie denkt, und das ist manchmal ganz nützlich.

Ich gehe ins Wohnzimmer, um nach George zu sehen. »Alles gut, George? Ich war so erleichtert, dass es nicht um mehr ging.«

»Ich habe dir gesagt, dass du dir keine Sorgen machen musst. Ich werde alles aufsetzen und dann einen Kurier schicken, damit du es unterzeichnen kannst.« Das ist vielleicht das Beste an George: Er beruhigt einen wie ein lieber, dicker Onkel. Vielleicht wusste meine Schwester Grace, dass ich nicht die Hölle brauche, sondern jemanden, der auf mich achtet.

»George, du machst dieses ganze Zeug mit Familienrecht … Ist er der schlimmste verlogene Scheißkerl, dem du je begegnet bist?«, fragt Lucy, als sie den Raum betritt.

George zuckt nicht mit der Wimper. »Miss Callaghan – Lucy, oder? Ich arbeite seit vierundzwanzig Jahren im Familienrecht. Ich habe alles gesehen. Einmal war ich Zeuge, wie eine Frau einen Bürostuhl nach ihrem Ehemann warf. Er brauchte dreiundzwanzig Stiche. Ich habe gesehen, wie Leute sich um einen Goldfisch stritten. Ich habe eine Frau gesehen, die einen Videobeweis hatte, dass ihr Ehemann die Nachbarin vögelte, und er behauptete, es sei sein lange verschollener Zwilling.«

Lucy und ich stehen fasziniert da. Vor allem ich, da George sich normalerweise recht bedeckt hält.

»Aber … ja«, fährt er fort. »Simon schafft es möglicherweise in die Top Ten.«

Lucy sieht aus, als fühlte sie sich bestätigt.

»Es ist ein hässliches, uraltes Geschäft. Scheidungen und gebrochene Herzen.«

»Warum machst du es dann?«, frage ich.

»Besser als Vermögensrecht. Man fühlt sich wenigstens nützlich. Ich helfe Menschen.« Er glättet die Falten in seinem Hemd. Es sieht aus, als hätte er einen Knopf nahe am Hosenbund verloren. »Nun, du weißt, wo du mich findest, wenn du mich brauchst.«

Ich lächle, und Lucy bietet an, ihn zur Tür zu bringen. Ich blicke zu dem Wasserglas auf dem Tisch und sehe Lippenstift daran, der Beweis, dass Cat einen Schluck getrunken hat. Gut gemacht, Luce. Ich blicke zu der Stelle, wo Simon eben noch saß. Die Sofas habe ich nicht ausgetauscht. Vielleicht hätte ich es tun sollen, aber ich hatte nicht das Geld für eine Komplettrenovierung. Heute hat er sich auf seinen üblichen Platz gesetzt, als wäre er nie weg gewesen. Dort auf dem Sofa hat er gesessen, wenn er Cricket schaute oder zur Morgenzeitung seine erste Tasse Tee trank. Im Bademantel, mit nackten Füßen.

Atmen, Emma. Fahr in die Arbeit. Denk nicht an ihn.

Ich drehe mich zum Kaminsims, um das Foto anzusehen, das dort steht. Jeder, der uns besucht, ist geschockt, es dort zu sehen. Wenn Lucy könnte, würde sie es umstoßen und mit dem Glas des Rahmens sein Gesicht herauskratzen. Es ist ein Bild von Simon mit den Mädchen am Strand in Cornwall.

Eines dieser grandiosen Bilder, eingerahmt von Sonnenlicht und blauem Himmel. Iris hatte gerade den ersten Zahn verloren; ihre Gesichter sind frisch und golden. Warum steht es dort? Wegen der Mädchen. Er ist immer noch ihr Vater. Unsere Töchter wohnen auch hier, und egal, was passiert ist, sie sollen eine gute Beziehung zu Simon haben.

Das Bild hat früher im Zimmer der Mädchen gestanden, aber Iris hat es hier aufgestellt. Ich weiß, warum. Sie ist klein, sie lebt immer noch in der Hoffnung, dass wir wieder zusammenkommen und das Märchen ein besseres Ende hat. *Ich habe es versucht, Mädchen. Ich habe euretwegen, unseretwegen, so lange durchgehalten, wie ich nur konnte.* Die Schuldgefühle deswegen plagen mich immer noch, also lasse ich das Foto dort stehen und bemühe mich nur, es aus meinem Sichtfeld zu verbannen. Simon hat es gesehen, und ich weiß, was er sich vermutlich gedacht hat. *Sie hat ein Foto von mir. Sie liebt mich noch. Ich gewinne dieses Spiel.* Ich sehe das Bild an, all die Furchen in seinem Gesicht und das breite Lächeln. Leise sage ich zu mir selbst: »Kein Gedanke daran.«

Kapitel zwei

Als meine Scheidung noch im Gange war, erhielt ich einen Brief von einer Krankenschwester des Evelina London Children's Hospital, wo ich arbeite. Ihr Name war Alice, und sie wollte mich ihrem Gewissen – und ihrer Karriere – zuliebe wissen lassen, dass sie diverse Male mit Simon geschlafen hatte. Es tat ihr leid, und sie meinte, sollte es nötig sein, könne sie mir noch einige weitere Frauen auflisten, mit denen er geschlafen hatte – sie wusste von mindestens zweien, einschließlich der Mutter eines Patienten –, und Bilder weiterleiten, die er ihr geschickt hatte, darunter Fotos von seinem Penis. Der Brief wurde an meinen Arbeitsplatz geschickt. Maddie, meine Sekretärin, öffnet meine ganze Post. Sie las ihn und versteckte ihn vor mir, weil sie vermutlich nicht noch Salz in die ohnehin bereits klaffende Wunde reiben wollte. Und offen gesagt wusste ich bereits, wie sein Penis aussah.

Um die Zeit herum hatte ich zudem sechs Kilo verloren und verbrachte die meiste Zeit damit, zu schlafen, zu weinen oder aus dem Fenster meines Büros auf die Themse zu starren. Ich ernährte mich nur noch von Bananen und tassenweise stark gesüßtem Tee. Das ist keine Ernährung, die ich als Mensch oder Medizinerin empfehlen würde. Aber Maddie kümmerte sich in jeder Hinsicht um mich. Sie gehört zu den Menschen, die mich gerettet haben, sie war der starke, zentrale Pfeiler in einem Haus, das auseinanderfiel. Sie war diejenige, die mich drängte zu essen und dafür sorgte, dass ich mich auf meine Arbeit konzentrierte, während sie Krankenschwestern namens Alice in die Cafeteria bestellte und ihnen die Meinung sagte. Es war Shepherd's-Pie-Tag. Und angeblich flogen so einige Erbsen.

»Ich habe deine Nachricht bekommen. Ich hab dir Tee gemacht. Geht's dir gut, Liebes?«, sagt Maddie und folgt mir in mein Büro. »Ich habe dir auch Snacks besorgt. Ich wusste schon, dass du bestimmt nichts gegessen hast. Die Sprechstunde beginnt in zwanzig Minuten. Was will der Mistkerl jetzt wieder?«

Das ist Maddies Art. Die Worte und der Tee fließen schnell. Ich hebe die Hände, damit sie mir einen Moment Pause gönnt, vor allem, weil ich gerade hierhergerannt bin, um rechtzeitig zur Sprechstunde da zu sein. Ich versuche mich zu erinnern, wie man atmet. Tatsächlich hat sie mir Hummus und eine Auswahl kleiner Käsestücke im Supermarkt gekauft, dazu ein paar Kräcker und Weintrauben. Goudastückchen und der Kichererbsendip werden die frischen Wunden schließen und meine Seele beruhigen. Meine Snacks sind vor dem Kalender mit Sinnsprüchen aufgebaut, den sie mir zu Weihnachten geschenkt hat. Er ist am richtigen Tag aufgeschlagen und erinnert mich: *Wenn du davon träumen kannst, dann kannst du es auch tun.* Ich träume oft davon, Simon umzubringen, aber ich bin mir sicher, das wäre moralisch verwerflich.

Ich lege Mantel und Tasche ab und versuche, mir den Schweißfilm von der Stirn zu wischen. Sie wuselt hinter mir her und setzt sich auf mein Sofa. Das war eines der ersten Dinge, die sie getan hat, als die Scheidung am Laufen war: Sie hat mir dieses Sofa besorgt. Einmal fand sie mich, wie ich zwischen zwei OPs auf dem Boden schlief, also schmeichelte sie ein paar Leuten vom Transportdienst, damit die sich nach alten Sofas umsahen, und zahlte für eine neue Polsterung. Sie kaufte mir sogar eine Fleecedecke dafür. Und weil ich alle Aufmunterungssprüche brauchte, die man nur kriegen kann, kaufte sie mir außerdem eine Tasse, auf der in pinker Kursivschrift mit etwas Glitter und einem sich aufbäumenden Comic-Einhorn stand: *YOU GO GIRL!*

»Alles gut«, antworte ich schließlich. »Simon wollte nur einige unserer Tage mit den Mädchen tauschen. Ich liebe Käse, und ich liebe dich.«

Sie lächelt. Sie ist immer auf meiner Seite. Sie ist empathisch und kann meinen Schmerz so stark fühlen, dass sie alles tut, damit er aufhört. Sie ist mit Mark verheiratet, einem extrem großen Bauarbeiter, der selbst eine Scheidung hinter sich hat, also weiß sie zumindest teilweise, wie meine Welt so funktioniert.

»Trink erst mal deinen Tee. Es ist nicht mehr lange bis zu deinem ersten Termin. Leider ist Lewis auch wieder da.«

Während sie mit mir redet, gehe ich einige Notizen durch und nicke.

»Geht es dir wirklich gut?«

»Ja, wirklich. Es war nicht der ideale Start in den Tag, den Morgen mit diesem Arschloch zu verbringen, aber mir geht es gut, ganz ehrlich.«

Sie mustert mein Gesicht, als würde sie mir nicht ganz glauben. Ich habe oft das Wort gut benutzt, wenn ich meinen bestmöglichen Gemütszustand beschreiben sollte. Die ganze Zeit über war es nie großartig, zehn aus zehn, fantastisch, ich waberte immer um okay herum, gut, durchschnittlich, ein Zustand, in dem jederzeit alles den Bach runtergehen konnte.

»Das ist ein hübscher Jumpsuit«, sage ich zu ihr. Sie spürt, dass ich das Thema wechseln will.

»Ich experimentiere ein bisschen. Nervt aber ziemlich, wenn man aufs Klo muss.« An den Ohren trägt sie Creolen, so groß wie Vorhangringe. Sie setzt sich aufs Sofa und mustert mich weiterhin aus ihren runden blauen Augen, die mich immer an eine Katze erinnern.

»Lucy hat dir gesagt, dass du dich um mich kümmern sollst, oder?«

»Das hat sie nicht, eigentlich …«

Dieser Tage fragen mich die Leute oft, wie es mir geht. Ich weiß das zu schätzen, aber ich weiß auch, dass sie sich manchmal heimlich verbünden und einen Schutzschild um mich hochziehen. Es gab eine Zeit, da brauchte ich das. Aber jetzt wünsche ich mir manchmal einfach nur, man würde mir zutrauen, dass ich heilen und mit der Situation zurechtkommen kann. Wenigstens ein bisschen.

»Es tut mir leid. Du hast mir diese kleinen Babykäseräder gekauft, und ich bin einfach nur genervt, weil ich den Papierkram eines ganzen Morgens nicht machen konnte.«

»Du wurdest ge-Simon-t. Es ist okay. Und du musst nichts machen, weil ich eine gute Sekretärin bin und all diese Notizen für dich transkribiert habe.«

»Ich verdiene dich nicht.«

»Nun, ich habe das zuerst gesagt, weil es da noch etwas gibt …«

Ich hoffe, es ist Salami, die zu diesem Käse passt. Sie wirkt jetzt etwas wachsamer, als hätte sie etwas getan, was sie nicht hätte tun sollen. So war sie, als ich dreißig wurde und sie eine Überraschungsparty für mich auf einer der Abteilungen organisierte. Sie hat eine Mariachi-Band organisiert, die orange Ponchos trug, nach gebratenem Fleisch roch und fieses Gesichtshaar hatte. Die Band wurde von den Schwestern zum Teufel gejagt, weil sie die Kinder zum Weinen brachte.

»Sei bitte nicht sauer ... also, gestern Abend habe ich mich mit Kollegen getroffen. Kennst du Marshall aus der Röntgenabteilung? Der, der immer Weiß trägt und bei dem man die Unterhosen durch die Hosen sehen kann?«

Ich muss zugeben, dass ich noch nie die Hosen eines Mannes so genau unter die Lupe genommen habe, aber ich nicke trotzdem, und sie fährt fort.

»Nun, es war sein Geburtstag, und wir sind alle etwas trinken gegangen, und wir waren eine nette Truppe, und da war ein ziemlich dufter Typ, den ich schon eine Weile kenne.«

»Dufte?«

»Oh, so richtig. Er ist total lustig, und weißt du noch, was du neulich über Ärzte in Sportsocken und Mokassins gesagt hast und dass die idealen Schuhe für einen Arzt ...«

»... Nike Air Max sind?«

»Genau, und er hatte diese richtig coolen Nikes mit einem Vintage-Print an, und nette hochgerollte Chino-Hosen. Der Mann hat richtig Stil. Hatte ein Oxford-Hemd an und trank ein Glas Rosé.« Sie wirkt aufgeregt, während sie ihn beschreibt wie ein gutes Essen, das sie mal serviert bekommen hat. »Und schöne Haut. Möglicherweise war ich gegen Ende des Abends so beschwipst, dass ich ihm übers Gesicht gestrichen habe.«

Bei diesen Worten blicke ich von meinen Papieren auf. »Maddie, du hast mit jemandem aus der Röntgenabteilung geknutscht? Weil dir seine Schuhe gefielen?«

»Nein, du Dummerchen. Und er kommt nicht aus der Röntgenabteilung, er ist Anästhesist. Er heißt Jag.«

»Und?«

»Und ich hab ... ich habe ein Date für euch beide arrangiert.«

Ich bin nicht mal schockiert, einfach nur verwirrt.

»Maddie ...«

»Vertrau mir. Er ist nicht wie dieser Tinder-Typ, der geheult hat. Er war nie verheiratet. Hat keinen Ballast …« Ihre meerblauen Augen blicken hoffnungsvoll. Dass ich sie nicht rauswerfen werde. *Deshalb* hat sie mir diesen Minikäse gekauft.

»Und was stimmt nicht mit ihm, dass er so lange Single bleibt? Wie alt ist er?«

»Er ist dreißig und hatte eine Langzeitfreundin, die Konditorin war. Aber scheinbar war sie doch nicht so toll, sie hat ihm nämlich an seinem Geburtstag den Laufpass gegeben.«

»Wer macht denn so was?«, frage ich spöttisch.

Sie wirft ein Kissen nach mir. »Er fährt einen Kia.«

»Langweilig.«

»Sparsam.«

»Er ist fünf Jahre jünger als ich.«

»Und das bedeutet, er hat den Vorteil jugendlicher Energie auf seiner Seite.«

Ich finde es großartig, dass sie versucht, ihn mir über sein Auto, seine weiche Haut und sein Schuhwerk schmackhaft zu machen. Seit dem Vorfall mit Heulsuse Phil vor über einem Jahr war ich nicht mehr auf einem Date. Nicht, dass ich ein Trauma davongetragen hätte, aber die ganze Erfahrung an sich war wahnsinnig angsteinflößend. Und ermüdend. Ich hatte einen Schritt in die richtige Richtung gewagt, weg von meinem alten, gebrochenen Ich. Aber ich war so lange in einer Beziehung, dass mir alles ein bisschen zu viel wurde. Ich hatte allein zwei Stunden gebraucht, um mich fertig zu machen, Zahnseide, Fusselroller und Lucy, die versuchte, mir über FaceTime beizubringen, wie man sein Gesicht richtig konturiert.

Ich setzte den Fuß in eine Dating-Welt, die sich unglaublich verändert hatte. Wo die Menschen mit Emojis kommunizierten und Gin ein Modegetränk war. Als ich das letzte Mal Single war, herrschten andere Verhältnisse. Die Menschen waren jung und unbeschwert, und Beziehungen fußten auf einer ganz bestimmten Vorstellung von Liebe. Aber diese Menschen sind jetzt älter. Das Leben hat sie geschliffen und die Art verändert (soll heißen: zerstört), wie sie über Liebe, Treue und Sex dachten. Ich gehöre zu diesen Menschen.

»Wie hast du mich diesem Jag schmackhaft gemacht?«, frage ich.

»Ich habe nur deinen Namen erwähnt, und er wusste sofort, wer du bist.«

Ich verziehe das Gesicht. »Wegen der Simon-Sache?« Ich weiß, dass auf den Fluren hier häufig darüber gesprochen wird, und ich hasse, dass die Leute mich darüber definieren.

»Nein, Dummerchen. Man kennt dich, weil du eine ausgezeichnete Ärztin bist, und weißt du was? Er sagte, er sei ein ›Fan‹ und dass er deine Arbeit ›mag‹.«

Ich lege verwirrt die Stirn in Falten. Er hat meine Fähigkeiten als Chirurgin unter die Lupe genommen?

»Er war mehr als einmal mit dir im Operationssaal. Er meinte, du hättest ein sehr nettes Auftreten, und jeder arbeite gerne für dich. Viele Chirurgen sind Vollidioten mit großem Ego, und du bist anders.«

»Oh, okay, da bin ich ja froh.« Aber ich traue der Sache immer noch nicht ganz. Maddie ist die Art Mensch, der es zuzutrauen ist, dass sie bereits einen Tisch gebucht und das Datum für unsere Verlobungsparty festgelegt hat.

»Also, was sagst du? Ich werde euren Terminplan abgleichen. Du hast in den kommenden Wochen ein paar Lücken im Kalender.«

»Die Lücken wollte ich eigentlich für Gartenarbeit nutzen.«

Das ist nicht gelogen. Es ist Zeit, die Blumenzwiebeln zu pflanzen und die Gartenmöbel zu reinigen. Maddie sieht mich bezeichnend an. *Du schwimmst in deinem Singledasein, wirst langsam von den Wellen davongetragen, und ich werfe dir hier eine Rettungsleine zu. Komm an Bord. Es macht Spaß hier. Und wenn es dir nicht gefällt, kannst du immer noch zurück ins Meer springen.*

»Na ja, ich schätze, irgendwann zwischen dem Unkrautjäten muss ich auch was essen«, murmle ich zögerlich.

Maddie klatscht aufgeregt in die Hände. »Ich kümmere mich darum. Ich habe ein gutes Gefühl bei ihm. Er ist ein netter Kerl. Er ist so dufte!«

Ich reagiere nicht. Von außen sind sie alle dufte. Er könnte jemand sein, der beim Essen schmatzt und nasse Handtücher im Bad auf dem Boden liegen lässt. Aber ich schätze mal, das muss ich selbst beurteilen, wenn wir uns treffen.

»Also, zurück zu heute«, fährt sie fort. »Sprechstunde bis drei, Labor um vier, und dann die Abendrunden auf den Stationen. Morgen ist mehr los, aber darum kümmern wir uns, wenn es so weit ist.«

Das *Evelina* ist praktisch mein zweites Zuhause. Nach meiner Scheidung wurde mein Job mein Zufluchtsort, die eine Sache, von der ich wusste, dass ich sie richtig mache. Bis zu diesem Punkt hatten Simon und ich den gleichen Weg beschritten, vom Medizinstudium über die Auswahl unseres Fachgebiets. Wir unterstützten uns in hektischen Zeiten, bei Examen, langen Schichten, und dann kam die Ehe. Aber irgendwann verließ Simon den gemeinsamen Weg, schlug sich in die Büsche, und die Arbeit war meine Rettung. Sie war etwas, worauf ich mich fokussieren konnte.

Mein Spezialgebiet ist Kinderkardiologie. Ja, ich verdiene

meinen Unterhalt damit, Herzen wieder in Ordnung zu bringen. Mir ist klar, wie absurd das in Anbetracht der Umstände klingt. Genau wie die Tatsache, dass Simon Knochen richtet. Wenn er nicht gerade ein arroganter Arsch ist, dann ist er ganz gut in dem, was er macht, aber im Moment würde ich ihn nicht mal in die Nähe meiner Knochen lassen. Wobei er mich im Moment vermutlich auch nicht mit einem Skalpell an sein offenes Herz ließe.

Weil wir nicht wollen, dass die Kinder Angst haben, sind Kinderkrankenhäuser hell und in Primärfarben gehalten. Da ist das *Evelina* keine Ausnahme – es wirkt, als wäre es aus Lego gebaut. Wir haben Rutschen, Saft in kleinen Kartons, Abfalleimer so rot wie die Busse in London, und wir mögen Unterwasserwelten, deshalb starre ich ziemlich oft auf Comic-Quallen.

Kindermedizin und kranke Kinder sind ernüchternd. Das hat mir vermutlich zu einem großen Teil durch meine Scheidung geholfen, weil ich immer wieder vergleichen konnte, wer schlimmer dran war. Die Frau, deren Ehemann mehrere Affären hatte, oder der Sechsjährige mit der Herzkrankheit, der keine fünfzig Meter weit laufen kann, ohne Sauerstoff zu brauchen. Die Sechsjährigen mit ihrer bewundernswerten Widerstandskraft und den Gesichtern wie kleine Kätzchen gewannen immer. Zu wissen, dass ich ihnen helfen konnte, gab meinem Leben einen Sinn, als alles andere den Bach runterging.

»Chadwick. Wie geht's?«

Ich bin gerade auf dem Weg zur Ambulanz, als hinter mir eine laute Stimme ertönt. Ich will nichts beschönigen: Wenn man im medizinischen Bereich arbeitet, trifft man auf eine Menge aufgeblasener Wichser. Dieses Exemplar hier ist von der schlimmsten Sorte: Dr. Gargan, liebevoll auch der Gargoyle genannt. Er ist ein medizinischer Dinosaurier aus vergangenen Zeiten, hat für jede Gelegenheit einen nicht politisch korrekten Witz parat und steht auf Hosen mit zwei Abnähern.

»Walter. Gut, danke. Und selbst?«

»Wie geht's dir mit der Scheidung? Es ist ein Jammer, dass du zugelassen hast, dass das zerbricht. Ich fand immer, dass du und Simon ein großartiges Paar abgebt.«

Ich lächle angespannt angesichts seiner Direktheit. Ich habe zugelassen, dass es zerbricht? Welche Version der Geschichte hat er denn gehört? Die, in der ich das karrieregeile Miststück bin, das Simon vor die Tür gesetzt hat, oder die, in der ich einen Zusammenbruch hatte? Auf so engem Raum zusammenzuarbeiten bedeutet, dass Gerüchte sich hier wie die Masern verbreiten.

Er sieht mich mit einem sprechenden Blick an. »Aber ich bin mir sicher, ein hübsches Fohlen wie du wird nicht lange allein auf der Weide sein.« Und damit haben wir den nicht politisch korrekten Teil hinter uns. »Grüßen Sie Simon nett von mir, wenn Sie ihn das nächste Mal sehen.«

»Ich würde meinen, das ist der Sinn und Zweck einer Scheidung. Ich muss ihn nie wieder nett oder anderweitig grüßen.«

Er reagiert mit einem verwirrten Blick. Es gibt Männer, die werden es nie verstehen. Aber ich habe Glück: Rhonda rettet mich.

»Dr. Gargan. Sie sind zwanzig Minuten zu spät dran. Ihre Akten sind in Ihrem Büro, und ich schlage vor, dass Sie sich heute bei all Ihren Patienten entschuldigen. Miss Callaghan. Schön, Sie zu sehen.« Rhonda ist eine der Schwestern in der Ambulanz, eine Frau mit strengem Äußeren, die noch die altmodischen Uniformen mit dicken Wollstrumpfhosen aus der Florence-Nightingale-Ära der Pflege trägt. Sie hat die Art von

Gesicht, dem man ansieht, dass sie gerne starken Tee trinkt und vermutlich niemals weint, wenn jemand im Reality-Fernsehen auf die Tränendrüse drückt. Sie führt ein strenges Regiment, aber man hofft immer, dass es etwas in ihrem Leben gibt, für das sie Liebe empfindet. Und sei es nur eine Topfpflanze. Mir gefällt, dass sie mich mit meinem Mädchennamen anspricht und Volltrotteln wie Gargan die Meinung sagt.

Er schlurft davon und wirft ihr böse Blicke zu, weil sie es gewagt hat, ihn zu kritisieren. Ich meine, er ist Arzt und besitzt einen Penis, wie kann das sein?

»Rhonda. Viel los heute?«, frage ich sie fröhlich.

»Immer. Mr. Carver war heute Morgen hier. Er redet gern. Wir sind etwa eine halbe Stunde hinter dem Plan.« Dan Carver. Netter Typ, trägt gerne eine übertrieben große Fliege, allerding ist sein Name – Carver, also Schnitzer – nicht der beste für einen Chirurgen.

»Er überzieht immer. Also gut, ich werde das Mittagessen auslassen und uns wieder auf Kurs bringen«, sage ich.

»Ich sorge dafür, dass die Mädchen Ihnen was zu essen bringen. Ihre Schwester heute ist Marie. Sie ist noch neu, ausgezeichnetes Benehmen, braucht aber noch etwas Anleitung«, informiert Rhonda mich.

Marie steht gleich neben ihr, sieht aber zu verängstigt aus, um verärgert darüber zu sein. Ich lächle und versuche, ihr mit einem beruhigenden Lächeln zu verstehen zu geben, dass ich sie weder anschreien noch absolute Perfektion erwarten werde.

Das Wartezimmer beobachtet mich, während ich dort so stehe. Alles ist sehr offen hier, überall Lärm, Snacks und Malbücher, aber wenn ich reinkomme, ist da immer ein Ausdruck von Erwartung und Urteil auf den Gesichtern der Eltern und Aufsichtspersonen. Sie wollen sich vergewissern, dass ich alt und qualifiziert genug bin, um ihre Kinder zu behandeln. In der Ecke singt ein Pixar-Film. Da ist immer ein Kind, das die ganze Familie dabeihat, samt Großeltern und allem, und mindestens ein Kind rennt im Kreis um die Sitzgruppe – heute ist es ein Rennwagen. Sie alle drehen sich um und blicken mich an. *Bitte, lass uns die Nächsten sein.*

Ich blicke hinunter auf mein erstes Blatt und lächle. »Lewis Bromwich.«

Ein Kopf schiebt sich zögerlich nach oben, aber sobald er sieht, dass ich es bin, springt er von seinem Stuhl auf. Ich hatte nie einen Hund, aber ich vermute und hoffe, wenn ich einen hätte, dann würde er auf die gleiche Weise auf mich zustürmen, wie Lewis es tut. Ich strecke einen Arm aus, weil ich hoffe, dass ich ihn damit bremsen kann, aber keine Chance: Er wirft sich mir in die Arme, und ich habe den Mund plötzlich voller Locken.

»Doctor C! Ich hab mir schon Sorgen gemacht!«

»Du hast dir Sorgen gemacht? Warum?«

Gleich hinter ihm kommen seine Eltern. Sie tragen die üblichen Mäntel und Utensilien, die Menschen bei sich haben, wenn sie wissen, dass sie lange Zeit in einem Wartezimmer verbringen werden. Ich schüttle ihnen die Hand und führe sie in den Behandlungsraum.

Ich kenne sie jetzt seit sieben Jahren. Seit Lewis' Mom diesen kleinen Menschen auf die Welt gebracht hat und sein Herz buchstäblich gebrochen war. Ich habe mehrere solche Patienten, bei denen es sich fast anfühlt, als wären sie Teil meiner Familie. Schon seit den frühen Jahren meiner Ausbildung arbeite ich eng mit ihnen zusammen. Ich habe alle ihre Tränen gesehen, auf ihre Kinder aufgepasst. Sie schicken mir Grußkarten und Wein, und obwohl ich versuche, eine professionelle Distanz zu wahren, fühlt es sich an, als wären ihre Kinder auch ein wenig meine.

Seine Mutter mischt sich ein. »Die Schwester sagte, eine Miss Callaghan würde sich um uns kümmern.«

»Oh, ja, das bin ich. Ich habe meinen Namen geändert.«

Lewis schaut mich verwirrt an. »Mochten Sie Dr. Chadwick nicht?«

Das ist eine kleine Untertreibung, Lewis. »Ich habe meinen Mädchennamen wieder angenommen.«

»Mädchenname? Sie sind aber doch gar kein Mädchen mehr!«

Die Eltern lächeln mir zu und drängen ihn, sich zu setzen. »Das erklären wir dir später, Lewis«, sagt sein Vater. Mir fällt auf, dass seine Mutter mich mustert. Warum, weiß ich nicht so genau, aber diese Art Aufmerksamkeit ist mir vertraut. Die Menschen erwarten, dass man anders aussieht, wenn man geschieden ist. Traurig, gealtert, das Wort eintätowiert auf der Stirn vielleicht.

»Okay, aber es ist gut, dass ich Sie immer noch Doctor C nennen kann, weil Doctor W nicht so gut klingen würde.«

Ich lächle breit. »Das stimmt. Also, erzähl, wie geht's dir, Lewis?«

Er springt vom Stuhl, um seinen Dinorucksack abzunehmen. »Mir geht's gut. Ich hab Ihnen ein Bild gemalt. Und ich hab noch ein halbes Twix. Wollen Sie?«

Von Lewis bekomme ich immer ein Geschenk in Form eines gemalten Bildes als Lohn dafür, dass ich geholfen habe, ihn von innen heraus zu reparieren.

»Ich hab im Moment keinen Hunger. Spar dir das Twix für später in der U-Bahn auf.«

»Es ist ein Oktopus.«

Ich sehe mir das Bild an. Mir gefällt, dass er eine Melone trägt und sich scheinbar auch einen Schnurr- und Vollbart hat wachsen lassen. »Hast du ihm acht Arme gemalt?«, frage ich.

»Klar. Wussten Sie, dass Oktopusse drei Herzen haben?«, erzählt er mir.

»Das wusste ich nicht. Aber ich weiß, dass Wale ein Herz haben, das so groß ist wie ein Kleinwagen.«

Er reißt die Augen auf. »O Gott, das ist mega!«

Seine Eltern lächeln, und sein Dad lässt die Hand durch seinen Lockenkopf gleiten, während er versucht, ihn zu beruhigen.

»Denken Sie, Sie könnten ein Walherz operieren?«, fragt Lewis mich.

»Dafür würde ich eine sehr lange Leiter brauchen. Und einen Taucheranzug. Aber ich würde es versuchen.«

Er lächelt ein breites Lächeln, bei dem man alle seine Zähne sieht, und schlenkert mit den erbsengrünen Converse-Schuhen, die er an den Füßen trägt.

»Also, ich habe gehört, dass es ein kleines Drama mit dir gab, junger Mann. Kannst du mir sagen, was passiert ist?« Das steht alles in meinen Unterlagen, aber ich mag, wie der Kleine Geschichten erzählt.

»Also … Ich war in der Schule, und wir hatten Sport, und ich hatte nicht so Lust, weil es kalt war, und wir hätten echt nicht rausgehen sollen, aber Mr. Gray zwingt uns zum Rausgehen, weil er angeblich mal beim Militär war und sagt, wir müssen uns an die Kälte gewöhnen. Aber so was macht man mit Leuten im Gefängnis!«

Ich lächle. »Erzähl weiter.«

»Und dann fing mein Herz an zu laufen.«

»Du meinst rasen?«

Alle drei nicken synchron. Rasen trifft es noch nicht mal. Es sprintete mit 252 Schlägen pro Minute wie Usain Bolt auf die Ziellinie zu, drei Mal so schnell, wie es sollte.

»Ich hab Bläschen in meiner Brust gespürt, und dann wurden alle in der Schuhe total panisch und haben den Krankenwagen gerufen, und sie haben mich ins Krankenhaus gebracht, aber nicht in das hier, es war ein anderes, und es war nicht so gut, weil Sie nicht da waren, und die Kekse da waren richtig schlecht.«

Seine Mutter mischt sich ein. »Sie haben ihm Medikamente gegeben, um sein Herz wieder in einen normalen Rhythmus zu bringen. Sie hätten ihm beinahe Stromstöße verpasst.« Sie spricht nicht weiter, aber die Gesichter beider Eltern wirken müde und blass, als sie sich an den Vorfall erinnern.

Lewis wirkt vollkommen gelassen. Aber um ehrlich zu sein, wir haben diesem Jungen schon so ziemlich alles zugemutet. Wir haben ihm öfter die Brust aufgeschnitten, als das bei jemand so Kleinem der Fall sein sollte, wir hängen ihn an Maschinen und stellen ihn aufs Laufrad. Seine Widerstandskraft und sein Charakter faszinieren mich, aber ich mag mir nicht vorstellen, wie es für Eltern sein muss, ihr Kind so verletzlich und hilflos zu sehen, so gelähmt vor Angst zu sein und die Last solcher Sorgen auf den Schultern zu tragen.

»Es gab da einen Arzt, der meinte, ich soll pupsen, damit mein Herz langsamer schlägt. Funktioniert das?«, sagt Lewis und legt die Hand an die Wange.

»Nur, wenn du Bohnen gegessen hast.« Mein lahmer Witz entspannt die Eltern etwas. »Also, kleiner Mann, wir müssen uns versichern, dass dein Herz funktioniert, wie es soll. Das ist Marie. Sie bringt dich in den anderen Raum für ein EKG, und wir stellen sicher, dass dein Ticktack gut in Form ist.«

Er schaut Marie an. »Bist du neu? Du siehst neu aus. Wie alt bist du?«

Die Fragen scheinen sie völlig zu überwältigen.

»Sie ist hundertfünf«, sage ich zu ihm und überfliege meine Notizen.

Er lacht und springt vom Stuhl.

»Lewis, Daddy geht mit dir, und Mummy bleibt hier. Ich habe ein paar Fragen an Doctor C, ist das okay?«, fragt seine Mutter. Ihn scheint es nicht zu stören. Seit Jahren kommen immer beide Eltern mit dem Kind. Sie teilen die Verantwortung und Abläufe, die es mit sich bringt, ein chronisch krankes Kind zu haben. Dad steht auf und salutiert vor uns, ehe er seinem Sohn anbietet, auf seinem Rücken zu reiten. Mum lächelt. Als sie den Raum verlassen, hören wir noch, wie Lewis das halbe Twix Marie anbietet.

Seine Mutter wendet sich an mich, sobald die Tür zu ist. Ihre Schultern entspannen sich, und sie erlaubt sich zu atmen.

Ich lege ihr eine Hand aufs Knie. »Und wie geht es Ihnen?«

»Gerade denkt man, alles ist überstanden, und dann passiert so etwas und macht einem wieder Angst.«

»Warten wir die Tests ab, dann sehen wir, ob es Grund zur Sorge gibt. Es ist normal, dass bei einem Kind wie ihm gelegentlich Herzrasen auftritt. Wir können sehen, ob wir da mit Medikamenten gegensteuern können.«

Sie lächelt und nickt.

»Haben Sie noch weitere Fragen?«

Sie mustert mich einen Moment zu lange. »Wie lange sind Sie schon geschieden?« Sobald die Worte raus sind, weiß sie, dass sie eine Grenze überschritten hat. »Es tut mir leid. Sie müssen nicht antworten, wenn Sie nicht möchten. Das war eine unhöfliche Frage.«

»Etwa ein Jahr. Offiziell. Ich habe nur eine Weile gebraucht, um mich dazu durchzuringen, meinen Namen zu ändern. Es fühlte sich komisch an, nicht den gleichen Namen wie meine Töchter zu haben«, antworte ich ruhig.

Sie nickt, und ihre Augen werden feucht. Ich hoffe, nicht aus Mitleid. Zu einem großen Teil lag es einfach daran, dass

ich weder Zeit noch Energie für den Behördenkram hatte.
»Oh. Das tut mir leid.«

»Das muss es nicht. Solche Dinge passieren eben«, antworte ich und winde mich innerlich bei dieser Plattitüde.

»Es ist nur … Ich meine, Sie werden es ja ohnehin bald in Lewis' Unterlagen sehen, aber mein Mann und ich sind … Ich meine, wir haben uns getrennt. Wir gehen jetzt auch diesen Weg.«

Ich brauche einen Moment, um diese Neuigkeiten über ein Paar zu verarbeiten, das ich schon ewig kenne. Ich habe sie in ihren dunkelsten Stunden gesehen, erlebe sie als in Freundschaft und Liebe für den Jungen verbunden, deshalb macht es mich traurig, von dieser Trennung zu hören. Ich bin enttäuscht, dass sie Mitglieder in meinem Club werden.

»Warum?«, murmle ich.

»Es hat sich schon eine Weile angebahnt. Ich meine, es ist absolut einvernehmlich. Er ist ein großartiger Vater für Lewis und mein bester Freund, aber eines Morgens sind wir aufgewacht, und uns wurde klar, dass wir zu Mitbewohnern geworden waren. Wir sind im Alltag gefangen. Haben uns entliebt.«

Ihr wird klar, dass sie zu viel preisgegeben hat, aber ihre Worte sind irgendwie tröstlich, das Wissen, dass ihr Mann und sie diese Entscheidung einvernehmlich getroffen haben. Meine Scheidung war mit so vielen schlechten Gefühlen verbunden, dass es mich beruhigt zu hören, dass sie sich einfach nur getrennt haben. Wie sehr ich mir wünsche, dass Simon einfach das getan hätte! Dass er aufgehört hätte, mich zu lieben, und einfach stillschweigend weitergezogen wäre, statt ins Bett einer anderen zu hüpfen.

»Es ist nur … Ich meine, im Moment leben wir noch zusammen, aber wir haben beide Angst, es Lewis zu sagen …«

»Er weiß es noch nicht?«, frage ich.

»Wir haben es versucht. Wirklich. Aber wir haben Angst, ihn zu zerbrechen. Ich meine, sehen Sie ihn sich an. Was er alles durchgemacht hat, und er macht weiter, als wäre nichts geschehen. Wir wollen nicht, dass er traurig wird und wir ihm diese Unbeschwertheit nehmen.«

Ich nicke nachdenklich. Ich bin mir nicht sicher, wie sie es vor ihm verborgen gehalten haben, aber ich habe ja selbst jahrelangen Herzschmerz versteckt.

»Sie sagten, Sie hätten Töchter?«

»Ich habe zwei, sie sind acht und sechs Jahre alt.«

»Wie haben Sie es ihnen gesagt?«

Ich zögere einen Moment, bevor ich erzähle. Das war einige Wochen nach Weihnachten, nachdem ich endlich unsere Ehe beendet hatte und mit den Mädchen zurück nach Hause kam. Simon war zu dem Zeitpunkt schon weg. Er hatte seine Sachen gepackt, und da er ein mieser Feigling ist, hat er es mir überlassen, mich mit den Mädchen hinzusetzen und ihnen beizubringen, dass ihr Vater nicht mehr bei uns wohnt. *Nun, du wolltest es beenden, also erzählst du es ihnen auch.* Ich erinnere mich, wie ich dort saß, überwältigt von Emotionen und ohne eine Ahnung, wie ich das alles machen sollte. Jeder Satz klang kitschig, klischeehaft und unehrlich. Also tat ich das Einzige, was ich konnte.

»Ich habe uns alle in Pyjamas gesteckt, alle Decken nach unten getragen, und wir haben uns *Mrs. Doubtfire* angesehen.«

Lewis' Mutter lacht leise. *Ja, ich habe mir von Robin Williams helfen lassen.*

»Und dazwischen habe ich ungeschickt und mit viel zu vielen Worten erklärt, was passieren wird.«

»Wie haben sie reagiert?«

Dieser Abend spielt sich immer wieder in meinem Kopf ab. *Was meinst du damit? Wo wohnt Daddy dann? Liebst du ihn noch? Haben wir was falsch gemacht?* Alle Fragen kamen von Iris. Sie war ruhig und nachdenklich, sie wollte wissen, wie das ihren Alltag veränderte. Violet verstand es gar nicht. Sie dachte, Simon wollte anfangen, Kleider zu tragen. Sie meinte, dann müsse er sich die Beine rasieren. Wir kicherten. Ich hielt sie beide fest im Arm. Ich stellte mir vor, mit Rasierer und Heißwachs bewaffnet über Simon zu stehen. Das hätte Spaß gemacht. Ich sprach es nicht laut aus.

Hasst du Daddy? Die Wahrheit war, dass ich es tat. Der Hass fühlte sich an wie Feuer, so hell loderte er. Ich wollte Simon zum Bösewicht machen. Meine Mädchen unter der Decke an mich raffen und ihnen alles erzählen, was er getan hatte, um diese Familie zu zerstören. Aber das konnte ich nicht.

»Es hat ihnen das Herz gebrochen«, sage ich leise.

Sie hält den Atem an. Natürlich hat diese Aussage eine besondere Wirkung, wenn es um ihren Jungen geht.

»Nicht so!«, rufe ich.

Sie lächelt. Aber es stimmt. Das war das Schmerzhafteste von allem. In dieser Nacht habe ich zwei kleine Herzen für immer verändert. Ich konnte den Schaden nicht sehen, ich wusste nicht, ob sie sich davon erholen würden. Ich weiß nicht, ob sie sich erholt haben.

Mir steigen Tränen in die Augen.

»Oje, es tut mir leid. Ich habe zu viel gesagt. Ich …«, murmelt Lewis' Mum panisch.

Ich schüttle den Kopf. »Alles gut. Reden Sie mit ihm. Je länger Sie es aufschieben, desto schwerer wird es. Ein ganzes Team von uns hat gut sechs Jahre damit verbracht, Lewis' Herz aufzubauen. Auf diese Leistung gibt es eine Garantie. Er wird es gut überstehen.« Mir wird klar, dass ich sie anlüge, also stehe ich auf und ziehe sie in eine Umarmung. »Alles wird gut.«

Kapitel drei

An diesem Abend komme ich gegen zehn nach Hause. Ich steige die Stufen zur Haustür hinauf und sehe, dass in der Küche Licht brennt. Hoffentlich hat Lucy etwas zu essen für mich vorbereitet. Und Wein. Ich hoffe, sie hat auch nicht vergessen, die Milch abzuholen. Und die Mädchen.

Als ich durch die Tür trete, höre ich ein Baby weinen. Ich bin so müde von diesem Tag, dass ich überlegen muss, wessen Kind das ist. Ich habe kein Baby, oder? Das letzte Mal hatte ich 2017 Sex. Und dann taucht um die Ecke ein Kopf auf.

»Yo, Bitch«, höre ich eine Stimme aus der Küche.

Beth. Sie ist die Nummer drei in unserem Clan, die Englischlehrerin, die frischgebackene Mutter und zugegebenermaßen etwas schusselige Schwester. Ich glaube, Beth hat tatsächlich einmal zugegeben, ihr Baby in einem Café vergessen und es erst an der Bushaltestelle bemerkt zu haben. Ihr kleiner Sohn heißt Joe. In Sachen Babys hat sie uns alle übertroffen. Er sieht ernsthaft aus wie eine Comicmaus mit braunem Haar wie Schokoladenwellen und braun-grünen Augen. Aber wenn es um meine Nichten und Neffen geht, bin ich immer voreingenommen.

Beth wäre die Erste, die zugibt, dass sie nicht fürs Muttersein geschaffen ist. Sie war eine glückliche und unbeschwerte Londonerin, die auf Festivals ging und uns auf Instagram mit

Fotos ihrer Wohnung und Posts von Wochenend-Meditationsausflügen in Ibiza neidisch machte. Und dann kam Joe. Heute trägt sie Leggins, ein weites T-Shirt und Converse, die komplett abgewetzt und zerfetzt sind, und das sind nur die Schuhe. Ihr Oberteil ist entweder voller alter Milchflecken, oder das ist irgendein komischer Avantgarde-Print. Die Art, wie sie Joe hält, ist seltsam, so wie man einen Rucksack in einer vollen Stadt tragen würde, wenn man vermeiden wollte, bestohlen zu werden. Er weint leise.

Ich komme in die Küche, werfe meine Tasche auf den Küchentresen und steige aus den Absatzschuhen. Lucy, die an der Küchenzeile lehnt, hat die Geistesgegenwart, mir direkt ein Glas zu organisieren. Und dann tut sie etwas gänzlich Unerwartetes und öffnet den Backofen.

»Du hast gekocht?«, frage ich.

»Cottage Pie.«

»Echt?«

»Hab ich Mist gebaut? Ich hab in diesem Bioladen in der Innenstadt eingekauft. Beth und ich haben in schwesterlicher Zweisamkeit Hackfleisch und Kartoffelpüree verarbeitet.«

Ich zucke mit den Schultern. Könnte schlimmer sein. Während ihrer ersten zwei Wochen hier durften meine Mädchen ein Essensabenteuer erleben, das Lucy »Tiefkühl-Tapas« nannte.

Sie schenkt mir ein Glas Wein ein. Ich komme zu ihnen, sehe mir Joe an und dränge Beth, ihn mir zu geben. »Wie geht es dir? Du siehst ziemlich fertig aus.«

»Na, danke auch. Warum schläft er nicht?«, fragt sie.

»Weil er ein Baby ist und es so aufregend findet, auf der Welt zu sein.« Ich lege ihn an meine Brust und halte ihn aufrecht. Von Babys werde ich nie genug bekommen können. Ich liebte es, meine eigenen zu haben, genoss die Weichheit und Wärme eines winzigen Babys unter meinem Kinn. Ich schaukle ihn etwas hin und her, und er schließt die Augen.

»Er hasst mich«, murrt sie resigniert.

»Nein. Er mag mich nur lieber.«

Beth wirft sich auf eine der Bänke am Küchentisch und rollt sich zusammen. Möglicherweise ist sie für heute einfach nur fertig. Lucy richtet den Blick auf mich und formt mit den Lippen: *Will.* Ich verziehe das Gesicht. Will ist Beths bessere Hälfte. Sie haben nie geheiratet, deshalb wusste man nie so recht, wohin ihre Beziehung führen würde. Will ist ein netter Kerl, aber beiden macht das erste Kind zu schaffen, sie haben Probleme, sich in ihre neuen Rollen einzufinden, sich an den Schlafmangel und die generelle Leere zu gewöhnen, in die man fällt, wenn ein Baby kommt und einem den Spaß an allem nimmt. Beth beginnt leise zu schnarchen, und wir lassen sie. Ich setze mich und bin dankbar für die Wärme, die Baby Joe mir spendet.

»Wie war dein Tag, liebe Schwester? Hast du alle Kinder wieder gesund gemacht?«

»Alle«, antworte ich und wechsle dann das Thema. »Wie geht es den Mädchen?«, frage ich. »Wie war der Gymnastikunterricht?«

»Ausgezeichnet. Iris ist offiziell meine biegsamste Nichte. Wir haben auch coole Frisuren gemacht.«

»Bitte sag mir, dass du ihnen nicht die Haare gefärbt hast. Ich bin mir ziemlich sicher, dass das gegen die Schulregeln verstößt.«

Sie mustert meinen braunen, spaghettiglatten Bob ausgiebig. Ich experimentiere noch nicht mal mit Stufen, aus Angst, auszusehen wie ein Cockerspaniel.

»So eine Frau kam ans Tor und hat mich wegen Ponys und Nüssen vollgequatscht. Sie hat mich von oben bis unten gemustert und ganz langsam gesprochen, weil sie wohl dachte, dass ich ein Au-pair vom Kontinent bin«, fährt Lucy fort.

»Ja …«

»Na ja, ich hab einfach mitgespielt und einen schwedischen Akzent vorgetäuscht.«

»Entzückend.«

»Deine Mädchen fanden es lustig.«

Ich nehme einen großen Schluck Wein und werfe einen Blick auf Beth. »Was ist mit Will?«

»Ich bin mir nicht ganz sicher. Ich glaube, er ist ein bisschen untergetaucht, ständig auf Arbeit, geht immer noch feiern, und sie haben keinen Sex. Sie hasst ihr Aussehen. Ich glaube, es ist nur ein kleines Tief, weil sie das Muttersein noch nicht gewöhnt ist. Sie hat definitiv etwas zugelegt.«

Ich schüttle den Kopf. »Sei nicht so fies. Das ist normal. Sie stillt, ihr Leptin- und Ghrelinspiegel sind nicht im Gleichgewicht. Warte nur, bis du über dreißig bist und dein Stoffwechsel dich im Stich lässt.«

»Du bist so medizinisch und so alt. Langweilig.«

Ich zeige ihr den Mittelfinger. Sie grinst. »Egal. Ich dachte, es wäre eine gute Idee, zur Aufmunterung hier eine Party für ihren Geburtstag in ein paar Wochen zu organisieren. Wir könnten ein Motto festlegen. Würde dir auch guttun, dann kommst du wieder unter Leute.«

Allein der Gedanke ermüdet mich. Und bei der Art Partys, die Lucy gerne feiert, habe ich Angst um meine Teppiche und Sofas.

»Was für Leute?«

»Ich könnte ein paar von ihren Lehrerkollegen einladen. Und ich habe ein paar coole Leute in meinem Kurs kennengelernt.«

»Studenten?«

Lucy hat sich an einer Uni in Roehampton für einen Studiengang in Tanz- und Bewegungstherapie eingeschrieben. Das Betätigungsfeld ihrer Wahl scheint der künstlerische Bereich zu sein, aber es fällt ihr schwer festzulegen, wo in diesem Feld sie sich selbst verortet. Nachdem meine Ehe ganz den Bach runtergegangen war, saß sie oft mit mir im Wohnzimmer und versuchte, mich dazu zu bringen, meine Gefühle über modernen Tanz zum Ausdruck zu bringen. Wir trugen beide Schwarz. Bei unserem letzten Versuch endete ihre moderne Vision damit, dass ich Vogue tanzte und sie auslachte. Dann nannte sie mich ein emotionsloses Miststück, weil ich die Sache nicht ernst nahm, und versuchte, mit mir zu raufen, wie wir es als Kinder getan hatten.

»Sind es saubere Studenten?«, frage ich.

»Du bist so ein Snob.«

Das werde ich sein, wenn irgendwelche ungewaschenen Kids mit Skateboards auftauchen, hier herumsitzen und sich Joints reinziehen. Ich werfe einen Blick auf Beth, die auf die Wachstuchabdeckung der Bank sabbert. Sie murmelt etwas im Schlaf. Little B.

»Also gut. Plan deine Party. Aber keine Shots in Plastikbechern, und keine Dance-Musik, die nur aus Bass besteht und keinen Text hat.«

Sie salutiert, aber in ihren Augen funkelt der Schalk, und das ist immer besorgniserregend. Ich weiß, warum Lucy hier ist. Sechs Monate nach dem Weihnachtsdebakel tauchte sie mit gepackten Taschen vor der Tür auf. An diesem Punkt hatte ich jegliche Kommunikation zu anderen Menschen eingestellt. Ich hatte genug, und ich wusste, dass ich raus aus meiner Ehe musste, aber mir schwirrten zu viele Meinungen anderer Leute im Kopf herum. Ich trauerte und wollte mich nur noch auf meine Töchter konzentrieren. Ich schaute mich bis spät in die Nacht durch diverse DVD-Boxen und suchte Trost in den fiktionalen Figuren und ihrem beschissenen Leben. Ich meine, Simon war schlimm, aber er war nicht Dexter, der buchstäblich ein Serienmörder war. Und keiner dieser Fernsehgefährten betete mir herablassende Klischees vor, dass ich loslassen, den Kopf hochhalten oder mich selbst im nächsten Kapitel meines Lebens wiederfinden müsse.

Mir wurde gesagt, dass Lucy vor meiner Tür auftauchte, weil sie und Mum sich gestritten hatten. Sie streiten sich schon, seit Lucy sprechen kann, aber ich kannte den wahren Grund, warum sie zu mir kam: Sie wollte auf mich aufpassen. Ich will nicht lügen, ich mag es, sie um mich zu haben. Sie muntert mich mit beutelweise Süßigkeiten auf, sie bringt mich zum Lachen, bis ich Bauchschmerzen habe. Ich wünschte nur, sie würde die Spritzer auf den Fliesen in der Küche wegwischen.

»Wie geht es dir nach heute Morgen?« Sie hantiert an meinem Backofen herum und schneidet mir ein DIN-A4-großes Stück von dem Cottage Pie ab. Offenbar besteht ihre Mission auch darin, mir Winterspeck anzufüttern.

»Wegen Simon?«

»Ich meine nur. Du hast die ganze Zeit auf das Foto gestarrt.«

»Mir geht es gut.«

»Können wir das Bild woanders hinstellen?«, fragt sie. »Wir könnten es ins Bad tun, dann habe ich etwas, was ich beim Kacken ansehen kann.«

»Nett … und nein. Lass es erst einmal dort stehen, sonst ist Iris traurig.«

Sie mustert mich. Bei der ganzen Sache habe ich immer die Bedürfnisse der Mädchen vor meine eigenen gestellt, und das weiß sie. Ich hoffe, sie respektiert es auch. Ich will nicht mehr über meinen idiotischen Ex nachdenken, vor allem, wenn ich ein Glas Wein in der Hand habe und Gefahr laufe, übellaunig zu werden. Ich muss das Thema wechseln.

»Maddie von der Arbeit will mich mit jemandem verkuppeln.«

»Ohhh, los, erzähl.« Lucy wirft die Küchenutensilien ins Spülbecken und bringt mir mein Essen. Sie nimmt mir Joe ab und befielt mir zu essen, sonst würde sie es unserer Mutter erzählen. Kohlenhydrate. Mir ist egal, was die Leute sagen, das wahre Heilmittel für Scheidungsschmerz sind Kohlenhydrate. Ich lasse die Gabel über das Kartoffelpüree gleiten und prüfe, ob sie es richtig erhitzt hat.

»Er heißt Jag«, sage ich dann. »Er ist Anästhesist.«

»Na, dann hoffen wir mal, dass er dich nicht einschläfert.« Lucy lacht über ihren eigenen Witz. »Haben wir auch einen Nachnamen?« Sie zückt ihr Handy und öffnet sofort Facebook.

»Nein, was tust du da?«

»Ich tue, was jeder bei einem potenziellen neuen Date tut. Ich durchsuche das Internet und finde heraus, ob die Person in Ordnung ist.«

»So wie ein Stalker?«

»So wie jemand, dem deine Sicherheit wichtig ist.«

»Hast du Heulsuse Phil auch gestalkt?«, frage ich.

»Nein, und das war unser Fehler, denn hätten wir es gemacht, dann hätten wir gewusst, dass er lauter Memes über Liebe und Verrat postet und die Fotos mit seiner Frau noch nicht gelöscht hat. Hab ihn gefunden!«

Sie hat nur eine Minute gebraucht. Das Mädchen verschwendet ihre Talente.

»Wie hast du das gemacht?«

»Du hast Maddie erwähnt, also habe ich ihre Freundesliste durchgesehen, und mit so einem Namen ist er leicht auffindbar. Bei einem Tom oder einem Chris wäre es schwieriger geworden.«

Sie scrollt durch sein Profil. Ich versuche, ihr das Handy zu entreißen, aber unser Babyneffe kommt mir in die Quere. Mürrisch esse ich den Pie, während sie Jag genau unter die Lupe nimmt.

»Oh, den mag ich, Ems. Er ist ein bisschen trendy.«

»Igitt, also Skinny Jeans?«

Sie legt das Handy zwischen uns auf den Tisch. Jag Kohli blickt zu mir herauf. Maddie hatte vielleicht recht, seine Haut sieht sehr rein aus. Das Profilbild zeigt ihn auf einer Klippe, wie er die Aussicht genießt. Er trägt einen Helm. Er hat ein breites Lächeln, und auf den ersten Blick wirkt er ehrlich.

»Warum trendy?«

Lucy scrollt durch ein paar Fotos. Er scheint das Wochenende auf dem Fahrrad zu verbringen, ist aber auch mit verschiedenen Leuten in Pubs zu sehen. Er geht gerne auf Konzerte von Bands, von denen ich noch nie gehört habe, und isst gerne mal eine Schale Ramen. Das »trendy« führe ich mal auf die in leuchtenden Farben gemusterten Turnschuhe und den gelegentlichen Beanie zurück, von dem ich hoffe, dass sich darunter keine Haartransplantation oder Dauerwelle verbirgt.

»Wir sind uns nicht sehr ähnlich, oder?«, frage ich. Wenn es um Kleidung geht, bin ich gerne im sicheren Bereich. Ich mag lockere Kleider, blaue Jeans und Shirts mit vernünftigem Schnitt, die sich gut waschen lassen. Das weiß Lucy auch.

»Ich denke, er könnte einen guten Einfluss auf dich haben. Er ist nicht zu bemüht, den hippen Londoner zu geben, solche habe ich zu viele getroffen. Er hat einfach Style. Er würde dich ein wenig aus deiner Komfortzone schubsen.«

»Ich mag meine Komfortzone. Was ist ein FKA Twigs? Hat das was mit Outdoor und Wald zu tun?«

Lucy rollt mit den Augen. »Eine britische Sängerin. Sehr cool.«

Ich bin nicht überzeugt. Ich bin vieles, aber cool ist keine Beschreibung, die jemand für mich finden würde, und das hat mir auch nie wirklich etwas ausgemacht.

»Ich könnte dir helfen. Ich meine, ich habe es beim letzten Date versucht, aber du bist trotzdem hin und hast ausgesehen wie eine griechische Witwe. Wir könnten dir ein paar coole Sachen kaufen, die Accessoires sind das Wichtigste.«

»Du hast mir für mein erstes Date diese komischen Höschen gekauft. Ich weiß nicht, ob ich deinem Urteil vertraue.«

Sie zieht ein Gesicht. Wenn es um »cool« geht, dann befindet Lucy sich am anderen Ende der Skala. Sie ist gepierct und hat Tattoos und die Figur einer Mittzwanzigerin, die Crop Tops und Latzhosen tragen kann, wie sie an diesem Abend unter Beweis stellt. Wenn ich so was anziehen würde, dann würde ich aussehen wie eine in die Jahre gekommene Milchmagd.

»Ich mag auch den Namen. Das wäre eine echte Verbesserung: Dr. Emma Kohli. Du würdest so modern und international klingen.«

Es verwirrt mich, dass sie so weit geht. Ich glaube nicht, dass ich nach dem, was ich durchgemacht habe, je wieder heiraten werde. Das spreche ich allerdings nicht laut aus – es scheint sie glücklich zu machen, sich eine Zukunft für mich vorzustellen.

»Er sieht auch aus, als könnte man mit ihm Spaß im Bett haben.«

Sie kann es einfach nicht lassen.

»Weil er nette Turnschuhe hat?«

»Weil er aussieht, als könnte man mit ihm Spaß haben.«

Sie spricht so oft über Sex, weil sie eben Lucy ist: Sie ist forsch und sagt, was die denkt, ohne Limits. Ich habe das Gefühl, sie glaubt, dass sie mich nicht nur füttern, sondern auch mein ziemlich totes Sexleben wieder in Schwung bringen muss. Sie spürt natürlich, dass ich über solche Dinge nicht sprechen will, aber das hält sie nicht zurück.

»Hast du dem Mann aus Wandsworth mal geantwortet?«

Sie meint Giovanni. Lucy hat mich bei Tinder angemeldet, weil sie mein Interesse an Männern wieder wecken wollte. Das war ein paar Monate nach der Trennung, als wir chinesisches Essen vom Lieferdienst und viel Alkohol hatten. Ich scherzte, dass eine Frühlingsrolle das Phallischste sei, was seit 2016 den Weg in meinen Mund gefunden hat. Ich erinnere mich noch, dass Lucy vor Schreck eine gefüllte Teigtasche wieder aus dem Mund kullerte. Und so kam es, dass ich Heulsuse Phil traf, und man kann ja sehen, wohin das geführt hat.

Giovanni war ihr Versuch, mich wieder zurück in die Welt des Onlinedatings zu locken. Ein Klempner aus Wandsworth, hübsch anzusehen, aber ich wollte mich nicht wirklich mit einem Mann einlassen, der dachte, Bilder seiner geölten Bauchmuskeln und ein erigierter Penis könnten über schlechte Grammatik hinwegtrösten.

»Der konnte keinen geraden Satz sprechen, Luce.«

»Aber er hatte so einen hübschen Pimmel, und diese Wangenknochen! Du musst nicht mit ihm reden, vögel ihn einfach.«

»Du bist so primitiv.«

Sie ignoriert die Beleidigung und stalkt weiter Jag. Lucy glaubt, dass das die Antwort ist. Mir Simon einfach aus dem Kopf vögeln. Ihn mit einem gut gebauten Klempner aus Wandsworth, IT-Experten mit gebrochenem Herzen und Anästhesisten mit schöner Haut und trendigen Schuhen zu ersetzen. Sie glaubt allen Ernstes, dass die Vielfalt ihrer Penisse mein gebrochenes Herz heilen kann. Doch sie vergisst, dass Sex vermutlich der Grund ist, warum ich allein bin.

Oft habe ich mich gefragt, ob die Sache mit Simon in die Brüche ging, weil ich schlecht im Bett war. Vielleicht war ich auch nicht attraktiv genug. Vielleicht konnte ich ihm nicht geben, was er brauchte, also holte er es sich woanders. Das ist ein quälender Gedanke. Natürlich ging es in die Brüche, weil Simon ein Arsch war, aber es bedeutete auch, dass meine sexuellen Bedürfnisse zum Stillstand gekommen sind, und ich bin zögerlich, wenn nicht sogar ängstlich, diese Erfahrung mit einem weiteren Mann zu wiederholen.

Die schlafende Bestie auf der Bank neben mir zuckt plötzlich. »Mist, bin ich eingeschlafen? Wie lange habe ich geschlafen?« Beth setzt sich auf, greift nach einem Stück Butterbrot und stopft es sich direkt in den Mund.

»Höchstens fünfzehn Minuten.«

Sie greift nach ihrem Handy und scheint nach einer Nachricht zu suchen. »Was habe ich verpasst?«, will sie wissen, dankbar, dass das Baby noch schläft.

»Ems wird mit einem asiatischen Typen mit einem coolen Namen verkuppelt.« Lucy schiebt ihr das Handy hin, damit sie ihn sich ansehen kann.

Beth kneift die Augen zusammen. »Schönes Lächeln«, merkt sie an.

»Außerdem haben wir einen italienischen Klempner in Wandsworth für sie gefunden, aber Ems will nicht mit ihm vögeln.«

»Hör auf, ihr Tinder aufzudrängen. Kennst du Emma? Sie kauft nicht mal Dinge aus dem Katalog, weil ihr der ganze Vorgang nicht geheuer ist«, sagt Beth und schüttelt den Kopf.

»Hallo? Ich sitze gleich hier neben euch!«, sage ich. Ich

hole mein Handy raus und öffne Tinder, um Beth Giovannis Bild zu zeigen.

Beth reißt die Augen auf. »Meine Güte, also ich würde ihn nehmen. Was stimmt nicht mit dir?«

»Ehrlich gesagt, wüsste ich nicht, was ich mit ihm tun soll.«

Beth kichert und legt den Kopf auf meine Schulter.

»Mädels, das letzte Mal, dass ich Sex hatte, war an Weihnachten vor zwei Jahren. Rechnet nach, dann wisst ihr Bescheid.« Am Tag danach war meine Ehe am Ende.

Beide drängen sich an mich wie Pinguine.

»Und deshalb musst du dich einfach überwinden. Warum ziehst du nicht los und schläfst mit irgendwelchen Typen, damit du dich wieder erinnerst, was ein Sexleben ist? Es kann Spaß machen, und du fühlst dich gut dabei«, meint Lucy.

»Weil ich nicht du bin?«

Sie zuckt mit den Schultern.

»Und nachdem ich mich mit all diesen Männern unterhalten habe, glaube ich, dass Sex sich auch ziemlich verändert hat. Ich verstehe diese ganzen Abkürzungen nicht, und jeder will mich in den Arsch ficken.«

Beth und Lucy beginnen zu kichern, weil ich in meiner weißen, bis zur Halskrause zugeknöpften Bluse dasitze und so offen spreche. Sie können sich bei dem Wein dafür bedanken.

»Was heißt VWE?«, frage ich.

»Very well-endowed, also ›sehr gut ausgestattet‹. Zeig mir sofort diesen Mann«, verlangt Lucy.

Ich schüttle den Kopf. »Ich wüsste auch bei ihm nicht, was ich mit ihm anfangen sollte.«

Jetzt wirkt Lucy besorgt um mich. Sie weiß, dass Meg, unsere älteste Schwester, und Beth typische Londonerinnen waren und wilde Partys feierten und in ihrer Jugend einen reichen Schatz sexueller Erfahrungen gesammelt haben. Sie selbst begibt sich auf solche Eskapaden, wenn die Mädchen nicht dabei sind. Der Letzte war ein junger Mann namens D'Sean, den ich um fünf Uhr morgens in Unterhosen vor dem Kühlschrank vorfand, wo er sich das Gemächt richtete und sich an meinem griechischen Joghurt bediente.

Ich hatte solche Abenteuer nur einfach nie. Ich habe gelernt. Viel gelernt. Es war nicht so, dass ich Sex nicht mochte. Ich denke, es liegt daran, dass ich die ganze Zeit über einen festen Freund hatte, der dann zu meinem Ehemann und schließlich zu einem Betrüger wurde.

»Du hattest schon mal einen Orgasmus, oder?«

»LUCY!«, ruft Beth.

Ich habe genug Wein intus, dass ich jetzt darüber sprechen kann. »Doch, hatte ich.« Meine Antwort überzeugt sie nicht. Wie man sich bei jemandem wie Simon vorstellen kann, waren meine Orgasmen immer Nebensache.

»Was ist der interessanteste Ort, wo du mal Sex hattest?«, fragt Lucy.

»York?«

Beth kichert. »Nein, zum Beispiel im Auto oder im Freien?«

»Wir haben es mal im Krankenhaus gemacht. In einem der Bereitschaftsräume.«

»In einem Bett?«, fragt Lucy.

Beide Schwestern wirken enttäuscht. Ich will nicht wissen, an was für absurden Orten die beiden schon Geschlechtsverkehr hatten und den Familiennamen beschmutzt haben.

Beth scheint zumindest Mitgefühl für meine Notlage zu haben. »Nun, vielleicht ist der Anästhesist eine gute Idee. Du kannst dich langsam auf etwas einlassen, dir Zeit lassen.«

Ich greife nach ihrer Hand, sie versteht mich. Lucy scrollt unterdessen durch meine letzten Unterhaltungen auf Tinder.

»Der Mann wollte dich anspucken«, sagt sie. »Also dir in den Mund spucken. Das würde nicht mal ich mitmachen.«

Ich will wirklich nicht wissen, was Lucy alles mitmachen würde.

Beth ist entsetzt. »So stecken sich die Leute mit was an.«

»Seht ihr jetzt, warum das nicht die beste Plattform ist, um eine Tändelei zu beginnen?«

»Tändelei? Meine Güte, du klingst wie Jane Austen …«, sagt Lucy resigniert. »Du musst ihnen nicht den Hof machen und in ihr Herrenhaus auf dem Land ziehen, hab einfach Spaß mit ihnen. Mach, was Simon getan hat!«

Sobald sie das gesagt hat, verzieht Beth das Gesicht. Oh Lucy. Wir lieben dich für deine Kühnheit und Offenheit, aber manchmal schwingt eine gehörige Portion Naivität in deinen Worten mit, Kleines.

Ich trinke einen großen Schluck Wein. »Ich soll tun, was Simon getan hat? Lügen, betrügen und Menschen wehtun? Ich glaube, das ist nicht so ganz mein Stil.«

Lucy und Beth sitzen beide stumm da.

»Es ist nur …«, beginnt Lucy. »Ich hasse es, mir vorzustellen, dass der Kerl die Oberhand behält. Dass er dich ewig daran hindert, dein Leben zu leben. All die Jahre, die du an ihn verschwendet hast!«

Beth sieht aus, als hätte sie nicht die Energie, den Streit zu unterbinden, der sich hier womöglich anbahnt.

»Willst du damit sagen, meine Mädchen waren Zeitverschwendung?«

»Du weißt, wie ich es meine.«

»Ich weiß, ich habe alles falsch gemacht. Ich war dumm und habe beinahe ein Viertel meines Lebens an ihn verschwendet, aber ich hoffe, dass du die Mädchen ansiehst und verstehst, dass ich für sie versucht habe durchzuhalten.«

Beth hebt eine Hand. »Du hast nichts falsch gemacht.«

Lucy nickt zustimmend.

»Doch, habe ich. Ich habe weggesehen und so getan, als würde es nicht passieren. Ich hätte ihn schon früher zur Rede stellen müssen. Ich denke, ich war einfach nicht mutig genug.«

Lucys Miene ist traurig. »Du operierst täglich an den Herzen echter Menschen und rettest Leben. Du bist der mutigste Mensch, den ich kenne. Ich lasse nicht zu, dass du dich wegen dieses Kerls selbst geißelst. Du hast damit aufgeräumt, und ich will, dass du etwas Gutes für dich findest. Und das beginnt mit einem ordentlichen Schwanz.«

»Luce, lass sie einfach. Sie wird Sex haben, wenn sie bereit dafür ist, nicht, um ihm eins auszuwischen.«

»Genau das.« Ich schiebe mir eine große Portion Essen in den Mund. Es ist einfach so, dass ich noch nicht bereit für unverbindlichen Sex bin; der Gedanke an einen echten Penis vor mir jagt mir Angst ein.

»'tschuldigung, Em. Ich will doch nur, dass du glücklich bist«, gesteht Lucy. Sie kommt zu mir und umarmt mich in einem großen Baby-Joe-Sandwich.

»Und du glaubst, nackt dazuliegen und von einem Buchhalter angespuckt zu werden, würde mich glücklich machen?«

»Wer weiß? Vielleicht gefällt es dir ja?«

Wie ich bereits sagte, die Frau bringt uns alle zum Lachen.

»Schenk mir noch etwas Wein ein, das würde mich glücklich machen. Und lass uns diese Party planen …«

»Was für eine Party?«, fragt Beth.

»Für dich, Alte. Das wird so richtig fett«, antwortet Lucy mit einem seltsamen Akzent, die Hand zu etwas erhoben, was aussieht wie das Zeichen einer Londoner Gang.

»Ich will keine …«

»Doch, das willst du«, fährt Lucy fort. »Wir brauchen alle eine beschissen große Party, die uns aufmuntert. Ohh, darf ich das Motto aussuchen? Kann ich eine *Magic-Mike*-Party daraus machen?«

»Du willst einen Zauberkünstler? Auf der Party? Ist sie nicht etwas zu alt für einen Zauberer?«, frage ich.

Beide Schwestern sehen mich merkwürdig an.

»Ich meine, wie wäre es stattdessen mit Garnelen im Teigmantel? Würstchen im Schlafrock?«

Kapitel vier

628 Tage nachdem Lucy Simons Handy aus dem Fenster geworfen hat

Ich erwache vom Klingeln meines Handys und dem Sonnenlicht, das durch die Vorhangritzen strömt. Ich mag Samstage wie diesen nicht. Ich arbeite nicht, und die Mädchen sind bei Simon, deshalb ist alles still. Es ist die Zeit, in der ich mich bis tief in mein Innerstes einsam fühle. Ich vermisse es, die Mädchen hier zu haben und mit ihnen zu kuscheln und uns gegenseitig zu erzählen, was in der vergangenen Woche passiert ist. Ich schaue nicht auf das Display, bevor ich rangehe, deshalb erschrecke ich, als ich die Stimme am anderen Ende der Leitung höre.

»Ems, ich bin's.« Das sagt er immer. Ich weiß genau, wer es ist, aber die Vertrautheit dieser Worte weckt Ekel und Morgenübelkeit in mir.

»Simon.« Für einen Moment setze ich mich aufrecht hin, während ich darüber nachdenke, warum er wohl anruft. Es könnte wegen der Mädchen sein. Geht es ihnen gut? Aber er hat mich mal angerufen, weil er sein Bankpasswort vergessen hatte, deshalb traue ich ihm alles zu.

»Es tut mir leid, dich so zu überfallen, aber ich bin krank. Ich glaube, es ist ein Virus. Ich bin mit neununddreißig fünf

Fieber aufgewacht. Hatte schon die ganze Woche leichte Halsschmerzen. Mum ist nicht in der Stadt. Ich kann so nicht auf die Mädchen aufpassen.«

Er zählt einfach nur die Fakten auf. Keine Bitten oder Fragen oder Anliegen, einfach nur die Annahme, dass ich nichts Besseres mit meiner Zeit anzufangen weiß. Da hat er nicht so unrecht. Ich wollte waschen, bügeln und lesen, aber er könnte ja trotzdem so freundlich sein und wenigstens fragen.

»Und da ist auch noch diese Pony-Party. Ich schaffe das nicht. Wann kannst du kommen?«

Ich schweige kurz, damit er zumindest einen Hauch seines Gespürs für Höflichkeit wiederfinden kann. Aber wie es scheint, ist das alles vergebens.

»In einer Stunde? Die Party fängt um zehn an, wenn ich mich richtig erinnere. Hast du das Geschenk gefunden? Es war in ihrem Rucksack.«

»Ich sehe nach. Nummer zehn ist meine Wohnung. Ich lass dich dann rein.«

Er legt auf. Meine Schlafzimmertür geht auf, und Lucy, verkleidet als Prinzessin Jasmin aus *Aladdin,* kommt herein.

»Ich dachte, ich hätte deine Stimme gehört. Alles gut?«

Sie tänzelt herein und betrachtet sich im Schlafzimmerspiegel, ehe sie sich in ihren Haremshosen auf mein Bett setzt. Das ist Lucys Wochenendjob – sie ist bei einer Firma angestellt, die Kinderpartys organisiert, und soll als Disney-Prinzessin, Einhorn und Fee auftauchen und zwei Stunden lang für Spiele, Gesang und Tanz sorgen. Sie ist genial darin; die Kinder lieben, wie lebhaft sie ist, aber sie meinte auch, dass es eine großartige Möglichkeit ist, die Nummern von fitten alleinerziehenden Vätern zu bekommen. Heute hat sie ordentlich Eyeliner aufgelegt und stellt einen beneidenswert flachen Bauch zur Schau. Mir gefallen die spitzen silbernen Schuhe.

»Party?«

»Nein, Aldi. Natürlich eine Party …«

»Das war Simon. Er ist krank. Ich denke, ich muss die Mädchen abholen.«

»Oh. Was ist mit seiner Mum?«

»Sie ist dieses Wochenende nicht da. Ist schon okay. Ich hatte eh nicht wirklich was vor.«

»Ich würde ja helfen, aber ich habe diese Party mit Darren, und ich muss früh dort sein.«

»Ist er Aladdin? Habt ihr einen Teppich? Zeigt er dir seine Welt?«

Sie verzieht das Gesicht. »Nein, die Leute wollten einen Dschinn, deshalb muss ich jetzt seinen ganzen Körper blau anmalen. Heißt das, du musst …«

»Zu seiner Wohnung, ja.«

Sie steht da und wirkt etwas unentschlossen. »Ich kann Mum anrufen, damit sie mit dir hingeht. Oder lieber Beth?«

Ich schüttle den Kopf. »Geh ruhig, ich komme zurecht.«

»Noch eine Sache …«

»Ja?«

»Kann ich mir den großen Tiger im Zimmer der Mädchen ausleihen?«

Jeder von uns beschreibt das Ende unserer Ehe anders. Simon erzählt den Leuten, dass ich ihn rausgeworfen habe, aber in Wirklichkeit ist er von selbst gegangen. Meine Familie hat sich an diesem Weihnachtsfest geschlossen gegen ihn gestellt. Das andauernde Drama beinhaltete erbrochenen Mince Pie, die Notwendigkeit, meine älteste Schwester Meg im Badezimmer einzuschließen, damit sie ihn nicht umbrachte, und einen Besuch in der Notaufnahme mit meiner Mutter. Ich ging an diesem Abend nicht nach Hause und blieb bis zum neuen Jahr bei meiner Mum und danach bei meiner Schwester, aber als ich zurück in unser Haus kam, war er schon weg. Er hatte ein paar Klamotten eingepackt und schickte Mitte Januar seine Mutter vorbei, damit sie den Rest holte. Aber scheinbar war das viel zu großzügig von mir. Laut Lucy wäre es die perfekte Zeit gewesen, einen Scheiterhaufen aus seinen Sachen mit einer Nachbildung von ihm in der Mitte zu errichten und alles in Flammen aufgehen zu lassen.

Drei Monate später mietete er seine Wohnung in Kew und kaufte sie schließlich auch. Wenn die Mädchen davon erzählten, klang immer alles so glamourös, mit einem Aufzug und einer Müllrutsche für die ganze Wohnanlage, aber ich war nie dort. Das ist auch nie nötig gewesen. Wir haben uns darauf geeinigt, alle Übergaben in unserem Haus abzuwickeln, und es besteht wohl kaum die Wahrscheinlichkeit, dass er mich irgendwann in nächster Zeit zum Essen einlädt. *Komm doch auf einen Coq au Vin vorbei. Wir können darüber plaudern, wie sehr du mich hasst, und dann kann ich an einer Magenverstimmung sterben.*

Als ich jetzt auf den Parkplatz einbiege, sehe ich eine Mischung aus Audis und BMWs, aber seinen Wagen erkenne ich sofort an dem personalisierten Nummernschild: DR ALPHA 1. Ich erinnere mich daran, als er mit dem Auto nach Hause kam. Ich habe gescherzt, dass stattdessen IDIOT100 draufstehen hätte sollen. Er reagierte damit, dass er loszog, irgendeine Frau in einer Hotelbar aufgabelte, sie vögelte und es mich über die Kreditkartenrechnung rausfinden ließ. Er konnte derart grausam sein, bis zu einem Punkt, an dem er es darauf anlegte, dass ich reagierte und ihn verließ. Es wurde zu einem Wettbewerb, wer als Erster zusammenbrechen und unsere Kinder verraten würde. Ich wollte es nicht sein.

Wachsam trete ich an die Tür, gebe eine Eins und eine Null ein und warte auf eine Antwort.

»Hallo?«, ruft eine kleine Stimme.

»Iris? Ich bin's, Mummy. Lässt du mich rein?«

»Violet, es ist Mama. Sie ist gekommen!«

Da ist eine Beklemmung in ihrer Stimme, als hätte sie Angst gehabt, dass ich nicht komme, und das irritiert mich ein wenig. Simon war schon immer ein fürchterlicher Patient; ich würde den Mädchen das nicht zumuten. Sie drückt auf den Summer und lässt mich rein, und ich steuere die Aufzüge an. *Atmen, Emma.* Sobald die Aufzugtüren sich öffnen, blicken mir kleine Gesichter entgegen und werfen sich mir zu einem Dreier-Rudelknuddeln in die Arme. Sie wirken ängstlich. Glauben sie, ich will nicht hier sein? Dass ich nicht komme, wenn meine Kinder mich brauchen? Simon und ich gehen vor den Mädchen immer zivilisiert miteinander um.

»Komm besser schnell. Wir machen uns Sorgen um Daddy.«

»Warum?«

Sie halten meine Hand, führen mich durch die Wohnungstür. »Ich habe die Vorhänge aufgezogen und unsere Betten gemacht«, sagt Iris, als ich mich langsam umsehe. Der Blick über die Themse ist großartig, aber die Einrichtung ist ziemlich schlicht; ich vermute, dass sie bei der Wohnung schon dabei war. Tatsächlich erweckt sie den Eindruck einer Musterwohnung. An den Wänden hängen einige langweilige Kunstdrucke, keine Fotos, eine Farbpalette aus Grau, Steingrau und Schwarz.

Ich bin nicht sicher, was ich erwartet habe. Als ich hörte, dass Simon sich eine Junggesellenbude gekauft hat, nahm ich an, dass sie mit einer beleuchteten Bar und einer Sexschaukel ausgestattet sein würde und überall Leder wäre.

Ich ziehe die Schuhe aus, weil ich das immer so mache,

und Violet führt mich zu ihrem Zimmer. Wenigstens damit hat er sich Mühe gegeben. Es ist ein großer Raum mit Blick auf den Fluss. Es gibt ein Hochbett mit Lichterketten, eine gepunktete lila Tapete und weiche Sitzmöbel.

Ich lächle. »Schön aufgeräumt. Habt ihr eure Rucksäcke?«

Ich verspüre den Drang, mir die beiden zu schnappen und zu fliehen, aber Iris scheint sich mehr Sorgen als sonst zu machen. »Kannst du bitte nach Daddy sehen? Ich hab ihm ein Glas Wasser gebracht, aber er ist richtig heiß.«

»Vielleicht braucht er einfach nur etwas Schlaf?«

»Bitte!«

Violet taucht an meinem Bein auf. »Wir müssen nicht zu der Party. Wir können alle hierbleiben und auf Daddy aufpassen.«

Ich sehe in ihr kleines, erwartungsvolles Gesicht. Auf keinen Fall bleibe ich hier, aber der Ausdruck auf ihren Gesichtern sagt mir, was ich zu tun habe. Mist. Immerhin habe ich einen Eid geschworen, niemandem Leid anzutun. Ich atme tief durch und lasse zu, dass Iris mich zu seinem Zimmer führt, wo ich leicht an die Tür klopfe.

»Simon?«

Als ich eintrete, erwarten mich geschlossene Vorhänge, Ibuprofen-Schachteln und leere Energydrink-Flaschen überall auf dem Boden. Er liegt mit weit von sich gestreckten Beinen in der Mitte des Bettes und trägt nur Unterhosen. Das ist das erste Mal seit unserer Trennung, dass ich ihn so spärlich bekleidet sehe, und ein Ruck geht durch mich hindurch. Er stöhnt leise. Unsere Töchter spähen mit besorgten Mienen durch den Türspalt.

»Stirbt er?«, fragt Violet.

Ich kann nicht darauf antworten, ohne unehrlich zu klingen, oder?

»Sieht so aus, als hätte er eine ziemlich fiese Erkältung oder so was. War er gestern sehr verschnupft?«

»Er hat gehustet.«

Und wie aufs Stichwort legt er los, als wollte er einen Lungenflügel hochholen. Ich weiß nicht, warum, aber ich schnappe mir blitzschnell einen Abfalleimer aus der Ecke des Raums und stürme zu ihm. Eine Angewohnheit als Mutter und Ärztin. Er öffnet die Augen. »Ems«, flüstert er. Ich blicke hinab auf den Eimer und sehe leere Kondompackungen darin. Sofort stelle ich ihn hin und richte mich über ihm auf.

»Du bist gekommen?«

»Du hast gesagt, ich soll kommen und die Mädchen holen.« Wider besseres Wissen lege ich den Handrücken auf seine Stirn. »Hast du ein Thermometer da?«

»Irgendwo.«

»Und was benutzt du, um das Fieber runterzukriegen? Nur Ibuprofen?«

»Ich hab nichts anderes.«

Ich greife in meine Handtasche, wühle in einem Kosmetikbeutel herum und hole etwas Paracetamol heraus. »Iris, Liebes. Geh und hol Daddy noch etwas Wasser und schau, ob er Essen in der Küche hat. Kräcker oder Kekse oder so etwas.«

»Ja, wir haben Teegebäck.«

»Hol mir einen großen Stapel davon und leg es auf einen Teller. Violet, geh und hilf, Baby.« Sie trappeln davon. »Simon, ich lasse dir etwas Paracetamol hier. Iss etwas, bevor du sie nimmst. Du weißt ja, wie das geht.«

»Tut mir leid wegen der Mädchen«, wimmert er und krümmt sich vor Schmerzen.

Ich befühle seine Füße, die so kalt sind wie Eis. Schnell suche ich ihn nach Ausschlägen ab, mehr aus Gewohnheit als aus Sorge. Er scheint okay zu sein. Ich wühle in einer Schublade und finde ein Paar Socken, das ich ihm anziehe, und versuche dann, ihn mit einem leichten Laken zuzudecken. Dann bücke ich mich und räume etwas auf, schüttle alle Pullis und Hemden aus und lege sie auf die Bettkante. Ein Haargummi fällt dabei auf den Boden. Möglicherweise gehört er einem der Mädchen. Möglicherweise nicht.

Er hustet erneut und greift nach meiner Hand. »Hat dein Handy ein vernünftiges Licht? Kannst du nachsehen, was da in meinem Hals los ist?«

Ich sehe ihn an. »Das könntest du auch selbst machen.«

»Bitte!«

»Mund auf.« Er setzt sich hin, und ich zucke zusammen. Wegen der Nähe, und weil mich sein Morgenatem trifft. Ich umfasse sein Kinn und taste nach seinen Lymphknoten, wobei ich fester zudrücke als normal. Hinten in seinem Hals sind ein paar rote Flecken zu sehen, und seine Mandeln sind leicht entzündet.

»Ich würde schätzen, es ist eine Mandelentzündung. Möglicherweise brauchst du ein Antibiotikum.«

»Dachte ich mir fast.«

Ich sehe ihn an. Er wusste genau, was mit ihm los ist, aber er wollte, dass ich die fürsorgliche Krankenschwester spiele. Du Lappen.

»Könnte aber auch Syphilis sein. Man weiß es nie, bevor man nicht einen vernünftigen Abstrich genommen hat.«

Ich lese Panik in seinen Augen. Meine Güte, Simon, mit wem bist du denn im Bett herumgetollt? Und du willst ein Arzt sein? Ich sitze einen Moment zu lange dort. Er berührt noch einmal meine Hand.

»Danke, Ems.«

Diese Berührung. Früher hat er mich immer berührt, auf

Arten, die mir gar nicht aufgefallen sind: eine Hand an der Küchenzeile, dem Waschbecken, der Bettdecke. Es ärgert mich. Da ist kein Funke, es ist alles Reibung. Ich beiße die Zähne zusammen.

»Wir haben die Kekse, Mama.«

Ich drehe mich um und sehe zwei kleine Menschen, die uns beobachten. Beide lächeln. Ich könnte Simon erwürgen, jetzt, da er schwach und hilflos ist. Aber das tue ich nicht. Ich lächle zurück.

Ich bin noch nie auf einem Pferd geritten. Tatsächlich bin ich noch nie auf einem Tier geritten, sei es ein Kamel, ein Esel oder ein Pony. Wann immer wir in meiner Kindheit im Zoo oder auf einem Bauernhof waren, hat mich die Vorstellung, die Kontrolle an ein anderes fühlendes Wesen abzugeben, dessen Gedanken ich nicht nachvollziehen konnte, in Panik versetzt. Es fühlte sich an wie etwas, was nur in einer Katastrophe enden kann. Bei meinem Job als Ärztin habe ich eine Menge Verletzungen gesehen, die sich auf unberechenbare Tiere zurückführen ließen, darunter einen armen Kerl, dem man einen Hoden entfernen musste, nachdem ein Esel ihn getreten hatte. Nichts auf der Welt ist es wert, sein wichtiges Fortpflanzungsorgan aufzugeben.

Hier sind Pferde mit Namen wie Blümchen und Sternchen aufgereiht. Ich kann ihre Mienen nicht recht lesen, aber ich bin mir sicher, dass sie sich diese Namen selbst nicht ausgesucht hätten. Das eine da drüben sieht definitiv nach einem Diego aus. Neben den Ponys steht eine Reihe quiekender Kinder, die wild entschlossen sind, sie in der kommenden Stunde zu quälen, während sie endlose Kreise in diesem Londoner Reitstudio mit dem Namen *My little Pony* drehen. Ich denke darüber nach, wie viel diese Party gekostet haben muss, und dann an diese armen Pferde, die wohl nur in Äpfeln bezahlt werden.

Wir mussten uns auf dem Weg hierher beeilen und haben Simons Wohnung ziemlich schnell verlassen, nachdem er versucht hat, seinen drohenden Tod zu simulieren. Ich hoffe, er hat irgendein virulentes Bakterium erwischt. Natürlich nichts, was ihn umbringen kann, aber vielleicht etwas, was zeitweilige Impotenz zur Folge hat, oder dass er in der Öffentlichkeit die Kontrolle über seinen Schließmuskel verliert. So oder so, in Kombination mit Problemen, einen Parkplatz zu finden, und dem Londoner Verkehr sind wir ein paar Minuten zu spät, und ich weiß schon jetzt, dass das das Einzige sein wird, woran die Leute sich erinnern werden, wenn es um unseren Besuch dieser Party geht.

»Emma und Violet! So schön, dass ihr hier seid, allerdings hatten wir Simon erwartet …«

»Oh, Simon ist krank, also müsst ihr leider mit meiner Wenigkeit vorliebnehmen«, antworte ich.

Leah ist Pippas Mutter. Sie ist die Art Mensch, die jemanden kurz mustert und sofort ein Urteil fällt. Das weckt in mir den Drang, sie zu treten, vor allem wenn sie es bei kleinen Kindern tut. Violet umklammert meine Hand. Leah mustert ihre gelben Hunter-Gummistiefel und die Leggins.

»Ich liebe diese Stiefel.«

Ich blicke hinüber zu den Kindern, die bereits aufgereiht dastehen. Es ist eine wilde Mischung aus Gummistiefeln, Turnschuhen und einem Jungen, der Fußballschuhe trägt, aber Pippa selbst sieht aus, als würde sie an einem richtigen Reitwettbewerb teilnehmen. Sie hat sogar eine Gerte. Ich glaube, das pferdemäßigste Kleidungsstück, das wir besitzen, ist das Sweatshirt, das Violet gerade trägt. Ich meine, es ist ein Einhorn drauf, aber diese Wesen teilen sich einen Genpool, oder? Violet steht leicht hinter mir, was normal für sie ist. Sie hat mich von ihrem ersten Tag im Kindergarten an als Schutzschild benutzt. Sie ist nicht wie ihre Schwester, die sich ins Gewühl stürzte, ohne mir auch nur noch einen Blick zuzuwerfen.

»Nun, ihr könnt gerne bleiben, Emma und … Ich kenne deinen Namen nicht …« Sie zeigt auf Iris.

»Ich heiße Iris.« Iris sieht missbilligend zu ihr auf, denn Leahs Ältester, Jasper, geht in ihre Klasse. Sie sollte es also wissen.

»Iris, wie schön. Ich habe heiße Getränke und Croissants bereitgestellt, ihr könnt also bleiben und zusehen. Sie machen auch Fotos, die man hinterher kaufen kann, wenn ihr möchtet.«

Oder ich mache einfach Fotos mit meinem Handy? Ich lächle und sehe bereits eine Gruppe Mütter im Café-Bereich. Die meisten von ihnen kenne ich vom Schultor und diversen Veranstaltungen. Es sind die paar, mit denen ich nicht wirklich warm werde, weil sie sich gerne in Cliquen zusammenrotten und Ewigkeiten im WhatsApp-Chat der Klasse verbringen, um über das Schulessen zu debattieren. *Ich weiß nicht, ob der Lachs paniert ist, Karen.* Violets Finger jedoch haben meine fest im Griff. Ich spüre, dass sie nicht will. Habe ich ihr meine Angst vor lebendigen Tieren, die man reiten kann, irgendwie übertragen?

»Nun, Violet … wenn du möchtest, kannst du mit Matilda gehen. Sie arbeitet hier und kann dir einen Helm geben.«

Violet blickt zu mir hoch und schüttelt den Kopf. Leah wirkt nicht begeistert. Ich beuge mich zu Violet hinunter und streiche ihr eine Strähne hinters Ohr. »Was ist, Kleines?«

»Was, wenn ich runterfalle?«, flüstert sie.

Iris stürmt heran und wirft die Arme um ihre Schwester.

»Ich glaube nicht, dass du reitest wie bei einem Rennen. Es ist immer jemand da, der das Pferd hält«, sage ich zu ihr. »Hör einfach nur auf das, was sie dir sagen, und halt dich gut fest.«

Sie will meine Hand nicht loslassen. Leah ragt über uns auf. Es ist offensichtlich, dass sie das hier pro Stunde bezahlt und nicht mit einberechnet hat, dass ein Kind Angst vor den hübschen Ponys haben könnte.

»Ich kann mit dir gehen«, sagt Iris.

Leah schreitet ein. »Oh, Geschwister habe ich nicht mit einberechnet.«

»Ich denke nicht, dass Iris es so meinte. Vielleicht einfach nur als Begleitung, damit sich Violet sicherer fühlt.«

»Na gut, dann verpasst sie eben die Sicherheitseinweisung. Wir müssen endlich anfangen.«

»Das ist in Ordnung. Macht ruhig.«

»Nun, vielleicht solltest du gehen, dann wäre sie nicht so anhänglich.«

Ich werfe Leah einen scharfen Blick zu. Sie ist offenbar eine Verfechterin des »Wirf sie einfach ins Wasser, dann lernen sie schon schwimmen«-Erziehungsstils.

»Ich werde sie nicht zwingen, etwas zu tun, was sie nicht tun will.«

Ich streichle Violet über den Kopf, während ihre Augen sich mit Tränen füllen. »Möchtest du nicht, V?«

»Kann ich ein bisschen zugucken?«

Ich nicke. »Na klar.« Ich wende mich Matilda zu. »Wäre es möglich, dass sie erst einmal die Ponys besser kennenlernt?«

»Natürlich. Ich habe ein Pony, das gefüttert werden muss, und du kannst mir gerne dabei helfen.«

»Kann Iris mitkommen?«, fragt Violet. Matilda nickt,

Violet greift nach der Hand ihrer Schwester, und sie ziehen ab. Mein Herz tut ein bisschen weh, als ich sehe, wie Iris den Kopf auf den ihrer Schwester legt, um ihr Sicherheit zu geben.

Ich kann Leah hinter mir seufzen hören, als hätte ich zuerst um ihre Erlaubnis bitten müssen. »Ich nehme an, dass sie möglicherweise auch später dazustoßen kann, sofern die Veranstalter einverstanden sind«, sagt sie.

Mach keine Szene. Sag einfach nichts.

Ich spüre eine Hand auf der Schulter. »Ist sie seit der Scheidung so?« Bei diesen Worten drehe ich mich zu Leah um.

»Verzeihung?«

»Sie war immer so ein aufgewecktes kleines Mädchen, so fröhlich, und jetzt … ist sie irgendwie anders.«

Ich erstarre und weiß nicht, was ich darauf sagen soll. Wie oft sieht sie meine Tochter? Fünfzehn Minuten am Tag? Habe ich irgendwo zwischen Arbeit und Scheidung den Faden verloren und nicht gesehen, wie meine eigene Tochter sich verändert hat? Mein Instinkt ist es, die Mädchen zu holen und zu gehen, aber das würde alles nur noch schlimmer machen. Violet ist einfach nur eingeschüchtert. Das war sie schon bei einer Party im letzten Jahr, wo ein Mann als billige Captain-America-Kopie verkleidet war und mit seinem kleinen Schild in der Hand solche Sprünge gemacht hat, dass seine Strumpfhosen gerissen sind und wir alle weit mehr gesehen haben, als wir wollten.

Leah schenkt mir ein schiefes Lächeln, als versuchte sie, Mitgefühl zu zeigen. Es ist ein Lächeln, das ich auf dem Spielplatz oft zu sehen bekomme. *Oh, du bist geschieden. Wie traurig. Ich tue einfach so, als wüsste ich, wie sich das anfühlt und wie dein Leben eine Zeitlang aus den Fugen geraten ist.* Ihre Worte fühlen sich unhöflich und entblößend zugleich an. Ich will nichts von ihrem Luxuskaffee und Backwaren, ich habe nur das übermächtige Bedürfnis nach Koffein.

Ich überlasse sie den Kindern, die sich verhalten, wie es zu erwarten war, und löse mich aus der Menge. Dieser Seitenhieb in Kombination mit einem halbnackten Simon heute Morgen hat mir zugesetzt. Ich entdecke eine Parkbank, von der aus man auf die Reitstrecke hinabblicken kann, und setze mich. Sie ist nur ein Mensch, nur eine Meinung, sage ich mir. Das bedeutet nichts, aber im Verlauf einer Scheidung schleichen sich all diese Worte trotzdem ein. Sie schlängeln sich durch das Bewusstsein, dringen ein, brennen und werden ein Teil dieser neuen Scheidungsrealität, der man nicht entkommen kann. Ich sehe zu, wie Leah zu den Mums im Café zurückkehrt, und ich kann spüren, dass sie allen berichtet, was gerade passiert ist. Ein sechsjähriges Mädchen vor einer Gruppe Erwachsener niedermachen. Ich hoffe, eines dieser Pferde spritzt sie mit einer Kanonenladung heißer Pisse voll, wenn sie gerade daneben steht.

»Ich sehe, du bist dem Hexenzirkel auch entflohen?« Eine Männerstimme. Dieser Mann scheint sich hinter einem Baum zu verstecken. Ich mustere ihn verwundert, als er zu mir kommt und sich neben mich setzt. Ganz offensichtlich ist er schlauer als ich, denn er hat sich vor seiner Flucht noch einen kostenlosen Cappuccino organisiert. Er wirkt irgendwie vertraut und ist definitiv einer dieser coolen Dads. Er trägt so einen Designerbart und dazu Jeans-Shorts, Caterpillar-Stiefel und eine orangefarbene Regenjacke. Kurze Hosen im September bedeuten, dass ihm zumindest etwas Respekt gebührt.

»Ich bin Leo. Freyas Vater. Ich glaube, du kennst auch meinen ältesten Sohn Giles.«

Ich erinnere mich an den Mann neulich am Tor.

»Du bist der Parkrebell.«

Er lacht. »Sie haben mir schon diesen Spitznamen verpasst?«

»Der kommt von mir, ich weiß nicht, ob die anderen das getan haben.«

»Geht es Violet gut?«

»Ich denke, dass sie womöglich Angst vor Pferden hat. Und der beste Moment, das herauszufinden, ist eine Reitparty … Leah ist nicht begeistert.«

»Ist sie denn je von irgendetwas begeistert? Also wirklich?«

Ich lache, und er blickt zu ihr hinüber. Sie ist im Café so richtig in die Vollen gegangen. Da sind riesige Metallic-Helium-Ballons und etwas, was nach einem Kuchen in Pferdeform mit einem Lakritzschweif aussieht. Das Gastgeschenk wird heute riesig ausfallen. Kein mickriger Beutel Gummibärchen. Ich wäre nicht überrascht, wenn wir ein ganzes Pony zum Mitnehmen bekämen. Ich hoffe, meines ist stubenrein und hat einen Gucci-Sattel.

»Ich muss zugeben, dass ich sie nicht gut genug kenne, um das zu beurteilen«, antworte ich und bin stolz auf mich, weil ich so höflich bleibe.

»Nun, dann hast du echtes Glück. Sie ist gut mit meiner Exfrau befreundet.«

»Oh.« Ich horche auf, als ich das Wort Exfrau höre. Vielleicht haben wir doch etwas gemeinsam.

»Sie ist eine biestige alte Schachtel, aber hey, einer der Vorteile des Geschiedenseins ist, dass ich sie auch los bin. Und du bist … Emma?« Ich nicke. »Dr. Emma?«

»Ist das mein Spitzname?«

»Leider, ja. Du bist sehr nützlich. Als wir diesen Ausbruch der Windpocken hatten und du das auf WhatsApp identifizieren konntest, hast du einer Menge Leute einen Gang zum Arzt erspart.«

»Ist das alles, wofür ich gut bin?«

»Du bist nicht die Mutter, die immer die guten Schoko-Brownies für den Kuchenbasar macht, oder?«

»Nein.«

»Dann ja.«

Ich lächle. Leo ist ganz und gar nicht mein Typ, aber ausnahmsweise führe ich eine Unterhaltung, die nicht unangenehm ist. Das Schultor ist ein seltsamer Kosmos, und es fühlt sich gut an, einen Verbündeten zu finden, statt sich irgendwelchen Smalltalk über die Jahreszeiten und den Verkauf von Second-Hand-Schuluniformen abzuringen.

»Wie lange bist du schon geschieden?«, frage ich.

»Die Scheidung wurde vor sechs Monaten rechtskräftig. Seither ist alles ganz wunderbar.«

»Ja, klar.«

»Ich meine, ich versuche, mich um die Kinder zu kümmern und das Haus in Ordnung zu halten, aber dazwischen kommt Drama um Drama. Ich bin zudem Freiberufler und kann jetzt nur noch Arbeit annehmen, die nicht mit den Kindern kollidiert, und meine Ex ist … wie beschreibe ich die Mutter meiner Kinder am besten … schwierig?«

»Faith? Sie ist deine Ex, oder?«

Als sie sich scheiden ließen, wurde ich über Facebook benachrichtigt, dass sie eine Party in einer Bar feiert. Es gab Stripper und Luftschlangen und eine Torte mit einem Aufsatz mit Braut und Bräutigam, nur dass der Bräutigam keinen Kopf hatte. Ich ging nicht hin, obwohl alle eingeladen waren. Ich habe nie recht verstanden, wie ein gebrochenes Herz in einer Party enden konnte, vor allem, nachdem meine Scheidung sich anfühlte, als wäre ich von einer Dampfwalze überrollt und zu einem Schlechte-Ehefrau-Pfannkuchen verarbeitet worden.

»Genau die. Ich will nicht aufdringlich sein, aber du bist auch geschieden, oder?«

»Das bin ich. Getrennt seit beinahe zwei und geschieden seit einem Jahr. Mein Ex ist Simon.«

»Und du nennst mich einen Parkrebellen? Der Mann parkt auf dem Stellplatz der Direktorin!«

»Oh. Das wusste ich nicht.«

»Ich versuche nur, Hetty zu nerven. Sie hat allen erzählt, ich hätte eine Affäre und dass Faith und ich uns deshalb getrennt hätten. Und wenn ich sie jetzt in einer Signalweste sehe, ist das wie ein rotes Tuch für einen Stier.«

Ich lächle höflich. Wenn man geschieden ist, braucht man diese kleinen Siege manchmal.

»Und wie steht es zwischen dir und Simon?«

»Ich habe ihn noch nicht von einer Klippe gestoßen.«

»Wow. So schlimm?«

»Er hat seine Momente. Kann ich dich fragen, welche Gerüchte du über den Grund für unsere Trennung gehört hast?«

»Ich habe nur gehört, ihr hättet euch getrennt. Aber darf ich ehrlich sein?«

»Ich habe dich gerade erst kennengelernt, also warum nicht?«

»Er wirkte immer ein bisschen wie ein …«

»Arschloch?«

»Okay, dann muss ich ja nicht ehrlich sein.«

Ich lächle. Ich denke an einen Ehemann, der zu Elternabenden und Sportveranstaltungen ging und herumstolzierte, als müsste ihm jeder zu Füßen liegen.

»Er war ein schrecklicher Ehemann. Notorischer Fremdgeher. Ich glaube, ich habe einfach nur endlich den Mut gefunden zu sagen, dass es reicht. Ich meine, ich habe Jahre dafür gebraucht, aber hey …«

»Wow. Das ist übel. Was war das Schlimmste, was er je getan hat?«

»Ich habe ein Video von ihm bei einem Dreier auf unserem Familiencomputer gefunden.«

»Oh.« Leo weiß nicht, wo er hinschauen soll. Das war wirklich das schlimmste Beispiel, das ich hätte aussuchen können. Zu viel für die Pferde. Er mustert mein Gesicht, weil ich eine gewisse Ruhe angesichts dieser Dinge auszustrahlen scheine.

Letztes Jahr wäre es etwas anderes gewesen. Als wir noch in dieser schrecklichen Phase mit Anwälten und finanziellen Vereinbarungen waren … Da hätte ich mich hinter diesen Bäumen versteckt, vor Müdigkeit, vor Scham. Jetzt ist Simon derjenige, der sich schämen sollte, und ich kann offenbar ganz normal mit Menschen darüber reden, selbst wenn ich sie gerade erst kennengelernt habe.

»Jetzt habe ich dir von mir erzählt. Was ist bei euch passiert?«, frage ich.

Er sieht mich an und fragt sich, ob er mir trauen kann. Ich zucke mit den Schultern. Ich habe ihm gerade von Sexkram erzählt, und ich bin hier und nicht drüben im Hexenzirkel bei den anderen Mums. Er atmet tief durch, und seine Augen scheinen die Farbe zu wechseln, als er zu erzählen beginnt.

»Früher waren wir die besten Freunde, aber irgendwann ging einfach alles den Bach runter. Alltagsstress, Geld, Kinder. Wir hatten einen Lebensstandard, den wir aufrechterhalten mussten, und den konnte ich ihr nicht geben, also stritten wir ständig. Also wirklich ständig. Der Wendepunkt kam, als sie Veganerin wurde und Reiki für sich entdeckte. Sie begann, in New-Age-Rätseln zu sprechen. Ich habe einmal eine Flasche Milch mit nach Hause gebracht, und sie sagte, ich hätte ihre Energien ruiniert.«

An diesem Punkt blickt er hinüber zu Freya, die ein Pony

mit 0,5 Kilometer pro Stunde reitet. Das Pony hat eine großartige Mähne. Er winkt ihr begeistert zu und zeigt ihr einen Daumen nach oben.

»Für sie ging es immer um die Außenwirkung. Irgendwann hatten wir nichts mehr gemeinsam. Es wurde auch zu einer wirklich ungesunden Umgebung für die Kinder. Ich hatte das Gefühl, dass sie das alles einatmeten.«

Wir sitzen einen Moment lang dort und lassen das Gesagte auf uns wirken. Ich blicke über die Strecke hinweg und sehe, wie meine Mädchen den Schweif eines Pferdes kämmen. Violet kichert, als das Pferd niest und sein ganzer Körper mitvibriert.

Leos Worte lassen mich nicht los. Die Mädchen aus einer Familiendynamik zu holen, die auf Lügen und Unehrlichkeit fußte, war vielleicht das Beste, was ich tun konnte. Obwohl ich lange geglaubt habe, die Familie zusammenhalten zu müssen. Ich lag falsch. Jetzt habe ich die Gelegenheit, etwas Positives für sie zu schaffen.

»Wie schlägt er sich im Spiel?«, fragt Leo.

»Im Spiel?«

»Jemand hat mir Scheidungen mal als Tennis beschrieben. Immer hin und her, hin und her, bis in alle Ewigkeit. Manchmal pfeffern sie dir etwas direkt in deine Hälfte, manchmal verfehlt jemand den Ball. Aber es ist ein Spiel, das niemals endet.«

»Das ist deprimierend …«

»Faith ist außerdem die ehrgeizigste Frau der Welt – es ist ermüdend. Also erzähl mir davon, wie Simon spielt.«

»Wir haben eine Routine, an die wir uns halten. Ich lasse mir nichts anmerken, wegen der Kinder. Ich bin friedlich.«

»Ich hasse das Wort. Man benutzt es nur im Zusammenhang mit Krieg.«

»Oder wenn man über Tiere spricht. Er protzt gerne herum und tut so, als wäre nichts gewesen, während ich versuche, das nicht an mich heranzulassen.«

»Schläger hoch und alles abwehren?«

»Oder manchmal einfach verlieren, einen Punkt abgeben. Meine Energie nicht an Bälle verschwenden, die ich ohnehin nicht übers Netz zurückspielen kann.«

Er schweigt. Es scheint, als hätte er viel Zeit damit verbracht, Bälle zu jagen, und sich dabei verausgabt. Eine Menge spricht dafür, hin und wieder einfach mal die Füße stillzuhalten.

»Du bist klug«, sagt er.

»Nicht wirklich. Ich sitze mit dir hier in der Kälte. Wir könnten drinnen sein.«

»Das stimmt, aber ich habe dir gerade erzählt, was ich, glaube ich, unserer Paartherapeutin hätte erzählen sollen, und das ist interessant.«

»Warum?«

»Weil wir dieser Therapeutin hundert Pfund pro Sitzung bezahlt haben, und sie hat uns nicht mal Getränke angeboten. Habt ihr das auch versucht?«

Ich schüttle den Kopf. Die Wahrheit ist, dass es an diesem Punkt nichts mehr gab, was man hätte reparieren können. Die Räder waren vom Wagen gefallen, und während Simon am Steuer saß, war ich der Trottel, der die Überreste in eine ungewisse Zukunft schob. Den Berg hinauf. Im Regen. Es war ermüdend geworden, entwürdigend.

Ich mustere Leos Gesicht. Er hat diesen müden Blick, dem ich entnehmen kann, dass er nicht viel geschlafen hat und emotional erschöpft ist. Ich kenne diesen Gemütszustand. Man fühlt sich ausgelaugt und weiß nicht, ob die eigenen Emotionen sich je wieder voll regenerieren werden.

»Habt ihr schon verhandelt, wer die Kinder an den Feiertagen hat? Weihnachten? Geburtstage? Das ist der spaßige Teil. Wenn man anfängt, über Zeit zu verhandeln und zu streiten. Ich habe schon Organe transplantiert, die weniger logistische Probleme verursachten.«

»Für Weihnachten wird sie mit mir in den Ring steigen. Ich weiß, dass sie das tun wird.«

»Ich würde bezahlen, um diesen Kampf sehen zu können. Reservier mir schon mal Eintrittskarten.«

Er lacht wieder, und mir gefällt das Gefühl, ihm ein bisschen beizustehen und nützlich zu sein.

»Darf ich dir einen Rat geben?«, sage ich zu ihm.

»Ich höre.«

»Ich bin bei dieser Scheidungsreise schon ein bisschen weiter als du. Am Anfang ist es überwältigend, als würde man in einem Fluss aus Trauer, Zorn und Enttäuschung ertrinken. Geh nicht unter. Tritt einfach weiter Wasser. Es wird besser.«

»Tennis und Flüsse. Wir gehen heute so richtig in die Vollen mit unseren Analogien, oder? Ich nehme an, du hast auch all die Selbsthilfebücher gelesen?«

»Ich bin, ich war, das war's gefiel mir am besten.«

»Wie man allein schläft.«

»Das ist der Teil, der mir nicht so viel ausmacht. Ich kann jetzt wie ein Seestern schlafen und Burgmauern aus Kissen bauen.«

Er lacht. »Darf ich dich fragen, ob du am Schultor irgendetwas über mich gehört hast?«, fragt er. »Ich glaube, sie hat sich sehr bemüht, mich zum Buhmann zu machen, so wie manche dieser Frauen mich anfauchen.«

»Ich hab nichts gehört«, sage ich. »Es sei denn, du bist der Vater mit der Spielsucht?«

»Nein. Den kenne ich. Er war süchtig nach Online-Spielautomaten und hat die Schulgebühren eines ganzen Halbjahrs in drei Wochen verloren. Zweifellos wurde ich als jemand beschrieben, der seine Familie vernachlässigt, nie da und schrecklich unorganisiert und emotional verkümmert ist.«

»Ich hoffe, das ist die Beschreibung, die in deinem Onlinedating-Profil steht.«

»Klar. Die Frauen rennen mir jetzt scharenweise hinterher.«

Ich lache.

Er lacht mit. »Es war nett, mit dir zu plaudern, Emma, du solltest dich öfter am Schultor herumtreiben. Wir brauchen mehr von deiner Sorte.«

»Einsame Geschiedene, die medizinische Ratschläge geben können?«

Er lacht. »Wir brauchen unterschiedliche Menschen, normale Menschen.«

»Ich weiß noch nicht, ob ich jetzt schon bereit bin, mich ins Gefecht zu stürzen …«

»Na ja, immerhin hast du mit mir gesprochen.« Er holt eine Rolle Fruchtbonbons aus dem Rucksack und bietet mir eines an. Ich lehne nicht ab. In seinem Rucksack befinden sich ein Fahrradhelm, ein Plüschzebra und sechs Päckchen Pombären.

»Und das ist mehr, als ich mit den meisten getan habe«, gebe ich zu.

Ich kaue auf meinem Zitronenbonbon herum und blicke in die andere Richtung. Leah schaut immer wieder zu Leo und mir herüber und wird zweifellos Faith Bericht erstatten, dass wir eine intime Unterhaltung auf einer Bank hatten, während wir uns Süßigkeiten geteilt und einander liebevoll in die Augen geblickt haben. Und in der Ferne wieherten freudig die Ponys. Ich bin versucht, sein Knie zu berühren, um noch mehr Öl ins Feuer zu gießen, aber ich kann diese Art Drama gerade nicht brauchen.

Und dann entdecke ich etwas anderes. Die kleine Violet kommt auf einem Pferd in den Hof, und Iris läuft neben ihr her und klatscht begeistert in die Hände. Ich kann Violets Gesichtsausdruck nicht richtig lesen, aber er bewegt sich irgendwo zwischen Tränen und einem Grinsen, das so breit ist, dass es aussieht, als könnten ihre Zähne zerspringen. Die Party ist halb vorbei, aber zur Hölle, besser spät als nie! Ich zücke mein Handy und mache ein Foto. Das Mädchen ist tatsächlich auf ein Pferd gestiegen. Ich halte inne. Mein erster Instinkt war, das Bild Simon zu schicken, aber ich halte mich zurück. Leo sieht Violet an und lächelt.

»Darf ich dir eine Freundschaftsanfrage auf Facebook schicken, Emma? Ich bin dort nur noch mit einem anderen Elternteil befreundet. Es fühlt sich gut an, eine Verbündete zu haben. Wir könnten einen Geschiedene-Eltern-Selbsthilfe-Buchclub gründen.«

Ich schaue ihn an. Meine anderen männlichen Freunde beschränken sich auf Kollegen, Verwandte und den Mann, der mir jeden Donnerstagabend die Einkäufe liefert. Sein Name ist Ian. Vielleicht ist das hier ein Schritt in die richtige Richtung.

»Gerne. Ich heiße jetzt Emma Callaghan.«

»Du hast deinen Namen geändert?«

»Ja.«

»Das freut mich für dich.«

Kapitel fünf

637 Tage nachdem Lucy Simon dabei erwischt hat, wie er sich über FaceTime den Intimbereich einer anderen Frau ansah

»Lucy, ich sehe aus wie eine Stallmagd!«

Meine Schwester hört mir gar nicht zu, sie wühlt sich durch meinen Kleiderschrank und sucht nach einer Jacke. Dabei zieht sie einen senfgelben Pulli mit Polokragen heraus.

»Der ist schrecklich, darf ich den verbrennen?«

»Lucy, der ist von Burberry!«

»Davon sieht er auch nicht besser aus. Er hat die Farbe von altem Zuckermais. Ich werde dir nicht erlauben, den noch mal anzuziehen.«

Ich widerspreche nicht, weil ich ohnehin den Verdacht habe, dass er irgendwann mal ein Weihnachtsgeschenk von Simon war. Er entspricht so gar nicht meinem Stil, und ich stelle mir vor, wie Simon einfach in einen Laden marschiert, auf das erstbeste Stück zeigt und die Kreditkarte zückt. Ich habe ihn so gut wie nie getragen – mit dem vielen Schwarz, das ich besitze, würde ich aussehen wie eine Wespe.

Lucy steht in meinem Schlafzimmer wie eine sehr schlechte Version einer Fernsehstylistin. Nur sind ihre Urteile persönlich, und sie hört mir gar nicht zu. Sie hebt ein gepunktetes

Kleid von Zara hoch, und im Hintergrund rappt Cardi B, in der Hoffnung, dass etwas von der Coolness auf mich abfärbt. Das Kleid ist ein bisschen luftig und nichts, was ich normalerweise anziehen würde. Außerdem ist es weiß, also kann ich wohl keinen Rotwein trinken.

»Du willst wirklich nicht, dass dieser niedliche Anästhesist auftaucht und richtig trendy aussieht, während du wirkst, als wärst du zu einem Vorstellungsgespräch da.«

»Das nennt man sportlich elegant.«

»Ich nenne das arschlangweilig. Mir war nicht klar, dass wir zugelassen haben, dass du so öde wirst. Probier das wenigstens mal an.«

Ich ziehe den Bademantel aus und stehe in Unterwäsche da. Sie starrt meinen Slip anklagend an. Er ist hautfarben und hat ein hohes Bündchen. Der BH passt dazu, ist aber ebenfalls schlicht und funktional.

»Ich verstehe das mit deiner Unterwäsche nicht. Warum trägst du nicht das Höschen, das ich dir für das letzte Date gekauft habe?«

»Du meinst das durchsichtige ohne Zwickel? Nein. Das hier ist bequem und bietet Halt.«

»Und wenn er dich auszieht, siehst du aus wie ein Riesenei. Da ist nicht mal Spitze dran.«

Ich entreiße ihr das Kleid und probiere es an. »Da drin sehe ich aus wie ein Dalmatiner.«

»Dann zieh eben einfach dein schwarzes Kleid mit den schwarzen Strumpfhosen und der schwarzen Tasche an.«

»Du machst dich über mich lustig.«

»Das ist mein einziger Lebensinhalt.«

Es ist Montagabend, heute ist die Nacht der Nächte. Das zweite Date seit der Scheidung, nur dass dieses sich nicht wie das natürliche Aufeinandertreffen Gleichgesinnter anfühlt, sondern wie die größte Verkuppelungsaktion in der Geschichte des Datings. Ich spüre, wie ich selbst durch den BH hindurch schwitze. Es ist ein Jahr her, seit ich das hier das letzte Mal getan habe, und man muss sich nur überlegen, wie gut es beim letzten Mal lief. Ich habe nicht mal mit ihm gesprochen. Ich weiß nur, dass ich mich nach dem duften Mann umsehen soll, der fünf Jahre jünger ist als ich und gute Haut und Schuhe hat. Maddie hat mir gesagt, dass er mich um halb neun nach der Arbeit in South Bank treffen will. Gefühlt ist das etwas spät, aber vielleicht bedeutet ein kleineres Zeitfenster auch weniger Gelegenheit, dass etwas schiefgehen kann. Vielleicht senkt es das Risiko, dass er zu weinen anfängt.

Ich weiß nicht mal, wie er klingt. Hat er einen Akzent? Was, wenn er eine richtig hohe Stimme hat? Oder lispelt? Die Sache kann so richtig in die Hose gehen.

»Hast du denn nichts anderes als Blazer und Kostümjacken? Nichts aus Jeansstoff oder Leder?«

»Nein. Und diese Ohrringe tun weh.« Sie sehen aus wie das Kettengewebe einer Rüstung und geben ein bizarres Klimpern von sich, das an ein Windspiel erinnert.

»Du kannst nicht einfach nur Stecker tragen.«

Doch, das kann ich. Ich trage seit über zwanzig Jahren Ohrstecker.

Lucy schlingt mir einen goldenen Gürtel um die Taille, der aussieht, als wollte ich in der Meisterschaft im Schwergewicht antreten. Ich schüttle den Kopf. Sie wirft ihn mit einer Bewegung aufs Bett, als hätte sie die Nase voll von mir.

»Übrigens, hat Meg dich heute angerufen?«, frage ich.

Lucy wirft mir einen verwirrten Blick zu. Meg ist die älteste von uns Schwestern, aber sie ist mit ihrem Mann Danny rauf in den Lake District gezogen, wo sie mit ihren drei Töchtern das Landidyll in Gummistiefeln und Outdoor-Kleidung leben. Moderne Kommunikationsmittel ermöglichen uns, in Kontakt zu bleiben, aber unser Schiff hat irgendwie seine Kapitänin verloren. Ich vertrete sie während ihrer Abwesenheit, doch sie fehlt uns. Sie ist das letzte Teil in unserem Puzzle.

Sie war immer diejenige, die sich mit unserer Mutter angelegt hat und uns in Partys einschleusen konnte, weil sie eine coole Journalistin war. Ich kann mich noch daran erinnern, als sie uns zu einer Preisverleihung der *Glamour* mitgenommen hat. Es war nicht schön. Grace hat sich so sehr betrunken, dass sie sich in ihren Goodie Bag übergeben musste, und Lucy hat mit einem Bandmitglied der Kaiser Chiefs auf dem Klo rumgemacht, aber ich liebte, dass sie uns wie Schafe zusammentreiben konnte und uns am Ende des Abends Pommes kaufte und dem Dönermann tiefe Einblicke gewährte, damit er uns extra Knoblauchsoße gab.

»Vor meiner letzten Operation hatte ich ein seltsames Telefonat mit ihr«, fahre ich fort. »Sie vermutet, dass Danny sie betrügt.«

Lucy hört auf, Accessoires für mich zu suchen, und schaut mich an. »Was?«, fragt sie und kocht augenblicklich vor Wut. In unserer Mädchenbande ist Lucy die Wildcard und diejenige, die am wahrscheinlichsten ein Messer im Stiefel hat. Im Geiste ist sie bereits halb die M6 rauf und ertränkt Danny nach ihrer Ankunft in einem der Seen.

»Ich weiß nicht. Angeblich hat er sich Sexspielzeug nach Hause liefern lassen. Sie hat es nicht so genau gesagt. Ich halte es für möglich, dass sie total überreagiert.«

Lucys Miene wandelt sich zu Entsetzen. »Was? Bauer Dan?« Danny ist kein Bauer, aber wir haben ihm diesen Spitznamen gegeben, weil er so eine mürrische Einsilbigkeit an sich hat und hin und wieder eine Schiebermütze trägt. Ich vermute, dass das einen Teil seines Reizes für Meg ausmachte. Wie ein moderner Poldark, nur ohne Sixpack. »Danach sieht er gar nicht aus. Was für Sexspielzeug? So richtiger Fetischkram?«

Ich will nicht wissen, was sie dazurechnet, und wenn sie erst einmal tiefer in das Thema einsteigt, verunreinigt es möglicherweise den klaren Kopf, mit dem ich heute auf mein Date gehen will.

»Ich habe sie nicht gefragt. Möglicherweise ein Dildo.«

»Geht es ihr gut?«, fragt Lucy.

»Ich habe nicht nachgefragt. Ich habe ihr gesagt, dass sie sich noch mal melden soll, wenn sie echte Beweise hat. Vielleicht schreibst du ihr nachher, wenn ich unterwegs bin.«

»Wird gemacht. Kann ich Danny anrufen und ihn anschreien?«

»Nein.«

»Spielverderberin. Ich gehe in mein Zimmer und suche Jacken raus.«

Kaum ist sie weg, kommt Violet in einem Nachthemd und ihren Häschenschuhen herein. Die Verwirrung in ihrem Gesicht sagt mir alles, was ich wissen muss.

»Sieht nicht nach mir aus, oder, V?«

»Es ist ein hübsches Kleid, aber du siehst nicht wie Mama aus.«

Ich lächle. Sie klettert aufs Bett, legt sich auf den Bauch, streckt alle viere von sich und bewegt die Gliedmaßen hin und her, als würde sie schwimmen. Ich tausche die langen Ohrringe gegen einfache goldene Stecker aus. Das ist ein Anfang.

»Wohin gehst du mit Tante Maddie essen?«, fragt sie. Ich habe den Mädchen nicht gesagt, dass ich mich mit einem Mann treffe. Beide Male war ich stattdessen angeblich mit

Maddie essen. »Ihr solltet zu Pizza Express gehen. Ich mag die Pizzabrötchen da.«

Ich lächle. Kein schlechter Vorschlag, aber vermutlich nicht cool genug für Lucy, die sicher will, dass ich etwas Modernes mache, was im Trend liegt, so was wie Koreanisches Barbecue oder Hotpot, was auch immer das sein soll.

»Ihr könntet auch zu McDonald's gehen.«

Auch keine schlechte Idee, dann könnten wir dieses Date um eine Stunde kürzen, und ich bekäme einen McFlurry. Aber die Lichtverhältnisse wären eine Katastrophe. Ich lächle, während sich Violet durch die Accessoires auf dem Bett wühlt und alle Vintage-Ringe ihrer Tante an ihren winzigen Fingern anprobiert. Lucy kommt mit einer Bomberjacke aus Leder und einem Paar goldener Converse zurück.

»Nein zu beidem.«

»Du bist sooo langweilig. Nimm wenigstens eins davon.«

Ich schnappe mir die Jacke und ziehe sie über das Kleid. Sie ist okay, aber ich bezweifle, dass sie mir viel Wärme oder Schutz bieten wird, sollte es leichten Regen geben.

»Ich kann diese schwarzen Schnürstiefel von Hobbs anziehen«, sage ich.

Lucy lächelt leicht. »Nun, die sehen ein bisschen wie Doc Martens aus, also Ja, und wie wäre es mit einer roten Tasche?« Sie reicht mir etwas von der Größe eines Federmäppchens.

»Nein.«

»Warum?«

»Ich weiß nicht, was da reinpassen soll. Ich muss in jedem Fall schon mal einen Schirm mitnehmen.« Ich öffne die rote Tasche und stelle fest, dass sie mit Kondomen vollgestopft ist. Angewidert werfe ich sie ihr wieder zu. »Nein.«

Ich schnappe mir eine graue Umhängetasche, die über

einem Stuhl hängt, und schiebe sie auf meine Schulter. »Was denkst du, Kleines?«

Ich drehe mich einmal im Kreis, und Violet kichert. »Es ist komisch, dich in einem Kleid zu sehen, Mummy.«

»Das ist nicht irgendein Kleid, es liegt voll im Trend. Es hat sogar seinen eigenen Instagram-Account«, sagt Lucy.

»Aber es hat keine Hände, wie postet es dann Bilder von sich?«, antworte ich.

Lucy verzieht das Gesicht, als wäre das ein schrecklicher Witz und als müsste ich ihr nur vertrauen. Aber vertraut irgendwer Lucy so wirklich? Bevor sie hier reinkam, hatte ich eine schwarze Hose und eine weiße Bluse an. Sie meinte, ich sähe aus, als würde ich mit jemandem namens Vincent Vega tanzen gehen. Jetzt sehe ich aus wie die moderne Version einer Milchmagd in einer Lederjacke. Und was es noch schlimmer macht: Das Kleid hat etwas von einem Krankenhaushemd an sich. Er wird glauben, ich hätte es einem Patienten geklaut. Ich stehe vor dem Spiegel, und Lucy schmiegt sich von hinten an mich und legt die Arme um mich, während wir meine Silhouette im Spiegel betrachten. Ich sehe, dass sie über einen Samthaarreif nachdenkt, während ich mich mehr darum sorge, dass man die Ränder meines Höschens durch die Kleidung sehen könnte.

Hinter uns meldet sich ein Stimmchen: »Das letzte Mal, als wir bei Pizza Express waren, hatte ich eine Pizza mit Schinken und Pilzen, und Daddy hat die Bedienung angebrüllt, weil auch Oliven drauf waren, aber das war schon okay, weil Susie mir geholfen hat, sie alle runterzumachen.«

Lucys lockere Umarmung verwandelt sich in eine Umklammerung meiner Schultern. Wir halten beide einen Moment inne. In erster Linie, weil wir beide wissen, dass Susie nicht der Name von Simons Mutter oder irgendeiner anderen Verwandten ist. Ich starre in den Spiegel und versuche zu vergessen, was ich da gerade gehört habe. Lucy kann es allerdings nicht lassen.

»Wer ist Susie, V?«

»Sie ist eine Freundin von Daddy, aus der Arbeit. Wir haben bei Pizza Express zu Mittag gegessen.«

Lucy wird still. Ich starre sie an. Wir wissen beide, wie ihr nächster Schritt aussehen wird. Sie will Violet sagen, dass Mummy auch Freunde hat. Männliche Freunde. Und dass Mummy auch mit ihnen Mittagessen geht. Aber das ist nicht der richtige Zeitpunkt dafür.

Ich atme tief durch. *Du darfst ausgehen, mit wem du willst, Simon. Ich bin nicht deine Aufpasserin, aber ich bin ihre Mutter, und du solltest mich nicht jetzt schon ersetzen.* Lucy merkt mir an, dass mich das erschüttert, und der Zorn, der durch ihre Knochen vibriert, kommt zum Vorschein.

»Schläft Susie auch manchmal in Daddys Wohnung?«

Ich schüttle den Kopf und sehe sie dabei an. Nicht jetzt und nicht vor Violet, die verwirrt ist, weil ihre Informationen für Unruhe gesorgt haben. War das etwas, worüber wir hätten reden sollen? Er kann vögeln, wen er will – und das hat er schon getan, mehr als genug. Aber wenn es um die Mädchen geht, dann ist das etwas anderes.

»Manchmal übernachtet sie in Daddys Wohnung.«

»Wie eine Nanny?«, fragt Lucy. »Halten sie sich bei den Händen? Wie sieht sie aus?«

»Lucy, aufhören. Raus hier.«

»Aber Ems …«

Ich werfe ihr einen finsteren Blick zu. *Wage es nicht, darüber mit mir zu diskutieren. Wir können uns gerne wegen Gürteln und Ohrringen zanken, aber nicht um meine Kinder und den Zustand meiner Scheidung.* Widerstrebend geht sie, macht die Tür jedoch nicht zu, damit sie weiter lauschen kann. Ich setze mich aufs Bett und bedeute Violet, dass sie den Kopf auf meinen Schoß legen kann.

»Tut mir leid. Hab ich was Schlimmes gesagt?«, fragt sie.

»Nein, gar nicht.« Ich fahre mit den Fingern durch ihren braunen Bob und streiche das Haar über ihren Wangen glatt. So ist das mit Kindern nach einer Scheidung. Man liebt sie abgöttisch, diese kleinen Menschen, die man aufgezogen hat, aber sie sind zugleich eine ewige Erinnerung an den Menschen, mit dem man sie gemacht hat. Ich sehe ihn in diesen großen grün-braunen Augen.

»Gibt es bei Pizza Express immer noch diese Schokoladen-Brownies?«, frage ich.

»Ja, aber Daddy hat mir nicht erlaubt, welche zu bestellen, weil ich so viele Pizzabrötchen hatte.«

»Und du liebst Pizzabrötchen.« Ich lächle, als ich mir eine kleine Violet vorstelle, die sich damit vollstopft, bis sie Backen wie ein niedlicher Comic-Hamster hat.

»Susie ist okay. Aber sie weiß nicht, wie man Frisuren macht.«

»Nun, dann rufen wir einfach Tante Lucy, damit sie uns allen die Haare flicht.«

»Willst du, dass ich sie nicht leiden kann?«

Ich höre Lucy vor der Tür husten. Ich ignoriere sie. Ich kann dieses Spielchen nicht spielen. Wirklich nicht. *Ja, spionier das Miststück aus, und sei schrecklich zu ihr, und durchsuch ihr Handy nach belastenden Fotos und schick sie mir. Weck sie mitten in der Nacht auf und ruinier jedes Abendessen und jede Feier, damit sie Simon verlässt und er unglücklich ist, weil sie nicht damit zurechtkommt, deine Stiefmutter zu sein.* Nein, ich kann das nicht.

»Nein. Sei einfach nur du selbst.«

»Willst du mehr über sie wissen?«

Ich schüttle den Kopf. Ja. Aber nicht von dir.

»Da ist eine Suzanne Donne, aber sie ist irgend so ein altes Huhn, das in Hampshire wohnt. Sieht aus, als wäre sie um die fünfzig.«

»Das ist seine Tante. Gib dir mehr Mühe.«

»Du telefonierst nicht mit mir, während er danebensitzt, oder?«

»Nein. Aber beeil dich.«

Ich sitze im Außenbereich einer Bar in South Bank und halte einen überteuerten Becher Prosecco in der Hand. Ich weiß, dass wir kein Glas mehr bekommen, weil sie nicht wollen, dass wir etwas zerbrechen, aber jetzt gibt man uns stattdessen Plastik, das schlecht für die Umwelt ist. Ich warte noch auf den Tag, an dem sie verlangen, dass wir unsere eigenen Gläser mitbringen, oder uns erlauben, diese Papierstrohhalme ineinanderzustecken, damit wir direkt aus der Flasche trinken können.

Ich höre Lucy am anderen Ende der Leitung summen. Ich habe ihr nichts anderes aufgetragen, als die Mädchen ins Bett zu bringen und Susie in keiner Weise auch nur zu erwähnen. Aber sobald die Mädchen im Bett sind, soll sie die Frau bis aufs Letzte stalken.

So sollte dieses Date nicht beginnen. Ich bin zwanzig Minuten zu früh hier und warte auf diesen Anästhesisten. Und ich sollte etwas trinken, dabei cool aussehen und mir überlegen, wie ich mich ihm von meiner besten Seite zeige. Stattdessen zittert meine Hand. Wer bist du, Susie? Zeig dich uns!

»Gefunden.«

»Wo?«

»Instagram. Susie Hunter, aber ihr Account ist privat.«

»Wie sieht ihr Profilbild aus?«

»Blond. Ende zwanzig. Sie steht auf Filter.«

»Ist es möglich, dass sie nur die Nanny ist?«

»Nun, selbst dann hat er sicherlich mit ihr geschlafen«, fügt Lucy einigermaßen bissig hinzu. Sie hat recht. Ich schwanke zwischen Erleichterung und Sorge. Würde er eine Nanny mit zu Pizza Express nehmen? Außerdem würde er mir sagen, wenn er eine Nanny eingestellt hätte. Wir haben die Aupairs immer mitgenommen, nicht weil wir faule Eltern waren, sondern weil wir ihnen etwas zu essen und das Gefühl geben wollten, Teil der Familie zu sein.

»Oh, verdammt. Ich sehe mir gerade Fotos von ihr auf Facebook an. Sie ist definitiv Krankenschwester.«

»Oh. Hübsch?«

Lucy schweigt einen Moment. »Sie hat ein fliehendes Kinn.«

Wenn das alles ist, was sie über sie sagen kann, dann mache ich mir etwas Sorgen. »Hat sie Kinder? Wo wohnt sie? Auf welcher Station arbeitet sie?«

»Ich bin nicht das verdammte FBI, Schatz. Gibt mir einen Moment.«

»Schau genauer hin. Warum hat er mir nichts von ihr erzählt?«

»Weil er ein Arsch ist. Das wissen wir seit Jahren.«

»Aber die Kinder haben sie getroffen! Ich verstehe ihn nicht. Warum macht er das?«

Lucy schweigt wieder. Das Ausmaß der Selbstsucht dieses Mannes verblüfft uns immer wieder. Er hätte etwas sagen sollen. Ich kippe den Rest meines lächerlich kleinen Glases Prosecco runter und spüre, wie er mir im Hals stecken bleibt. Ich rülpse leise.

»Emma?«, höre ich eine Stimme hinter mir. Mist. Er ist

früh dran. Hat er mein Rülpsen gehört? Ich hänge auf und drehe mich um. Versuche, die Sache zu vergessen. Lächeln und Atmen.

»Ja. Du bist dann wohl Jag?« Aus irgendeinem Grund habe ich ein leeres Glas in der einen und das Handy in der anderen Hand, also habe ich keine freien Kapazitäten für ein Händeschütteln und biete ihm stattdessen die Wange an. Verwirrt reibt er seine Wange an meiner und weiß nicht, was er mit seinen Händen tun soll, also hält er sie steif und abgewinkelt wie ein Roboter. Es ist die schlechteste erste Begrüßung der Welt. Aber er lacht, als wir uns voneinander lösen.

»Ich glaube, es wäre besser gewesen, wenn ich einfach gestolpert und in deinem Schoß gelandet wäre«, sagt er.

Ich lache. »Und ich hätte mein Getränk verschüttet und dieses Kleid endgültig durchsichtig gemacht.«

Ich habe das Falsche gesagt, denn jetzt sieht er sich das Krankenhaus/Milchmagd-Kleid genauer an. Maddie hatte recht. Seine Haut strahlt auf eine Art, die mir nicht ganz fair erscheint, und wenn wir uns etwas besser kennen, frage ich ihn vielleicht, ob er Feuchtigkeitspflege oder Masken oder Peelings benutzt. Er ist definitiv trendy. Ich glaube, das sind Turnschuhe von Vans. Ich habe solche seit meiner Teenagerzeit nicht mehr gesehen, aber sie passen gut zu seinem Rucksack. Er stellt ihn ab und öffnet ihn.

»Die sind für dich.«

Ich bin total überrascht. Es ist ein kleiner Blumenstrauß, in braunes Papier und Bindfaden gewickelt, eine Sonnenblume in der Mitte. Ich lächle, das kommt unerwartet. Die Leute schenken sich immer noch Blumen? Und einen Moment lang bin ich dankbar, denn die Überraschung dämpft meine Sorgen und lässt mich für ein paar Sekunden alle Menschen namens Susie vergessen.

»Wow.«

»Ist es zu viel?«

»Nein, es ist perfekt. Danke. Ich habe nichts für dich.«

»Ich habe auch nichts erwartet. Ich sehe, du hast schon ohne mich angefangen.« Er zeigt auf mein leeres Glas.

»Wenn man das so nennen kann. Hat sich angefühlt, als würde ich aus einem Fingerhut trinken.« Mir ist klar, dass ich wie eine Alkoholikerin wirken muss, aber er lacht einfach nur.

Ich mag, dass sein Gesicht so fröhlich wirkt. Er grinst breit. Ich kann nicht genau sagen, ob es echt ist oder nur Nervosität. Gehört er zu diesen Menschen, die immer glücklich sind? Ich glaube nicht, dass ich mit Dauerfröhlichkeit umgehen könnte. Jetzt bin ich mir noch einmal extra bewusst, dass ich eine verwirrte und kritische Miene mache, während ich versuche, ihn zu verstehen.

»Kann ich dich als Dankeschön wenigstens zu einem Drink einladen?«

Er wirkt überrumpelt. Ich kann nicht sagen, ob es daran liegt, dass er glaubt, es sei so ein feministisches Ding, aber ich hoffe, dass die Geste einfach nur meine Höflichkeit zeigt.

»Ich halte mich heute Abend ein wenig zurück. Mein Auto steht beim Krankenhaus, also muss ich heute noch fahren.«

»Verstehe. Sicherheit geht vor.« Das lässt mich irgendwie nach einem hoffnungslosen Fall klingen. »Also etwas Nichtalkoholisches? Einen Saft? Eine …« Beinahe hätte ich diesem Mann aus der Gewohnheit heraus eine Limo angeboten.

»Nun, wir könnten hier bleiben oder in ein Pub gehen, das ich ganz gut finde. Wir könnten aber auch einfach nur spazieren gehen.«

Das trägt nicht gerade zur Besserung meines verwirrten Gesichtsausdrucks bei. Ich bin in der Annahme gekommen, dass alles schon reserviert und geplant ist. Ich habe erwartet, mich einfach irgendwo hinzusetzen. Das ist die Hälfte der Freuden einer persönlichen Sekretärin. Ich will nicht mit ihm durch London laufen. Oder doch? Machen die Leute das heutzutage auf Dates? Was, wenn man mal aufs Klo muss? Geht man dann einfach auf eine der öffentlichen Toiletten im Park? Treffen sich dort nicht dieser Tage Leute, um unverbindlichen Sex zu haben? Er spürt, dass mich eine Menge Fragen durchfluten. Doch was er nicht wissen kann, ist, dass die wichtigste davon lautet: Wer zum Teufel ist Susie Hunter? Das löst eine gewisse Panik in mir aus, bei der meine Augen groß werden, und ich sehe aus, als würde ich nicht mal einen Fingerhut Alkohol vertragen. Ich stehe auf und schwanke ein wenig.

»Alles gut?«, fragt er und lacht leise.

»Ja. Es ist nur … Essen. Ich glaube, ich würde jetzt gerne etwas essen.«

»Was hättest du denn gern?«

Ich überlege einen Moment. Was würde ich gerne essen? Ich erinnere mich an die Pärchenabende nach der Arbeit, als Simon mich in irgendwelche europäischen Restaurants der Mittelklasse schleppte, auf deren Speisekarte es immer irgendeine Art Steak gab. Wir aßen dann in unterkühlten, weißen, weitläufigen Restaurants, dippten Brot in Pfützen aus Olivenöl, Balsamico und Meersalz. Dabei hörten wir kommerziellen Jazz und überspielten die Tatsache, dass mit unserer Ehe etwas ganz und gar nicht stimmte, indem wir über Operationen und Kinder sprachen. Eine Wahl zu haben, in welches Restaurant ich gehen will, ist ungewohnt.

»Hummus«, sage ich.

Er lacht ein bisschen zu heftig.

»Ist das lustig?«, antworte ich.

»Nein, gar nicht. Maddie hat mir nur gesagt, wenn ich mich bei dir beliebt machen will, dann soll ich dir Hummus geben und Meringe meiden. Außerdem magst du keine Sandwiches.«

»Das … stimmt.« Ich überlege, dass er diese Blumen hier durch ein Töpfchen Hummus hätte ersetzen können und es vermutlich die gleiche Wirkung auf mich gehabt hätte.

»Was hat Maddie dir sonst noch erzählt?«

»Sie hat sehr von dir geschwärmt. Sie meinte, du bist der netteste und ehrlichste Mensch, den sie kennt. Du stellst keine Ansprüche, und gute Manieren beeindrucken dich mehr als Geld. Außerdem ist dir egal, wie groß jemand ist«, sagt er und stellt sich auf die Zehenspitzen.

Ich lache. »Ja, das stimmt auch. Ich weiß, dass die meisten Frauen Wert drauf legen, aber die Größe ist mir nicht wichtig.«

Er lacht. Ich werde rot. Knallrot.

»Dann komm mit, und wir organisieren dir Hummus.«

»Echt jetzt?«

Er nickt. Hummus ist nicht sehr sättigend, und ich weiß nicht, ob er ausreicht, um die vielen Drinks aufzusaugen, die ich vermutlich konsumieren werde, aber … warum nicht? Er schiebt sich den Rucksack auf die Schultern und setzt sich in Bewegung. Ich folge ihm mit einem kleinen Hüpfer. Oh. Ich hoffe wirklich, er führt mich nicht zu einem Supermarkt und wir müssen es dann an einer Straßenecke mit irgendwelchen Chips essen. Das ist in meinen Augen kein Date.

»Also, warum magst du keine Sandwiches?«, fragt er.

»Ich habe einfach nur ein Problem damit, dass sie meistens zu vollgestopft sind. Dann fallen sie auseinander. Und Teile davon landen auf mir. Es ist schwer, sie zu essen und gut dabei auszusehen.«

»Gilt das auch für getoastete Sandwiches?«, fragt er.

»Ja. Das sind die Schlimmsten. Man beißt rein und bespritzt sich mit heißem Käse. Übrigens esse ich auch keine Blaubeeren, nur der Vollständigkeit halber«, fahre ich fort.

»Aber Blaubeeren sind lecker!«

»Meine Schwester hat mir mal erzählt, dass das Schlumpfhoden sind, und ich bringe es bis heute nicht über mich, sie zu essen.«

Er brüllt vor Lachen. Ob er nun mit mir oder über mich lacht, da bin ich mir nicht ganz sicher.

»Das merke ich mir für zukünftige Picknicks.«

Ich grinse. Das hier ist ein Lauf-Date, und ich bin froh, dass ich keine hohen Schuhe angezogen habe, aber ich wünschte, ich hätte mir einen Schal umgelegt. Unser erster Halt ist ein Food Festival, wo wir einen Stand finden, der sich auf griechische Küche spezialisiert hat. Er hat mir buchstäblich ganze Bottiche voller Hummus organisiert, die mit Gewürzen und Kräutern bestreut sind und all die wunderschönen Variationen von Hummusbeige zeigen. Er lässt sich nicht von dem Gedränge an den Ständen, an denen wir vorbeikommen, ablenken. Er scheint eine persönliche Beziehung zu einem Mann zu haben, der vietnamesische Rice Bowls verkauft, und lächelt einer Frau zu, die portugiesische Puddingtörtchen anbietet, statt sie einfach zu ignorieren, wie die meisten es tun würden.

Er ist überhaupt sehr entspannt, während ich etwas zurückhaltender bin, einfach weil ich normalerweise kein Streetfood esse. Nicht weil ich nicht abenteuerlustig wäre, sondern weil ich mir Gedanken wegen der Lebensmittelsicherheit mache. Hier fliegen viel zu viele Tauben herum. Doch seine Begeisterung vertreibt meine Unsicherheit, vor allem, weil er mir nicht nur Hummus kauft, sondern so richtig in die Vollen geht: ein Stück Spanakopia, Oliven, gefüllte Weinblätter und eine Auswahl verschiedener Fladenbrote. Er probiert ein Stückchen Baklava und fragt den Verkäufer, welche Nüsse enthalten sind. Scheinbar machen Walnüsse den Unterschied.

Und dann gehen wir wieder. Ich sehe mich neugierig um. All die Bars und Restaurants in alten Containern und Skateboarder, die sich hier zwischen dem British Film Institute und dem Southbank Centre tummeln. Hatte ich ein Sozialleben, als ich verheiratet war? Ich glaube nicht. Ich habe gearbeitet und Mutter gespielt und bin zwischendrin in Bahnen und U-Bahnen gesprungen. Hin und wieder habe ich mir einen Drink an der Waterloo Station gegönnt und dabei ständig auf die verschiedenen Fahrpläne geschielt. Hin und wieder habe ich mich mit einer meiner Schwestern getroffen oder irgendeine Kollegenparty besucht, aber alles in Maßen. Ein Glas Wein, während ich auf die Uhr schaute und mich fragte, was die Au-pairs den Mädchen zu essen gegeben hatten. Deshalb fühlt sich jetzt alles um mich strahlend und fremd an. Da sind Lichter, Kameras und Action, und an einem alten Doppeldeckerbus kann man Frozen Yoghurt kaufen.

Als wir bei der Tate Gallery of Modern Art ankommen, setzen wir uns auf eine Bank, und Jag öffnet seinen Rucksack und bringt zwei Dosen Gin Tonic zum Vorschein. Scheinbar hat er doch vorausgeplant. Es ist eine süße Geste. Und jetzt stopfe ich mich mit wirklich leckerem Hummus aus echten Kichererbsen voll, ganz anders als der Tapetenkleisterkram aus dem Supermarkt, den ich sonst bekomme. Und so sitzen wir da und essen und trinken und unterhalten uns. Und ich sage es, wie es ist: Ich finde das gar nicht so übel.

Hallo, Jag Kohli. Du bist dreißig, eins zweiundsiebzig groß und ein Anästhesist, der in Manchester studiert hat. Du magst Manchester, aber nicht genug, um dort hinzuziehen, weil du mit Leib und Seele Londoner bist, und jetzt lebst du in Brockley, was du irgendwie lustig findest, weil du Brokkoli, das Gemüse, nicht wirklich magst, weil du davon Blähungen bekommst, und das ist etwas, von dem du nie gedacht hättest, es einmal bei einem ersten Date zu erwähnen. Du hast eine Schwester, die in Wolverhampton wohnt. Du wippst mit dem Fuß im Takt zu einem Song, den ich nicht hören kann, und immer mal wieder, während wir uns unterhalten, verfällst du in verschiedene Akzente.

Wir blicken über den Fluss hinaus hinüber zu St. Paul's.

»Ist wirklich ein ziemlich beschissener Fluss, hm?«, meint Jag.

Ich lächle. »Die meisten Flüsse in Städten sind nicht sehr schön anzusehen. Sie sind ziemlich dreckig.« Und wie aufs Stichwort sehe ich etwas im Mondlicht treiben, das eine schwimmende Ratte oder eine große Kackwurst sein könnte.

»Die Seine ist sehr schön.«

»Aber die vielen Touristen, die auf Booten rauf und runter fahren, ruinieren sie.«

»Stimmt.«

»Amsterdam, netter Wasserstraßen-Vibe.«

»Aber all die Titten und Sexshops ruinieren ihn?«

»Stimmt auch.«

Man kann sich gut mit ihm unterhalten, und ich habe brenzlige Themen gemieden. Ich werde nicht über Simon oder meine Scheidung sprechen. Lass uns einfach nur über Flüsse sprechen und uns mit extrem prallen Oliven vollstopfen und nicht wissen, wohin mit den Kernen. Es ist bemerkenswert, dass sich das Schweigen zwischen uns weder angespannt noch seltsam anfühlt. Und du weinst nicht, Jag, das ist ein Pluspunkt.

»Hat dir Maddie sonst noch was über mich erzählt?«, frage ich.

»Ah, die liebe Maddie. Sie ist dein größter Fan, wusstest du das? Es fehlt nur noch, dass sie T-Shirts mit deinem Gesicht drauf verkauft.«

»Du hast noch keins davon?«

»Nun, wenn es sie gibt, dann nehme ich eins in Medium.« Er lacht.

Ich schaue zu ihm hinüber. Es ist ein seltsames Date, bei dem ich ihn sehr viel im Profil sehe: für einen Mann hat er sehr lange Wimpern, aber ich mag, wie er seinen Bart trägt und wie symmetrisch seine Zähne sind. Er hat außerdem etwas Entspanntes an sich. Es ist, als möchte er einfach nur entspannt Zeit mit mir verbringen, statt mich zu umwerben. Wäre es so, in einer Beziehung mit ihm zu sein? Parkbänke und Alkohol aus der Dose? Ein Teil von mir ist erleichtert. Ich glaube nicht, dass ich mit Förmlichkeit heute gut zurechtgekommen wäre, und das hier kommt mir wie eine gute Art vor, sich ein klein wenig kennenzulernen. Ich schaue auf mein Handy. Es ist bereits 22.30 Uhr, und ich sollte mich langsam auf den Rückweg machen, damit ich noch eine Bahn zu einer vernünftigen Zeit bekomme. Aber ich bleibe einfach, wo ich bin. Vorerst. Und dann klingelt mein Handy. Ich schaue auf das Display. Mist, meine Mutter. Ich stelle auf lautlos und ignoriere den Anruf.

»Das mache ich auch immer, wenn meine Mutter anruft«, sagt er.

»Ich möchte wetten, sie ist nicht so schlimm wie meine.«

»Meine Mutter ist Inderin und in einem ungesunden Ausmaß von meinem Singledasein besessen.«

»Meine kauft mir immer noch Miederhöschen im Multipack.«

»Meine auch. Vielleicht kennen sie sich?«

»Deine Mutter kauft dir Miederhöschen? Ich denke nicht, dass du so viel kaschieren musst.«

Er lacht tief aus dem Bauch heraus. Ich glaube, ich habe gerade einen annehmbaren Witz gemacht, und wünschte, ich hätte ihn aufgenommen, damit ich ihn Lucy schicken könnte. Obwohl mir bewusst ist, dass ich auf seinen Unterbau angespielt habe. Ich muss das Thema wechseln. Dringend.

»Warum ist deine Mutter besessen?«, frage ich.

»Nun, sie hat zwar einen Sohn, der Arzt ist, aber jetzt muss sie die Sache besiegeln, indem sie dafür sorgt, dass ich ein nettes Mädchen heirate und ihr Enkel beschere. Das ist so ein asiatisches Ding, aber in erster Linie auch ein Generationen-Mütter-Ding, bei dem sie das ultimative Glück bei zwei Komma vier Kindern ansiedelt.«

Ich hebe die Hand. »Nun, ich bin der beste Beweis, dass das nicht immer zutrifft.«

Er lächelt, zögert jedoch. Zweifellos hat Maddie ihn davor gewarnt, dieses Thema anzusprechen. Schnell umgeht er es. »Es gab einen Punkt, da war ich auf dem besten Wege dorthin. Ich hatte eine Verlobte. Ich mochte sie vor allem, weil sie richtig gute Kuchen machte. Um ehrlich zu sein, hat sie damit wohl jeden hinters Licht geführt.«

»Und Kuchen war nicht genug?«, frage ich.

»Sie hat mich verlassen. Sie hasste meine Arbeitszeiten und meinte, wir wären zum Scheitern verdammt.«

»Wow. Das ist ein bisschen grausam, oder?«

Er sieht zu mir herüber. Und ich weiß nicht so genau, ob er anderer Meinung ist oder daran denkt, dass ich Schlimmeres durchgemacht habe.

»Wie meinst du das?«

»Es ist einfach nur sehr negativ. Es klingt, als hätte sie einen Lebensplan, in den du nicht reinpasst. Es tut mir leid, wenn das zu hart klingt.«

Ein verstehender Blick. Ist das Traurigkeit? Ich kann es nicht sagen. Ups, ich wollte uns die Stimmung nicht vermiesen. Es sieht so aus, als würde er das Gleiche denken, also wechselt er erneut das Thema.

»Es ist ziemlich spät für einen mütterlichen Anruf. Passt sie auf deine Mädchen auf?«

»Nein, meine Schwester ist da.« Ich verziehe das Gesicht, als mir klar wird, dass er recht hat. Es ist spät, selbst für meine Mutter, und am Abend vor einem Schultag. Mein erster Gedanke gilt Dad. Geht es ihm gut? Ich hole das Handy aus der Tasche. Zwei verpasste Anrufe von ihr. Ich rufe sofort zurück und stehe von der Bank auf. Sie geht nach zwei Mal Klingeln ran.

»Emma, es tut mir leid. Warst du gerade in einer OP?«

Ich mag es, dass meine Mutter immer denkt, ich wäre selbst bei einer Herz-OP mit meinem Handy verkabelt.

»Nein, ich bin unterwegs. Was gibt es?«

»Ich habe einen aufgeregten Anruf von Gill Morton erhalten.«

»Megs Schwiegermutter?«

»Ja. Meg ist verletzt. Sie ist gefallen. Wir glauben, dass sie die Treppe runtergefallen ist. Überall Blut, und sie ist im Krankenhaus. Ich bin außer mir. Dein Vater und ich haben schon überlegt, gleich zu ihr raufzufahren.«

»Meg ist die Treppe runtergefallen?«

»Das ist sie, der Tollpatsch.«

Panik durchfährt mich, als ich mich an den Anruf früher am Tag erinnere, als eine aufgelöste Meg vermutete, dass ihr

Mann sie betrog. Hat es etwas damit zu tun? Hat er sie verletzt? Ich fühle mich schuldig, weil ich einen Hilferuf ignoriert habe. Und ich stelle mir vor, wie meine alten Eltern mitten in der Nacht rauf ins Nirgendwo fahren. Sie haben schon ihre Probleme, aus mehrstöckigen Parkhäusern herauszufinden. Außerdem: Welches Drama sich auch immer oben im Norden abspielte, meine Mutter würde Megs Probleme noch schlimmer machen, statt ihr zu helfen.

»Nein, bleibt hier. Ich bin in London und kann einen Zug nehmen. Wird sie operiert? Ist sie bei Bewusstsein?«

»Wir wissen es nicht, Emma. Gill hat nichts Genaues gesagt. Danny ist bei ihr.« Ich kann hören, wie sie und Dad sich im Hintergrund beraten. »Bist du bei der Arbeit? Kannst du hochfahren?«

»Nun, wenn Meg verletzt ist, dann ja. Aber die Mädchen … kannst du vielleicht kommen und Lucy helfen?«

»Du bist die Ärztin.«

»Das bin ich. Aber sei bitte so lieb und reg Lucy nicht auf, wenn du ihr hilfst.«

»Das würde ich niemals tun. Bitte sorg einfach dafür, dass Meg wieder gesund wird.«

»Ich rufe dich aus dem Zug an, Mum.«

Als ich auflege und mich umdrehe, sehe ich, wie Jag unser kleines Picknick einpackt. In seinem Gesicht lese ich Sorge. »Es ist vollkommen okay, wenn du nicht auf mich stehst. Du hättest nicht deine Schwester die Treppe runterfallen lassen müssen.«

Er merkt, dass der Witz nicht recht bei mir ankommt. Meg? Meg ist diejenige, um die sich nie jemand Sorgen macht. Sie ist die Älteste, und das bedeutet, dass sie unabhängig und kämpferisch ist, und wir haben sie in die Wildnis des Nordens entlassen, weil wir uns sicher waren, dass sie zurechtkommen würde. Ein Treppensturz kann tödlich enden. Der Gedanke daran verschlägt mir den Atem. Ich beginne, mit meinem Handy nach Zügen zu suchen.

»Es tut mir so leid. Ich … im Ernst, es war wirklich ein schöner Abend.«

»Das war es. Alles okay mit dir?«

»Ich muss nur einige Leute anrufen und weiß nicht, wann ein Zug geht. Vielleicht sollte ich erst nach Hause und mich umziehen und dann rauffahren und …«

»Wo wohnt denn deine Schwester?«

»Im Lake District.«

»Oh. Es sind sechs Stunden bin dahin.«

»Das sind es.«

Er sieht mich einen Moment an, Oliven in der einen, Feta in der anderen Hand. Das hier ist seltsam. Es war wirklich schön. Mit ihm am Fluss zu sitzen, die frische Luft einzuatmen und Hummus zu essen. Mit jemandem vom anderen Geschlecht zusammen zu sein und nicht das Gefühl zu haben, mich verstellen zu müssen.

Er lächelt.

»Dann ruf diese Leute aus dem Auto an. Ich besorge uns Kaffee und fahr dich hin. Mein Auto steht gleich die Straße runter.«

Ich zögere kurz. »Echt? Aber wir haben was getrunken!«

»Wir hatten eine Dose Gin Tonic, der aus fünfundsiebzig Prozent Zucker bestand. Hattest du Spaß?«

Ich zögere. »Ja.«

»Latte mit Haselnuss. Ein Beutel Zucker.«

»Woher …«

»Maddie.«

»Außerdem magst du Maoam.«

»Das stimmt.«

Kapitel sechs

638 Tage nachdem Meg gedroht hat, Simon die Eier abzuschneiden

»Was zum Teufel machst du hier?«

»Nun, wenn einem gesagt wird, dass die eigene Schwester die Treppe runtergefallen und überall Blut ist, dann macht man sich für gewöhnlich die Mühe, sich zu vergewissern, dass sie sich nicht ernsthaft verletzt hat. Du Tollpatsch.«

Es ist 7.45 Uhr am Morgen. Ich weiß nicht, wie ich noch auf den Beinen sein kann, aber nachdem wir die ganze Nacht gefahren sind, stehe ich nun im Schlafzimmer meiner ältesten Schwester und erkundige mich nach ihrem Befinden. Dabei muss man erwähnen, dass meine Mutter einen Hang zur Melodramatik hat. So, wie sie es beschrieben hat, habe ich erwartet, Meg hier mit amputierten Gliedmaßen vorzufinden. Stattdessen steht sie aufrecht und humpelt herum, was mir sagt, dass es sich nur um eine fiese Verstauchung handelt und dass Meg nicht auf ärztliche Ratschläge hört. Sie sollte liegen und das Bein hochlegen.

Ich sehe mich in ihrem Schlafzimmer um und habe ein seltsames Déjà-vu. An dem Weihnachten, als meine Ehe endete, zerrte Meg mich hier hoch, um mich und die Mädchen raus aus London und weg von Simon zu bekommen. Meg war schon immer so, die beschützende Mutter, die es auf sich genommen hat, uns die Führung und Unterstützung zu geben, an der es meiner Mutter mangelte. Sie verbannte ihren Mann Danny aufs Sofa, und dann schlief sie jede Nacht neben mir, als wären wir Kinder in unserem gemeinsamen Zimmer, und schmiegte sich eng an mich, während ich mich in den Schlaf weinte. Sie und Danny schleppten mich zu belebenden Spaziergängen die Hügel hinauf, und sie bat ihre Schwiegermutter, mir eines ihrer berühmten Trifles zu machen, das nur ich allein essen durfte. Wir feierten mit einer Flasche Rum und massenweise Käse ins neue Jahr, und Meg warf einen Brief ins Kaminfeuer, den Simon mir geschrieben hatte, um mich zu überreden, unserer Ehe noch eine Chance zu geben.

Ich liebe Meg abgöttisch, und ich hasse sie ein klein wenig dafür, dass sie nicht mehr in London ist – tatsächlich nehmen wir das Danny alle übel. Als ich sie jetzt anschaue, sieht sie immer noch aus wie die Alte, wenn auch ein wenig angeschlagen und ungewaschen. Sie hatte immer diese Lässigkeit an sich. Sie kann ein Männer-T-Shirt tragen und sich das Haar zu einem Knoten auf dem Kopf binden und immer noch cool aussehen. Sie und Lucy sind sich in der Beziehung ähnlich, sie können Turnschuhe zu Kleidern und mehr als zwei Ohrringe pro Ohr tragen.

Doch ihre sonst so fröhliche und selbstbewusste Art ist heute von Müdigkeit und Emotionen durchdrungen. Mein Instinkt sagt mir, dass alles nicht so schlimm ist, wie ich dachte. Trotzdem: Was ist letzte Nacht passiert? Es ist nirgendwo Blut zu sehen oder ein anderer Beweis dafür, dass sie die Treppe hinuntergefallen ist, aber Danny war mürrisch und einsilbig, als ich hier ankam. Sollte Dan meiner Schwester wehgetan haben, dann bringe ich ihn um – und ich kenne eine Menge effektiver Methoden. Ich habe immer angenommen, dass ihre

Ehe stark und stabil ist. Das komplette Gegenteil von meiner. Da ist Liebe und echte Freundschaft. Alles kam mir immer so unkompliziert zwischen ihnen vor, aber ich schätze, Ehen sind selten wirklich unkompliziert. Außerdem, was ist eigentlich mit der Kommode da passiert? Sie liegt umgekippt in der Ecke.

Normalerweise würde ich mich auf Meg stürzen und sie in die Arme schließen, aber ich halte gerade ihre Jüngste, Polly, im Arm und ihre anderen Töchter, Tess und Eve, erledigen das mit dem Auf-sie-Stürzen für mich. Diese Mädchen sind ganz anders als meine. Ich bin mir nicht sicher, ob es daran liegt, dass sie im Norden aufgewachsen sind, aber sie sind ein bisschen vergnügter und unbeschwerter. Tess' wilde blonde Locken fliegen durch die Luft, als sie sich in die Arme ihrer Mutter wirft. Unterdessen besabbert Baby Polly das weiße Kleid, das ich noch immer trage. Ich nehme mir vor, Lucy zu sagen, dass ihre jüngste Nichte es nicht mochte.

»Da ist noch so ein Mann namens Jag, der Maoam in den Taschen hat. Er ist mit Tante Ems gekommen. Kann ich jetzt gehen?«, piepst Tess.

Oh. Jags Name reißt mich zurück in die Gegenwart. Meg sieht mich an. Ich schaue aus dem Fenster und umklammere Polly, als ginge es um mein Leben, während ich so tue, als müsste ich dringend den Nieselregen draußen in Augenschein nehmen. Tess und ihre Schwester verlassen den Raum, und ich hoffe, Meg ist so übermüdet, dass sie den letzten Teil des Satzes nicht gehört hat.

»Also … ist alles okay?«, frage ich.

»Jag?« Sie hat es gehört. Ich werde es ihr erklären müssen, oder? Nun, also, ich bin froh, dass es dir gut geht und dein Bein noch dran ist, aber der Weg hierher hat zu einem der merkwürdigsten Abende meines Lebens geführt: ein Date in einem Kia mit einem Mann, den ich buchstäblich vor zwölf Stunden das erste Mal getroffen habe. Ich bin ins Auto eines völlig Fremden gestiegen und habe alles getan, wovor man mich als junges Mädchen gewarnt hat. Und dabei habe ich ihn die ganze Zeit nur im Profil gesehen, während wir die M8 hochgefahren sind. Zwischendurch haben wir Pausen in leeren Raststätten mit glänzenden Böden und schlechter Beleuchtung gemacht, wo wir Kaffee getrunken und Süßigkeiten für die Fahrt gekauft haben. Zwischendurch immer wieder vereinzelte Unterhaltungen über Krankenhäuser und Immobilienpreise. Wir haben uns mit dem Fahren abgewechselt, damit jeder von uns ein bisschen schlafen konnte. Dann die Feststellung, dass er leise schnarcht, und die Hoffnung, dass ich das nicht tue. Seine bevorzugte Musik ist dieser Chillout-Kram der frühen Zweitausender, den Beth früher so gerne mochte. Aber es ist zu früh, um ihr das zu erzählen, also setze ich Polly auf den Boden, damit sie herumkrabbeln kann, wechsle in den Ärztinnenmodus und untersuche ihren Knöchel. Definitiv verstaucht. Außerdem hat sie ihre Unterhose verkehrt herum an, aber das braucht sie nicht zu erfahren.

»Du wirst beim Duschen den Fuß in eine Mülltüte einpacken müssen. Hast du irgendwelche Schmerzen? Und wie bist du überhaupt gestürzt?«

»Nein, keine Schmerzen. Und ich bin nicht gestürzt. Danny hat mich fallen lassen.«

Ich reiße die Augen auf. *Er hat dir wehgetan? Warum hat er dich getragen? Über der Schulter? Oder in seinen Armen wie ein riesiges Baby? Weil du betrunken warst?* Ich erinnere mich an das, was sie mir früher am Tag anvertraut hat.

»Weil du … ihm vorgeworfen hast, dich zu betrügen?«

Sie seufzt. »Weil wir Sex hatten, und wie sich herausgestellt hat, kann er nicht aufrecht stehen und dabei das Gewicht einer alten Kuh wie mir stemmen.«

Es dauert eine Weile, bis der letzte Satz ganz bei mir ankommt. Die Panik, dass sie misshandelt worden sein könnte, verwandelt sich in Erleichterung, fast schon Lachen. Ich bin wegen eines Sexunfalls hier? Das ist unfassbar komisch, oder nicht? Sie haben es im Stehen gemacht? Tun wir so was noch in unserem Alter? Was für eine Art Sex haben meine Schwestern? Was ist mir da entgangen?

»Okay, und deshalb hatte er also die ganzen Sexspielzeuge?«, frage ich, weil mich die Erinnerung an ihre Offenbarung etwas entsetzt. Ich denke an den mürrischen Mann mit der Schiebermütze, dem ich heute Morgen im Flur begegnet bin, und dass er meine Schwester möglicherweise zu einer Perversen gemacht hat. Wusste ich's doch! Das ist es, was die Leute hier oben machen.

»Nein.«

Sie macht gerade Anstalten, mir die Wahrheit zu gestehen, als wir von jemandem mit Tee unterbrochen werden. Verdammt noch mal. Jag, das ist eine süße Geste, aber du solltest unten sein und Megs Schwiegermutter beschäftigen, denn jetzt wird sie mich mit Fragen bombardieren.

Er lächelt, als er mich sieht. Während mein Haar krisselig ist und meine Lippen trocken und schuppig sind, hat sein dunkles Haar sich nicht verändert, und seine Haut strahlt geradezu.

»Oh, ja, das ist Jag.«

»Freut mich, Sie kennenzulernen.« Meg mustert ihn neugierig. Vielleicht kann ich ihn ja als besonders engagierten Taxifahrer ausgeben.

»Hallo? Meine Tochter hat Sie erwähnt, aber ich dachte …«

»Jag und ich waren etwas trinken, als der Anruf kam, dass du gestürzt bist, und na ja, nun sind wir beide hier.«

Sie unterhalten sich kurz, und er ist höflich und genau so, wie man sich einen Mann wünscht, wenn er zum ersten Mal eine Familienangehörige trifft. Aber dann sieht er mich an. Und da ist so ein Moment. Das war wirklich das seltsamste erste Date aller Zeiten, oder? Und wir haben die meiste Zeit geschwiegen, während wir die romantische Atmosphäre der Raststätten an der Autobahn genossen haben. Ich kann mich nicht einmal an die Hälfte der Unterhaltungen erinnern. Ich glaube, wir haben darüber geredet, dass wir Coldplay nicht übel finden, und waren uns nicht sicher, ob das nun im Trend liegt oder etwas ist, das man lieber nicht offen zugibt. Und die ganze Zeit über hat er Simon kein einziges Mal erwähnt. Er hat mit mir gesprochen wie mit einem Menschen, dessen Vergangenheit nicht von Schmerz und einem gebrochenen Herzen geprägt ist.

Meg beobachtet uns weiter, und ihre Miene wird sanfter. Ich frage mich, ob die Leute sich in Jags Gegenwart so leicht entspannen, weil er als Anästhesist Übung darin hat. Vielleicht ist das die Folge davon, dass er jahrelang panische Menschen in Tiefschlaf versetzt hat. Er verlässt den Raum und zwinkert mir zu. Ich versuche zurückzuzwinkern, sehe dabei aber aus, als hätte ich merkwürdige Gesichtszuckungen.

»Geh ihm nach«, flüstert Meg, die mein Zögern nervt.

»Aber ich wollte bleiben, ich habe ein paar Tage frei …«

»Ich meine, zur Tür. Er ist gerade sechs Stunden durch die Nacht gefahren, um dich herzubringen. Geh zu ihm …«

Sie scheucht mich weg wie eine Taube. Aber es ist ja nicht so, als würde er jetzt sofort losfahren. Ich habe genug Zeit, um das Ende der Geschichte mit den Sexspielzeugen zu hören. Und ich will die Details wissen, aber nicht zu viele, zumindest wenn es um Körperflüssigkeiten und Sexkram geht, den ich nicht verstehe. Aber ich werde diese Geschichte später noch aus ihr herauskitzeln.

»Undankbare Kuh.«

»In Wirklichkeit liebst du mich.«

Das tue ich. Und sie ist am Leben und wohlauf, nur das ist wichtig. Ich hebe Polly hoch und mache mich auf den Weg zur Tür, als ihr Handy klingelt.

»Mum«, sagt sie. Ich reiße spöttisch die Augen auf. »Oh ja, Emma geht es gut. Jemand hat sie hergebracht … ein Freund … aus dem Krankenhaus. Oh ja, er ist sehr attraktiv.«

Ich nehme zurück, dass ich sie liebe. Ich schüttle den Kopf. Meine Rache wird später kommen, wenn ich ihr beim Duschen helfe und mich mit der Wassertemperatur dumm anstelle.

Ich fliehe in den Flur, und mein Blick gleitet über die Familienfotos an den Wänden, einschließlich derer von Megs und Dannys Hochzeit. Unsere Hochzeiten waren grundverschieden. Es war keine wetteifernde Bridezilla-Sache – nur unsere Mutter stellte Vergleiche an, weil Meg in einer Scheune geheiratet hat und Mum das hasste. *Scheunen sind für Tiere da, Meg. Warum kannst du keine Hochzeit wie Ems haben, wo alle Kleider aufeinander abgestimmt sind und ich keine Gummistiefel tragen muss?* Alles, woran ich mich erinnern kann, ist, dass ihre Hochzeit Spaß gemacht hat. Wir haben uns alle so betrunken, dass Beth in einen Kuhfladen gefallen ist und von einem Bauern mit dem Gartenschlauch abgespritzt werden musste. Der Bräutigam hat mit keiner der Eingeladenen gevögelt, das ist immer ein Plus.

Einen Moment lang sehe ich mir das Bild an. Es fühlt sich seltsam an, jetzt hier zu sein. Ich meine, es ist toll, Meg und die Mädchen zu sehen, aber es fühlt sich alles so spontan an, und das passt gar nicht zu mir. Ich habe nicht mal eine Zahnbürste oder zusätzliche Unterwäsche dabei, und das Kleid ist zu dünn, um mir hier oben in dem kühleren Klima Wärme zu spenden. Ich gehe eine Liste mit allem durch, was ich heute erledigen muss: Ich muss Megs Mädchen zur Schule bringen, sicherstellen, dass Lucy weiß, dass sie meine Mädchen Simon übergeben muss. Möglicherweise muss ich in die Stadt und Kleidung kaufen, ein paar Erste-Hilfe-Utensilien. Ich muss schlafen.

Polly blickt zu mir auf. Sie bellt mich an, und Rotz blubbert aus ihrer Nase. Uff, ziemlich fieser Fall von Krupphusten. Darum müssen wir uns wohl heute auch noch kümmern. Ich gehe ins Bad, um nach einem Handtuch oder Taschentüchern zu suchen. Aber als ich die Tür öffne, steht da jemand in Unterhosen vor der Toilette, und ein langer Strahl Urin geht von ihm aus. Polly kichert.

»Holla!«

Ich reiße den Kopf zurück, um die Augen abzuwenden, und stoße mir das Gesicht, als ich unbeholfen die Tür schließe. Polly lacht erneut.

»Aua, ja, tut mir leid …«

Die Person in Unterhosen ist Stuart, Dannys Bruder. Einer von diesen entfernten Verwandten, die man bei Hochzeiten und so was trifft. Ich weiß lediglich, dass er viel reist, und ich glaube, dass er irgendwann mal mit Lucy geschlafen hat. Er hat uns heute Morgen die Tür aufgemacht und war dabei exakt so gekleidet wie jetzt, also bewundere ich ihn etwas für seinen Mut angesichts der Temperaturen. Ich stehe da und reibe mir den schmerzenden Kopf.

»Warum hast du das gemacht?«

»Nun, du hast mich überrascht.«

»Hast du schon mal was von Klopfen gehört?«

»Hast du schon mal was von Abschließen gehört?«

Stuart war heute Morgen nicht besonders begeistert, Jag und mich zu sehen. Da ist eine Feindseligkeit, die ich nicht ganz verstehe.

»Du bist ja immer noch da.«

»Warum pinkelst du so lange? Das ist nicht normal.«

Jetzt sehe ich ihn an, und das hätte ich wirklich nicht tun sollen, denn eines seiner Eier hängt ihm aus der Unterhose. Ich halte Polly die Augen zu und flüchte erschrocken aus dem Badezimmer. Selbst als Ärztin bekomme ich nicht besonders oft Hoden zu Gesicht, und sie sind ja auch nicht besonders schön anzusehen, oder? Im Flur atme ich einmal tief durch, um meine Fassung zurückzugewinnen, aber dann höre ich zwei kleine Mädchen lachen. Polly und ich linsen über das Geländer. Unten wird Jag von Tess und Eve belagert, die aussieht, als hätte sie einen Bart, der gänzlich aus Brombeermarmelade besteht. Er entdeckt mich und lächelt.

»Wir mögen ihn, Tante Ems. Kann er bleiben? Wofür ist Jag die Abkürzung? Das ist ein toller Name«, fragt Eve, deren Zuneigung ganz offensichtlich von der Tatsache getrieben ist, dass er Süßigkeiten in der Tasche hat. Ich gehe die Treppe hinunter, während Polly ihn mustert.

»Es ist die Abkürzung für Jagpal«, antwortet er lachend. »Und ich würde sehr gerne bleiben, aber ich habe deiner Mum gerade schon gesagt, dass ich zurück zur Arbeit muss.«

Tess lächelt ihn an. »Bist du auch ein Arzt?«, fragt sie.

»Das bin ich.«

»Bist du Moslem?«

Ich werde kurz panisch bei dieser direkten Frage. Zwölf Stunden habe ich nun mit diesem Mann verbracht, und nicht mal das weiß ich.

»Nein«, antwortet er. Ich bin froh, Belustigung in seiner Stimme zu hören.

»Okay. Heute gibt es nämlich Speck, und es wäre wirklich schlimm gewesen, wenn wir dir kein Frühstück hätten geben können.«

Er lächelt über die Einladung.

»Ist er dein neuer Freund?«, fragt Eve.

Ich schnappe mir eine Haarbürste aus einem Regal und gebe sie ihr, um ihr zu signalisieren, dass ihr Haar jetzt Priorität vor jeglichen Fragen hat.

Zum Glück mischt Jag sich ein. »Wir hatten erst ein Date.«

»Nun, ich mag dich lieber als Onkel Simon. Mummy hat ganz schlimme Namen für ihn«, fährt sie ungeniert fort.

»Das kann ich mir vorstellen«, flüstere ich.

»Jetzt, da ihr ein Date hattet, könnt ihr auch zusammen sein, ja? Charlie hat mich auf dem Spielplatz gefragt, ob ich seine Freundin sein will, und ich habe sofort Ja gesagt.«

Jag lacht und bemüht sich, mir nicht in die Augen zu schauen. Ich tue so, als würde ich Polly Schnodder aus dem Gesicht wischen.

»Warum?«, fragt Tess.

»Weil er nett ist. Und er teilt seine Rosinen mit mir.«

»Klingt toll«, sagt Jag.

»Er ist auch toll«, sagt Eve, froh, in ihrer Einschätzung bestätigt zu werden. Ich liebe, wie selbstverständlich das für sie ist und dass sie Beziehungen so klar sieht. Ich höre Rufe aus der Küche, denen Tess und Eve folgen. Jag und ich bleiben im Flur zurück, und Polly sieht uns neugierig an.

»Ich mag, wie deine Nichten meine letzten Maoams geplündert haben.«

Ich lache. »Und du dachtest, die Kriminalität in Südlondon sei schlimm.«

»Ich bin froh, dass es deiner Schwester gut geht. Ich meine, es ist schon eine Erleichterung, dass das Bein noch dran ist.«

»Ich komme mir blöd vor. Ich dachte wirklich, es wäre etwas Ernstes.«

»Nun, ich bin froh, dass deine Mutter mir die Gelegenheit verschafft hat, mehr Zeit mit dir zu verbringen.«

Ich verstumme.

»Ich bin zu weit gegangen. Als Nächstes wollte ich meine Rosinen mit dir teilen und dich dann fragen, ob du mich heiraten willst.«

Ich schweige immer noch, aber ich bin froh, dass er noch Witze machen und die Anspannung vertreiben kann.

Er fährt fort. »Ich denke, am liebsten mochte ich den Moment, als wir Kaffee in der zweiten Raststätte hatten. Die mit dem Namen.«

»Richard … Charnock Richard.«

»Wie James Bond. Aber nicht wirklich.«

Ich lache. »Ich mochte die erste Raststätte mit dem Soundtrack der Bodenpolierer und dem Duft von frittiertem Hühnchen in der Luft.«

»Eau de Hot Wings.«

»Ich weiß gar nicht, wie ich dir danken soll.«

»Nein, ich danke dir. Ich hatte mal ein Date bei einer Fleischauktion, wo ein Typ mir wegen einem Stück Hochrippe seinen Ellbogen ins Gesicht gerammt hat. Und ich war bei viel zu vielen schlechten Treffen auf ein paar Drinks oder im Kino.«

»Musst du wirklich weg?« Als die Worte raus sind, wird mir klar, dass ich ein wenig verzweifelt klinge. *Bitte, bleib noch etwas länger und leiste mir Gesellschaft.* Aber ich weiß einfach nicht, wie ich es aussprechen soll. *Ich habe gerne Zeit mit dir verbracht.*

Er späht durch den Türspalt in die Küche, wo die Mädchen gerade von der Arbeitsfläche springen. »Ich werde mir noch ein Sandwich schnappen, es sieht so aus, als würde Oma Morton gerade den Speck knusprig braten. Und dann kann ich noch etwas mithelfen, aber ich sollte wirklich gehen, damit du Zeit mit deiner Familie verbringen kannst.«

Seine Rücksichtnahme bringt mein Herz zum Glühen. Polly lächelt ihn an, und er gibt ihr ein Baby-High-Five. Sie mustert sein Gesicht, und er schaut ihr in die Augen.

»Meine Güte, bist du niedlich. Kannst du deiner Tante etwas von mir sagen?«

Polly sieht ihn offen an. *Ich spreche zwar nicht viel, Kumpel, aber ich glaube, ich weiß, was du vorhast.*

»Sag ihr, dass ich eine tolle Nacht hatte und sie großartig ist.«

Polly schaut ihn an und lächelt stillvergnügt. *Ich glaube, das hast du gerade selbst erledigt.*

Aber dann beugt Jag sich vor, berührt meine Wange mit seiner und will mich küssen. Ich kann das nicht. Ich weiche einen Schritt zurück. Ich erstarre und weiß nicht, was ich tun soll. Mein Herz. Warum hat mein Herz aufgehört zu schlagen?

Oh.

Kapitel sieben

Ich verstehe nicht richtig, was Lucy über FaceTime sagt, weil sie so damit beschäftigt ist, darüber zu lachen, dass unsere große Schwester beim Sex fallen gelassen wurde. Beth ist auch mit im Call, und man hört Baby Joe fröhlich plappern. Ich bin froh zu sehen, dass sie mir gemeinsam helfen wollen, aber hinter ihnen sehe ich einen Stapel ungespülter Schalen, und ich frage mich, ob es unhöflich wäre, sie darauf hinzuweisen, sie erst einzuweichen, bevor sie sie in die Spülmaschine stecken.

»Sind die Mädchen gut zur Schule gekommen? Habt ihr daran gedacht, Iris ihren Lacrosse-Schläger mitzugeben?«

»Haben wir«, antwortet Beth. »Aber wir wussten nicht, wie der aussieht, also haben wir gegoogelt.« Es ist also nicht unwahrscheinlich, dass sie sie mit dem Kescher in die Schule geschickt haben. »Wie geht es Meg?«

»Gut. In einer Woche sollte sie wieder fit sein.«

»Also betrügt Dan sie nicht?«, fragt Lucy.

Ich spreche leise, weil die Schwiegermutter noch im Haus ist und gerade die Mädchen ins Bett bringt. »Nein. Ich glaube, er hat einfach nur versucht, etwas Schwung in ihr Sexleben zu bringen, und das hat Meg nicht gut verkraftet.«

»O mein Gott, hat er einen Dildo bei ihr benutzt, und sie hat sich so erschrocken, dass sie umgefallen ist?«, fragt Lucy.

»Da war ein Dildo im Spiel?«, will Beth wissen.

Ich weiß nicht, was ich ihnen jetzt sagen soll, denn ich kenne die ganze Wahrheit. Offenbar war alles nur ein seltsames Missverständnis, und Danny hat ein neues Hobby, das mit Sexspielzeugen und erotischer Kunst zu tun hat. Meg hat es gerade erst herausgefunden. Sie ist nicht prüde, aber die Tatsache, dass ihr Ehemann Geheimnisse vor ihr hat, bereitet ihr Sorgen. Ich habe versucht, ihr zu erklären, dass nicht alle Geheimnisse innerhalb einer Ehe gleich problematisch sind, und wenn wir einen Wettbewerb darum veranstalten würden, dann würde ich ihn ohne Frage gewinnen.

Allerdings wird es seltsam sein, Danny heute Abend mit dem Wissen gegenüberzutreten, dass er sehr gut Penisse zeichnen kann. Aber wenigstens macht ihn das etwas interessanter; sein übriger Zeitvertreib besteht hauptsächlich darin, in khakifarbenes Fleece gekleidet mit Stöcken die Hügel hochzulaufen. Wenn ich dieses Geheimnis jedoch meinen Schwestern verrate, dann werden sie den Mund nicht halten können. Sie würden es unserer Mutter erzählen, vielleicht nicht jetzt, aber bei irgendeiner Familienfeier unter Alkoholeinfluss. Es ist schwer genug sicherzustellen, dass sie niemandem verraten, dass Meg beim Sex fallen gelassen wurde.

»Erzählt niemandem, dass Meg beim Sex fallen gelassen wurde«, mahne ich.

Sie blicken schuldbewusst drein. Ich kenne diesen Ausdruck von damals, als sie »versehentlich« den Kopf einer meiner Puppen auf der Schreibtischlampe geschmolzen haben.

»Wir haben es Gracie erzählt, weil es einfach zu komisch ist.«

»Ihr habt mit Gracie gesprochen? Geht es ihr gut?«

Grace ist Schwester Nummer vier, und sie ist diejenige, um die wir uns die meisten Sorgen machen, weil sie vor achtzehn

Monaten Witwe geworden ist. Sie war siebenundzwanzig. Im Moment sucht sie sich ein kleines Fleckchen Erde, wo sie die überwältigende Realität dessen, was ihr passiert ist, verarbeiten kann, und wir lassen sie dabei in Ruhe. Ich stelle mir vor, wie sie auf Hügeln steht und leise vor malerischen Sonnenuntergängen schluchzt, während sie über den Sinn des Lebens nachdenkt, aber Instagram erzählt mir, dass diese Reise auch viel mit sich betrinken, sich in japanischen Zügen verlaufen und wilden Tieren zu tun hat, die ihren Reisepass auffressen.

»Gracie geht es gut«, sagt Beth und lächelt beruhigend.

»Hast du den Dildo erwähnt?«, frage ich.

»Ist er hier? Hast du ihn gesehen? Ich habe immer geahnt, dass Danny auf schräges Zeug steht, mit irgendwas muss er Meg ja dazu gebracht haben, ihm in den Norden zu folgen«, sagt Lucy.

Beth bedeckt Joes Ohren mit den Händen.

»Und was war mit Jag? War er sauer, weil du euer Date abbrechen musstest?«, fragt Beth.

»Oh, Meg hat es euch nicht gesagt?«

»UNS WAS GESAGT?!«, schreien sie beide im Chor durch das Handy. Ich zögere einen Moment, weil ich genau weiß, welche Reaktion auf das folgen wird, was ich gleich sage.

»Ähh, er hat mich hergebracht. Sein Auto stand am Krankenhaus, und er hat angeboten, mich zu fahren.«

Lucy quiekt aufgeregt. Selbst Magnum, die Katze auf dem Küchentresen, hört es und verzieht sich in den Nebenraum. Beths Augen leuchten, weil sie weiß, dass das die perfekte Geste war. So was sieht man sonst in romantischen Komödien aus Hollywood. Dort würde die Fahrt in einer langen Sequenz gefilmt werden. Die Lichter der Autobahn funkeln hinter den Windschutzscheiben, und im Hintergrund wird für die Stimmung etwas von Adele eingespielt.

»Hattet ihr Sex in einem Kia?«, fragt Lucy. Beth bekommt sich gar nicht mehr ein.

»Nein, das hatten wir nicht, und das Date war wirklich schön. Wir sind in South Bank spazieren gegangen und haben Hummus gegessen, und dann dieser Roadtrip mit mitternächtlichen Kaffees und gelegentlichen Unterhaltungen. Maddie hatte recht. Er ist ein sehr netter Mann.«

Beth lächelt breit, aber Lucy wirkt unsicher. »Er hat nicht mal was versucht?«

Beth gibt ihr einen Klaps auf den Hinterkopf. »Schau nur, wie glücklich sie aussieht. Du bist so vulgär, Luce.«

»Ich meine, das war nett von ihm. Hast du wenigstens mit ihm geknutscht?«

»Nein.«

Das sage ich mit etwas Nachdruck. Ich glaube, er hat dort im Flur versucht, mich zu küssen. Ich weiß auch nicht, warum ich es nicht getan habe. Es war nicht der perfekte Ort für solche Dinge, aber es war der richtige Zeitpunkt. Aber ich konnte nur daran denken, wie schlimm ich aussah und dass ich mir nicht die Zähne geputzt hatte. Ich weiß nicht, ob er das als Dank für seine nette Geste erwartet hat, aber ich bin einfach erstarrt und hätte ihn beinahe weggestoßen. Er sagte nichts, aber in seinen Augen stand Entsetzen darüber, dass er vielleicht zu weit gegangen sein könnte. Das ist er nicht. Ich wusste nur einfach nicht, was ich tun sollte. Selbst Polly warf mir einen seltsamen Blick zu. *Das war die Gelegenheit, Tante Ems.*

Das morgendliche Chaos, das danach im Haus ausbrach, ließ nicht zu, dass sich zwischen uns eine angespannte Stimmung aufbaute, und er war der perfekte spontane Hausgast. Er bezauberte Gill mit seinem natürlichen Charme, spülte das Geschirr, schrieb Maddie, um sie auf den aktuellen Stand zu bringen, und fuhr mit mir in die Stadt, wo ich mich in einer Drogerie eindecken und Kleidung kaufen konnte, die das fleckige weiße Kleid ersetzt. Er kaufte sogar im Scherz Mint Cake als Souvenir. Und dann fuhr er, und ich winkte ihm von der Türschwelle aus hinterher, als verabschiedete ich einen Onkel. Wenn das eine Szene aus der romantischen Komödie gewesen wäre, von der ich gerade sprach, dann hätte ich im leichten Nieselregen und ohne Schuhe hinter dem Auto herrennen sollen. Und wenn dann sein Wagen am Ende der Straße angehalten hätte, dann hätte ich ihm einen Monolog darüber gehalten, wie perfekt der letzte Abend und dieser Morgen gewesen sind und dass er perfekt ist, und dann hätte ich ihn bei den Jackenaufschlägen gepackt und so richtig geküsst. Und in diesem Moment wäre dann ein altes Paar vorbeigekommen. Der alte Mann hätte entsetzt den Kopf geschüttelt, und die alte Dame hätte ein bisschen zu lange hingeschaut, während sie sich fragte, wann sie das letzte Mal so spontan geküsst worden war. Geigen und emotionale Klaviermusik, und zum Teufel, ja, noch mal Adele.

Aber das habe ich nicht getan.

In diesem Moment geht die Küchentür auf, und Stuart Morton kommt herein. Er hat einen mürrischen Ausdruck auf dem Gesicht, wie ein übelgelaunter Teenager mit Hausarrest, und mein Anblick macht es nicht besser. Er trägt ein Tablett mit einer leeren Schüssel, in der sich einmal eine recht interessante Suppe befand, die Gill zum Mittagessen gekocht hat. Meine Schwestern sehen ihn, und Beth verdrückt sich unauffällig aus dem Bild. Beth war dabei, als Meg Danny das erste Mal begegnet ist, und man sagt, dass sie so betrunken war, dass sie nicht mit Stuart schlafen konnte, und dass sie ihn tatsächlich angekotzt hat. Lucy hat es dann bei Megs Hochzeit auf der Rückbank eines Autos mit ihm getrieben.

Es war so ein Trauzeuge-Brautjungfer-Ding, das damit endete, dass meine Mutter Lucy über ein Frühstücksbüffet hinweg entgegenbrüllte, sie sei die Schande der Familie, weil unser Onkel Pete alles von seinem Hotelzimmerfenster aus beobachtet hatte. Aber eigentlich sagte das mehr über Onkel Pete aus als über irgendjemanden sonst. Ist Stuart gut aussehend? Er sieht aus, als hätte er mal bei *Neighbours* mitgespielt. Er ist stark gebräunt und hat wuscheliges blondes Haar. Außerdem ist er ständig auf Achse, sieht ein bisschen ungewaschen aus und trägt etwas um den Arm, was wie eine Reihe verkrusteter Freundschaftsbändchen aussieht.

»HEY! DOOFKOPF!«, schreit eine Stimme aus dem Handy.

Stuart dreht sich um und lacht. »Und da ist sie. Der Pöbel, der von hinten kommt.«

»Wenn ich mich recht erinnere, war das eher dein Ding, mein Lieber.«

Ich hoffe wirklich, Beth hat Joe aus dem Zimmer geschafft.

»Ihr verdammten Callaghan-Schwestern.«

»Bist du auf dem Weg wohin?«, frage ich ihn. Er zuckt mit den Schultern und geht wieder. Lucy reißt angesichts seiner frostigen Reaktion die Augen auf.

»Stewie Morton. Wie die Zeit vergeht. Erinnere ihn daran, dass er mich nie zurückgerufen hat.«

»Willst du, dass ich ihm in den Tee spucke?«, frage ich. Sie lächelt, weil sie weiß, dass ihr Moment Jahre zurückliegt. Nicht mehr als eine ferne Erinnerung an Teenagersex.

»Er war allerdings ganz gut. Die Art Sex, an die man sich erinnert, wenn man es sich selbst besorgen will. Du weißt schon.«

Mein Ausdruck sagt deutlich, dass ich es nicht weiß.

»Oh, ich spreche mit der falschen Schwester.« Ich sehe,

wie sie den Hals reckt, um zu sehen, ob er vielleicht noch im Raum ist. »Willst du noch etwas über diese Susie wissen?«

Einen Moment zögere ich. In den letzten vierundzwanzig Stunden habe ich nicht einmal an Susie gedacht, Jag und die Invalide oben im Haus haben dafür gesorgt. Ich schüttle den Kopf und lächle.

»Ich freue mich, dass das Date mit Jag so gut lief. Ich denke, das lag am Kleid.« Sie grinst.

»Natürlich, alles nur wegen dem Kleid«, sage ich.

»Bist du okay?«

Ich nicke. »Danke, dass du dich um meine Mädchen kümmerst. Ich liebe euch.«

Sie macht ein Peace-Zeichen mit den Fingern und legt auf. Und als ich wieder meinen Startbildschirm vor mir sehe, fällt mir auf, dass ich eine ungelesene WhatsApp-Nachricht habe.

Dieser Ort ist ohne dich ganz schön öde. Ich hoffe, deiner Schwester geht es gut. xx

Es ist das Foto einer einsamen Kaffeetasse in der Raststätte Charnock Richard, und man kann noch ein Stück von Jags Hand sehen. An seinem Handgelenk befindet sich eine goldene Casio-Uhr, über die ich gewitzelt hatte, weil ich sie etwas protzig fand. Und dann stellte sich heraus, dass er sie für zwanzig Pfund auf eBay gekauft hat.

Meg und ich haben über die Jag-Situation gesprochen. Warum habe ich ihn nicht geküsst? Er hat mich bereits in einem Auto schlafen sehen, und weil ich mich kenne, weiß ich, dass ich dabei den Mund weit offen hatte. Vermutlich weiß er, wie viele Zahnfüllungen ich habe. Was, wenn ich vergessen habe, wie man jemanden küsst? Ich wüsste nicht mal, was man dabei mit seinen Händen anfängt. Wo legt man die Hände hin, wenn man mit jemandem knutscht? Auf seinen Hintern? Den

Rücken? Also reagierte ich mit absoluter Panik, obwohl er so nett war und obwohl mir das Date so viel bedeutet hatte. Ich weiß einfach nicht mehr, wie man Zuneigung erwidert. Simon hat diese Fähigkeit in mir zerstört.

Der Fuß ist ihr abgefallen, aber ich habe ihn wieder angenäht. Genieß deinen Kaffee, und noch einmal: Danke. xx

Ich debattiere gute fünfzehn Minuten lang über die beiden Küsschen am Ende der Nachricht. Sollte ich lieber ein lächelndes oder das Küsschen-Emoji nehmen? Oder die Stimmung mit dem Affen, der sich die Augen zuhält, auflockern? Wird er den Scherz mit dem Wiederannähen des Fußes meiner Schwester verstehen? Sieht es so aus, als würde ich mit meinen Fähigkeiten als Chirurgin prahlen? Mein Blick fällt auf sein Profilbild. Es zeigt ihn bei einem Festival mit einer Sonnenbrille mit bunter Fassung. Ich habe, seit ich zehn war, keine Sonnenbrille mehr getragen. Ich bin nicht cool genug für diesen Mann. Ich könnte ihm noch einmal schreiben und ihm meine letzte Nachricht erklären, aber dann hält er mich für merkwürdig.

Ich lege das Handy weg und gehe ins Wohnzimmer, wo Stuart sich gerade die Schuhe anzieht. Neben ihm steht ein großer gepackter Rucksack.

»Wohin geht es als Nächstes?«

»Zu einem Kumpel. Übrigens: Ich pinkle so lange, weil ich viel Wasser trinke. Ist gesund.«

Ich sage nichts, weil ich bereits versucht habe, die Szene aus meinem Gedächtnis zu verbannen.

»Du bist immer noch Ärztin, oder?«

»Das bin ich.«

»Nun, kann ich dich nach deiner ärztlichen Meinung zu etwas fragen?«

Ich nicke vorsichtig. Das ist einer der weniger angenehmen Nebenaspekte meines Jobs. Die Leute zeigen mir gerne Teile ihres Körpers, bei denen sie fürchten, sie könnten abfallen. Bitte zeig mir nicht (noch mal) deinen Schwanz oder dein Poloch. Ich mache mir etwas Sorgen, weil wir gerade noch über seinen Urin gesprochen haben. Er setzt sich und legt einen Fuß auf das Sofa. Ich blicke hinunter und sehe, dass sein großer Zeh etwas blutig und verschorft ist. Entzückend.

»Ist das ein eingewachsener Nagel oder was Schlimmeres?«, fragt er.

»Was hast du gemacht?«

»Ich glaube, ich habe ihn mir gestoßen.«

»Sieht nach einer Blase aus, und sie ist definitiv entzündet. Du warst gerade in Australien. Sicher, dass es kein Biss ist?«

Er sieht ein bisschen erschrocken aus.

»Das Gift kann in dein Nervensystem eindringen und zu Lähmungen führen.«

»Wie passiert so was? Wie merke ich das?«

»Dein Auge zuckt etwas, deine Gliedmaßen beben, und du verlierst jegliches Gefühl in den Genitalien.«

Er ist sprachlos. Ich lächle breit.

»Das war dafür, dass du Lucy nicht zurückgerufen hast. Es ist eine entzündete Blase. Trag Schuhe, die besser sitzen, weich den Fuß in Salzwasser ein. Wenn etwas brennt oder nässt, geh zum Arzt. *Zu einem anderen* Arzt.«

Er lacht und wirkt etwas überrascht, dass ich scherzen kann. »Da hast du mich ganz schön reingelegt.« Er salutiert mir. »War ein ziemlich anstrengender Tag. Du siehst ganz schön fertig aus«, teilt er mir dann mit.

»Das bin ich auch.«

Er schaut auf die Uhr. »Mein Kumpel kann mich bis zehn

Uhr nachts abholen. Wie wäre es, wenn wir noch einen tanken gehen?«

»Oh, ich bin nicht mit dem Auto da.«

»Ihr Leute aus dem Süden. Ich meine, ob wir noch was trinken gehen. Ich glaube, wir könnten es beide brauchen.«

Da hat er nicht ganz unrecht.

»Du bist also jetzt geschieden, oder?«

Ich weiß nicht, ob man das hier im Norden so macht oder ob das eine besondere Eigenschaft der Mortons ist, aber Stuart kommt sofort zur Sache, nachdem er das Glas Wein vor mir abgestellt hat. Es ist auch nicht nur ein Glas. Er hat gleich eine ganze Flasche gekauft, es scheint da irgendein Sonderangebot zu geben. Ich habe damit gerechnet, dass wir in einer gemütlichen kleinen Lakeland-Kneipe landen würden, aber die Bar, in die er mich gebracht hat, fühlt sich eher studentisch an. Sie ist voll mit Leuten, die sich eine Künstleraura geben, der Akzent hier ist breit und das Bier dunkel.

»Ja, ich bin geschieden.«

»Tut mir leid.«

»Ist ja nicht deine Schuld.«

Vielleicht war das hier doch keine gute Idee. Ich brauchte ein Glas Wein, um mich etwas zu entspannen, aber möglicherweise habe ich mir die falsche Gesellschaft ausgesucht. Ich stürze die Hälfte meines Weins hinunter, um mich abzulenken, aber da ich lediglich Suppe und ein unförmiges Stück Brot zu Mittag hatte, spüre ich die Wirkung sofort.

»Also war er ein komplettes Arschloch? Ich glaube, wir haben uns bei Megs Hochzeit getroffen.«

»Ja, das habt ihr vermutlich. Und ja, ein absolutes Arschloch.«

Es ist eine bizarre Situation, denn gerade gestern noch haben Jag und ich unser Bestes getan, das Thema Scheidung komplett zu vermeiden. Ich weiß nicht, wie viel ich Stuart erzählen muss, aber wenn man bedenkt, dass er sowohl mit Lucy als auch mit Beth mal was hatte, vermute ich, dass er und mein Ex sich nicht ganz unähnlich sind.

»Er hat mich mehr als einmal betrogen.«

»Dann bist du ohne ihn besser dran.«

»Ja.«

Gott, ist das schlimm. Er hat einen Krug vor sich stehen und scheint einer dieser Männer zu sein, die Bier wie Wasser trinken. Meine medizinische Ausbildung und der gesunde Menschenverstand sagen mir, dass das keine gute Art ist, den Körper mit Flüssigkeit zu versorgen.

»Wie geht es Lucy? Was macht sie so?«

Ich weiß nicht genau, ob er einfach nur freundlich ist oder ein wenig flirtet. »Sie wohnt bei mir, geht an die Uni und arbeitet.«

»Man kann viel Spaß mit ihr haben.«

»Das kann man.« Ich trinke noch etwas Wein, um meine Verlegenheit zu überspielen, und Stuart mustert mich.

Soll ich ihn fragen, was mit meinen anderen Schwestern war? Hat Beth ihn wirklich angekotzt? Ich schätze, ich sollte versuchen, ein wenig mit ihm zu plaudern, aber mir wird klar, dass ich mich nicht wirklich für ihn interessiere. Und deshalb ist es auch so seltsam, dass die folgende Frage gleich darauf aus meinem Mund kommt. Schieben wir es auf den Wein.

»Schläfst du mit vielen Frauen?«

Er sieht mich verwirrt an und lacht. »Das kommt ganz schön plötzlich.«

»Tut mir leid. Ich bin nur neugierig … und … ich weiß, dass du was mit meinen Schwestern hattest.«

»Ich habe meinen Spaß.«

»Mit wie vielen Leuten hast du geschlafen?«

»Irgendwas um die zweihundert.«

Ich verschlucke mich ein wenig am Wein. Er streckt die Hand aus und klopft mir auf den Rücken. »Echt? Lässt du dich regelmäßig testen?« Da spricht die Ärztin in mir.

»Ja. Mit wie vielen hast du geschlafen?«

Ich reagiere, als wäre ich schockiert, aber irgendwie war ich es ja, die mit dem Thema angefangen hat. »Drei?«

»Oh.«

Luke Travis, Ben Reid und Simon Chadwick. Ich kenne ihre Geburtstage und weiß bei allen, wo sie sich aufhalten. Ich glaube, Luke arbeitet als Grafikdesigner und hat einen Hund namens Toto. Ben ist Buchhalter und hat seine Hochzeit im ländlichen Leicestershire gefeiert, wobei lebendige Schwäne zum Einsatz kamen. Simon lebt zwanzig Minuten von mir entfernt in London, und wir hatten mal den gleichen Namen und haben immer noch gemeinsame Kinder.

»Warum so viele?«, frage ich ihn.

»Na ja, sie war da. Die Gelegenheit, meine ich. Ich denke mir immer, ich bin jung und sollte mich jetzt austoben. Irgendwann werde ich mich fest niederlassen und heiraten, aber jetzt habe ich meinen Spaß.«

Ich kann meine Missbilligung nicht ganz verbergen.

»Schau mal, ich bin nicht wie dein Mann. Ich treibe es mit vielen und bin kein Engel, aber ich würde definitiv keine Ehe mit Kindern ruinieren.«

Er wirkt etwas verletzt darüber, dass ich ihm das zutraue.

»Das meine ich nicht. Ich schätze, ich versuche immer noch, Männer und Sex zu verstehen.«

»Manche Typen sind einfach Ärsche. Haben einen starken Sextrieb und vögeln alles, was sich bewegt. Hat was mit Arroganz zu tun. Und mit dem präfrontalen Kortex.«

Ich bin überrascht, ihn akademisches Vokabular benutzen zu hören. Er lächelt.

»Triebgesteuert. Die Vernunft geht zum Fenster raus.«

Ich schweige und leere nachdenklich mein Glas. Habe ich bislang zwei Gläser getrunken oder drei? Wer weiß.

»Tut mir leid, dass dein Ex dir das angetan hat. Dass er dich so schlecht behandelt hat. Der Typ heute Morgen schien nett zu sein.«

»Das ist er auch.«

»Ist es was Ernstes?«

»Möglicherweise. Ich glaube, ich bin einfach aus der Übung.«

Und zwar in jeder Hinsicht. Ich kann mich kaum erinnern, wie es ist, in einer Beziehung und mit jemandem intim zu sein. Was, wenn ich der Person alles von mir zeige, mein wahres Ich, und dann ist die Intimität, die ich zu bieten habe, nicht gut genug? Einmal mehr. Ein zweites Mal würde mich zerstören.

Eine lange Pause entsteht zwischen uns.

»Ist dir bewusst, dass du ziemlich heiß bist?«

»Bitte?«

»Unter allen Schwestern bist du definitiv in den Top drei.«

Ich muss darüber lachen. Er lächelt breit und enthüllt dabei einen leicht schiefen Schneidezahn, von dem ein Stückchen abgesplittert ist.

»Du bist Frau Doktor.«

»Du kannst auch gerne Emma sagen.«

»So nennen wir euch. Danny hat es nicht so mit Namen, deshalb habt ihr alle Spitznamen. Frau Doktor, Kotzi, Graf Zahl und Tiger.«

»Tiger?«

»Die, die Luce-tiger ist als ihr anderen.«

Ich kann nicht aufhören zu lachen und bin ein wenig traurig darüber, dass Beth für alle Zeiten dafür bekannt sein wird, dass sie sich einmal übergeben hat. Danke, Stuart Morton. Bist du mein Schwager? Oder geht das über noch eine Ecke? Egal, ich brauchte das gerade.

»Magst du Sex?«, fragt er.

Ich höre auf zu lachen. *Woah, immer langsam mit den jungen Pferden.* »Das ist eine ziemlich unangemessene Frage.«

»Du hast mich gefragt, mit wie vielen Leuten ich geschlafen habe.«

»Aber meine Frage sollte keine Einladung sein.«

»Ist meine auch nicht. Ich versuche nur, die Unterhaltung am Laufen zu halten. Hattest du seit der Scheidung Sex?«

»Ich … ich weiß …«

»Ich nehme das mal als ein Nein.«

»Ich bin noch nicht bereit dafür.«

Er lacht. Es ist, als würde ich in Badekleidung am Rand eines Pools stehen und warten. Ich weiß nicht, warum ich nicht in den Pool springe. Die Temperatur stimmt nicht, es sind zu viele Menschen drin. Ich habe Angst, reinzuspringen und plötzlich das alte Pflaster von irgendjemandem im Gesicht zu haben. Ich werde einfach noch ein bisschen hier stehen und zusehen.

»Ich wiederhole meine Frage: Magst du Sex? Besorgst du es dir selbst?«

Ich atme tief durch und nicke, wobei mir klar wird, dass mein Gesicht vermutlich mittlerweile die Farbe meines Weins angenommen hat.

»Du bist eine attraktive Ärztin in den Dreißigern. Du könntest einfach auf Tinder gehen und müsstest nur einmal wischen, um Sex zu bekommen.«

»Ich bin auf Tinder.«

»Und?«

»Die wollen alle komische Sachen mit mir machen.«

»Und was willst du?«

Ich kippe den Rest des Weins runter. Werde ich ihm das wirklich sagen? Ich habe das nicht mal Lucy gestanden.

»Ich brauche eine Generalprobe. Einfach nur normalen Sex, damit ich mich daran erinnere, wie ein Penis sich anfühlt, was ich tun muss und wo alle die Körperteile hinsollen, verstehst du? Ich kann es nicht brauchen, dass ein neuer, unglaublich netter Mann mich sitzenlässt, weil ich vergessen habe, wie man Sex hat. Ich habe buchstäblich alles vergessen.«

Kaum habe ich das ausgesprochen, schlage ich beide Hände vor den Mund und kichere betrunken. Er lächelt und beugt sich dann zu mir.

»Man vergisst nicht, wie man Sex hat«, sagt er zu mir.

»Jetzt sag nicht, dass es wie Fahrradfahren ist.«

»Nein, das nicht, aber für mich ist Sex ein Mittel, um Dampf abzulassen. Wenn ich eine Woche keinen hatte, dann werde ich unausstehlich.«

»Willst du damit sagen, dass es für dich einfach nur ein mechanischer Vorgang ist?«

»Nicht immer. Aber es geht auch darum, sich zu erlauben, Lust zu verspüren. Es sind Endorphine, chemische Substanzen, und ich nehme an, es hat auch was mit Psychologie zu tun.«

Ich habe keine so tiefsinnige Erklärung von ihm erwartet.

»Vielleicht musst du dir etwas Lust und Vergnügen erlauben.«

Er schaut mir in die Augen, und ich bin etwas erschrocken, in erster Linie, weil mein Körper auf ihn reagiert. Ich spüre es ganz tief drin, an einem Ort, an dem ich es nicht spüren sollte.

Bis jetzt war meine Vorstellung von Vergnügen Hummus am Fluss, Tee in meiner Lieblingstasse und frische Bettlaken. Er weiß ganz genau, was er da gerade tut, denn er hört nicht auf, mir in die Augen zu sehen. Er legt eine Hand auf mein Knie. Ich halte die Luft an und weiß nicht genau, was als Nächstes passiert, nur dass sich mein Verstand komplett verabschiedet. Lucys Worte klingen in meinem Kopf nach. Sie meinte, er sei gut. Liegt das an seiner Größe oder an seiner Technik? Ist das ein Zeichen? Ist das der Mensch, der mir hilft, mich wieder für Sex zu öffnen? Er hat mit einer meiner Schwestern geschlafen. Möglicherweise ist das Inzest. Ist es Inzest? Mache ich das wirklich? Zum Teufel, vielleicht mache ich es. Ich nähere mich seinem Gesicht und küsse ihn langsam auf die Lippen. Aber dann ziehe ich mich ganz zurück. Oje. Er lacht. Ist es lustig, mich zu küssen?

»Ich will dich nicht heiraten oder auch nur mit dir zusammen sein, und es wäre eine absolut einmalige Sache. Aber ja, ich glaube, wir sollten Sex haben. An was für eine Art von Sex hast du gedacht?«

Ich habe das gerade wirklich gesagt, oder? Ich habe nach einer Beschreibung dessen gefragt, was wir als Nächstes tun werden. Das ist eine Frage, die ich meinen Studenten im OP stelle. Wie werden Sie diesen Tumor entfernen? Warum haben Sie sich für diese Methode entschieden? Welche Instrumente wollen Sie nutzen? Nicht sehr sexy, oder? Er beugt sich zu mir, und all die Menschen in dieser Bar verschwinden aus meinem Bewusstsein. Seine Stimme wird leiser.

»Nun, ich kenne dort eine Stelle hinter dem Gebäude, da könnte ich dich an eine Wand drängen, und du könntest deine Jeans öffnen, und ich könnte meine Finger in dich schieben. Und dann, wenn du so richtig feucht bist, dann würde ich dein Höschen runterziehen, deine Knie nach hinten schieben und dich dann so richtig langsam ficken. Dir helfen, dich daran zu erinnern, wie es sich anfühlt.«

Ich spüre mein Gesicht nicht mehr.

»Würde dir das gefallen?«

Ich nicke wortlos.

Es ist 22.58 Uhr, ich sitze auf Megs Ausziehcouch, und ich hatte gerade Sex mit ihrem Schwager. Lucy hatte nicht unrecht. Der Junge weiß, was er tut, und wenn ich seine Talente hätte, dann würde ich sie vermutlich auch mit so vielen wie möglich teilen wollen. Das wäre so etwas wie Wohltätigkeit. Simon hatte diese Talente nicht, trotz all seines Fremdgehens, deshalb war ich mir nie ganz sicher, was er mit den Leuten teilte und was ihn so anziehend machte. Meine Knie in der Luft, sein Körper, der sich an meinem reibt, das Gefühl, genommen, körperlich von jemandem verschlungen zu werden. Ich schlage wieder die Hand vor den Mund und kichere. Bin ich immer noch betrunken? Ich vertrage Rotwein nicht besonders gut. Ich trinke einen großen Schluck Wasser, während ich in einem sauberen Höschen und einem Schlafanzug frisch aus der Packung auf dieser Couch sitze.

Dann wallt Panik in mir auf. Jag. Habe ich ihn betrogen? Ich fühle mich schrecklich. Aber eigentlich doch nicht. Denn wenn ich mich jetzt entscheide, mit ihm zu schlafen, wird es nicht schrecklich und krampfig sein, weil ich jetzt weiß, was ich tun muss. Ich weiß wieder, wie man küsst. Stuart ist ein guter Küsser. Die Bartstoppeln waren etwas kratzig, aber es gab da diesen Moment, da hat er mein Ohrläppchen in den Mund genommen, und dann ist er in mich eingedrungen. Himmel! Die Bilder blitzen vor meinem inneren Auge auf. Ich hatte gerade Sex. Ich, richtigen Sex. Danach ist er auf die Knie gegangen, hat mir das Höschen wieder angezogen und mich auf die Innenseite des Oberschenkels geküsst. Ich bin nicht einmal beim Waxing gewesen. Ich habe mich bei ihm bedankt, und wir haben uns die Hände geschüttelt. Ist das komisch? Macht es das nicht irgendwie zu einem Geschäft? Dann warteten wir, bis sein Freund kam. Und ich habe ihn noch mal angesehen: Wirres blondes Haar und blaue Augen, ganz und gar nicht mein Typ, mit dem Rucksack und dem unordentlichen T-Shirt, das aussah, als wäre er von Motten angefallen worden. Wir lachten über das, was wir gerade getan hatten, und er sagte irgendetwas Klischeehaftes über mein Selbstwertgefühl und dass ich schön sei. Und dann haben wir uns umarmt, und er ist verschwunden.

Ich hatte gerade Sex. Mit Megs Schwager. Wenn sie das herausfindet, bringt sie mich um. Ich kann nicht hierbleiben. Ich muss mir den Fahrplan ansehen. Du liebes bisschen, ich hatte Sex mit jemandem, der auch Sex mit Lucy hatte. Und Kondome schützen auch nicht vor Filzläusen, oder?

Kapitel acht

640 Tage nachdem mir klar wurde,
dass Simon mich zum achten Mal betrogen hat

Es war an einem Dienstag, und ich kann mich noch gut an den Tag erinnern: Violet war erst ein Jahr alt, aber ich arbeitete schon wieder und war völlig überfordert von einem zahnenden Baby, einer dreijährigen Iris, die sich als exzellente Möbelbesteigerin erwies, und dem Versuch, Familie und Karriere in Einklang zu bringen. An jenem Tag hatte ich vergessen, mir Essen mitzunehmen, also entschied ich mich tapfer, in der Cafeteria des Krankenhauses zu essen. Es war Chicken-Alfredo-Tag. Ich erinnere mich an einen eckigen Behälter mit Nudeln, die zusammengedreht wie ein Nest in einer Pfütze milchigem Wasser schwammen. Ich hatte Simon an diesem Tag mehrere Male geschrieben, weil wir ein neues australisches Au-pair hatten, das mir eifrig Bilder von Violet schickte, als wollte es uns beweisen, dass sie noch am Leben war. Ich leitete ihm alle Bilder weiter. Er antwortete nicht.

Zu dem Zeitpunkt habe ich mir nicht viel dabei gedacht. Ich nahm an, dass er in der Arbeit viel zu tun hatte. In der Schlange vor der Essensausgabe hörte ich plötzlich neben mir eine Stimme.

»Emma Chadwick, hey, wie geht es dir?«

Die Person hinter mir war Martin Nelson. Er hatte mit mir und Simon studiert und war jetzt Entbindungsarzt. Er stand in der langen Tradition von Ärzten, die Denim-Outfits liebten, und ich glaube, er hat mal ein Baby aufgefangen, das im Aufzug aus seiner Mutter geflutscht war, und schrieb dieses erfolgreiche Manöver seiner langjährigen Erfahrung im Rugby zu. Die Schlange im Restaurant war ziemlich lang, und irgendwann kam die Rede auf Simon.

»Wie fühlt er sich denn?«, fragte er.

»In Bezug auf was?«

»Oh, ich dachte, er sei krank. Ich war heute Morgen im OP, und alle seine Operationen sind verschoben worden. Eine Schwester meinte, er hätte die Grippe. Da geht im Moment wieder was um, oder?«

»Wirklich?«

Ich erinnere mich, dass ich in diesem Moment besorgt und ein wenig panisch war. War er deshalb nicht ans Handy gegangen? Aber am Morgen war er noch putzmunter gewesen. Wir hatten gemeinsam das Haus verlassen, die gleiche U-Bahn genommen und über einen Familienurlaub auf Ibiza gesprochen. Ich scherzte, dass die Babys noch etwas jung wären, um durch die Clubs zu ziehen. Er lachte nicht. Bei Westminster trennten wir uns, weil er meinte, er werde sich noch mit einem Kollegen auf einen Kaffee treffen. Da war nicht mal ein winziger Nieser gewesen.

Während des Essens saß ich bei Martin. Er erzählte mir, dass vor Kurzem ein Baby mit Zähnen geboren worden sei, und als es ihn anlächelte, habe er sich so erschreckt, dass er es beinahe fallen gelassen hätte. Nach dem Essen sprang ich in ein Taxi und fuhr nach Hause. Ich drehte den Schlüssel in der Eingangstür, betrat das Haus und stand zehn Sekunden lang im Flur, um mich zu fassen. Dann fand ich Simon, der mit unserem australischen Kindermädchen Oralsex auf dem Küchentresen hatte, während unsere Töchter oben schliefen. Sie war eine stark gepiercte junge Dame, und ich erinnere mich, wie die Reflexionen ihrer Piercings Muster gegen die Decke warfen, als ich durch die Tür trat. Ich stand dort wie angewurzelt, während sie panisch ihre Kleidung zusammensuchten und Entschuldigungen murmelten.

In diesem Moment gingen mir viele Dinge durch den Kopf. Zum einen war es unglaublich unhygienisch, mit dem nackten Hintern dort zu sitzen, wo ich unser Essen zubereitete. Außerdem war es das vierte Mal, dass ich ihn dabei erwischte, wie er mich betrog. Das *vierte* Mal. Dieses Mal hatte ich ihn in flagranti überrascht und nicht nur eine Textnachricht gelesen oder ihn mal wieder dabei erwischt, wie er darüber log, wo er war. Bei einem dieser Male war ich schwanger.

Ich glaube, es gibt eine typische Art, wie man in solchen Situationen reagieren sollte. Ich hätte wütend sein sollen, schreien und mit Dingen nach ihm werfen. Ich war in einer Küche, und es gab eine Menge Dinge in Griffweite, mit denen ich ihm hätte wehtun können: eine Schmorpfanne, ein Fleischklopfer, eine Wassermelone. Aber ich stand einfach nur dort. Ich dachte an meine schlafenden Babys oben. Ich war sehr, sehr still. Wenn ich überhaupt reagierte, dann, indem ich alles internalisierte und mich fragte, was ich getan hatte, dass dieser Mann mich so schlecht behandelte. Ich weinte nicht einmal. Ich schloss die Tür hinter mir und ging nach oben, um nach den Mädchen zu sehen. Violet schlief tief und fest in ihrem Gitterbett und Iris in ihrem kleinen Kinderbett, die Decke fest umklammert. Ich legte mich neben sie und genoss die Wärme ihres Körpers. Fünf Minuten später erschien Simon in der Tür. Er sah uns dort liegen.

»Es tut mir leid, dass du das sehen musstest, Emma. Es ist einfach passiert.«

Tief drin wusste ich, dass es nicht so war. Er war mit mir in die Bahn gestiegen und hatte wieder umgedreht, um zu ihr zu fahren. Wo sonst noch hatten sie Sex in diesem Haus gehabt? Seit wann ging das so? Aber ich sprach nichts davon laut aus.

»Sie macht mir schon seit Wochen schöne Augen. Ich war schwach. Ich verspreche, das passiert nicht wieder. Ich werde die Agentur anrufen, damit sie Ersatz schicken«, sagte er.

Ich war versucht zu sagen, sie sollten eine Siebzigjährige mit strenger Miene schicken, wie Nanny McPhee aus *Eine zauberhafte Nanny*, aber es war nicht unwahrscheinlich, dass Simon sein Teil auch in sie reingesteckt hätte. Ich hielt einfach nur mein kleines Mädchen fest und atmete ihren Geruch ein.

»Ich muss zurück ins Krankenhaus. Ich nehme mir ein Taxi«, flüsterte ich. Ich stand auf und glättete meine Bluse. Er starrte mich an, wollte, dass ich etwas sagte. Aber ich hatte nichts zu sagen. Frauen leiden auf verschiede Arten in Ehen, und vielleicht war das einfach etwas, das ich ertragen musste. Es waren keine körperlichen Misshandlungen, und wir hatten diese kleinen Menschen hier zusammen. Es war buchstäblich gerade erst einer davon in mir herangewachsen, und sie war so winzig klein. Ich hatte die Verantwortung, diese Sache für sie zum Funktionieren zu bringen.

»Du weißt, dass ihr, du und die Mädchen, mir alles bedeutet.«

Das waren seine Abschiedsworte. Er flüsterte sie, als ich mich an ihm vorbeischob, und versuchte, meine Hand zu berühren. Ich zog sie weg, als unsere Finger sich streiften.

»Ich will, dass sie fort ist, wenn ich zurückkomme. Und wisch bitte die Arbeitsflächen in der Küche ab.«

Ich verließ das mit Feen verzierte Kinderzimmer und ging

zurück in die Arbeit. Ich musste mich auf die Operation einer jungen Dame mit einem Loch im Herzen vorbereiten.

Ich blieb danach noch drei Jahre mit Simon verheiratet.

Ich erinnere mich wieder an die australische Nanny, als ich vor drei jungen Ärzten im Praktikum stehe, die förmlich an meinen Lippen hängen. Eine davon, Alisha, hat eine Reihe von Piercings, die einen hypnotischen Effekt zu haben scheinen, der mich in der Zeit zurückreisen lässt. Manchmal benutze ich diese Geschichte, um meine Schwestern daran zu erinnern, wie gefasst ich es hinnehmen konnte, wenn mir in meiner Ehe unrecht getan wurde. Natürlich sehen sie das nicht als besondere Fähigkeit. Sie denken einfach nur, dass ich eine Idiotin bin.

»Ich glaube, das verschriebene Medikament ist nicht das richtige, lassen Sie uns das noch einmal ansehen, und bitten Sie die Eltern, mich anzurufen. Und ich würde den kleinen Mann in Nummer vier gerne noch eine Nacht zur Beobachtung dabehalten.«

Alisha mit den Piercings nickt. Ich mag sie, aber sie strahlt keine Autorität aus. Hoffentlich bekommt sie das noch hin, ehe das Patriarchat sie bei lebendigem Leib auffrisst. Außerdem würde ich ihr gerne Fragen zu ihren Piercings stellen, ohne dabei komplett naiv zu wirken. Tut es weh? Wie viele Piercings hat sie? Scheinbar hat Lucy sich die Brustwarze piercen lassen, und ich verstehe das einfach nicht. Verfängt sich das nicht im BH? Und was ist mit Stillen? Die Milch spritzt doch aus diesen Löchern wie aus einem kaputten Duschkopf. Sie erwischt mich dabei, wie ich sie einen Moment zu lange mustere. Und jetzt denkt sie, mit mir stimmt was nicht.

»Alles okay, Dr. Callaghan?«, fragt sie.

Ich lächle. Meine Güte, sie hat ein Piercing im Zahnfleisch.

Ich habe Angst vor dem Zahnarzt. Wie kann sich jemand so einem Schmerz aussetzen? Oh.

Mein Ausflug in den Lake District hat zu keinen Arbeitsausfällen geführt. Ich habe einfach einen Zug nach Hause genommen und bin wieder im Dienst. Niemand weiß, dass ich mit Stuart Morton geschlafen habe, außer mir und Stuart natürlich. Megs Ehe wurde um Sexspielzeuge erweitert, aber das ist okay. Ich bin okay. Ich habe keine Ahnung, was in den letzten Tagen passiert ist, aber ich verlasse mich darauf, dass die Arbeit für ausreichend Ablenkung sorgen wird. Ich gehe alles, was ich noch tun muss, im Kopf durch: essen, drei Akten durchsehen, sicherstellen, dass ich die Onlinegenehmigung für Iris' Schulausflug unterschrieben habe, mich nach Megs Bein erkundigen. Als ich mein Handy aus der Tasche ziehe, sehe ich eine Nachricht. Mist.

Ems, ich bin am Haus, aber die Mädchen sind nicht da.

Dieser verdammte Simon. So war er in letzter Zeit öfter. Seit er mich angerufen hat, um mir mitzuteilen, dass er sehr krank ist (leider haben die Halsschmerzen nicht zu seinem vorzeitigen Ableben geführt), scheinen wir nur noch über Textnachrichten zu kommunizieren. Das ist sehr förmlich. Und ich habe nicht das Geringste dagegen einzuwenden, aber ich hasse immer noch, dass er meinen Namen abkürzt und keine Fragen stellt, sondern einfach nur die Fakten aufzählt. Die Nachricht ist zehn Minuten alt. Ich rufe Lucy an.

»Yo«, antwortet sie.

»Luce, wo steckst du? Simon hat mir eine Nachricht geschrieben, dass ihr nicht zu Hause seid.«

»Wir waren beim Schwimmen und sind auf dem Rückweg. Hier ist eine Baustelle, und der Bus steckt fest.«

Ich kann im Hintergrund das Stöhnen im Bus und das Knistern von Chipstüten hören.

»Der kann mich mal«, erklärt sie. Ich frage mich, wie viele Leute auf der Linie 65 das gehört haben, einschließlich meiner Kinder.

»Soll ich ihm erklären, warum ihr zu spät seid? Das könntest du aber auch selbst machen, wenn du seine Nummer hättest.«

»Ich weigere mich, mein Handy mit ihm zu verpesten.«

»Okay, aber mach bitte keine Szene, wenn ihr zu Hause ankommt.«

»Wie gut kennst du mich? Aber wenn wir gerade bei Szenen sind: Irgendeine Mum hat mich am Schultor wegen irgendetwas angemotzt, und ich bin vielleicht ein bisschen ausgerastet.«

»Lucy!«

»Warst du auf der Pferdeparty neulich?«

»Ja.«

»Sie sagte, dass V nicht die volle Stunde geritten ist und sie deshalb eine teilweise Rückerstattung will.«

»Sie will *was?*«

»Kam da mit ihrer Louis-Vuitton-Tasche an und hat zwanzig Mäuse von mir verlangt.«

»Wie sehr bist du ausgerastet, Lucy?« Ich bleibe einen Moment im Flur stehen und lehne den Kopf an die Wand. Müssen die Mädchen die Schule wechseln? Oder den Familiennamen?

»Sie glaubt immer noch, ich sei ein schwedisches Au-pair, also habe ich mit Akzent geredet und so getan, als würde ich sie in einer Fremdsprache beschimpfen. Im Grunde genommen habe ich einfach nur Zeug aus dem Ikea-Katalog aufgezählt. Das mache ich immer, wenn ich *Frozen* nachspiele und Darren Sven sein muss, das Rentier, du weißt schon.«

Ich kann mich nicht entscheiden, ob das das Beste oder Schlimmste ist, was sie je getan hat.

»Fahr einfach nach Hause. Schreib mir, wenn du die Mädchen übergeben hast. Und lass mich kurz mit ihnen reden. Ich will sie hören.«

»Mama?« Dieses Wort bringt mich immer zum Lächeln.

»V. Alles gut, Süße?«

»Tante Lucy hat uns die guten Sitzplätze im Bus organisiert, oben und ganz vorne.«

Die kleine Violet hat einen Heidenspaß im Bus. Ich versuche mich daran zu erinnern, wann die Freuden des Lebens für mich das letzte Mal so einfach waren.

»Seid brav, wenn ihr bei Daddy seid. Bis in ein paar Tagen.« Ich höre, wie der Bus anfährt und die Verbindung getrennt wird. Ich konnte nicht mehr mit Iris sprechen. Ich bleibe einen Moment zu lange an der Stelle stehen.

»Hallo, Fremde.«

Ich blicke auf. Er lächelt. Ich lächle zurück.

»Jag.«

»Hi.«

Ich habe seit meiner Rückkehr nicht wirklich mit Jag gesprochen. Allerdings habe ich ihm ein Foto aus dem Zug geschickt. Darauf zu sehen war ein Becher Kaffee, den ich vor der Abfahrt gekauft hatte, und eine schlafende Frau gegenüber.

Weit weniger gute Gesellschaft auf der Rückfahrt. Und falls ich es noch nicht gesagt habe: Danke. xx

Er antwortete mit dem Küsschen-Emoji, was mich etwas irritierte. Wollte er mich damit daran erinnern, dass ich ihn nicht geküsst hatte? Aber da ist auch ein Herz, heißt das also, er liebt mich? Ich habe nicht geantwortet. Aber ich glaube, mir wurde auch noch mal bewusst, dass ich irgendwann zwischendurch Sex mit Stuart Morton hatte. War das falsch? Es fühlte sich falsch an. Ich hatte massive Schuldgefühle, obwohl das mit Stuart nichts bedeutet hatte.

Wir stehen da und lächeln uns an. Er trägt OP-Kleidung und seine Nike Air Max.

»Wie geht es Meg mit ihrem Bein? Seit wann bist du zurück?«

»Dem Bein geht es gut. Ich bin seit gestern wieder da, aber ich hatte viel zu tun mit den Mädchen und …«

»Keine Sorge. Es ist schön, dich wieder hier zu sehen.«

Ich denke daran, wie oft ich in diesen Fluren an ihm vorbeigelaufen sein muss. Bin ich ihm aufgefallen? Hat er gelächelt, und ich habe zurückgelächelt? Bei wie vielen Operationen ist er dabei gewesen, und wie oft habe ich mit ihm gesprochen und zugehört, wie er mir Anweisungen vorlas? Ich fühle mich fast schuldig, weil er mir nie aufgefallen ist.

»Habe ich schon oft genug Danke gesagt?«

»Ich glaube schon. Ich weiß nur nicht, wie wir das Date noch toppen sollen.«

Die Andeutung, dass es ein zweites Date geben wird, bringt mich zum Lächeln. »Ich habe viele Schwestern. Ich kann mal nachfragen, welche sich als Nächstes spontan der Gefahr in die Arme werfen kann.«

Er lacht. »Vielleicht können wir ja im Laufe der Woche einen Kaffee trinken?«

Ich lächle. Das können wir. »Melde dich, dann schaue ich in meinen Plan.«

Ich hoffe, dass es nicht klingt, als würde ich einen Termin machen wollen. Ich notiere nur alles in meinem Planer, sogar meine Menstruation.

»Glänzend.«

»Wie deine Casio.«

Er lacht und dreht das Handgelenk hin und her. »Wir sehen uns, Dr. Callaghan.«

Er geht, und mein Handy piept.

Was ist mit Lucy und den Mädchen?

Ach, du kannst mich mal, Simon.

Stecken in der Linie 65 an einer Baustelle fest, antworte ich. Ich überlege kurz, mich zu entschuldigen, aber ich habe die Baustelle nicht in Auftrag gegeben.

Meine Töchter fahren in einem Bus?

Genauso gut hätte er sagen können: Meine Töchter fahren auf einem Heuwagen? Ich antworte nicht, sondern schreibe Lucy.

Wie steht es?

Noch fünf Minuten. Sag dem dummen Arschloch, dass er die Füße stillhalten soll.

Auch darauf antworte ich nicht. Mein Gehirn hat Mühe, diese völlig gegensätzlichen Emotionen zu verarbeiten. Von der wunderschönen Wärme bei dem Treffen mit Jag zu dem Bedürfnis, Simon anzurufen und ihn anzuschreien. *Ich war mal deine Frau. Du warst mit im Raum, als ich unsere beiden Mädchen geboren habe, also sprich gefälligst etwas respektvoller mit mir.*

Und plötzlich plagt mich der Gedanke an Susie wieder. Ist sie seine neue Freundin? Ist sie mehr? Sag es mir. Oder tu es lieber nicht.

»Alles okay?« Als ich mein Büro betrete, spürt Maddie sofort, dass ich etwas von der Rolle bin. Ich habe sie früher am Tag auf einen Kaffee getroffen, aber den Rest des Tages hat sie mir nur jeweils mitgeteilt, was als Nächstes ansteht. Ich lehne mich an sie, und sie umarmt mich.

»Simon – die Mädchen sind zu spät dran. Er benimmt sich wie ein Arsch.«

Maddie verzieht den Mund, als wäre der letzte Teil eine allgemein bekannte Tatsache.

»Nun, von hier aus kannst du nicht viel machen. Ich habe dir einen Lachssalat zum Mittagessen gekauft. Und einen von diesen grünen Smoothies, die du so gern magst. Iss, während du dich um die Akten hier kümmerst. Ich bleibe noch.«

Ich umarme sie noch mal. »Ist das okay? Ich will nicht, dass du meinetwegen bleibst. Was ist mit den Jungs?«

»Oh, Mark kümmert sich um sie. Und wir müssen uns noch auf den neuesten Stand bringen. Ich habe mit Jag geredet.«

Ich lache. Ich schätze mal, die Jungs sind nicht erste Priorität, wenn es einen derartigen Haufen Klatsch auszutauschen gibt. Wir setzen uns aufs Sofa, und sie platziert alles auf dem kleinen Tischchen davor. Sie hat sogar an Servietten gedacht und mir ein Snickers gekauft.

»Ich habe ihn auf dem Weg hierher getroffen.«

Sie hat die Schultern erwartungsvoll hochgezogen.

»Du hast ihm gesagt, dass ich Hummus mag.«

»Du liebst Hummus abgöttisch. Ich habe schon mal gesehen, wie du einen ganzen Becher davon ausgelöffelt hast.«

»Nun, er hat mir Hummus gekauft.«

»Guter Junge. Ich mag Männer, die Anweisungen befolgen können.«

»Und du hast recht, er ist toll.«

Sie klatscht aufgeregt in die Hände. Mir ist klar, dass jetzt vermutlich nicht der richtige Zeitpunkt ist zu gestehen, dass ich kaum vierundzwanzig Stunden später mit Stuart Morton geschlafen habe. Ich öffne den Salat und stochere zwischen Gurkenstückchen herum, während sie sich selbst beglückwünscht.

»Ich nehme mal an, er hat dir von unserem Roadtrip erzählt?«, will ich wissen.

»Das hat er. Und ich bin froh zu hören, dass es Meg gut geht. Willst du wissen, was er gesagt hat?«

»Ja. Es sei denn, es ist schlimm.«

»Nein. Er ist total eingeschüchtert, weil du so großartig bist.«

Wieder dieses Wort: großartig. Es ist schön, das zu hören, aber ich habe Schwierigkeiten, es zu glauben.

»Das klingt nicht gut. Er hat Angst vor mir?«

»Nein, ich glaube, er dachte nur immer, du seist total unnahbar, und jetzt, da er etwas Zeit mit dir verbracht und gesehen hat, wie bodenständig du bist, haut ihn das von den Socken.«

»Ich schätze mal, das ist gut? Ich nehme an, du hast ihm gesagt, er soll nicht über meine Scheidung sprechen …«

Sie nickt und beißt von ihrem Sandwich ab. Durch einen Mundvoll Käse und Gürkchen fährt sie fort: »Ich wollte nicht, dass es euch belastet.«

Ich bin dankbar. Ich weiß, was sie damit beabsichtigt hat.

»Beinahe hätte es das aber. Buchstäblich eine Stunde vor dem Date hat Violet verraten, dass Simon wieder mit jemandem zusammen ist.«

Maddie zieht eine Grimasse. »Echt? Dieser verdammte Idiot.«

»Ich meine, das kann er gerne tun, nur das Timing war blöd. Lucy hat sie auf Facebook gestalkt. Ich habe versucht, es nicht an mich heranzulassen. Wir sind geschieden, er kann ausgehen, mit wem er will. Es war nur so überraschend, es von unserer Tochter zu hören.«

»Sie hat die Mädchen kennengelernt?«

Ich nicke. Sie zieht Luft zwischen den Zähnen ein.

»Name?«

»Susie Hunter.«

Kaum habe ich den Namen ausgesprochen, wird sie still. Es ist so: Maddie war all die Jahre da, als ich mich hinter meiner Farce von einer Ehe versteckt habe. Wenn es mal wieder einen Vorfall gab, hat sie mir Hinweise und damit die Chance gegeben, ihn zu erwischen und endlich den Mut zu haben, ihn zu verlassen. Aber ich tat so, als würde ich es nicht sehen. Ich habe einfach das Thema gewechselt und über meine Mädchen gesprochen. Sie hat dann davon abgelassen, weil ihr klar war, dass, sollte ich ihn je verlassen, ich es zu meinen eigenen Bedingungen tun musste. Offenbar weiß sie, wer Susie Hunter ist, und ich muss nun entscheiden, ob ich es auch wissen will. Ich stecke mir ein halbes hartgekochtes Ei in den Mund. Nicht jetzt, Maddie, nicht jetzt. Ich öffne eine Akte und wechsle das Thema, bevor sie noch etwas sagen kann.

»Ich werde vermutlich noch mal mit Jag ausgehen, falls du also noch Ideen hast, wäre ich sehr dankbar.«

»Kannst du eislaufen?«

»Nein.«

»Wie steht es mit einem Salsa-Kurs?«

»Noch mal nein.«

»Habe ich dir nicht gesagt, dass er schöne Haut hat?«

»Sind scheinbar die Gene. Hat er von seiner Mum geerbt. Außerdem macht er ein Peeling vor dem Rasieren.«

»Okay … was hat Lucy über Susie Hunter herausfinden können?«

Ich werfe ihr einen vielsagenden Blick zu. Es war eine anstrengende Woche, und im Moment kann ich einfach nichts Schwerwiegendes verarbeiten. Ich kann wirklich nicht. Aber sie sieht aus, als wäre sie beinahe wütend auf mich. *Du hast das Schlimmste durchgemacht, Emma. Und du bist immer noch hier, du kannst alles durchstehen.* Sie denkt, dass der schwerste Teil war, einen Schlusspunkt zu setzen und Simon zu verlassen. Sie will nicht, dass ich den Problemen wieder ausweiche, wie ich es so lange getan habe.

»Sie ist eine Krankenschwester. Blond. Wenig überraschend, dass Simon seine nächste Beute in einem Krankenhaus findet.«

Maddie sieht nachdenklich drein. »Wenn es die Susie ist, die ich meine, dann arbeitet sie nebenan im St. Thomas.«

Ich zucke mit den Schultern.

»Und ich glaube, sie könnte schwanger sein.«

»Schwanger?«

Ich erstarre. Sie bekommt ein Kind? Dann ist sie nicht irgendeine neue Freundin oder eine, die er eine Weile vögelt, ehe er weiterzieht. Da ist ein zukünftiges Stiefgeschwister, eine Veränderung der Dynamik, eine ganze Gruppe anderer Menschen im Leben meiner Kinder und damit auch in meinem. Ich kaue immer noch an dem gekochten Ei in meinem Mund herum, und der Dotter schmeckt wie Kreide, die meinen Gaumen zementiert. Maddie umarmt mich.

»Tut mir leid. Ich wollte dich nicht aufregen. Ich will nur einfach auch nichts vor dir verbergen. Es könnte eine ganz andere Susie sein. Ich habe es nur auf Facebook gesehen und mich daran erinnert, als du sie erwähnt hast.«

Ich kann nicht wütend auf Maddie sein, aber ich schweige.

Simon und ich stecken immer noch im Land der Scheidungsspielchen fest, und obwohl ich Ganzkörperrüstung trage, fühlt es sich an, als hätte er einen Pfeil tief in mir versenkt. Ohne Warnung. Ohne alles.

»Na, du hast ja jetzt Jag. Und er ist wunderbar. Und … das könnte alles reparieren, was dieser Mann getan hat.«

»Wir hatten ein Date, Maddie. Ich weiß nicht mal die Hälfte von dem, was ich über diesen Mann wissen sollte.«

»Ist das wichtig?«

»Ja. Er könnte ein Soziopath sein. Er könnte Schulden oder Schwimmhäute oder eine fragwürdige Hygiene haben.«

Maddie wirkt verwirrt. »Hast du jetzt eine Checkliste für neue Männer?«

»Es schadet nicht, gründlich zu sein.«

»Schwimmhäute würden ihn allerdings zu einem ausgezeichneten Schwimmer machen.«

Ich lache, um meine innere Aufgewühltheit zu verbergen. Schwanger? Ernsthaft? Ich sehe, wie sie in den Stalkermodus geht, um nachzusehen, aber ihr Gesichtsausdruck sagt mir alles, was ich wissen muss. Bevor sie in den Schadensbegrenzungsmodus verfallen kann, klingelt mein Handy. Ich bin nicht traurig. Ich bin nicht emotional. Ich bin nur verwirrt. Lucy. Ich stelle sie auf laut und bin froh über die Ablenkung.

»Seid ihr immer noch im Bus?«

»Meine Güte, nein. Wir sind das letzte Stück gelaufen, weil Iris mal musste. Die Mädchen sind bei ihrem Vater.«

Sie klingt hektisch und besorgt. Das ist untypisch für Lucy, meine Alarmglocken melden sich.

»Luce, die Mädchen … ist alles okay mit ihnen? Hat Simon sich aufgeführt? War er schlimm?«

»Nein, aber … bist du auf dem Heimweg? Wann kommst du?«

»Ich bin hier noch eine Weile beschäftigt.«

»Oh.«

»Luce, du machst mir Sorgen.«

Kurz herrscht Stille, und ich kann hören, wie sie den Raum wechselt. Sie flüstert ins Handy. »Hier ist ein Junge. Ich dachte, er wäre ein Schulfreund der Mädchen oder ein Nachbar, aber er ist allein.«

»Junge?«

»Ich weiß nicht, was ich tun soll. Er ist sehr aufgeregt, aber er war noch so klein, da konnte ich ihn doch nicht einfach vor der Tür stehen lassen?«

»Lucy, jetzt mal langsam. Ist er bei Bewusstsein? Ist er verletzt?«

Maddie steht auf und rennt zum Telefon des Büros.

»Sein Name ist Lewis. Kennst du ihn? Er sagt, er braucht einen Arzt.«

Kapitel neun

Wir sitzen in Maddies verrostetem Renault Clio und versuchen herauszufinden, wie wir am besten durch die South Circular kommen. Ich halte Akten in den Händen und höre Lucy über den Lautsprecher. Lewis ist bei mir zu Hause? Allein? Er ist sieben. Wenn er aufgebracht und bei mir zu Hause ist, dann kann alles Mögliche schiefgehen. Er könnte verletzt sein oder ärztliche Behandlung brauchen. Und er ist dort mit meiner Schwester, von der ich weiß, dass sie in Notfallsituationen ein Sicherheitsrisiko ist. Sie ist ungeschickt und leichtsinnig und hat keine Erste-Hilfe-Ausbildung.

Maddie hat die Polizei und seine Eltern angerufen, damit sie kommen und der Sache auf den Grund gehen, während wir uns so schnell wie möglich zu mir nach Hause durchkämpfen. Ich hatte ganz vergessen, dass Maddie fährt, als würde sie am Rennen von Le Mans teilnehmen. Ich frage mich besorgt, ob sie weiß, wofür der Tacho da ist.

»Luce, bist du noch da?«

»Ja. Wir trinken Saft. Ich mache ihm Toast.«

»Das ist fein, aber weist seine Haut eine seltsame Färbung auf? Ist er kurzatmig?«

Luce flüstert: »Was? Ist der kleine Scheißer todkrank?«

»Nein, und nenn ihn nicht Scheißer … Kannst du mal seinen Puls fühlen?«

»Das ist am Handgelenk, oder?« Sie verändert ihre Stimme. »Was hättest du denn gerne auf deinem Toast, Süßer?«

»Sorg einfach nur dafür, dass er in Sicherheit, warm und beschäftigt ist. Und lass dein Handy an, damit wir alles mithören können.«

Am anderen Ende wird es still.

»War er nicht erst kürzlich in der Sprechstunde? Hatte er Beschwerden?«, fragt Maddie.

»SVT-Episoden, wir haben ihn auf Betablocker gesetzt. Es ging ihm gut.«

Maddie sieht die Sorge in meinem Blick. Habe ich etwas übersehen? Das kann leicht passieren. Ich hätte mir den Ultraschall genauer ansehen sollen. Warum ist er nicht im Krankenhaus? Wo sind seine Eltern? Ist ihnen etwas passiert? Maddie wechselt die Spur, und ich umklammere mit einer Hand die Dinge auf meinem Schoß und stütze mich mit der anderen am Armaturenbrett ab.

»Wer hat dir eigentlich beigebracht, wie ein kompletter Vollidiot zu fahren?«, brüllt sie.

Ich höre das leise Gemurmel am anderen Ende der Leitung. Lucy ist chaotisch, aber sie ist liebevoll, und ich kann mir bildlich vorstellen, wie sie Lewis auf der Schwelle gesehen und keine Sekunde gezögert hat, ihn hereinzulassen.

»Wer lässt denn einen Siebenjährigen aus den Augen? Und woher weiß er, wo du wohnst?«, sagt Maddie.

Ich schweige. Da meine Arbeit oft sehr schwerwiegend ist, habe ich mich gegenüber meinen Patienten immer um eine gewisse professionelle Distanz bemüht, aber einmal, an Weihnachten, habe ich der Familie meine Adresse gegeben, damit er mir die Postkarte schicken konnte, die er für mich gemacht hatte. Er hatte mir einen Bären mit Hut gemalt. Aber das sage ich Maddie nicht, weil ich fürchte, dass sie mich tadeln könnte.

Am anderen Ende der Leitung höre ich Lucy lachen. »Du spinnst doch! Orangensaft ist ein Scheißdreck im Vergleich zu Johannisbeersaft!«

Maddie und ich schweigen und lassen den Satz auf uns wirken. *Achte auf deine Sprache, Lucy.* Und wenn du wirklich Mutter wärst, dann wüsstest du, dass man Johannisbeersaft um jeden Preis meiden sollte, weil er die fiesesten Flecken hinterlässt. Rede einfach weiter mit ihm.

Ich denke daran, dass noch vor zwei Jahren meine Töchter zu Hause gewesen wären, mit einem Au-pair, das nur gebrochenes Englisch sprach und keine Ahnung gehabt hätte, was sie mit einem Kind tun soll, das plötzlich vor der Tür steht. Schlimmer noch, möglicherweise wäre Simon zu Hause gewesen und hätte ihn mit zwanzig Pence und einem festen Händedruck wieder weggeschickt. Und was hätte er dann gemacht, der arme Kleine, ganz allein? Ich mag nicht einmal daran denken.

»Ich liebe Billie Eilish«, sagte Lucy.

»Wer ist der Typ?«, frage ich Maddie.

Maddie sieht zu mir herüber. »Billie ist ein Mädchen. Sie ist eine Sängerin.«

»Willst du noch was zu essen? Ich habe noch Kräcker. Wodka?«

»LUCY! LUCY! Gib dem Kind keinen Alkohol!«

Maddie kichert, überholt einen Bus und kracht beinahe in einen Range Rover. Es sind noch zwei Minuten bis nach Hause, bei ihrem Fahrstil weniger. Sie glaubt, dass das mit dem Alkohol nur ein Witz war, aber zweifellos genehmigt Lucy sich gerade selbst ein Gläschen. Betrink dich nicht mit einem Minderjährigen im Haus, liebe Schwester. Und das Kind darf auf keinen Fall Koffein zu sich nehmen, so zerbrechlich ist sein Herz. Ich denke an sein Herz. Ich habe es in meinen Händen gehalten. Er wurde ohne all die Dinge geboren, die helfen, es mit dem Blutkreislauf zu verbinden und am Schlagen zu halten. Oh Lewis. Bitte sei okay! Maddie kommt mit quietschenden Bremsen vor meinem Haus zum Halten, und ich springe aus dem Auto, renne die Treppe hinauf und ramme den Schlüssel ins Schloss.

»LUCY! LUCY! Ich bin's! Wo bist du?«

Ich laufe durch den Flur, öffne panisch Türen und spähe in Räume. Ich sehe, wie sich langsam Lucys Hand hinter einem Küchentresen hebt. Ich gehe hinüber, und dort sitzen sie beide auf dem Boden. Lucys riesige Kopfhörer sitzen auf seinem wuscheligen Lockenkopf. Sein Kopf ruht an ihrer Schulter. Ich hoffe, sie spielt ihm keinen unflätigen Gangsta-Rap vor. Er sieht mich dort stehen, und ich winke ihm zu. Er springt auf. Lucy wirkt verwirrt. Ich gehe vor ihm in die Hocke.

»Lewis, warum bist du hier? Geht es dir gut? Bist du verletzt?«

»Ich bin okay, Doctor C.«

Ich mustere ihn von oben bis unten. Maddie stürmt mit meiner Arzttasche und einem tragbaren Defibrillator herein, und die Polizei ist mittlerweile im Flur.

»Wir haben uns Sorgen um dich gemacht.« Da ist ein Ausdruck in seinen Augen, den ich nicht ganz ergründen kann. »Was ist passiert?«

»Mum und Dad lassen sich scheiden.« Ich spüre seine Worte in meinem Herzen nachklingen, als er sie mit zitternden Lippen ausspricht. »Ich wusste nicht, was ich tun soll.«

Er verzieht die Lippen, kämpft gegen die Tränen an und wirft seine Arme um mich. Ich kann nicht anders, als seine Umarmung zu erwidern.

Zehn Minuten später haben wir Lewis in einen übergroßen Hoodie gesteckt und ihn mit Schokoladenkeksen ruhiggestellt, bis seine Eltern hier sind. Er sieht sich in meinem Wohnzimmer um, und seine Aufmerksamkeit gilt dem Bild meiner Mädchen auf dem Kamin und der Tapete mit tropischem Muster. Letzteres werte ich einfach mal als Anerkennung. Er scheint Lucy zu mögen, die bei uns sitzt.

»Wie bist du hergekommen? Du wohnst doch in Lewisham.«

»Ich habe mir mit meinem Taschengeld ein Uber gerufen.«

Lucy lacht.

»Ich habe die App von meinem Dad benutzt, und ein Mann namens Roy hat mich abgeholt. Ich habe ihm gesagt, dass ich meine Großmutter besuchen will.«

»Roy hätte ein böser Mann sein können«, sage ich zu ihm.

»War er aber nicht. Er hat Enkel und einen Labradoodle, der Nudel heißt. Das reimt sich.«

Er sitzt still da, weil er weiß, dass er etwas angestellt hat, aber ich weiß nicht, ob ich ihn zurechtweisen soll. Ich könnte es auch dem Polizisten überlassen, der mit Maddie in der Küche plaudert. Oder seinen Eltern. Ich bezweifle, dass Iris oder Violet den Mut hätten oder überhaupt wüssten, wie man so eine Aktion hinlegt, aber wenn sie es täten, dann würde ich vor Wut und Unglauben kochen.

»Wann haben deine Eltern dir von der Scheidung erzählt?«

»Gestern. Beim Abendessen.«

»Oh.« Ich nehme seine Hand.

»Deshalb bin ich hier«, sagt er.

Ich bin überrascht. Will er hier einziehen? Braucht er einen Rat?

»Du bist Ärztin, du machst Dinge wieder ganz. Vielleicht kannst du das auch wieder ganz machen.«

Lucy seufzt und schiebt die Unterlippe vor. Ich schließe auch meine zweite Hand um seine. Oh kleiner Mann. Ich konnte nicht mal meine eigene Ehe wieder ganz machen. Er blickt zu mir auf und wirkt so hoffnungsvoll und unschuldig. *Ich war dabei, als wir eine künstliche Herzklappe in dein Herz eingesetzt haben, damit es weiterschlägt, aber das hier liegt nicht in meinem Kompetenzbereich, es tut mir leid.*

»Weißt du noch, dass ich bei deinem letzten Termin meinte, ich hätte meinen Namen geändert?«

»Ja.«

»Das liegt daran, dass ich auch geschieden bin.«

Er reißt die Augen auf. Ich glaube, alle Kinder gehen davon aus, dass Familien in einer bestimmten traditionellen Form mit 2,4 Kindern existieren. Er blickt zu dem Foto auf dem Kamin.

»War er dein Mann?«

»Das war er. Sein Name ist Simon.«

»Wie ist er so?«

Ich stoße Lucy leicht mit dem Fuß an, damit sie nichts sagt.

»Er ist auch ein Arzt.«

»Aber kein so guter wie meine Schwester natürlich«, unterbricht mich Lucy.

»Und das sind meine Töchter, Iris und Violet.«

Er sieht sich ihr Bild an. »Wie geht das mit der Scheidung? Sehen sie ihren Daddy noch?«

»Ständig. Sie sind gerade bei ihm. Wir teilen sie.« Mir wird klar, dass das klingt, als wären meine Töchter eine Tüte Chips. »Deine Mum und dein Dad werden sich etwas überlegen, und ich bin mir sicher, dass du die beiden ständig sehen wirst. Sie sind gute Menschen, und sie lieben dich sehr.«

»Aber du bist auch ein guter Mensch.«

Lucy kuschelt sich an mich, um diesen Fakt zu bestätigen.

»Und ich weiß, dass du jetzt traurig bist, aber du bist eins der schlausten Kinder, die ich kenne. Rede einfach mit deiner Mum und deinem Dad darüber, wie du dich fühlst. Scheidungen sind am Anfang immer schwer, aber man gewöhnt sich daran.«

»Wie an neue Hosen?«

Ich kneife verwirrt die Augen zusammen.

Lucy klatscht mit ihm ab. »Ja, Ems, ist doch klar! Wenn man neue Hosen das erste Mal anzieht, sind sie total unbequem und ziehen sich in die Poritze, und man muss sich erst an sie gewöhnen«, erklärt sie bestätigend.

»Ja, genau so«, sage ich wenig überzeugt.

»Ich mag Ihr Haus, Doctor C.«

»Das freut mich. Nächstes Mal rufst du aber besser meine Sekretärin an. Wir hätten das auch am Telefon klären können.«

»Aber dann hätte er mich nie kennengelernt …«, meint Lucy und zwinkert ihm zu.

Er lächelt und kommt zu mir, um mich noch einmal zu umarmen. Im gleichen Moment höre ich zwei Menschen durch die Tür stürmen, die ihn mir gleich darauf entreißen.

»O mein Gott, Lewis. Du bist in Sicherheit, es geht dir gut. Geht es dir gut?« Sein Dad schließt ihn fest in die Arme, während seine Mutter zu mir kommt und mich erleichtert drückt.

»Wir waren unterwegs, meine Schwester hat auf ihn aufgepasst. Eigentlich sollte er schlafen, aber er hat sich aus dem Haus geschlichen, und dann fiel seinem Dad auf, dass er sein Handy nicht dabeihatte. Und dann rief Ihre Sekretärin an und die Polizei und …« Ihr Gesicht ist vor Tränen und Panik rot angelaufen.

»Es geht ihm gut«, sage ich und versuche sie zu beruhigen. »Er hat gut hergefunden, und Sie können meiner Schwester danken, dass sie ihn reingelassen hat.« Ihre Umarmungen gehen jetzt auf die schockierte Lucy über.

»Lewis, so was kannst du doch nicht machen! Niemals. Wenn dir etwas passiert wäre …«

Er schaut sie beide an, nicht das wortreiche, selbstbewusste Kind, das er sonst ist, sondern nachdenklich und unsicher, was er als Nächstes sagen soll. Ich weiß, warum. Er blickt zu mir auf.

»Ich glaube, Lewis war verwirrt wegen dem, was Sie ihm gestern gesagt haben. Er ist gekommen, weil er dachte, dass ich helfen könnte, es wieder in Ordnung zu bringen, weil ich eine Ärztin bin.«

Beide schweigen. Das Letzte, was ich will, ist, ihnen ein schlechtes Gewissen zu machen, aber ihre Schuldgefühle und Emotionen sind beinahe greifbar. Lewis' Mum treten Tränen in die Augen. Ich nehme sie in den Arm.

»Also haben Lewis und ich über meine Scheidung gesprochen. Ein kleines bisschen.«

»Es ist wie neue Hosen«, sagt Lewis.

Ich hebe die Hand, um zu signalisieren, dass dieser Vergleich nicht meine Idee war. Sein Dad lacht, hebt ihn hoch und atmet tief seinen Geruch ein. »Du kannst nicht einfach weglaufen, Kleiner. Das darfst du nicht. Mum hatte fast einen Herzinfarkt.«

»Dabei sind Herzinfarkte eigentlich mein Job«, sagt Lewis, um sie aufzumuntern. Wir alle lachen, obwohl es eine schrecklich traurige Wahrheit ist.

»Wir reden zu Hause. Dann beantworten wir alle deine Fragen und versuchen, Lösungen zu finden«, sagt sein Dad.

Lewis nickt stumm und beugt sich dann hinüber, um die Tränen vom Gesicht seiner Mutter zu wischen.

»Schatz, ich muss meine Schwester und deine Eltern anrufen – alle sind außer sich. Ich …« Lewis' Mum wendet sich mir zu. »Wir wissen gar nicht, was wir sagen sollen …«

»Bringen Sie ihn nach Hause«, sage ich. »Er hat ein ziemliches Abenteuer hinter sich.«

Lewis lächelt und nickt. Sein Dad legt mir eine Hand auf die Schulter. »Doctor C, wie können wir Ihnen danken?«

»Ich würde mich über ein weiteres Oktopus-Bild freuen.«

»Vielleicht ein Oktopus in Hosen?«, schlägt Lucy vor.

Lewis klettert von seinem Dad herunter, um zu uns zu kommen und uns noch einmal zu umarmen.

»Ihr Mann ist blöd, wenn er sich von Ihnen hat scheiden lassen. Sie sind einer meiner Lieblingsmenschen.«

Wir alle halten einen Moment inne und lassen das auf uns wirken. *Bleib, wie du bist, Kleiner.* Ich hoffe, diese ganze Sache verändert ihn nicht.

»Und bitte mach uns nicht noch mal Angst«, sage ich zu ihm.

»Und gib diesem Uber-Fahrer eine gute Bewertung«, wirft Lucy neben mir ein.

»Es tut mir wirklich leid, dass Sie sich unseretwegen Sorgen machen mussten. Ich schwöre, ich bekomme noch graue Haare mit dem Kind. Wie hat er das fertiggebracht? Danke …«, sagt Lewis' Mum.

»Er ist in Sicherheit. Sie haben ihn gefunden. Und Sie haben ihm gesagt, was vor sich geht. Das ist ein Anfang …«

Der Blick, den sie mir daraufhin zuwirft, ist voller Emotion. Ich weiß nicht, was ich sagen soll. Es ist eine Scheidung. Für dieses Spiel gibt es keine Regeln. Ich kann kein Urteil fällen oder einen Rat geben oder ihnen sagen, dass alles gut gehen wird, aber wenigstens weiß er es jetzt. Sie nimmt meine Hand in ihre, ehe sie in den Flur tritt und die Polizei sie aus dem Haus begleitet.

Maddie steckt den Kopf zur Tür herein. »Ich schätze mal, den Defibrillator brauchen wir dann nicht?«, will sie wissen.

»Nur für mich.« Ich breche zusammen und stütze mich auf dem Wohnzimmertisch ab.

Lucy streckt mir eine Hand entgegen, und ich ergreife sie. »Ich kenne erwachsene Menschen, die nicht in der Lage sind, ein Uber zu rufen«, sagt sie.

»Gut gemacht, Luce«, murmle ich.

»Ich dachte, du flickst nur Leute wieder zusammen.«

»Nun, ja … das auch.«

»Aber so was von.«

Sie setzt sich neben mich und legt den Arm um mich. Ich glaube, das war gerade ein Kompliment von meiner Schwester, die mich sonst immer nur langweilig und öde nennt. Das nehme ich gerne an.

»Die Polizei wird ihn sich noch mal vornehmen, aber sie werden sonst nichts unternehmen. Ich habe sie überzeugen können, die Eltern nicht weiter zu behelligen. Sie haben genug durchgemacht«, fügt Maddie hinzu. »Ich gehe mal Tee machen«, sagt sie und flieht in die Küche.

Der Wodka kommt mir jetzt sehr verlockend vor. Seit wann ist das Leben so aufregend? Ich meine, da war immer ein gewisses Chaos mit zwei Kindern und einem anstrengenden Arbeitsalltag, aber dieser Tage scheint alles voller Drama und Emotionen zu sein. Ich klammere mich noch ein bisschen länger an Lucy.

»Was für ein nettes Kind. Was ist mit ihm?«

»Angeborene Herzkrankheit.«

»Scheiße.«

»Gelinde gesagt.«

»Denkst du, dass sie sich deshalb trennen?«, fragt Lucy.

»Wer weiß das schon? Wir müssen dir allerdings einen

Erste-Hilfe-Kurs organisieren. Wer weiß denn bitte nicht, wie man einen Puls fühlt?«

»Ich wusste es, ehrlich. Außerdem weiß ich, wie eine Herz-Lungen-Wiederbelebung geht, ich habe *Grey's Anatomy* gesehen.«

»Ich habe *Game of Thrones* geschaut und kann trotzdem nicht auf einem Drachen reiten.«

Sie lacht, aber sie sieht mich jetzt mit anderen Augen. Ihre Umarmung ist enger. Der Moment zwischen uns wird durch hektisches Klopfen an der Tür unterbrochen. Ist das wieder Lewis? Die Polizei? Lucy und ich schieben uns Richtung Tür und spähen in den Flur.

»EMMA! BIST DU DA DRIN?«

Ich rolle mit den Augen, als ich die Stimme erkenne. Was zum Teufel macht Simon hier?

»NEIN, IST SIE NICHT! HAU AB!«, schreit Lucy. *Oh Lucy, warum?*

»Das ist auch mein Haus, Lucy.«

»Nicht mehr, denke ich. Außerdem haben wir jetzt einen Hund. Einen großen. Und er hasst Arschlöcher!«

Ich werfe Lucy einen Blick zu. Ich hoffe, dass sie auf alle viere geht und durch den Briefschlitz bellt. Er hört nicht auf, gegen die Tür zu trommeln. Wenn er gekommen ist, weil ein Schulbuch oder ein Schlafanzug vergessen wurde, dann haue ich ihm eine rein.

»Wie lief es vorhin?«, flüstere ich Lucy zu. »Als ihr zu spät wart?«

»Er war ein Arsch. Ich habe entsprechend geantwortet.«

»Also geht es darum?«

»EMMA!«

Er klingelt, sodass der schrille Ton im ganzen Haus widerhallt. Maddie kommt in den Flur, um zu sehen, woher der

Radau kommt. Ich gehe an die Tür, während Lucy wie ein Rugby-Spieler den Flur blockiert.

»Was in aller Welt geht hier vor sich, Emma?«, fragt er mich.

»Mir geht es gut, Simon. Wie geht es dir?« Ich habe keine Energie für diesen Überfall.

»Mrs. Phelbs von gegenüber hat mich angerufen, um mir mitzuteilen, dass die Polizei hier ist. Jemand lief mit medizinischer Ausrüstung ins Haus.«

»Sie sind wieder weg.«

»Warum waren sie da?«

»Warum bist du da?«

»Weil du meine …«

»Exfrau bist?«

Maddie und Lucy sind merkwürdig stumm. Ich habe mich Simon gegenüber nie so verhalten. Ich war still und unterwürfig. Jetzt dringen verschiedene Emotionen aus meinen Poren. All die Jahre meiner Ehe hatte ich es nicht in mir, auch nicht, als die Scheidung lief. Damals brauchte ich lange Spaziergänge und Alkohol, um den Mut zu finden.

»Ich wollte sagen, dass du die Mutter meiner Kinder bist.« Sein Tonfall ist jetzt sanfter, er versucht so zu tun, als wäre er aus Sorge hier.

»Ach, und das ist jetzt plötzlich wichtig?«

»Ich wollte nur nett sein, nach dir sehen.«

»Bedauerlich, dass dir das nicht eingefallen ist, als du deinen Samen in der Weltgeschichte verteilt hast.«

Ich habe das gerade wirklich gesagt, oder? Samen? Eigentlich ist das ein ziemlich nettes Wort. Aus einem Samen kann etwas Fruchtbares heranwachsen. Was aus ihm herauskommt, würde ich eher als schimmeligen Dung bezeichnen. Lucy lacht und hakt sich bei mir unter.

Simon schüttelt den Kopf. »Meine Töchter wohnen hier, also habe ich jedes Recht zu erfahren, warum die Polizei dir einen Besuch abstattet.«

»Unsere Töchter«, berichtige ich ihn.

Er braucht es nicht zu wissen, oder? Oh, es war nur ein junger Patient da, damit ich ihm einen Rat bezüglich der Scheidung seiner Eltern geben konnte. Ganz allein. Wir haben ihn wieder weggeschickt, dieses Mal mit seinen Eltern, und außerdem haben wir ihm einen deiner alten Ruder-Hoodies von der Uni angezogen, den wir irgendwo im Schrank gefunden haben.

»Ist noch wer hier? Versteckst du jemanden?«

Ich lache schockiert. »Wen? Einen Mann? Ja, ich verstecke einen Mann in der Küche. Deshalb war die Polizei hier«, antworte ich spöttisch.

»Das will ich mit eigenen Augen sehen.«

»Das hier ist *mein* Haus. Nein! Es geht dich nichts an. Wenn du es genau wissen willst: Es war einer dieser Versicherungsvertreter, und er war ein wenig zu hartnäckig. Lucy war so freundlich und hat die Polizei gerufen.« Etwas Besseres fällt mir nicht ein.

Maddie und Lucy sind nicht sehr gut in diesem Spiel und blicken beide an verschiedene Stellen der Decke. Er sieht jede von uns nacheinander an.

»Du bist viele Dinge, Emma, aber ich habe dich nie für eine Lügnerin gehalten.«

»Nein, dafür warst du zuständig.«

»Lenk nicht ab.«

»Wo sind die Mädchen? Im Auto?«

»Sie sind in meiner Wohnung.«

»Mit deiner Mutter im fortgeschrittenen Alter?«

Er zögert einen Moment. »Ja.«

»Dann sollte ich vielleicht Linda auf dem Handy anrufen. Mich erkundigen, wie es ihnen geht.«

Er starrt mich an. Maddie schüttelt den Kopf in meine Richtung. Tu das jetzt nicht, dieser Tag war die Hölle, du bist komplett emotional aufgeladen. Lucy sieht verwirrt aus, weil sie nicht alles weiß, aber man sieht, dass sie mich innerlich anfeuert. *Heiße dieses Feuer willkommen, lass dich nicht von diesem Mann unterbuttern.*

»Oder ist vielleicht Susie bei ihnen?«, sage ich ruhig.

»Oooooh«, schreit Lucy und hüpft auf der Stelle. Das hat gesessen.

Simon lässt die Zunge über die obere Reihe seiner Zähne gleiten. »Die Mädchen haben sie also erwähnt, ja?«

»Wann hattest *du* vor, sie zu erwähnen?«

Das ist der Moment, in dem er dieses schiefe Lächeln aufsetzt, das er immer auf dem Gesicht hat, wenn er weiß, dass er die Oberhand hat. Das hat er während unserer Ehe oft getan. Wenn ich versucht habe, ihn auf frischer Tat zu ertappen, und ihn fragte, wessen Nummer das da auf seinem Handydisplay ist, hat er immer dieses Lächeln aufgesetzt und gesagt, es sei jemand aus dem Krankenhaus. Er hat es abgetan, als würde ich Gespenster sehen.

»Ich bin die Mutter deiner Kinder. Ich habe ein Recht zu wissen, wenn sie Zeit mit jemandem verbringen, mit dem du eine Beziehung führst.«

»So ist das nicht …«

»Also fickst du sie nicht?«

Jeder erstarrt für einen Moment. Ich benutze nur selten solche Wörter, aber dieses hier gleitet mit einem Hass über meine Zunge, von dem ich dachte, ihn in den tiefsten Tiefen meiner Seele vergraben zu haben. Simon schenkt mir wieder dieses Lächeln, als wäre ich verrückt. Vermutlich hat er mit den Mädchen geredet. *Trifft sich Mummy mit jemandem? War mal ein Mann in unserem Haus? Hat sie mich schon ersetzt? Das kann ich mir nicht vorstellen.*

Und ich will so laut schreien, dass Spiegel zerspringen und die Farbe von den Wänden blättert. *Ich kann dich nicht ausstehen. Ich ertrage es nicht, dich anzusehen und dich hier an diesem Ort zu haben, den ich mein Zuhause nenne. Ich gehe mit einem Anästhesisten aus, der sich schon jetzt als eine Million Mal besser als du erwiesen hat. Ich habe Megs Schwager hinter einem Pub gevögelt. Er hat mich über meinen G-Punkt zum Kommen gebracht, von dem ich glaube, dass du ihn mit deinem unterdurchschnittlichen Penis nie auch nur gefunden hast.*

»Das ist eine Ja-oder-Nein-Frage, Simon.« Ich lache fast, als ich es sage.

»Es ist nur …«

»Weil sie schwanger ist.«

Lucys Mund klafft auf wie ein kosmisches schwarzes Loch, das bereit ist, das gesamte Universum zu verschlingen.

»Und ich glaube, dass Frauen auf diese Weise schwanger werden. Das solltest du wissen. Du bist schließlich Arzt.«

Kapitel zehn

648 Tage nachdem Beth mich aufgefangen hat, als ich vor Scham zusammengebrochen bin und einen Mince Pie erbrochen habe

Ich stehe im Schlafzimmer und versuche, dieses Kleid zu verstehen. Lucy hat sich erneut für das Milchmagdmotto entschieden, nur dass ich dieses Mal eine Haube, einen Hirtenstab und ein aufblasbares Schaf habe. Ich weiß nicht so genau, woher sie das Schaf hat, aber es scheint so eine Art Öffnung am Hinterteil zu haben. Ich hole mir das Desinfektionsspray unter der Spüle hervor und sprühe das Vieh gründlich ein. Ich hoffe wirklich, dass niemand in der Nähe dieses Schafs ejakuliert hat.

Es ist der Abend von Beths Geburtstagsparty, die wir in meinem Haus veranstalten, und Lucy hat sich ein Motto ausgedacht. Wir dürfen uns nur als Dinge oder Personen verkleiden, die mit einem B anfangen. Und ich bin Bo Peep, die Porzellanschäferin aus Toy Story. Ich habe alle meine Schafe verloren, bis auf den Kleinen hier, den ich auf die Spüle setze. Nebenan telefoniert Beth über FaceTime mit Meg, und ich kann meine Nichten und gesungene Geburtstagslieder hören. *Tief durchatmen, Emma.* Wenigstens hat das Kleid einen Reifrock, und es ist lang, sodass ich flache Schuhe darunter tragen kann. Ich hoffe, niemand erwartet, dass ich singe. Als ich nebenan meinen Namen höre, horche ich auf und lege das Ohr an die Tür.

»Was meinst du damit, sie ist schwanger?«, höre ich Meg.

»Simons neue Freundin. Lucy war da, und es ging richtig ab. Sie hat ihn damit konfrontiert.«

»Emma hat ihm die Stirn geboten?«

»Lucy meinte, sie wünschte, sie hätte es gefilmt.«

»Wie geht es ihr?«

»Wegen dem Baby oder weil sie Simon die Stirn geboten hat?«

»Beides!«

»Denkst du, das ist der Grund, warum sie sich irgendwie anders verhält?«

»Wie meinst du das?«

»Nun, als sie hier bei uns war …«

Ich öffne die Tür, und Meg verstummt. Gleichzeitig stoße ich auch ein erschrockenes Lachen aus. Lucy hat sich mit den Kostümen wirklich ins Zeug gelegt. Beth ist als Belle aus *Die Schöne und das Biest* verkleidet, komplett mit in Gold gefasstem Stufenrock, weißen Handschuhen und zu Locken gedrehten braunen Haaren, die ihr über die Schultern fallen. Zusammen sehen wir aus, als wären wir Teil irgendeines bizarren Kostümfilms, und ich hoffe, Lucy spielt damit nicht auf unser aufaddiertes Alter an.

»Ist das Meg?«

»Das ist sie.«

Eine Stimme kommt aus dem Display. »Als was bist du verkleidet?«

»Bo Peep.« Ich kann ihr Lachen hören.

»Du sagtest gerade, dass etwas passiert ist, als ich bei euch war. Was meinst du?«

»Nun, ich denke, das weißt du, Ems.«

Beths Blick wandert zwischen uns hin und her. »Schwestern, darf ich euch daran erinnern, dass es mein Geburtstag ist und ihr deshalb verpflichtet seid, jedweden Klatsch mit mir zu teilen?«

»Emma hatte Sex mit Stuart.«

Beth lässt das Handy aufs Bett fallen und vergräbt das Gesicht in den Händen. Sie sieht mich mit dem gleichen entsetzten Blick an wie Belle, als sie das erste Mal das Biest sieht.

»Du hast *was* getan? Ausgerechnet Stuart?«, seufzt sie enttäuscht. Ich starre Meg durch das Display hindurch an.

»Er hat es dir gesagt?«, frage ich.

»Er hat es ausgeplaudert. Ich kann es nicht glauben. Emma! Bitte lass dich testen.«

Beth schweigt immer noch, hauptsächlich, weil sie entsetzt ist, wie leicht er seine Runde unter uns Schwestern drehen konnte.

»Ich verstehe euch nicht. Erst sagt ihr, ich soll mehr rausgehen und Spaß haben, und wenn ich es dann mal tue, dann habt ihr etwas daran auszusetzen, mit wem ich es tue?«

»Hat es denn Spaß gemacht?«

»Ja.«

»Aber Jag! Du bist mit Jag gekommen. Jag kommt heute Abend«, fährt Beth fort.

Von allen meinen Schwestern hat Beth das Ende meiner Ehe am meisten mitgenommen. Meg und Lucy waren wütend, weil man mir unrecht getan hatte, aber ich glaube, dass Beth zu mir aufblickte, und als alles in sich zusammenfiel, zerschmetterte das auch viele ihrer Illusionen über die Ehe. Sie hat so ein starkes Gerechtigkeitsempfinden, wenn es darum geht, wie eine Beziehung sein sollte. Ich setze mich aufs Bett und ziehe sie an mich.

»Ich lasse mir Zeit mit Jag. Ich will nicht, dass es nur um Sex geht. Ich will, dass es um Vertrauen geht, ich möchte wieder jemanden richtig kennenlernen.«

»Er ist mit dir den ganzen Weg gefahren, er hat so etwas Nettes für dich gemacht.«

»Also meinst du, ich hätte im Gegenzug Sex mit ihm haben sollen?«

»Nein, ich sage nur, du hättest *nicht* mit Stuart schlafen sollen.«

»Aber das habe ich getan, und ich habe Jag gegenüber ein schlechtes Gewissen, und es tut mir leid, wenn du denkst, dass das ein Fehler war, aber weißt du was? Wenigstens habe ich es jetzt hinter mir.«

»Was hast du hinter dir?«, fragt Beth.

»Das ganze Sexding. Wenigstens hatte ich jetzt einen Probedurchlauf und weiß, dass meine Vagina noch funktioniert. Ich brauchte das.«

»Hast du was getrunken, Ems?«, fragt Meg.

Da ist ein Ausdruck auf den Gesichtern meiner beiden Schwestern, der meine Handlungen hinterfragt. Das ist nicht klassisches Emmaverhalten. Klassisches Emmaverhalten ist es, Sex im Bett zu haben und aufeinander abgestimmte Baumwollunterwäsche zu tragen. Das ist die Emma, die sie in unseren Zwanzigern mit auf die Piste nehmen wollten. Aber wenn sie dann in meiner Wohnung ankamen, dann fanden sie mich an einem Freitagabend im Schlafanzug vor, wie ich mich in Lehrbücher vertiefte und koffeinfreien Kräutertee trank. Ich kann durchaus nachvollziehen, warum sie es für Symptome eines Nervenzusammenbruchs halten.

»Könnt ihr beide bitte mal aufhören, Stress zu machen? Ich habe kein Interesse daran, die Sache mit Stuart fortzusetzen. Außerdem hatte ich erst ein einziges Date mit Jag, also beruhigt euch mal.«

»Aber du lässt dich trotzdem testen, ja?«

»Du redest von ihm, als wäre er ein Tier.«

»Wer ist ein Tier?«

Lucy. Ich reiße die Augen auf. Es ein seltsames Gefühl, einen Sexpartner mit Lucy gemeinsam zu haben. Ich hoffe also für meine Schwestern, dass sie es ihr nicht verraten, sonst sind sie automatisch enterbt. Sie kommt in einem pinken Vinylkleid mit dazu passenden kniehohen Stiefeln in den Raum geschlendert, das Haar perfekt zurückgekämmt. Beth und ich mustern sie von oben bis unten.

»Verzeihung«, fragt Beth. »Wie kommt es, dass wir aussehen wie so eine *Betty und ihre Schwestern*-Gedächtnistruppe, während du Barbie sein darfst?«

Um ehrlich zu sein, weiß ich nicht, ob ich die Beine oder die Nerven hätte, dieses Outfit zu tragen, aber Beth hat nicht ganz unrecht.

Meg lacht durch das Display.

»Du lachst, aber ich trage Pluderhosen unter diesem Kleid«, sage ich.

Meg lächelt, aber sie verengt auch die Augen, was mir sagt, dass sie nicht fertig damit ist, mir Vorhaltungen zu machen. Ich winke spöttisch zurück.

»HAPPY BIRTHDAY, HUMMELCHEN, WIR LIEBEN DICH!«, ruft sie. Beth winkt und verteilt Kusshände. Hummelchen war ihr Spitzname als Kind, weil sie durchs Leben getaumelt und mal hierhin, mal dorthin gesummt ist und uns Schwestern auf die Nerven ging. Warum Lucy sie nicht in ein entsprechendes Kostüm gesteckt hat, ist mir ein Rätsel.

»Wer ist ein Tier?«, fragt Lucy.

»Danny. Sie hat sich über etwas beschwert«, sage ich.

Beth rutscht angespannt auf dem Bett hin und her. Lucy mustert uns beide und richtet sich dann im Schlafzimmerspiegel die künstlichen Wimpern. Sie beugt sich vornüber und enthüllt einen farblich passenden Tanga. Ich hoffe, dass er nicht auch aus Vinyl ist. Das kann nur unbequem da unten sein. Es ist Beths Geburtstag, aber Lucy wird tun, was sie immer tut, und ihr die Show stehlen, sich vor den Leuten zur Schau stellen und sein, wer sie immer ist. Es ist ihre Art als Jüngste, so viel Aufmerksamkeit wie nur möglich auf sich zu ziehen, damit sie nicht das Schlusslicht ist und vergessen wird. »Also, Lucy, wer ist heute Abend eingeladen?«, frage ich.

Sie schlendert zum Spiegel, nimmt eine Pose ein und sieht uns an.

»Nun, alle Leute auf der Liste. Die Lehrer und deine Freunde aus der Schule, und dann kommen auch noch ein paar Leute von der Uni ... Maddie und du, ihr habt Jag eingeladen und ...«

Ich habe Jag eingeladen. Ich hielt es für einen geeigneten Anlass für ein zweites Date. Es waren genug Leute da, falls nicht alles nach Plan lief, und meine Schwestern konnten ihn auch kennenlernen. Allerdings überschlage ich gerade im Kopf, ob so viele Gäste überhaupt in meine Wohnräume passen und ob ich genug Klopapier habe. Es klopft an der Schlafzimmertür. Ein Kopf erscheint. Will. Er mustert Lucy von oben bis unten, und sie tut es ihm gleich.

»William, du hättest dir etwas mehr Mühe geben können.«

Will, Beths Langzeitlover, trägt wie immer Jeans und Karohemd, hat sich aber einen Bauarbeiterhelm aufgesetzt und eine Signalweste angezogen. In seinen Armen liegt Baby Joe in einem Bärchenstrampler. Er ist das einzige Kind bei den heutigen Feierlichkeiten. Die Mädchen sind bei Simon, obwohl ich den unbändigen Wunsch verspüre, sie jetzt hier zu haben, und sei es nur, um mich hinter ihnen verstecken zu können. Wir hätten sie als Schafe verkleiden können, aber Schaf fängt nicht mit B an, und Lucy hätte Theater gemacht.

Will ist ein komischer Kerl. Es ist nicht so, dass ich ihn nicht mag, aber er sieht immer aus, als wäre er völlig übermüdet und als würde das Leben ihn verwirren. Wie einer dieser ewigen Studenten, die man bei den Schultern packen und schütteln will, um ihnen zu sagen, dass sie erwachsen werden, sich dem echten Leben stellen und aufhören sollen, so zu tun, als wäre das alles so wahnsinnig überraschend.

»Ich bin ein Bauarbeiter.«

»Ja nun, das sehe ich«, antwortet Lucy. Sie richtet ihre Aufmerksamkeit auf Joe und stößt hohe Laute aus.

»Soll ich ihn dann einfach in das Reisebettchen legen?«

Beth nickt. Er steht da, als wartete er auf Anweisungen. Beth sitzt auf dem Bett und versucht ihm beinahe krampfhaft zu verstehen zu geben, dass das hier ihre Party ist. Sie ist nicht im Dienst. Aber er versteht es nicht, und sie gibt nach, steht auf und verlässt den Raum. Natürlich merkt Lucy gar nicht, was hier gerade passiert ist. Sie zieht sich den Tanga aus dem Hintern. Ich blicke in den Spiegel. Mein Outfit ist nicht sexy. Ich sehe aus wie eine Jungfrau.

»Lucy, wo kommt das Schaf her?«

»Von meinem *Toy Story*-Auftritt. Darren verkleidet sich als Woody, ich trage das, was du anhast, und wenn Big Lee dabei ist, dann ist er Buzz Lightyear.«

»Das Schaf hat hinten ein Loch.«

Lucy sieht nicht schockiert aus. »Die Kinder wissen nicht, wofür es da ist. Wir stecken immer Gummibärchen rein. Warum denkst du, schaut es so glücklich drein?«

Boris Johnson ist auf dieser Party. Er sitzt auf dem Sofa mir gegenüber, und die Maske ist auf eine Art befestigt, bei der ich nie genau weiß, ob er mich nun ansieht oder nicht. Ich finde es ein wenig seltsam, dass ich ihm, obwohl es nicht wirklich er ist, etwas an den Kopf werfen will. Ich weiß nicht sicher, wie Partys laufen sollen, aber die hier scheint sich ganz gut zu machen, wobei das möglicherweise daran liegt, dass ich bereits drei Viertel einer Flasche Rotwein intus habe. Hier sind Barbaren, Basketballspieler, drei Batmans, eine Ballerina, Bart Simpson und eine Beyoncé aus der Single-Ladys-Ära, der Lucy böse Blicke zuwirft, weil sie einen Leotard trägt und Barbie Girl eindeutig die Show stiehlt.

»Bist du Emma?«

Der Mann, der sich jetzt neben mich setzt, hat eine fürchterlich alberne Lockenperücke auf und eine aufblasbare Gitarre dabei.

»Brian May?«

»YES! Danke! Jemand hier dachte, ich sei der Busfahrer aus *Die Simpsons,* aber er war vielleicht zwölf Jahre alt. Ich bin Nick. Ich arbeite mit Beth zusammen.«

»Also bist du Lehrer für ...«

»Mathe. Aber das ist total langweilig, also reden wir lieber nicht darüber.«

»Ich mag Mathe.«

»Dann mag es wenigstens einer von uns. Und das hier ist dein Haus?«

»Genau.«

»Es ist ziemlich cool. Ich lebe immer noch in einer WG, und ich bin dreißig.« Er blickt in die Ferne, etwas verzweifelt darüber, dass das sein Leben ist. Selbst das Ende seiner Gitarre hängt ein bisschen herunter. Ich will ihm sagen, dass Glück und Zufriedenheit im Leben relativ sind. Er lebt vielleicht in einer WG, aber er könnte in einer gefestigten und liebevollen Beziehung sein, regelmäßige Orgasmen und ein Sozialleben haben. Glück ist kein Haus. Ich glaube nicht, dass er mich anmachen will, aber ich habe das Gefühl, dass er schon etwas von der Bowle hatte. Ich wusste nicht mal, dass wir eine Bowlenschüssel haben. Ich vermute, dass es ein Hochzeitsgeschenk von einer von Simons alten Tanten war. Jetzt befindet sich ein preiselbeerfarbenes Gebräu darin, das eine ganze Flasche Rum enthält.

Ein Mann kommt und setzt sich neben Brian May. Er ist von Kopf bis Fuß braun gekleidet und hat sich eine Uhr ins Gesicht gemalt. Oh, Big Ben. Großartig. Brian May wendet sich ihm zu, während ich dort sitze und mich an meinem Glas Rotwein festhalte. Boris starrt mich an. Er unterhält sich gerade mit einem Schmetterling, dessen Flügel aussehen, als wären sie aus Trinkhalmen und alten Strumpfhosen gemacht. Beth wirft sich ins Getümmel und umarmt jeden. Sie hat mir ein paar Leute vorgestellt, und ich habe mich höflich unterhalten, aber die meiste Zeit habe ich mich um die Mäntel der Gäste gekümmert und auf die Geschenke aufgepasst. Ich hüte buchstäblich unsere Gäste; das macht dieses Kostüm umso passender.

»Dachte ich mir doch, dass du das bist. Wie geht's, Bo?«

Neben mir taucht einer der Batmans auf und setzt sich auf die Sofalehne. Die drei unterscheiden sich in der Qualität. Der hier ist von mittlerer. Er hat sich gegen den grauen Bodysuit der Sechziger entschieden, der das Gemächt doch recht unvorteilhaft hervorhebt. Er zieht die Maske ab, um sich zu zeigen.

»Ich bin's, Leo. Aus der Schule.«

»Reit-Leo?«

»Wenn das der Name ist, den du für mich gefunden hast …«

»Warum bist du hier?«

»Oh, Lucy hat mich eingeladen. Wir haben uns in letzter Zeit als Schultorrebellen etwas angefreundet. Ich hoffe, das ist nicht irgendwie komisch für dich, oder?«

»Nun, wenigstens bist du jemand, den ich kenne. Hier sind heute Abend eine Menge fremder Gesichter.«

»Darf ich sagen, dass in deiner Küche ein paar Kids Jägerbombs machen?«

»Kids wie in richtige Kinder?«

»Kids wie in jünger als ich. Was dieser Tage auf die meisten Menschen zuzutreffen scheint.«

Ich lächle. Er hat ein Glas Bowle in der Hand und wiegt sich fröhlich mit der Partymusik.

»Egal. Ich hatte in letzter Zeit ziemliche Probleme mit Faith. Sie benimmt sich wie ein absolutes Miststück. Wir befinden uns in Mediation. Ich denke, Lucy hat mich aus Mitleid eingeladen.«

»Das tut sie gerne, sie liebt Streuner. Ich habe erfahren, dass Simon eine andere Frau geschwängert hat.«

»Autsch.«

»Und noch nicht mal von ihm.«

»Doppelautsch.«

Da ist ein Hauch Kameradschaft. Nur Leo weiß, wie es sich anfühlt, in dieser Situation zu sein. Das Mitgefühl der anderen fühlte sich immer nicht ganz richtig an.

»Ich liebe unsere Partyunterhaltung – wir haben ein Händchen für die angenehmen Themen.«

Er lacht ein bisschen zu heftig über diese Anmerkung. Ich führe das auf die Bowle zurück. Er fällt auf das Sofa und schüttet das rote Zeug auf mich. Ich glaube, mir macht das gar nicht so viel aus, aber es ist nicht gut, sollte Lucy das Outfit in den nächsten Tagen brauchen.

»O Gott. Das tut mir leid.«

Brian May dreht sich zu uns um und lacht. »Himmel, Batman, dich kann man aber auch nirgendwohin mitnehmen …«

Die Männer scheinen in eine betrunkene Unterhaltung zu verfallen, also stehe ich auf und überlasse sie ihrem Geplänkel. Ich sehe aus, als wäre ich mit einem Messer attackiert worden. Ich mache mich auf den Weg ins Bad. Die Tür ist nicht abgesperrt, aber ich finde einen Mann in Bauarbeiterkleidung vor, der mit dem Handy telefoniert.

»Will?«

»Tut mir leid, Emma. Ich hätte raufgehen sollen.«

»Ist alles okay?«

»Es ist nur … ich muss weg.«

»Will, es ist ihr Geburtstag!«

»Ich … ich kann nicht. Ich muss arbeiten. Ich kann wirklich nicht!«

Ich sehe ihn an und habe sofort Flashbacks von Simon. Es war immer die Arbeit. Er hat behauptet, jemand läge im Sterben, und ich habe keinen Mucks gemacht. Er hat Kindergeburtstage, Familienpicknicks und Kinovorstellungen verlassen. Wie oft waren es wirklich gebrochene Knochen, und wie oft ist er nur geflüchtet, um seinen Spaß zu haben? Ich habe keinen Grund, an Will zu zweifeln, aber mein Schweigen spricht Bände.

»Ich liebe Beth … und Joe. Das weißt du, ja?«

Liebe. Simon hat jeden Tag davon gesprochen. Er hat seine Textnachrichten damit beendet, es zu einer Verabschiedung gemacht. Es war nicht ehrlich gemeint und hatte keinerlei Bedeutung. Er sagte auch »Ciao«, was eine seiner Eigenschaften war, die in mir den Impuls weckte, ihm etwas an den Kopf zu werfen.

»Dann zeig es ihr«, sage ich.

Er ist unsicher, was ich damit meine, und wendet sich zur Haustür.

»Du willst es ihr also nicht mal sagen?«

»Sie ist okay. Sie hat hier so viele Freunde, euch Schwestern …«

Er öffnet die Tür und macht sich aus dem Staub, während weitere Gäste eintreten. *Will, tu das nicht.* Aber er sieht sich nicht noch mal um.

Jemand reicht mir eine Geschenktüte mit einer Flasche darin. Wer seid ihr? Warum habt ihr Chips dabei und einen gelben Jumpsuit an? Findet hier irgendwo ein Gefahrguttransport statt, von dem ich wissen sollte? Seid ihr Minions?

»*Breaking Bad*«, sagt eine Stimme ganz hinten. Jag. Ich lächle. »Clever. Maddie parkt das Auto. Wo sind deine Schafe?«

»Ich habe sie alle verloren. Und du bist?«

Ich sehe an ihm herunter. Er trägt einen stinknormalen Anzug. Er greift hinter sich und setzt sich eine Barack-Obama-Maske auf. Ich lächle und ziehe ihn zu einer Umarmung an mich. Die plötzliche Nähe lässt ihn ein wenig taumeln, aber der Alkohol hat mich mutig gemacht.

»Geh ins Wohnzimmer und sag Boris die Meinung.«

Maddie kommt die Stufen heraufgerannt. Sie ist von Kopf bis Fuß in Federn gehüllt und trägt leuchtend orangefarbene Strumpfhosen.

»Bibo?«

»Ja! Wo gibt es den Alkohol?«

»Im Wohnzimmer gibt es Bowle.«

»Komm, Obama, wir geben uns die Kante.«

Jag dreht sich zu mir um. *Es ist eine Party. Alles spielt verrückt. Ich komme später zu dir.* Ich höre Grölen aus der Küche und denke an Leos Warnung. Ich gehe hinein, und tatsächlich steht eine Gruppe Jugendlicher mit Plastikschnapsgläsern und einer Flasche Jägermeister herum.

»Yo, Bo!«, ruft einer von ihnen. Ich grüße mit meinem Stab. Sie sind in ihren normalen Klamotten und einer Auswahl von Tiermasken gekommen. Da ist ein Bär, ein Büffel und ein Biber. Aber da ist auch ein armer Kerl, der sich richtig ins Zeug gelegt hat und als Schuluniform-Britney-Spears gekommen ist. Er hat sogar Kniestrümpfe an. Sie sind nicht sonderlich bedrohlich, aber es ist alles so jugendlich und verkörpert eine Erfahrung, die ich vor vielen, vielen Jahren hätte machen sollen. Meine Güte, ich fühle mich uralt! Ich gehe zum Waschbecken und versuche, irgendwie Schadensbegrenzung bei Lucys Kleid zu betreiben.

»Bis du Lucys Sis?«, fragt einer von ihnen.

Ich nehme an, dass er damit meint, ob ich ihre Schwester bin, also winke ich den jungen Leuten zu und sage: »Das bin ich. Ich bin Emma.«

»Immer nice, die Family kennenzulernen«, sagt einer von ihnen mit einem starken Londoner Akzent. Ich nicke nur.

»Ah, Mann, sie ist die Doktorschwester, oder? Ist das deine Hütte?« Ich nicke wieder, in der Hoffnung, dass das die Antwort auf die Frage in dem Satz ist. »Richtig niiiiice, Mann!«

»Äh, danke.« Passend zu meinem Outfit mache ich einen Knicks.

»Hast du auch den Kuchen gemacht? Der ist echt legit!«, sagt einer von ihnen.

»Oh nein, der kommt aus einem Laden. Ich glaube, ihr Freund hat ihn besorgt.«

Wenigstens das hat Will gemacht. Es ist eine zweistöckige Torte voller Blattgold, Fondant und Schokoraspeln aus einer guten Bäckerei. Sie steht stolz in der Mitte meiner Kücheninsel und weckt meinen Beschützerinstinkt, als alle sie bewundern.

Man schiebt mir einen seltsamen Cocktail zu, der aus zwei Gläsern zu bestehen scheint. Ich lächle höflich.

»Tut mir leid, Jungs, aber die Zeiten für das harte Zeug sind für mich vorbei. Ich halte mich heute an den Roten.« Wie zum Beweis leere ich mein Glas. Einer von ihnen lacht. »Nee, wir gehen hier nicht weg, bis du eine Jägerbomb hattest.« Sie beginnen alle zu klatschen. Ich werfe jedem von ihnen einen missbilligenden Blick zu. Aber da ich schon etwas Alkohol im Blut habe und mich auf dieser Party vollkommen verloren fühle, kommt der Inhalt dieses Glases mir wie eine gute Lösung vor. Ich stürze ihn in einem Zug hinunter.

Heilige Scheiße.

»Was zur Hölle ist das?«, sage ich, während die Flüssigkeit meine Kehle hinunterrinnt und dabei schmeckt wie Hustensirup, der in Flammen steht.

»Red Bull und Jägermeister. Richtig nice.«

»Nice.«

Sie alle jubeln und klatschen und stimmen an: »Bo! Bo! Bo!« Ich knickse noch einmal, spüre aber die Wirkung in meinen Augäpfeln. Vielleicht war ich etwas zu voreilig. Ich kenne diese Jungs nicht mal. Möglicherweise waren Drogen in dem Drink. Ach du meine Güte, was, wenn K.-o.-Tropfen drin waren? Vielleicht verliere ich demnächst das Bewusstsein. Es könnte flüssiges Heroin sein. Plötzlich dringt ein Song aus dem Nebenraum herein und lockt die Jungs aus der Küche. Sie machen sich alle aus dem Staub, bis auf einen, der mir beim Aufräumen hilft. Es ist Britney, Bitch.

»Das Kostüm ist übrigens ziemlich gut«, sage ich.

»Sie haben mich verarscht und behauptet, wir würden alle als Britney kommen. Ich bin so U-Bahn gefahren.«

Er macht sich ziemlich gut als Britney. Er ist einer von den Typen, die nie richtigen Bartwuchs bekommen, deshalb weist seine Haut eine wunderbar jugendliche Glätte auf, und er hat schön geformte Waden. Er ist gut erzogen und weiß, dass die Red-Bull-Dosen in den Wertstoffmüll gehören. Und er hat sogar die Umsicht, sie vorher flachzudrücken. Ich werde der Mutter dieses Jungen meine Anerkennung aussprechen.

»Und woher kennst du Lucy?«

»Wir arbeiten alle für den Partyveranstalter. Ich bin Darren.«

»Oh, ihr Kompagnon. Ihr macht eine Menge Partys zusammen, oder?«

»Ich liebe deine Schwester abgöttisch.«

Er erwartet, dass ich ähnlich antworte, aber ich höre, wie nebenan der Bass aufgedreht wird, und habe Angst, was die Nachbarn denken werden.

»Erwähnt sie mich manchmal?«, fragt er.

Oh. Ich blicke kurz auf und sehe sein hoffnungsvoll leuchtendes Gesicht. Ich kann nachvollziehen, warum jemand wie Lucy eine Anziehungskraft hat. Sie ist jung und schön und das Leben und die Seele jeder Party, aber ich würde mich an seiner Stelle nicht auf sie festlegen. Noch nicht.

»Sie erzählt oft von den Partys, bei denen ihr gearbeitet habt.«

Er lächelt zurück. Er wirkt so unschuldig, so süß. Ich erinnere mich, dass ich auch einmal so war, mich in einen attraktiven Kommilitonen verliebt habe und dachte, ich wäre etwas Besonderes, weil er sich für mich entschieden hat. Er ist so jung und hoffnungsvoll, und ich will ihm das noch nicht wegnehmen.

»Bist du wirklich Ärztin?«

»Ja.«

»Kann ich dich dann mal was fragen? Ich hab da so einen Ausschlag …«

Das war das Letzte, was mir bei dieser Party noch gefehlt hat.

»Wo ist er?«

»Willst du ihn sehen? Er ist an meinem Oberschenkel.« Er zieht den Saum seines Rocks hoch.

»Nein, danke«, sage ich und hebe leicht den Stab. »Nässt er?«

»Inwiefern? Eiter?«

»Eiter, Flüssigkeit? Juckt es?«

»Unglaublich. Außerdem sind da kleine Beulen.«

»Ich bin keine Dermatologin, aber die meisten Ausschläge sind eine Reaktion auf etwas. Bisse vielleicht? Hast du auch anderswo Beulen?«

»Nein. Ist es eine Geschlechtskrankheit?«

Ich lächle über seine Unschuld. »Wenn er auf deinem Oberschenkel ist, dann nein. Es sei denn, du hast auch Beulen auf dem Penis?«

Er wird rot. »Nein.« Und dann umarmt er mich aus heiterem Himmel, weil mein ärztlicher Rat ihn offenbar überzeugt hat, dass er nicht sterben muss. *Das ist aber nur eine Einschätzung. Lass dich definitiv untersuchen.*

»Oh.« Ich blicke von seiner seltsamen Umarmung auf und sehe Maddie mit Beth in der Küchentür stehen. Britney hört auf, mich zu umarmen, und sieht schuldbewusster aus, als er müsste. Maddie kriegt sich nicht mehr ein vor Lachen über seinen Überfall, aber Beth sieht mich merkwürdig an, als wäre sie in etwas reingeplatzt. Ich werfe ihr einen strengen Blick zu, weil ich weiß, dass sie mich immer noch wegen Stuart Morton verurteilt.

»Darren hier hat einen Ausschlag. Versuch eine antiseptische Salbe wie Sudocrem und halte die Stelle sauber und trocken.« Er nickt peinlich berührt und verkrümelt sich ins Wohnzimmer, um sich wieder seinen Freunden anzuschließen, wobei seine Zöpfchen im Takt mit der Musik wippen.

»Machst du je Feierabend, Doctor C?«, fragt Maddie.

»Nie.«

»Hast du Lucy gesehen? Mit der Bowle könnte man Farbe von der Wand ablösen«, sagt Beth zu mir. »Und ich habe Will auch schon seit einer Ewigkeit nicht mehr gesehen.«

Ich kann es ihr nicht sagen. *Dein Freund ist ein unzuverlässiger Versager.* Vielleicht sollte ich sie erst in Frieden den Kuchen essen lassen.

»Ich habe in der Waschküche noch Saft, falls wir die Bowle verdünnen müssen.« Ich öffne die Tür und lasse den Stab fallen. Echt jetzt? Maddie kichert, als wir Barbie und den zweitklassigen Batman in einer unerwarteten Umklammerung vorfinden. Als sie mich sehen, fahren sie auseinander. Ich hoffe, das da ist auf den Schnitt von Batmans Outfit zurückzuführen und nicht auf eine Erektion. Ich reibe mir die Stirn.

»Leo.«

»Emma.«

Er wendet sich zum Gehen. Wie ist das gerade passiert? Vor buchstäblich zehn Minuten saß er noch auf meinem Sofa. Lucy tritt heraus und rückt sich das quietschige Vinylkleid zurecht.

Ich rolle die Augen, und sie sieht es sofort. »Was war das, Ems?«

»Luce, das ist ein Vater von der Schule. Was zum Teufel …«

»Oh, hör auf, so verdammt prüde zu sein. Er ist Single, und wir sind auf einer Party.«

»Sie soll sich bloß nicht so haben. Ich hab sie gerade erwischt, wie sie an Britney Spears herumgegrabbelt hat«, fügt Beth hinzu.

»Darren?«

Maddie schaut Beth an, als wäre sie verrückt geworden. Nun, sie ist definitiv ziemlich betrunken, und das kann der Sache Vorschub leisten.

»Er hat mich um einen ärztlichen Rat gebeten.«

»Na klar«, antwortet Beth.

Sie wirft mir einen weiteren bezeichnenden Blick zu. Ich bin erneut in ihrem Ansehen gefallen. *Von hier an kann es nur abwärtsgehen, Schwester.*

»Wow. Das muss ich mir nicht sagen lassen. Ich habe mir hier ein Bein ausgerissen, um die Party nett für dich zu machen.«

»Wenn es so eine Belastung für dich ist, dann hätten wir es auch sein lassen können.«

Bestürzt hebe ich die Hände. Nun, jetzt sind wir schon alle hier, wie wäre es also mit etwas Dankbarkeit?

Lucy starrt auf meine Brust. »Was hast du mit meinem Kleid gemacht?«

»Eher: Was hat Leo mit deinem Kleid gemacht? Mit der Bowle, mit der du versuchst, die Leute umzubringen? Warum ist er überhaupt hier? Warum ist mein Haus voller fremder Leute?«

»Ich habe versucht, allen einen Gefallen zu tun. Ihr beiden lahmen Kühe habt kein Sozialleben, und ich habe versucht, euch hier zumindest etwas davon zu beschaffen.«

»Hast du eine offene Einladung auf Facebook eingestellt?«

»Nein, das habe ich nicht.«

»Könnt ihr beiden bitte aufhören zu streiten?«, fleht Beth. Sie reibt sich mit schmerzverzerrter Miene die Stirn.

»Immer machst du so was. Ständig musst du der verdammte Mittelpunkt der Aufmerksamkeit sein«, sage ich.

»Im Ernst, Mädels, hört auf damit«, sagt Beth. Maddie legt den Arm um sie. In der Ferne hört man ein Baby weinen.

Maddie versucht, sich einzumischen. »Mädels, ihr habt alle getrunken. Beruhigt euch, okay?« Sie wedelt mit den Armen, und Federn schweben durch die Luft.

»Ich kann nicht glauben, dass sie sich an einen der Väter vom Schultor rangemacht hat. Machst du eigentlich vor niemandem Halt? Hier geht es um meine Mädchen.«

Lucy reißt die Augen auf, angestrengt bemüht, sich durch den Alkohol hindurch zu konzentrieren, aber auch wegen meiner Vorwürfe.

»Vögle, mit wem du willst, aber ich muss mich an der Schule noch sehen lassen, und ich will nicht, dass meine Töchter in noch mehr Schultorklatsch hineingezogen werden. Hast du daran mal gedacht?«, sage ich.

Beth mischt sich ein. »Na, du musst gerade reden. Ich meine, du hast es letzten Monat mit Stuart Morton getrieben!«

Lucy sieht mich überrascht an. »Was war mit Stuart Morton?«

»Sie hat mit ihm geschlafen, als sie oben im Norden war.«

Ich sehe mich kurz um, um sicherzustellen, dass Jag nicht in der Nähe ist.

»Du hast WAS?«, schreit Lucy. »Und das hast du mir nicht erzählt? Ich habe mit ihm geschlafen. Und Beth praktisch auch.«

»Das habe ich nicht. Ich habe ihn geküsst.«

»Und seinen Pillermann angefasst. Meg hat es mir erzählt«, lacht Lucy. Beth sieht aus, als wollte sie vor Scham sterben.

Maddie wirkt verwirrt. »Aber … Jag ist mit dir in den Norden gefahren.«

Ich starre Beth finster an. Wir sind gerade alle in diesem seltsamen Drei-Parteien-Streit gefangen und stehen um die Kücheninsel wie Katzen, die bereit sind, sich jeden Moment anzuspringen. Na komm schon, Barbie, ich habe einen verdammten Stab. Ich zeige mit dem Finger auf beide.

»Hört damit auf. Ich kann das heute nicht gebrauchen. Ich habe euch diese Party machen lassen, und ich sehe absolut lächerlich aus, und jetzt vögelst du Leute in meiner Waschküche ...«

»Wir haben nicht gevögelt, nur ein bisschen ...«

»Ich will es nicht wissen! Und dann steht ihr hier und versucht, mir ein schlechtes Gewissen wegen Stu Morton zu machen. Ihr beide hattet auch etwas mit ihm, also hört auf mit euren Mutmaßungen und schlechten Ratschlägen. Seit meiner Scheidung umschwärmt ihr mich und sagt mir, was ich tun soll. Ich soll mit Männern ausgehen, ich soll Sex haben, ich soll Simon die Meinung sagen. Ich würde euch niemals sagen, wie ihr euer Leben zu leben habt.«

»Wir machen uns nur Sorgen um dich, Ems«, sagt Beth ein bisschen weinerlich.

»Nun, vielleicht solltest du dir eher Sorgen um deinen Freund machen, denn der ist nicht mal mehr hier. Er ist gegangen.« Kaum haben die Worte meinen Mund verlassen, sehe ich, wie Tränen in ihre Augen steigen, und ich bereue sofort alles. Mein Zorn wandert weiter zu Barbie Girl in ihrer dämlichen, beschissenen Barbie World, die denkt, sie wäre so fantastisch. »Und statt mir deine dämlichen Outfits anzudrehen und all dieses Drama anzuzetteln, solltest du lieber abhauen.«

Daraufhin greift Lucy nach dem Geburtstagskuchen und schleudert ihn auf mich wie eine olympische Kugelstoßerin. Er trifft mich an der Brust, eine Explosion aus Fondant und

Geschwisterliebe, und ich taumle zurück und pralle gegen meinen Küchentresen. *Du dämliche Kuh.* Maddie hat die Hände vors Gesicht geschlagen, während Beth resigniert dreinblickt: *Der Kuchen war das einzig Gute an dieser Party, und jetzt trägt meine Schwester ihn auf der Brust.*

Ich lache und weise nach unten. »Du bist so bescheuert. Ich glaube, das ist dein Kleid, das du da gerade ruiniert hast.«

Ich trage Ganache wie eine Gesichtsmaske und spüre, wie irgendeine Flüssigkeit zwischen meinen Brüsten nach unten rinnt. Ich schaufle einen Klumpen Schokolade von meiner Brust und schleudere ihn zurück zu Lucy, wobei ich mir wünsche, es wäre frische Kacke. Er landet in ihrem mühsam gestylten Haar. Sie kreischt wie eine Harpyie und sieht sich nach weiteren Dingen um, die sie nach mir werfen kann.

»Mach ruhig weiter. Die kleine Lucy wirft mal wieder all ihr Spielzeug aus dem Kinderwagen. Du bist so ein verzogenes Gör!«

»Emma, reiz sie nicht noch …«, fleht Beth.

»Bloß gut, dass das Kleid abwaschbar ist, oder? Da kannst du ja gleich mit dem nächsten Typen weitermachen. Zwei Batmans haben wir noch. Ich kann gehen und nachsehen, wo sie sind …«

Sie kocht vor Wut. »Jetzt wissen wir, warum Simon dich betrogen hat. Vielleicht liegt es ja daran, dass du so ein Miststück bist«, lallt sie. Sie greift nach dem nächstbesten Ding auf dem Tresen – eine Flasche Jägermeister – und wirft sie in meine Richtung. Ich ducke mich, und stattdessen trifft sie die Person, die gerade durch die Tür tritt, direkt am Kopf. Der Mann fällt zu Boden, und Lucy schlägt die Hände vor den Mund. Das kann nicht wahr sein. Du hast Barack Obama getötet.

Kapitel elf

649 Tage nachdem meine Mum Simon gesagt hat, dass sie ihn umbringen würde, wenn sie ungestraft damit davonkäme

Es ist ein Uhr morgens. Lucy hat sich seit Mitternacht fünf Mal übergeben und schläft im Moment auf meinem Sofa, eingehüllt in eine Kinderdecke mit Giraffenprint. Beth ist nach oben verschwunden, nachdem wir ihren Kuchen herumgeworfen hatten, und weigert sich, mit irgendjemandem zu sprechen. Ich schlafe nicht. Ich glaube, das liegt an dem Red-Bull-Mixgetränk, also esse ich alle Kanapees auf, um dem unvermeidlichen Kater entgegenzuwirken, und weil ich Verschwendung nicht mag. In meiner Küche liegt Barack Obama auf einer der Bänke, sein Kopf ruht in meinem Schoß. Wir haben ihn nicht umgebracht, aber die Flasche hat ihn niedergestreckt, und er hat jetzt eine ansehnliche Beule am Kopf.

Lucy, die dachte, dass sie ihn umgebracht hätte, ist gleich darauf in Panik verfallen und hat sich das erste Mal in meine Spüle übergeben, woraufhin auch die Übrigen in Panik verfielen, weil das Erbrochene leuchtend rot war. Natürlich wegen der Bowle, aber die meisten dachten zuerst an Blut. Wie man sich vielleicht denken kann, war das wirklich ein Dämpfer für die allgemeine Partystimmung, deshalb machten sich an diesem Punkt die meisten auf den Heimweg. Maddie begleitete einige der Nachzügler hinaus, aber sie sah nicht so aus, als wäre sie gut auf mich zu sprechen. Sie musste es nicht sagen. *Er fährt mit dir in den Norden hoch, und du schläfst dort mit jemand anderem. Tue Buße und kümmere dich jetzt um diesen Mann.*

Jag wechselt zwischen Schlafen und Wachen. Manchmal schaut er hoch und mustert die Unterseite meines Kinns.

»Ich würde mal die gewagte Behauptung aufstellen, dass das noch besser war als unser erstes Date.«

Ich lache. »Ich habe dir gesagt, ich kann eine meiner Schwestern dazu bringen, dass sie einspringt.«

Ich hebe das Geschirrtuch mit gefrorenen Erbsen, um zu sehen, wie seine Beule sich entwickelt. Lucy kann singen und tanzen, aber sie hat auch einen verdammt kräftigen linken Arm. Vielleicht sollte sie Cricket spielen. Ich erinnere mich an das eine Mal in der Schule, als sie eine Cola-Dose nach einer Mobberin geworfen und ihr ein blaues Auge verpasst hat. Sie wurde für eine Woche suspendiert.

Als ich sie auf dem Sofa in den Armen hielt, dachte sie, sie müsse sterben, und entschuldigte sich tränenreich dafür, dass sie mich ein Miststück genannt und gesagt hatte, das sei der Grund, warum Simon mich betrogen hat. Ich streichelte ihr übers Haar und küsste sie auf die Stirn. Ich entschuldigte mich ebenfalls dafür, dass ich sie praktisch als Schlampe bezeichnet hatte, und versicherte ihr, dass sie viel mehr Stil hat als die Beyoncé, die heute hier gewesen ist. Dann wartete ich, bis sie in meinen Armen einschlief, und brachte sie in eine stabile Seitenlage, damit sie nicht an ihrem eigenen Erbrochenen ersticken konnte.

Ich lege eine Hand auf Jags Haar, und er schließt die Augen. »Tut es weh? Hast du die Ibuprofen geschluckt?«

»Nur ein bisschen empfindlich.«

Ich zeige ihm meine Finger. »Wie viele?«

»Vier.«

Ich reiße die Augen auf.

»Zwei. Ich mache nur Witze.«

Ich lächle. Ich sitze hier in einem Kleid, das rot und braun beschmiert ist, als hätte mich jemand erstochen und gleich darauf eingekotet, und trotzdem legt er seinen Kopf darauf. Ich mag seine Gesellschaft, mag, wie unverkrampft sich alles anfühlt und dass er in mein Zuhause gekommen ist, körperlich angegriffen wurde und trotzdem nicht abgeschreckt ist. Wir sind uns nah, näher, als wir uns je gewesen sind, aber das macht mir nichts aus. Ich verfalle nicht in Panik. Ich höre auf, über sein Haar zu streicheln, damit er sich nicht wie ein Haustier vorkommt, und lege stattdessen den anderen Arm um seine Mitte. Er ergreift meine Hand.

»Geht es dir gut?«, fragt er.

»Kommt darauf an, was du unter *gut* verstehst. Gut auf einer Skala von eins bis zehn ist etwa eine Fünf. Wenn ich eine Essensbewertung abgeben müsste, dann wäre dieser Burger nicht toll, nur gut.«

Er lächelt. »Bist du der Burger?«

»Ja.«

»Bist du ein traditioneller Burger mit Rindfleisch? Wie viele Patties? Bist du in einem dieser neumodischen Brioche-Brötchen?«

»Oh, ich bin ziemlich traditionell. Die Brötchen sind allerdings etwas unförmig.«

Er lacht. Mir wird klar, dass ich etwas zweideutig geworden bin. Soll ich Soße erwähnen? Dass man sich beim Essen bekleckert?

»Ich mag traditionelle Burger. Heutzutage ist aller möglicher Schnickschnack auf Burgern. Das ist einfach zu viel«, sagt er.

»Aber was, wenn ich sage, dass ich nicht nur ein Burger bin? Ich bin ein ganzes Sparmenü. Du kannst nicht einfach nur den Burger allein kaufen.«

»Dann würde ich sagen, das ist ein Bonus.«

Ich schaue ihm ins Gesicht, um zu sehen, ob er den Vergleich verstanden hat. Ich komme mit allen Beilagen, die es gibt. Ist das zu viel? Würde er das alles auf sich nehmen? Es ist zu früh, um es laut auszusprechen. Vielleicht versteht er nicht, was ich sagen will, und redet immer noch übers Essen. Er lässt den Daumen in meiner Handfläche kreisen.

»Ich dachte, du verstehst dich mit deinen Schwestern?«, fragt er.

Ich sehe zu Lucy hinüber. Meine Güte, Mädchen, mach die Beine zusammen.

»Das tue ich, aber wir sind Geschwister, verstehst du? Das ist eine ganz besondere Beziehung. Man würde einen Mord für sie begehen, aber manchmal will man sie einfach nur selbst umbringen.«

Er lacht. Ich hoffe, ich klinge nicht bösartig. Ich greife nach ein paar Käseteilchen im Teigmantel, die auf dem Tisch stehen. »Willst du eins?« Er nickt, und ich lege es ihm in den Mund, wobei meine Finger leicht seine Lippen streifen. Du liebes bisschen. Das ist mir ein wenig zu sexuell. Er küsst meinen Finger und schaut mir direkt in die Augen. Nicht jetzt. Wir tragen Kostüme. Das ist ein Rollenspiel, und so was habe ich noch nie zuvor gemacht.

Plötzlich klingelt es an der Tür, und er setzt sich auf. »Das hätte ich nicht tun sollen.«

»Ja, leg dich wieder hin und lass mich nachsehen.«

Aus irgendeinem Grund nehme ich meinen Hirtenstab

mit zur Tür. Vermutlich hat einfach jemand etwas vergessen, aber dann erinnere ich mich daran, dass Mrs. Phelps neulich Simon Bericht erstattet hat. Was, wenn er es ist? Oder vielleicht die Polizei? Die Musik war doch recht laut, oder? Ich öffne vorsichtig die Tür und mache sie dann ganz auf, als ich sehe, wer dort steht.

»Mutter?«

Sie steht mit dem aufblasbaren Schaf in den Armen vor mir und überreicht es mir. »Das habe ich in einem Blumentopf vor dem Haus gefunden. Erklärt die Haube.«

Ich fasse mir an den Kopf. Die ganze Zeit über habe ich sie nicht abgenommen. »Mutter, es ist ein Uhr morgens. Bist du allein hier?«

Sie steht dort und zittert in der kalten Herbstluft. »Äh, ja. Warum sollte ich deinen Vater mitschleppen? Du musst dieses Kleid ausziehen und es wenigstens einweichen. Es sieht aus, als hättest du eins deiner armen Schafe massakriert.«

Ich blicke an mir herunter. Es ist kein schöner Anblick. Sie tritt ein und umarmt mich leicht, ehe sie sich den Schaden ansieht. Es war keine wilde Party, aber auf jeder Oberfläche scheinen Becher zu stehen, und etwas, das aussieht wie ein Würstchen im Schlafrock, ist halb mit meinem Teppich im Flur verschmolzen. Sie öffnet die Tür zur Toilette und schließt sie wieder.

»Darum kümmern wir uns am Morgen. Lucy?«

Ich zeige in Richtung Wohnzimmer. Sie zieht ihren Parka aus und stellt ihre Handtasche ab. Darunter kommt ein Schlafanzugoberteil zum Vorschein, das sie mit einem Paar Jeans und den gleichen Reebok Classics trägt, die sie schon hat, seit ich ein Kind war. Wie schon Dutzende Male zuvor nehme ich ihren Mantel entgegen und lege ihn auf die Treppenstufen. Sie macht sich auf den Weg ins Wohnzimmer und sammelt noch im Gehen Becher und Kissen ein. Als sie Lucy sieht, seufzt sie und rückt die Beine und das Haar meiner Schwester zurecht.

»Ich nehme mal an, es war ihre Idee?«

»Nun, es war definitiv nicht meine.«

»Dein Vater war gekränkt, weil wir nicht eingeladen waren. Er wollte als Björn Borg kommen.«

»Und du?«

»Barbara Cartland natürlich«, antwortet sie trocken. »Verschaff ihr keine Gelegenheiten. Du kennst sie. Sag ihr, sie soll ihre Partys woanders feiern. Ich habe das jahrelang so gemacht, und das ist der Grund, warum wir aus dem Gemeindezentrum verbannt wurden.«

»Ich glaube, sie dachte, sie tut etwas Nettes.«

Mum hebt die Augenbrauen. Einen Moment wirkt sie erschrocken, weil sie etwas am Boden entdeckt, das nach einem lebendigen Tier aussieht, aber in Wirklichkeit ist es Brian Mays Perücke. Sie hält inne, als sie Lucys Deko bemerkt – Fotos von Beth aus verschiedenen Jahren ihres Lebens, die sie als Wimpel aufgehängt hat –, und lächelt, als eines davon eine besondere Erinnerung weckt. Dann entdeckt sie ein gewisses Foto auf dem Kamin. Sie wendet sich mir zu.

»Hat Lucy sich übergeben, als sie das Bild gesehen hat?«

Unter uns Callaghans ist meine Mutter gleichauf mit Lucy, wenn es darum geht, wie sehr wir Simon hassen. Sie hat das an Weihnachten bewiesen, als Lucy ihn outete und Mum nach ihm schlug und sich dabei einen Daumen ausrenkte. Das war der Anfang vom Ende. Wenigstens so viel haben Lucy und sie gemeinsam.

»Es ist wegen der Mädchen.«

»Nur dumm, dass wir es alle ansehen müssen. Ich habe gehört, er hat eine seiner Huren geschwängert?«

»So kann man es auch sagen.«

»Wie alt ist sie?«

»Ich habe nicht gefragt.«

»Hast du sie vor Simon gewarnt?«

»Natürlich nicht. Es geht mich nichts an.«

Sie kennt mich gut genug, dass sie keinen Streit deswegen anfängt, und fegt stattdessen die Chipskrümel auf meinem Kamin zu einem kleinen Häufchen zusammen.

»Warum bist du hier?«, frage ich sie.

»Beth hat angerufen. Ich habe kaum etwas verstanden, aber sie war ziemlich aufgebracht, also dachte ich, ich schaue lieber, ob es ihr gut geht. Außerdem ist Joe oben, und ich dachte, ein nüchterner Erwachsener im Haus könnte nicht schaden.«

»Ich bin nüchtern«, meldet sich jemand aus dem Türrahmen. Mum dreht den Kopf und entdeckt Jag. Im Grunde sollte er dort nicht stehen. Ich hätte ihn in den Garten scheuchen sollen. Mist.

»Was ist das für ein Kostüm?« Er hält sich die Maske vors Gesicht, und sie lacht. »Das gefällt mir. Ich bin Fi Callaghan.«

Jag bemüht sich um eine Habachtstellung.

Mum zeigt auf Lucy. »Hast du mit ihr in der Speisekammer gevögelt?«

»Nein, ich glaube, das war Batman. Als ehemaliges Staatsoberhaupt habe ich schließlich einen Ruf zu verlieren.«

Einen Moment wirkt sie überrascht über den Scherz. Die meisten Männer würden das nicht wagen, vor allem nicht, nachdem sie im Haus ihrer Tochter angetroffen wurden. Die normale Reaktion ist Nervosität und Ehrfurcht.

»Was ist mit deinem Kopf passiert, Barack?«

Er zeigt auf Lucy.

»Ach, der bist du«, antwortet sie und wirft ihrer friedlich

schnarchenden Tochter einen erbosten Blick zu. »Ich entschuldige mich dafür. Sie hat schon immer gehandelt, bevor sie nachgedacht hat. Und du bist hier, weil ...«

Jag sieht mich an. Wie machen wir das jetzt? Es gibt noch keine Definition für uns, und ich will keine seltsamen jugendlichen Ausdrücke dafür benutzen, die man im Statusfeld von Social-Media-Seiten finden würde.

»Jag ist ein Kollege aus dem Krankenhaus, ein Freund. Ich habe ihn gebeten, noch eine Weile zu bleiben, um sicherzugehen, dass Lucy ihm keine Gehirnerschütterung verpasst hat.«

»Das ist eine gute Idee. Geh und leg dich auf das andere Sofa, Jag. Hättest du gerne eine Tasse Tee?«

»Sehr gern, und danke. Es ist schön, dich kennenzulernen.«

»Ebenfalls.«

Mum sieht mich an, aber sie sagt kein Wort. Sie geht in die Küche, wo die Überreste des Wurfkuchens auf dem Tresen kleben und der Geruch von Lucys Erbrochenem die Luft verpestet. Sie seufzt tief und holt Bleiche und schwarze Müllbeutel aus dem Schränkchen unter der Spüle. Sie füllt den Teekessel auf und stellt ihn auf den Ofen.

»Warum ist deine Spüle rosa?«

»Lucy hat Bowle gemacht.«

»Natürlich. Ich kann nicht glauben, dass du den Kuchen einfach so hier gelassen hast«, sagte sie und bearbeitet etwas geschmolzene Schokolade mit einer Gabel. »Habt ihr wenigstens für Beth gesungen?«

»Äh, nein. Daran sind aber nicht nur wir schuld. Will ist vorzeitig gegangen.«

»Das habe ich mitbekommen. Trotzdem, die Szene, die du und Lucy abgeliefert habt, hat es definitiv nicht besser gemacht.«

»Es war Lucys Schuld.«

»Ihr seid keine sechs und streitet um Spielzeug, Emma. Beth wollte keine Party. Hat irgendwer sie mal gefragt, ob sie diese Party will?«

»Äh, nein, aber …«

»Wo ist sie?«

»Oben. Ich war noch nicht dort.«

Ich habe in erster Linie nicht nach Beth geschaut, weil ich mich um die Verletzten gekümmert und sichergestellt habe, dass Lucy sich in einen Behälter und nicht auf die weichen Möbelstücke übergibt.

Mum antwortet mir nicht, sondern schüttet eine halbe Flasche Bleiche in die Spüle und beginnt zu schrubben. Das ist typisch für meine Mutter. All ihre Worte sind voller Verurteilungen, sie erwartet und will immer Besseres von und für uns. Das Wort »sollte« ist elementarer Bestandteil ihres Wortschatzes.

»Mach Tee für deinen Freund und für mich. Geht es Joe gut?«

»Ich glaube schon.«

»Du glaubst?«

Ich werfe die Hände in die Luft. »Warum bist du so?«

»Weil es verdammt noch mal ein Uhr nachts ist, Emma.« Ich zucke zusammen. »Und ich habe fünf Töchter, die alle über sechsundzwanzig Jahre alt sind, und trotzdem bin ich immer noch hier, im Schlafanzug, und kümmere mich um sie. Abgesehen von den beiden, die weggezogen sind, sodass ich da nicht auf dem Laufenden bleiben kann, aber du, Lucy und Beth … Es war einfacher, als ihr noch Kinder wart.«

»Tut mir leid, dass wir so eine Belastung für dich sind«, murmle ich. Ich habe keinen Zweifel daran, dass Jag im Wohnzimmer uns hören kann und sich fragt, ob es nicht besser wäre, die Flucht in die Nacht hinaus anzutreten.

»Ihr seid alle alt genug, um bessere Lebensentscheidungen zu treffen. Ich habe keine Ahnung, was ich bei euch falsch gemacht habe.«

»Es tut mir leid, dass wir dich mit unserem fortwährenden Versagen als Erwachsene enttäuscht haben. Redest du über Simon? Es tut mir leid, dass ich so einen fürchterlichen Menschen geheiratet habe.«

Sie rollt mit den Augen. »Du weißt, was ich meine. Du bist ein kluges Mädchen.«

»Scheinbar ja doch nicht *so* klug.«

Zweifellos hat sich meine Familie häufiger gefragt, wie jemand, der jung und gebildet ist, mit jemandem verheiratet bleiben kann, der so toxisch ist. Für sie war nur schwer nachvollziehbar, warum ich so lange an meiner Ehe festgehalten habe. Warum ich mich noch nach der Scheidung selbst geißele. Vielleicht ist der Unterschied der, dass eine Scheidung nichts mit Medizin zu tun hat. Es gibt keine richtigen Antworten oder Methoden, wie man etwas tut, es gibt keine Vorlesung, in die man sich einschreiben und dann die Prüfung mit voller Punktzahl bestehen kann.

»Dreh mir nicht die Worte im Mund um, Emma.«

Ich lasse sie meine Küche putzen und sehe zu, wie sie die Tür zur Waschküche öffnet, als wollte sie sicherstellen, dass Batman nicht noch da drin ist. Das ist er nicht, aber ich entdecke eine Kondompackung am Boden, die meine Mutter zum Glück übersieht. Meine Güte, Lucy. Ich muss diese Handtücher dort noch mal waschen.

Ich mache den Tee fertig und gehe ins Wohnzimmer, um eine Tasse neben Jag abzustellen, der friedlich schläft. Trotzdem prüfe ich kurz seinen Puls für den Fall, dass Lucy ihn doch härter erwischt hat, als wir dachten, und breite dann die Sofadecke über ihn. Ich mag, dass er hier ist. Ich mag, dass er nicht als Boris Johnson zu dieser Party gekommen ist. Während ich die Decke feststecke, gibt meine Mutter mir zu verstehen, dass ich mit ihr nach oben gehen soll. Ich gehorche.

Ist es zu früh, um sich bei Beth zu entschuldigen? Ich bin immer noch etwas sauer, weil sie verraten hat, dass ich mit Stuart Morton geschlafen habe, aber dort oben ist auch ein winziges Baby, nach dem ich sehen sollte. Ich entdecke, dass die Tür zu meinem Schlafzimmer weit offen steht, und es sieht aus, als hätte jemand in meinem Bett geschlafen. Das bedeutet, dass ich noch mehr waschen muss. Hatte jemand Sex in meinem Bett? Ich will es gar nicht wissen.

Ich ziehe das Kleid aus und entdecke mein Abbild im Spiegel. Eine fünfunddreißigjährige Frau in flachen Schuhen, Pluderhosen, einem BH von Marks und Spencer und einer Haube. Was für ein Anblick. Ich nehme endlich die Haube ab und ziehe ein T-Shirt über.

Mum steckt den Kopf ins Zimmer. »Wo ist Beth? Sie ist nicht in Lucys Zimmer.«

»Hast du schon im Zimmer der Mädchen bei Joe geschaut?«

»Natürlich.«

Einen Moment lang stehen wir dort. Ist sie gegangen? Aber ich hätte sie gehört, und sie würde nicht einfach ihr Baby hierlassen. Wir zermartern uns den Kopf, bis mir auffällt, dass die Tür zum Bad abgeschlossen ist. Meine Mum tritt in Aktion.

»Beth? Bist du da drin? Ich bin's, Mum. Ich habe deine Nachrichten bekommen.«

»Mum? Was hat sie eigentlich geschrieben? Geht es ihr gut?«, flüstere ich.

Mum ist nicht sicher, ob sie es mir verraten soll. »Sie klang aufgebracht, und die Hälfte der Nachrichten machte keinen rechten Sinn, aber sie meinte, dass Will weg ist.«

»Das stimmt.«

Sie sieht mich an und klopft noch mal an die Tür. Das Schloss ist nicht besonders komplex, also versuche ich, es mit dem Fingernagel aufzudrehen. Endlich schaffen wir es hinein, und dort liegt Beth in der leeren Badewanne in einem Nest aus Badetüchern wie das traurigste Würstchen im Schlafrock auf der ganzen Welt. Sie hat ihr Handy und eine Flasche mit Kinderschaumbad in Form eines Matrosen im Arm. So hätte man Belle vorgefunden, wäre das Biest am Ende des Films gestorben. Ich fühle mich sofort schuldig. Das ist meine Schuld. Es war ihr Geburtstag, und wir haben einfach diese dumme Party veranstaltet und ihr dann selbst die verdorben. Ich suche den Boden ab und entdecke Tabletten, die wie Pünktchen auf dem Boden verstreut sind. Als Mum sie sieht, erstarrt ihre Miene.

»Sind das …?«

Hastig ziehe ich die Badtücher zurück und setze Beth auf. Beth? Ich steige in die Wanne, um sie in eine aufrechte Position zu bringen.

»Beth? Beth? Komm schon, B…«

Meine Schwester öffnet die Augen und sieht uns verwirrt an. Mom kommt und schlägt ihr auf die Wangen, was die Situation nicht viel besser macht.

»Scheiße, Mum …«, murmelt Beth.

»WAS HAST DU EINGENOMMEN?«

Panik erfasst mich. So schlimm war die Party nun auch wieder nicht. Geht es hier noch um etwas anderes? Unser kleines Hummelchen. In der Grundschule ist sie immer hinter mir hergelaufen, und sie ist einer der nettesten Menschen, die ich kenne. Was hat sie getan? Sie versucht, sich an mir einzurollen und wieder zu schlafen. Wir müssen sie dazu bringen, dass sie sich übergibt. Wir müssen einen Krankenwagen rufen.

»Oh, kriegt euch wieder ein, ihr zwei«, sagt sie, und ihr steigen Tränen in die Augen. »Ich war so scheiße fett und ungeschickt, dass ich ins Bad gefallen bin und alles runtergefallen ist. Ich glaube, das sind Vitamine. Ich habe nichts eingenommen. Tut mir leid, dass ich so eine Sauerei veranstaltet habe.«

»Warum bist du dann im Bad?«

»Nun, zum einen habe ich zwei Lehrer aus meiner Schule in deinem Bett vorgefunden.«

Ich rümpfe die Nase.

»Und weil ich betrunken war und weiß, wie du reagiert hättest, wenn ich mich woanders übergeben hätte …«

Ich umarme sie von hinten. Sie kennt mich zu gut. »Tut mir leid, B. Wirklich …«

Aber Mum weiß Bescheid. Sie legt eine Hand auf Beths Wange, und Beth bricht in Tränen aus. »Geht es dir gut, Liebes?«, fragt Mum.

»Wo ist Joe?«, fragt Beth unter Tränen.

»Er schläft.«

»Will ist nicht zurückgekommen?«, fragt Beth.

Mum schüttelt den Kopf.

»Dann hat er es ernst gemeint«, sagt Beth. »Er ist weg. Er braucht *etwas Abstand.* An meinem Geburtstag.«

»Beth?«, frage ich sie. Mum kann ihr gar nicht recht in die Augen schauen.

»Er muss sich überlegen, was er vom Leben will. Also zieht er aus.«

Was? Will? Oh Beth! Ich halte es kaum aus, und mir steigen Tränen in die Augen. *Nicht du auch noch.* Ich umarme sie fest und spüre, wie ihr Körper an meinem zuckt. Und plötzlich bin ich wieder zurück in meiner Schulzeit, als Beth uns folgte, unsere Frisuren nachahmte, unsere Schultaschen und

Plateauschuhe. Ich erinnere mich noch, dass sie uns eines Nachts zu einem Nachtclub in Kingston folgte. Sie war noch nicht volljährig und hätte gar nicht dort sein dürfen. Ich erinnere mich, wie ich ihr im Club gesagt habe, dass sie gehen soll.

Du gehörst nicht hierher. Geh raus. Ich wollte nicht, dass ihr was passiert. Und jetzt will ich nicht, dass jemand, den ich liebe, das durchmachen muss, was ich durchgemacht habe.

»Kleines Hummelchen. Es tut mir so leid. Wirklich.«

Kapitel zwölf

653 Tage nachdem Simon mit Tampons in den Nasenlöchern das Haus meiner Eltern verließ

Es war 2014. Wir kamen gerade von der St. Catherine's Schule, wo eine Frau namens Irene uns eine private Führung gegeben hatte. Ich hatte noch nie eine Schule wie diese gesehen, nicht nur in Bezug auf die Ausstattung und die Klassengrößen, sondern auch wegen ganz simpler Dinge wie den Flecken smaragdgrünen Grases, die aussahen wie mit der Schere geschnitten. Simon tat, was er immer tat, er stolzierte in einem blauen Anzug herum und flirtete nonchalant mit Irene, indem er ständig ihren Namen sagte und sie am Oberarm berührte. Man sah und hörte Irene an der Wangenfarbe und dem nervösen Kichern an, dass ihr das gefiel.

»Ich glaube, das ist die richtige Schule für Iris. Hast du die Resultate gesehen? Sie sprechen für sich«, sagte er.

Ich blätterte durch den Prospekt mit Bildern von Kindern verschiedener Hautfarben, die in ihren Karoröcken und mit Monogrammen bestickten Strickjacken herumtollten. Dann fand ich die Seite mit den Gebühren.

»Das ist eine Menge Geld. Außerdem müssen wir mit bedenken, dass Violet in einigen Jahren auch dran ist.«

»Lebst du gerade wieder deine sozialistische Seite aus?«

Simon sagte das so süffisant. Er kam aus einer betuchten Familie, war in dem schicken Palast von Westminster unterrichtet worden und hatte eine private Prep School besucht, deshalb hatte Bildung für ihn keinen Wert, wenn es keine Blazer und ausschweifenden Rugby-Ausflüge gab.

»Ich denke nur praktisch. Für mich und meine Schwestern hat das staatliche System gut funktioniert.«

Er antwortete nicht. Es war, als hätte er mich gar nicht gehört.

»Es ist nicht so, als hätten wir das Geld nicht, Emma.«

»Ja, aber ich denke auch an die Zukunft, an die Uni, und wie wir in sie investieren können.«

»Eben.«

»Ich habe nur das Gefühl, dass wir sie von einem ganzen Teil der Gesellschaft isolieren, wenn wir sie hierherschicken. Ich will nicht, dass sie mit einem silbernen Löffel im Mund aufwachsen.«

»Also so wie ich?«

Es wurde still im Auto. Wir führten diese Diskussion schon seit Monaten. Simon hatte staatliche Grundschulen in der Gegend besucht und die Nase gerümpft. Ich hatte einen Prospekt über Internate buchstäblich durch die Küche geworfen.

»Nun, wir müssen uns bis zum Ende der Woche entscheiden, denn sie halten uns den Platz nur bis dahin frei.«

Ich antwortete nicht. Unser Auto saß auf der Richmond Bridge im Stau fest, und ich sah zu, wie die Lichter über den Fluss tanzten und eine Bahn voller Menschen auf dem Weg von der Arbeit vorbeischoss. Ich wollte, dass meine Mädchen so wurden wie ich. Ich fand nicht, dass das etwas Schlimmes war. Etwas Schlimmes wäre es, wenn sie werden würden wie Simon. Selbst damals wusste ich schon, dass er Eigenschaften hatte, von denen ich hoffte, dass sie sie nicht erben würden: die Arroganz, die Neigung zum Lügen. Aber ich wusste nicht, wie ich das aussprechen sollte. Ich wusste nicht, wie ich ihm irgendetwas kommunizieren sollte. Simon wurde immer frustrierter, weil sich auf der Brücke nichts bewegte, und hämmerte aggressiv auf die Hupe.

»Das wird helfen«, sagte ich.

Er wirkte gekränkt, als wäre die Verkehrslage meine Schuld. »Haben wir Tabletten im Auto? Ich bekomme gerade Kopfschmerzen.«

Ich wühlte im Handschuhfach und in meiner Handtasche. Nichts. Ich löste den Gurt und beugte mich nach hinten, um im Kartenfach zu schauen. Sobald meine Hand ihn berührte, wusste ich es. Ich holte ihn raus. Ein Damenslip. Er gehörte nicht mir. Ich steckte ihn zurück. Am nächsten Tag holte ich ihn raus und warf ihn in den Müll. Ich redete mir ein, er wäre nie da gewesen. Ich sagte nichts. Auch zwei Wochen später, als Simon mir sagte, er habe eine Anzahlung für die Schule geleistet, unternahm ich nichts. Es gab keine Option auf Rückerstattung. Wenigsten einer von uns habe das Wohl der Mädchen im Sinn, sagte er mir.

»Aber ihr redet miteinander. Das ist schon mal ein guter Anfang.«

»Ja, wenigstens ist er kein totaler Arsch«, antwortet Beth über das Telefon. Ich spüre, dass sie den Satz eigentlich mit »wie Simon« beenden möchte.

Arme Beth. Das neue Baby hat die Beziehung zwischen ihr und Will verändert, und der Druck von Arbeit, Leben und schlaflosen Nächten hat etwas in ihren Köpfen in Bewegung gesetzt. Will ist nicht ganz weg. Er verharrt in der Ferne und wohnt bei seinem Bruder. Wenn wir Schwestern im Moment im Privaten über ihn reden, dann nur zornig und mit Schimpfnamen. So was tut man unserem Hummelchen nicht an. Wer eine von uns verletzt, verletzt uns alle. Aber da ich die einzige Schwester bin, die etwas Ähnliches durchgemacht hat, ermuntere ich sie.

»Warum klappern deine Zähne?«, will sie wissen.

»Weil ich draußen in der Kälte stehe.«

»Einfach nur so?«

»Ich warte auf Simon. Es ist Elternabend.«

»Dann warte in der Schule.«

»Das kann ich nicht, weil Simon will, dass es aussieht, als wären wir zusammen gekommen, also muss ich am Tor warten, damit wir im gleichen Auto reinfahren können.«

»Und warum hat er dich dann nicht zu Hause abgeholt?« Ich höre die Verwirrung in Beths Stimme.

»Weil ich dann eine volle halbe Stunde mit ihm im Auto hätte sitzen müssen, und ich glaube, das ertrage ich nicht.«

Beth muss es nicht aussprechen. Ich habe ihm Macht über mich gegeben. Ich bin diejenige, die in der Kälte steht. Ich hätte diejenige sein können, die fährt, und er derjenige, der hier steht. Ich hätte die Kraft aufbringen und mit ihm im Auto sitzen, es jedoch zu einer unangenehmen Erfahrung für ihn machen sollen. Aber nein. Stattdessen stehe ich da und verstecke mich jedes Mal, wenn ein Auto kommt, zwischen den Bäumen, damit mich niemand am Schultor rumlungern sieht und Fragen stellt. Beths Schweigen beinhaltet auch Erleichterung, dass die Lage zwischen ihr und ihrem Will noch nicht mal annähernd so kompliziert ist.

»Bist du okay, B?«, frage ich sie.

»Nun, ich habe es aus der Badewanne geschafft. Ein Tag nach dem anderen.«

»Dir wird es glänzend gehen, Kleine. Ich muss jetzt weg.«

Sie lacht. »Glänzend?«

Ich lächle, als mir klar wird, dass ich das von Jag übernommen habe. »Wir haben alle glänzende Aussichten. Ich hab dich lieb, B.«

»Sei stark, Ems.«

Sie legt auf. Meine Schwestern sagen so was oft zu mir. Sie schicken mir das Emoji mit dem angewinkelten starken Arm. Wollen sie, dass ich emotional stark bin? Oder soll ich Simon wirklich eine reinhauen? Ich nehme an, Letzteres. Tief drin weiß ich, dass das bei Beth nur eine kleine Krise ist. Wie bei Meg mit ihrem Danny oben im Norden. Sie hat sich mittlerweile von ihrem Sexspielzeug-Trauma erholt. Hin und wieder darf es in einer Beziehung auch ein Tief geben. Es ist gut, Probleme offenzulegen und die Stabilität der Basis einer Beziehung zu hinterfragen, aber ich weiß, dass für meine Schwestern alles gut wird. Meine Basis war immer schon undicht und voller tiefer Risse. Ich habe nur einfach so getan, als wären sie nicht da. Habe den Teppich etwas verschoben, damit niemand sie sehen konnte.

Simons Range Rover fährt nicht mal an den Rand. Er bleibt buchstäblich mitten auf der Straße stehen, sodass ich rüberrennen muss, damit er nicht den Verkehr behindert. Ich klettere hinein.

»Emma.«

»Simon.«

Wir haben noch nicht über Susie und ihre Schwangerschaft gesprochen. Als ich ihn damit konfrontiert habe, ging er einfach. Es geht mich scheinbar nichts an. Aber das tut es. Das ist ein neues Geschwister für meine Töchter, und ich muss einschätzen können, ob sie Gefahr laufen, durch eine neue Familie ersetzt zu werden. Denn Simon hat nur gut ein Jahr gebraucht, um mich zu ersetzen. Oder vielleicht war sie immer schon da. Aber ich wollte nicht, dass das meinen Mädchen passiert, schließlich hatte ich ihr Wohl im Sinn, um mit seinen Worten zu sprechen.

Er fährt auf die kurvige Auffahrt zur Schule zu, und wir schweigen uns an. Simon lässt sein Auto regelmäßig reinigen, deshalb ist es immer makellos, während in meinem Kleinmädchenschuhe und Bonbonverpackungen herumfliegen. Im Radio läuft irgendein Sport-Event, und als wir endlich anhalten und parken, lässt er den Motor noch etwas laufen, um das Ende mitzubekommen. Ich glaube, es hat irgendwas mit Golf zu tun.

»Oh, übrigens ... ich habe gehört, Violet hat ihren ersten Zahn verloren?«, fragt er mich.

»Ja?«

»Warum habe ich das über Facebook erfahren?«

»Muss ich dir jedes Mal Bescheid sagen, wenn eine unserer Töchter einen Zahn verliert?«

»Ja. Es wäre nett, wenn du mich über gewisse Schlüsselmomente informieren würdest. Ich bin schließlich ihr Vater.«

»Leider bin ich mir dieser Tatsache nur allzu bewusst.«

Er wirft mir einen finsteren Blick zu. *Ich kann auch gerne dir ein paar Zähne ausschlagen, wenn dir das lieber ist.* Wir steigen aus dem Auto, und er mustert mich einmal von oben bis unten, um sicherzustellen, dass ich auch präsentabel genug bin, um an seiner Seite zu wandeln. Ich komme direkt aus der Arbeit, also trage ich eine gute Hose und kleine Absätze. Er hat sich für einen glänzenden dunkelgrauen Anzug entschieden, den ich ihm irgendwann mal gekauft habe. Die grüne Krawatte in der Farbe von Erbsenpüree ist jedoch ein Fehler, aber das spreche ich nicht laut aus. Wir laufen den kurzen Weg zum Schultor, und ich beobachte ihn aufmerksam. Gleich geht es los, oder? Wir entdecken die Direktorin, Mrs. Buchanan, an der Tür. Und … Kamera läuft!

Simon hat die seltsame Angewohnheit, in der Öffentlichkeit so zu tun, als hätte unsere Scheidung nie stattgefunden. Dann entspannt sich sein ganzer Körper, und er rückt näher zu mir. Heute hat er sogar eine Hand auf meinen Rücken gelegt. Es ist alles Teil der Scheidungsspielchen, weil er weiß, dass ich ihm zu jedem anderen Zeitpunkt kräftig in den Arsch treten, einen Bodyslam verpassen und die Finger brechen würde, wenn er mich anfasst. Es geht einzig um die Show. *Ich bin nicht der Böse hier, ich bin so ein netter Kerl. Wie konnte sie sich nur von jemandem scheiden lassen, der so ein Gentleman ist? Und sehen Sie sich nur ihre verkniffene Miene an. Es ist ja wohl offensichtlich, dass alles ihre Schuld ist.* Es verwirrt mich jedes Mal wieder, wie mühelos er in diese Rolle schlüpft. Er hätte Schauspieler werden sollen.

»Mrs. Buchanan, schön, Sie zu sehen!« Er ergreift ihre Hand und schüttelt sie energisch. Dann sieht er mich auffordernd an, es ihm gleichzutun, ein überhebliches Grinsen auf dem Gesicht.

»Mr. und Mrs. Chadwick, willkommen!«

Ich überlege kurz, richtigzustellen, dass ich wieder den Namen Callaghan trage, aber das würde nur für eine von Anfang an angespannte Stimmung sorgen.

»Viel los heute?«, frage ich.

»Wie immer. Aber es ist so eine großartige Gelegenheit, mit unseren Eltern in Kontakt zu treten und diese ganz besondere Beziehung zu entwickeln, die unsere Schulgemeinschaft prägt.«

Mrs. Buchanan hat voluminöses buschiges Haar wie Bonnie Tyler in den Achtzigern und spricht, als würde sie aus einer Werbebroschüre vorlesen.

»Sie haben ja so recht«, antwortet Simon und versucht, dabei aufrichtig zu klingen. Meine Güte, er ist so peinlich.

Zwei Lakaien in Uniformen erscheinen.

»Horatio, Yi Lin, bitte zeigen Sie den Chadwicks den Weg zum Getränkeempfang.«

Sie nicken synchron, und der Junge streckt die Arme aus wie ein Kellner, der uns unseren Tisch zeigen will. Wir folgen ihnen durch die weiträumigen Flure der Schule zur Haupthalle. Das ist die eine Sache, die ich an dieser Schule mag: Sie erinnert mich an Hogwarts, mit all den gravierten Türschildern und den sepiagetönten Fotos erfolgreicher Sportmannschaften. In der Halle drängen sich Eltern, die auf ein Treffen mit bestimmten Lehrern warten. Es ist jedes Jahr das Gleiche. Wir machen einen großen Bogen um die Leute vom Lehrer-Eltern-Ausschuss, die versuchen, uns Tombolalose zu verkaufen, und um die Schalen mit Chips, wegen der fragwürdigen Hygiene.

»Rot oder weiß?«, fragt eine Frau mit Schürze.

Und das hier ist, wie ich Elternabende überlebe. Der Flasche nach ist es auch ein ganz guter Wein, und ich überlege, dass dafür ein ordentlicher Teil unserer Schulgebühren draufgeht.

»Oh, ich habe morgen früh eine OP, deshalb für mich bitte nur O-Saft«, sagt Simon.

Die Frau, die aussieht, als hätte sie noch einen Nebenjob bei *Downton Abbey*, lächelt. Oh, ein Chirurg, und noch dazu so gut aussehend. Er musste das erwähnen, oder? Er hätte auch gleich seinen Penis rausholen und ihn dort auf den Servierwagen knallen können.

»Rot, bitte«, sage ich.

Ich nehme mein Glas entgegen und folge Simon in eine Ecke des Raums. Es ist praktisch ein Wartebereich ohne die übliche Hintergrundmusik. Der Gedanke dahinter ist, dass alle Eltern zusammenkommen und so eine Art Partystimmung entsteht, aber in Wirklichkeit ist es eher wie ein merkwürdiges Familientreffen. So schrecklich es klingt, alles teilt sich hier in Cliquen auf: Leute, die sich seit Jahren aus diversen Elterngruppen kennen, der internationale Expat-Trupp, der unter sich bleibt, die Eltern, die Klatsch über sich gebracht und sich dadurch zu Geächteten gemacht haben, diejenigen, von denen man weiß, dass sie sich regelmäßig zum Brunch und zum Skifahren treffen.

Jemand klopft mir auf die Schulter, und als ich mich umdrehe, steht Leo vor mir. Er wirkt etwas belämmert, und Simon mustert ihn misstrauisch.

»Leo.« Ich küsse ihn auf die Wange, weil ich weiß, dass das Simon noch mehr aufregt. »Das ist Simon, mein Exmann. Leo ist Freyas Dad. Freya …«

»… geht in Violets Klasse?«, beendet Simon meinen Satz herablassend.

Leos Gesichtsausdruck sagt alles. *Ich dachte mir schon, dass du ein Arsch bist, und du bist tatsächlich einer.*

»Also, ich wollte mich nur wegen der Party entschuldigen. Ich habe dir das Kleid versaut und mich fürchterlich benommen, und dann die Sache mit deiner Schwester, aber ich wollte nicht, dass du denkst, dass …«

Ich merke, dass Simon die Ohren spitzt. Er wusste nichts von der Feier, und ich wollte es ihn auch nicht wissen lassen. Allerdings könnte es lustig sein, ihn im Ungewissen zu lassen.

»Kein Problem. Wir waren alle betrunken und haben Sachen gemacht, die wir besser gelassen hätten. Alles gut.«

»Da bin ich froh. Übrigens: Ich habe meine Maske verloren. Sie müsste noch bei dir sein.«

Simon wirkt jetzt leicht überrascht. *Was für eine Party hattest du, dass dort Masken getragen wurden?*

»Bist du allein hier?«, frage ich Leo.

»Oh, ich darf heute Abend nur nicht bei ihr stehen.« Er gestikuliert in Richtung seiner Exfrau Faith, die neben Pony-Party-Leah steht. Sie tun so, als hätten sie uns nicht beobachtet, und schauen schnell in eine andere Richtung.

»Leo und seine Frau Faith sind ebenfalls geschieden«, erkläre ich Simon.

»Oh.«

Ich weiß, wie sehr Simon es hassen wird, dass ich das S-Wort laut ausspreche. »Diese Frau da neben Faith. Kennst du sie, Emma?«, fragt Simon.

»Ihr Name ist Leah, warum?«

Meine Güte, er hat auch mit ihr geschlafen, oder? Ich weiß bereits, dass er mit mindestens einer anderen Mutter geschlafen hat. Er hat sie bei einer Sportveranstaltung getroffen, und sie haben die ganze Zeit bei Gratisdrinks geflirtet, während wir zusahen, wie Schaumstoffspeere durch die Luft segelten. Als wir beim Eierlauf angelangt waren, hätte er sie auch gleich besteigen können. Ihr Mann war wutentbrannt davongestürmt. Zwei Wochen später schickte mir besagter Ehemann Bilder der beiden, wie sie ein Holiday Inn verließen. Das war ein guter Tag.

»Sie ist die Ponyfrau. Sie hat mir eine Rechnung für die Party gestellt, auf der Violet war.«

Das ist Leo neu. »Sie hat dir eine Rechnung gestellt? Wofür?«

»Weil Violet nicht die ganze berechnete Zeit geritten ist«, antwortet Simon.

Leo wirkt fassungslos. »Das ist unverschämt!«

»Und auf der Party selbst war sie auch ziemlich unausstehlich. Hat sie dir auch eine Rechnung geschickt?«, frage ich. »Ich dachte, Lucy hat ihr die Meinung gesagt.«

Simon wirkt nicht überrascht, aber er schweigt, und ich weiß genau, was er getan hat.

»Du hast bezahlt, oder?«, frage ich ihn.

»Es waren ja nur zwanzig Pfund.«

»Ich wünschte nur, du hättest vorher mit mir darüber geredet.«

»Es ist ein kleiner Preis dafür, Drama zu vermeiden, oder?«

Ich sehe ihn an, und er zuckt mit den Schultern. Für mich geht es bei der Sache ums Prinzip. Aber ich rede hier mit Simon; Prinzipien waren nie seine Stärke. Ich schüttle den Kopf, während Leo uns beobachtet.

»Würde es helfen, wenn ich von etwas Niederträchtigem erzähle, das Faith diese Woche getan hat?«, murmelt er.

»Gerne doch.«

»Sie hat mich dazu gezwungen, all unsere Kreditkarten- und Kreditschulden abzubezahlen, weil wir sie in meinem Namen aufgenommen haben.«

»Autsch.«

»*Lass uns noch einen Urlaub auf die Karte setzen, Leo. Wir brauchen ihn. Außerdem brauchen wir dieses verkupferte Waschbecken und die sechseckigen Fliesen im unteren Bad.*«

»Das tut mir leid.«

»Nun, es ist, wie es ist. Ein Mann kann sich ewig von Reis und Bohnen ernähren, oder?«

Er blickt hinüber zu Faith. Ich kenne diesen Blick. Es ist pure Verzweiflung darüber, dass alles so verdammt kompliziert sein muss.

Der junge Horatio taucht vor uns auf. »Mrs. Westlake hat jetzt Zeit für Sie.«

»Viel Glück, Kinder«, murmelt Leo, und ich ziehe eine

Grimasse und gebe ihm mit einer Geste zu verstehen, dass dieser ganze Abend pure Folter ist, die wir uns selbst zufügen. Ich habe seine Maske. Ich werde sie ihm in einer Tasche der Schule zurückgeben, aber vielleicht besser nicht über Lucy. Ich stürze meinen Wein hinunter und nehme mir auf dem Weg hinaus ein neues Glas. Bring es hinter dich. Erst Violets Lehrerin und gleich danach die von Iris. Lächeln und atmen.

Simon fällt kurz aus der Rolle, als wir über den Parkettboden der Schule laufen. *Wer ist Leo? Ich kannte diesen Mann nicht. Du hast eine Party gefeiert. Und er war dort und hatte eine Maske auf.* Unterdessen bin ich immer noch fassungslos, dass er diese schreckliche Schultormutter bezahlt hat. Ich hoffe, er rutscht auf diesem Boden aus und verstaucht sich den Knöchel oder so etwas. Wie erwartet dauert es jedoch nicht lange, bis er seine Show fortsetzt.

»Mrs. Westlake! Schön, Sie wiederzusehen!«, sagt er mit erhobenen Armen.

Ich habe kein Problem mit Mrs. Westlake. Sie ist eine ältere Lehrerin, die gerne Freizeithosen und vernünftige Mokassins trägt, und wir kennen sie, weil sie zwei Jahre zuvor Iris unterrichtet hat. Als wir das Klassenzimmer betreten, verbeugt sich Horatio ehrerbietig, und als er sich umdreht, um zu gehen, frage ich mich, ob ich ihm Trinkgeld geben sollte. Ich schließe mich Simons überschwänglicher Begrüßung nicht an, aber da ich ein Glas Rotwein als Gesellschaft habe, proste ich ihr stattdessen einfach zu, was, wie ich fürchte, einen Anflug von Cersei Lannister an sich hat.

»Gut sehen Sie aus«, sagt Simon.

Ich glaube, ich muss mich gleich übergeben. Ich verberge gar nicht erst, wie genervt ich bin, vor allem, als er sich möglichst breitbeinig auf einem Plastikstuhl niederlässt.

»Es ist immer schön, ein Chadwick-Mädchen in der Klasse zu haben. Violet ist eine besondere Freude.«

Wir lächeln beide.

»Sie spricht viel über Sie. Sie scheint sich gut eingelebt zu haben«, sage ich.

Simon nickt. Fairerweise muss ich zugeben, dass ich ihn immer noch für einen akzeptablen Vater halte, der sich aktiv am Leben seiner Kinder beteiligt. Ich habe seine Unterschrift im Lesetagebuch gesehen ebenso wie seine Versuche, ihnen bei den Hausaufgaben zu helfen. Sie öffnet ein paar Hefte, und was wir sehen, ist typisch Violet. Iris ist ordentlich und präzise. Wenn sie einen Fehler macht, dann streicht sie alles durch, und sie unterstreicht Sachen mit einem Lineal und lauscht Anweisungen aufmerksam. Violet ist wilder. Kein Lineal. Wenn etwas nicht funktioniert, dann streicht sie es mit einem riesigen X aus, und ihre schnörkelige Handschrift ist mit Kritzeleien unzähliger Katzen umgeben.

Ich sehe mich im Klassenzimmer um, während Mrs. Westlake über den Notenschnitt der Klasse spricht. Das Motto der Schule ist, zur Schau zu stellen, wie klug und gebildet die Kinder hier sind. Sehen Sie sich nur die Kupferstiche von ihrer Handschrift, ihre Interpretationen von Van-Gogh-Bildern und unsere Sprachenecke an, wo sie alle auf Französisch niederschreiben sollten, was sie mögen. Ich entdecke den Beitrag meiner Tochter. *J'aime les chats et la glace au chocolat.* Ich hoffe, das wird ihr eines Tages nützlich sein, wenn sie nach Paris reist und auf ein erstes Date mit einem Franzosen geht.

»Also, was sollen wir tun, damit Violet auch diese Bestnoten erreicht? Vielleicht Nachhilfe?«

Ich habe ein wenig den Faden der Unterhaltung verloren und versuche herauszufinden, worum es gerade geht.

»Möglicherweise für Mathe, damit sie das ein oder andere Konzept etwas besser verinnerlichen kann.«

Etwas verwirrt sehe ich Simon an.

»Äh, ich glaube nicht, dass das nötig ist, oder? Sie ist doch erst sechs Jahre alt.«

Simon wirft mir einen scharfen Blick zu. *Reiß dich zusammen, Emma.*

»Mittwochnachmittag bieten wir einen Förderkurs an. Der würde möglicherweise helfen.«

Als ich noch jung war, hatten Nachmittagsveranstaltungen mit Spaß zu tun. Es ging um Tanzen, Baseball-Caps im Partnerlook oder Schokoladenkekse in der Brotdose.

»Ist das kostenlos?«, frage ich. Simon ist sichtlich entsetzt darüber, dass ich diese Frage stelle.

»Der Kurs kostet fünfzehn Pfund pro Veranstaltung.«

Meiner Meinung nach sollte dies ein Elternabend und keine Verkaufsveranstaltung sein.

»Dann denken wir darüber nach. Möglicherweise holt sie auch einfach so im Laufe des Jahres auf«, sage ich.

»Möglicherweise«, antwortet die Lehrerin, greift in ihre Mappe und reicht Simon ein Formular. Clever.

»Darüber hinaus zeigt Violet großes Interesse für Sprachen und Kunst. Ihre Bilder sind eine reine Freude.« Sie holt etwas aus einer Mappe. Es ist ein Familienbild, aber eines, auf dem eine ganze Menge Leute abgebildet sind. Mrs. Westlake atmet tief durch. »Ich weiß, dass sich Ihre Familiensituation verändert hat, seit ich Iris unterrichtet habe, aber dieses Bild zeigt mir, dass Violet den Veränderungen positiv begegnet.«

Das ist ein ziemlich gewagtes Statement, und Simon nimmt es nicht gut auf. *Sie sollen meine Tochter unterrichten, nicht psychoanalysieren.* Ich bin durchaus dankbar dafür, dass sie sich in einem etwas weiteren Sinne um meine Tochter kümmert. Genau darum habe ich mir Sorgen gemacht. Wie kommt Violet mit der Situation zurecht? Ich betrachte das Bild.

»Hat sie in der Schule viel darüber geredet?«, frage ich vorsichtig. »Eine Mutter hat neulich etwas zu mir gesagt, und ich habe mir Sorgen gemacht, dass sie vielleicht in der Schule traurig war.«

»Welche Mutter? Davon hast du gar nichts erzählt«, sagt Simon.

»Diese Mum von der Ponyparty«, sage ich bissig. Die, die du bezahlt hast, als würden wir ihr eine Lizenz geben, unsere kleine Tochter zu belächeln und zu verurteilen. Gut gemacht.

Mrs. Westlake sieht uns an. »Nicht dass ich wüsste. Ich kenne sie erst seit wenigen Monaten, aber ich kann gerne andere fragen. Im Unterricht ist sie aufmerksam, aufgeweckt und sehr hilfsbereit. Sie können beide stolz auf sie sein.«

Simon und ich sehen uns einen kurzen Moment lang an. Wir haben uns beide bemüht, unseren Töchtern gerecht zu werden.

»Und wenn die Situation innerhalb einer Familie sich verändert, dann ist es gut, wenn ich davon erfahre, damit ich sie verstehen kann. Ich höre Namen, also versuche ich jetzt einfach mal, daraus ein Bild zusammenzusetzen. Sie erwähnt eine Tante Lucy?«

Ich winde mich innerlich und frage mich, in welchem Kontext Luce erwähnt wurde.

»Das ist meine Schwester. Die, die Smilies in ihr Hausaufgabenheft malt. Ich entschuldige mich dafür.«

Sie lächelt. »Und Mr. Chadwick, sie spricht von Ihrer neuen Partnerin und von Oliver.«

Simon ist sichtlich verärgert. Sie haben dem Baby schon einen Namen gegeben? Ich habe davon gehört, dass manche Menschen so was machen, aber ich war da immer etwas vorsichtiger. Als Medizinerin habe ich gesehen, wie solche Geschichten enden können, deshalb wollte ich meine Babys erst sehen. Es ist allerdings interessant zu hören, dass Susie vielleicht schon weiter ist, als ich dachte. Was sagt mir das? Ich kann nicht fassen, dass die Mädchen bereits in der Schule darüber gesprochen haben. Werde ich ihr jetzt ein Geschenk kaufen müssen? Simon scheint jedoch nicht mit der emotionalen Aufrichtigkeit dieses Gesprächs umgehen zu können. *Na komm schon, Simon. Sag ihr, dass es sie nichts angeht, wie du es bei mir getan hast.*

Er ist etwas blass geworden und betrachtet das Bild genauer. Ich sehe ebenfalls hin. Es ist eine typische Kinderzeichnung. Gras und Himmel sind farbige Streifen oben und unten, und wir sind so groß wie die brokkoliähnlichen Bäume. Lucy ist gekleidet wie eine riesige Fee, und ich trage das Kleid von meinem ersten Date mit Jag. Ich muss lächeln, weil es wirklich genau wie ein Krankenhauskittel aussieht. Wir stehen alle in einer langen Reihe zwischen zwei Häusern. Ist es schmerzhaft, das zu sehen? Ein Teil von mir denkt, dass Mrs. Westlake recht hat. Die Landschaft hat sich verändert, aber da ist keinerlei Traurigkeit. Bezeichnend ist, dass Simon, die Mädchen und ich im Vordergrund stehen und alle anderen Leute am Rand in ihren eigenen Häusern sind. Ich entdecke eine sehr schwangere Susie – die arme Frau sieht aus, als hätte sie einen Basketball verschluckt. Und dann einen kleinen Jungen, der neben ihr steht.

»Und ich glaube, Ihr Sohn Oliver fängt auch bald hier an, das ist so wundervoll.«

Wer? Meine Brust hebt und senkt sich langsam. Ich nehme einen großen Schluck Wein. Ich bin mir ziemlich sicher, dass sie hier keine Föten aufnehmen, es sei denn, es gibt irgendein pränatales Förderprogramm, von dem ich nichts weiß. Simon sieht mich an. Fleht mich stumm an mitzuspielen.

»Hilf mir kurz auf die Sprünge, Simon, wie alt ist Oliver noch gleich?«, frage ich.

»Er ist vier«, flüstert er.

Ich schenke Mrs. Westlake ein Lächeln. Eigentlich macht es keinen Unterschied. Er hat mir in den Jahren unserer Ehe alle möglichen Dinge verheimlicht, also tut er es auch nach der Scheidung. Aber ich frage mich wirklich, wann das aufhört. Wann wird es aufhören, dass er Macht über mich hat. Wer ist dieses Kind? In welcher Beziehung stehen sie? Atmen, Emma.

»Nur schade, dass er nicht die alten Uniformen der Mädchen auftragen kann«, füge ich hinzu.

Simon lacht etwas zu laut und schaut mir in die Augen. *Ich habe viele Jahre gute Miene zum bösen Spiel gemacht, Chadwick.* Er glaubt, er sei ein guter Schauspieler, aber ich bin besser.

Kapitel dreizehn

659 Tage nachdem meine Mum Simon mitgeteilt hat, sie wünschte, sie hätte ihm den Penis und nicht die Nase gebrochen

Sein Name ist Oliver Charles Chadwick. Er hat den zweiten Vornamen und Nachnamen seines Vaters und ist 2015 geboren. Das war zwei Jahre bevor ich beschlossen habe, mich von Simon scheiden zu lassen, und ganz egal, wie man es auch dreht und wendet, da *ist* eine zeitliche Überschneidung. Als meine Mutter ihm an Weihnachten 2017 ins Gesicht boxte, hatte er bereits einen zweijährigen Sohn. Den heiligen Gral, nach dem er immer gesucht hat, jemanden, der den Familiennamen weitertragen würde.

Simon liebt seine Töchter, aber ich hatte immer das Gefühl, dass er dringend einen Jungen wollte. Als ob sich sein eigener Machismo darüber definierte, einen Menschen mit Penis zu schaffen. Sein Sohn war zu diesem Zeitpunkt zwei Jahre alt. War Oliver das Resultat eines One-Night-Stands? Ist Simon nach dem Schlag meiner Mutter zu ihnen gegangen? Wann hat er sein Kind zum ersten Mal gesehen? War er bei der Geburt dabei? Woher wusste er, dass es seins war?

Ich stelle mir eine Miniversion von Simon vor, eine Babyversion mit kleinen Chino-Hosen und braunen Wildlederschuhen. Vielleicht ist ja alles meine Schuld. Ich bin in einer riesigen Familie aufgewachsen und weiß, was das bedeutet, aber es meiner Mutter gleichzutun und drei weitere zu bekommen wäre in diesen Zeiten absoluter Wahnsinn. Allein die Wasserrechnung würde uns ruinieren. Außerdem wollte ich meine Karriere wieder in Gang bringen. Also habe ich deutlich gesagt, dass ich aufhören will. Simon, der ein Einzelkind war, versuchte Monat um Monat, mich zu überreden, aber ich war fest entschlossen. War das mein Fehler? Dass ich ihm eine weitere Leibesfrucht verwehrt habe?

Ich sitze in meinem Büro und starre auf die Themse hinaus. Ich war in seiner Wohnung – sie wohnt definitiv nicht bei ihm, auch der kleine Oliver nicht. Wo also sind sie? Ich kehre an meinen Schreibtisch zurück. Möglicherweise habe ich es mit meinen Nachforschungen etwas übertrieben. Meine persönliche Social-Media-Queen Lucy hat geholfen, aber Maddie hat sich so richtig ins Zeug gelegt. Sie hat Freunde von Freunden gefragt und ist wirklich tief vorgedrungen. Sie konnte sogar herausfinden, dass Susie ihr Kind im St. Thomas nebenan geboren hat. Wir haben ein paar Beweise für Olivers Existenz über Verwandte in den sozialen Medien aufgestöbert, aber auf Susies Profil kommt er nicht wirklich vor, also vermute ich, dass er geheim gehalten wird. Und allein deshalb habe ich nichts als Mitgefühl für das arme Kind.

»Hast du was gegessen? Iss einen Keks.« Maddie betritt den Raum mit Teetassen und frisch getippten Notizen in den Händen. Ich erwache aus meinem seltsam katatonischen Zustand und sehe sie an. Sie sieht die Papiere auf dem Tisch, eine seltsame Mischung aus Fotos und einem Artikel über den Pflegepreis, der Susie 2015 verliehen wurde. Auf den Fotos sieht sie aus wie mindestens im sechsten Monat.

»Oh, Liebes, vielleicht packst du das mal für eine Weile

weg. Hast du dir schon überlegt, was du als Nächstes tun willst?«, fragt sie.

Ich schüttle den Kopf. Simon hat es mir gegenüber ja noch nicht einmal zugegeben. Nach dem Elternabend habe ich ihn im Flur stehen lassen. Ich wollte nicht mit ihm ins Auto steigen oder auch nur Auf Wiedersehen sagen. Er hat mir noch nicht mal eine Nachricht geschrieben oder angerufen. Ich musste all das auf eigene Faust herausfinden. Mal wieder. Ich musste sogar ganz vorsichtig meine Töchter ausfragen. *Habt ihr Oliver schon getroffen? Ja, er ist Susies kleiner Sohn.* Mehr wissen sie nicht. Sieht er meinen Mädchen ähnlich? Ich meine, das alles ist keine Überraschung, wenn man bedenkt, was Simon sich sonst so geleistet hat, aber es ist ermüdend, mich durch seinen Betrug wühlen zu müssen, um herauszufinden, wie tief er geht.

»Er gibt mir das Gefühl, neugierig zu sein, obwohl es mich nichts angeht. Aber es geht mich etwas an, oder?«

»Ems, das ist klassisches Simon-Verhalten. Er gibt dir das Gefühl, dass du etwas falsch gemacht hast, und bringt dich dazu, dich anzuzweifeln. Natürlich geht es dich etwas an, es hat Einfluss auf die Mädchen und ihre Lebenssituation. Die Tatsache, dass er dir Susie noch nicht vorgestellt hat, ist grotesk.«

Ich zucke mit den Schultern.

»Als ich mit Mark zusammengekommen bin, hat er mich als Erstes seiner Ex vorgestellt, und wir haben uns gemeinsam überlegt, wie wir seine Söhne am besten großziehen.« Sie stellt einen Teller Vollkornkekse vor mir ab. »Bitte iss was«, sagt sie und setzt sich auf mein Sofa, um weiter ihre Akten zu sortieren.

»Kann ich dich etwas Persönliches fragen?«, will ich wissen. »Über Mark und seine Scheidung.«

Sie blickt von ihrer Arbeit auf. Hin und wieder hat sie mir Details über ihre Beziehung erzählt, aber den Rest habe ich mir einfach erschlossen.

»Seine Ex. Versteht ihr euch? Wie ist sie so?«

»Claire? Sie ist … speziell.«

»Speziell gut oder speziell schlecht?«

Sie verzieht das Gesicht. »Wir kommen gut miteinander aus. Aber wenn wir, sagen wir mal, vor einer Horde Zombies davonrennen würden, dann glaube ich nicht, dass sie mir helfen würde.«

»Was würde sie stattdessen tun?«

»Sie ist der Art Mensch, der mir ein Bein stellen und mich als Kanonenfutter benutzen würde, damit sie bessere Chancen hat, zu entkommen.«

»Und deshalb hat Mark sich von ihr scheiden lassen?«

Sie lacht. »Das, und weil sie einen Klempner namens Kim gevögelt hat.« Sie sieht mir an, dass sich die Rädchen in meinem Kopf drehen. »Wenn du Susie jemals begegnest, muss sie nicht deine beste Freundin werden. Claire ist definitiv nicht meine, aber du kommst einfach an einen Punkt, an dem du akzeptierst, dass diese andere Person Teil deines Lebens ist, und dann bemühst du dich um der Kinder willen, dass alles funktioniert. Und ich liebe diese Kinder wie meine eigenen. Sie sind meine Bonusmenschen. Ich würde alles für sie tun. Und jetzt trink deinen Tee.«

Ich gehorche und kehre an meinen Schreibtisch zurück, während ich über ein mögliches Treffen mit Susie nachdenke. Wie würde das ablaufen? Ich glaube, ein Indoor-Spielplatz wäre vermutlich der beste Ort, weil es dort gepolsterte Kanten gibt, sollte es zu einem Handgemenge kommen. Und ich könnte Lucy überreden, dass sie sich im Bällebad versteckt und einen Überraschungsangriff startet, sollte es nötig werden.

»Egal, aber wenn ich schon mal hier bin … Wie läuft es mit Jag?«

Sie sieht mich mit hochgezogener Augenbraue an. Seit der Party, auf der sie von der Sache mit Stuart Morton erfahren hat, ist sie bei dem Thema vorsichtiger geworden. Ich nehme an, da sie uns verkuppelt hat, fühlt sie sich irgendwie verantwortlich dafür, dass wir uns gegenseitig gut behandeln.

»Alles bestens.«

»Und die Sache im Norden mit Megs Schwager?«

»War ein Aussetzer. Vielleicht musste ich mir was von der Seele schaffen, brauchte so was wie einen Testlauf.«

Sie lacht. Ich glaube, insgeheim wusste sie immer, dass ich Jag nichts Böses wollte.

»Wir haben uns neulich zum Kaffee getroffen. In der Cafeteria.«

»Romantisch.«

»Es war drei Uhr morgens, sehr romantisch.«

Ich halte Jag immer noch auf Abstand. Ich bin nicht sicher, ob es nicht noch zu früh ist, um Jag in das Riesenchaos meines Lebens zu holen. Eines der Dinge, die ich an ihm mag, ist, dass er mir eine Atempause von alldem verschafft. Wir treffen uns zu nächtlichen Kaffeepausen, und sie sind still und ruhig – im Schein der Beleuchtung von Snackautomaten. Er erzählt mir alles über sich, aber ich tue das nicht. Ich meine, er hat meine Mutter getroffen und auf meinem Sofa geschlafen, aber ich will ihn noch nicht in meinen inneren Kreis einladen. Vielleicht habe ich einfach nur Angst, dass er all das Chaos sieht und die Flucht ergreift, so schnell ihn seine Nike Air Max tragen.

»Hat er dir wenigstens Kekse gekauft?«

»Wir haben uns eine Packung Oreos geteilt.«

Sie mustert mich, aber ich lasse mir nichts anmerken.

»Und wann wolltest du mir erzählen, dass du seine Begleitung bei einer Hochzeit bist?«

Sie strahlt mich an. Verdammte Lucy.

»Maddie, ich werde Jag zu einer Familienhochzeit begleiten.«

Sie reagiert mit leisem Quieken und einem Klatschen. Wie haben es diese Neuigkeiten durch meinen kleinen Bekanntenkreis so schnell zu ihr geschafft?

»Wunderbar, das ist ziemlich bedeutend.«

»Es ist eine riesige Familienfeier in einem dieser Londoner Hotels am Hyde Park. Es werden ungefähr eine Million Leute da sein, also beruhige dich wieder.«

»Das werde ich nicht. Wie hat er gefragt?«

»Er sagte: Emma, würdest du gerne mit mir zu einer Hochzeit gehen?«

Sie grinst. In Wahrheit ist es ganz und gar nicht so gewesen. Eines Nachts, als wir uns zu einer Latte aus dem Automaten trafen, erzählte er mir, dass ziemlich stressige Wochen vor ihm liegen, weil seine Schwester und diverse Cousins aus dem ganzen Land und dem Ausland zu Besuch kommen. Ich fragte ihn, warum, und er meinte, dass eine seiner Cousinen heiratet. Ich lächelte und meinte, wie schön das sei. Er antwortete, dass das eines dieser epischen Familientreffen und er mit den Nerven am Ende sein würde, vor allem, weil seine Mutter die Gelegenheit nutzen würde, um ihm sein Singledasein vorzuwerfen. Ich fragte ihn, ob ich irgendwie helfen könne.

»Komm mit. Das wird bestimmt lustig. Also, wenn du Samosas und Trommeln und riesige Menschenmengen magst.«

»Warum nicht?«, sagte ich.

Ich weiß nicht, warum ich zugesagt habe, aber ich dachte mir, wenn er dieses Mal von einer Flasche getroffen wird, dann ist wenigstens niemand aus meiner Familie die Ursache.

»Das ist so romantisch, ein Hochzeitsdate«, sagt Maddie aufgeregt.

»Wir sind nicht diejenigen, die heiraten, Maddie.«

»Ich weiß, aber ich habe ein gutes Gefühl.« Was bedeutet, dass sie bereits ein Outfit für unsere Trauung geplant hat. Ich wette, es ist irgendwas in Korallenrot mit Statement-Ohrringen.

Sie mustert mich erneut. Ich bin immer noch grau vor Sorge. »Iss bitte noch einen Keks, bevor du deine Abschlussrunde drehst …«, fleht sie.

Ich salutiere.

»Und versprich mir eines«, fährt sie fort. »Erlaube es diesem Mann nicht, weiterhin Platz in deinem Kopf einzunehmen. Du hast ihn zurückgegeben. Er ist nicht mehr dein Problem.«

Ich glaube, das ist das Problem. Als ich Simon geheiratet und seine Kinder bekommen habe, wurde er zu einem Teil meiner Welt. Es ist nicht so einfach wie mit einem Kleidungsstück, das man einfach wieder in den Laden trägt und das Geld zurückbekommt. *Hier, nehmen Sie ihn. Er ist fehlerhaft und entspricht nicht der Beschreibung. Ich will all die Zeit und meine Würde zurück, bitte. Werfen Sie ihn einfach in den Müll.* Gott, Scheidungen wären so viel einfacher.

Ich mache immer noch einmal eine Runde durch meine Station, um nach meinen Patienten zu sehen. Heute beruhigt die Station eine gebrochene Seele und zerstreute Gedanken. Sie bietet Ablenkung. Ich sitze an der Rezeption und ergänze einige Notizen, als ein Mädchen, das so klein ist, dass es locker in meine Tasche passt, mit einem winzigen goldenen Gehrahmen an mir vorbeisaust. Sie lernt buchstäblich gerade wieder laufen nach etwas, was nach einer Hüft-OP aussieht. Ich lächle.

»Doctor C!« Ich blicke auf, und ein vertrautes Gesicht schaut mich aus einem Rollstuhl an. Lewis.

Kurz gerate ich in Panik. »Hey! Alles okay?«

»Ja, ich bin zum Röntgen hier, wie du gesagt hast.«

Aus der Panik wird Erleichterung. Ich schenke seiner Mutter ein Lächeln. »Ja, das habe ich gesagt. Wie geht es mit den Medikamenten? Und noch wichtiger: Bist du in letzter Zeit noch mal Uber gefahren?«

Er kichert. »Nein. Ich hatte Hausarrest. Sie haben mir die PS vier weggenommen.«

»Das überrascht mich nicht, Kleiner.«

Seine Mum mischt sich ein. »Die Medikamente helfen, er hatte in letzter Zeit keinen Anfall mehr.«

»Das ist gut«, antworte ich.

Lewis mustert mich. »Wollen Sie mit zum Röntgen kommen?«

Seine Mum schüttelt den Kopf und lacht. »Doctor C hat vermutlich zu tun.«

Ich schaue auf die Uhr. Ich hätte vor einer Stunde gehen sollen.

»Wissen Sie was? Warum nicht? Dann können wir uns ein wenig unterhalten. Und wenn deine Mum eine Pause braucht – vielleicht einen Kaffee –, könnte ich sie ja in der Zwischenzeit vertreten?«

Ich sehe, wie seine Mutter bei dem Angebot sichtlich aufatmet. Es ist seltsam, sie ohne ihren Mann hier zu sehen. Normalerweise wirkt er ausgleichend, aber heute ist ihr Stress förmlich spürbar. Ich kann das voll und ganz verstehen. Das Gefühl der Einsamkeit. Das Elternsein und andere Dinge plötzlich allein leisten zu müssen ist eine überwältigende Erfahrung. Den Kindern zuliebe muss man Ruhe ausstrahlen, aber unter Wasser strampelt man mit den Beinen. In solchen

Situationen kann selbst ein Filterkaffee aus der Maschine oder eine halbe Stunde stumpf ins Handy glotzen helfen.

»Ich meine, wenn du einverstanden bist, Lewis?«

»Könntest du mir unten im Laden Skittles kaufen?«

»Gerne.« Sie küsst ihn auf die Stirn und legt mir eine Hand auf den Arm. »Danke.«

Ich stehe auf und folge dem Krankenhaushelfer aus der Station, während Lewis einen Arm nach vorne reckt, als würde er den Angriff der leichten Brigade anführen. Die Räder quietschen auf dem glänzenden Boden.

»Das ist Godwin. Er kommt aus Nigeria.«

Ich lächle den Mann an, wir kennen uns, aber ich habe nie nach seinen Wurzeln gefragt. Doch ich nehme an, Lewis hat alle Antworten.

»Er ist Spurs-Fan, aber das wollen wir ihm mal verzeihen.«

Godwin hat ein lautes, dröhnendes Lachen, das von den Wänden widerhallt. Wir gehen weiter.

»Und wie geht es dir, Lewis? Als wir das letzte Mal miteinander geredet haben, war alles ziemlich ...«

»Verrückt?«

»So kann man es nennen.«

»Tut mir leid, dass ich das gemacht habe. Ich war durcheinander. Dad ist jetzt ausgezogen.«

Er reagiert jetzt weniger emotional auf die Sache als zuletzt. Er wirkt nachdenklich, aber ich denke, der erste Schock ist vorbei.

»Er hat ein neues Haus. Ich durfte den Teppich aussuchen.«

»Welche Farbe hast du ausgesucht?«

»Grau. Der Mann im Laden meinte, er sei mit einem Fleckenschutz behandelt, und er war im Angebot.«

»Wie geht es deiner Mum?«, frage ich.

»Sie ist traurig. Sie weint viel. Sie glaubt, ich kann sie unter der Dusche nicht hören, aber das kann ich. Und sie betrinkt sich mit ihren Freundinnen in der Küche, und dann reden sie.«

Ich denke an all die einsamen Tränen, die ich während meiner Scheidung vergossen habe. Die, von denen man hofft, dass sie verborgen und stumm bleiben. Ich habe meine vor allem im Bett geweint, die Tagesdecke wie ein Leichentuch über mich gebreitet.

»Worüber?«

»Geld, Beziehungen. Ihre Freundin erzählt viel von einem Mann namens Warren, mit dem sie ausgeht, und er steht auf seltsame Sachen im Bett.« Ich reiße die Augen auf. »Ich bin fast acht, ich bin nicht dumm.«

Ich lächle.

»Deine Mum hat vermutlich viel zu verarbeiten. Ich bin froh, dass sie Freundinnen hat, mit denen sie reden kann.«

»Sind Sie manchmal noch traurig wegen Ihrer Scheidung?«

Ich weiß nicht, wie viel ich an dieser Stelle preisgeben soll. Muss er wirklich wissen, dass ich nichts mehr gegessen habe, dass ich einmal auf der Toilette eines Fastfood-Restaurants in Tränen ausgebrochen bin und mal von Beth aus einer Badewanne geholt werden musste, nachdem ich mich in eine menschliche Dörrpflaume verwandelt hatte? Ich war traurig. Und manchmal bin ich es immer noch.

»Ja. Es ist das Ende von etwas, das ist immer traurig.«

»Na ja, du bist ja nicht tot«, stellt er fest. Ich kann nicht anders, ich muss lachen. »Das Leben geht weiter. Ich glaube, Dad trifft sich mit jemandem. Vielleicht. Er hat mit jemandem telefoniert, und ich habe hinter der Tür gelauscht.«

»Du bist ein richtiger kleiner Spion, was?«

»Ninja-Skills.«

»Und was denkst du darüber, dass dein Dad jemand Neues haben könnte?«

Er schweigt kurz. »Ich weiß noch nicht. Solange sie nett ist und ich nicht unter der Treppe leben muss …«

»Ich bin sicher, das musst du nicht. Vielleicht auf dem Dachboden.«

Godwin lacht wieder, während wir auf den Aufzug warten.

»Ist sie nicht lustig, Godwin?«

»Ihr seid beide lustig.«

»Bist du verheiratet, Godwin?«, fragt Lewis.

»Ja, das bin ich. Seit fünfunddreißig Jahren.«

Ich sehe ihn überrascht an. »Herr im Himmel!« Angesichts des Kreuzes um seinen Hals sollte ich vielleicht einen anderen Ausdruck verwenden. »Ich meine, du siehst definitiv zu jung dafür aus.«

»Wir waren jung«, erklärt er uns. »Ich bin gesegnet. Aber an manchen Tagen würde sie mich wohl lieber auch auf den Dachboden stecken.«

Hätte ich Simon auf den Dachboden geschickt? Eher unter der Terrasse verscharrt. Lewis drückt erneut auf die Aufzugknöpfe, und die Türen öffnen sich. Ein paar Leute kommen heraus, darunter einer, der Lewis' Aufmerksamkeit auf sich zieht.

»Oh, wow, sind das VaporMax?«

Sind das was? Ich blicke verwirrt zu ihm hinunter und dann hinauf zu der Person im Aufzug. Ich kenne dieses Gesicht. Er tritt einen Schritt nach vorn, um die Aufzugtüren daran zu hindern, sich zu schließen. Jag.

»Vielen Dank, Dr. Kohli … Wie geht es Ihnen?«

»Mir geht es sehr gut, Miss Callaghan. Und ja, Kumpel … Das sind wirklich VaporMax«, antwortet er.

Lewis beobachtet unseren Austausch aufmerksam, während er weiterhin die Schuhe im Auge behält.

»Das ist Lewis. Routineröntgen.«

Jag klatscht mit ihm ab. »Doctor C hat mitgeholfen, nach meiner Geburt zwei meiner Herzklappen auszutauschen.«

»Doctor C, das gefällt mir. Ich bin Jag. Freut mich, dich kennenzulernen, Lewis.«

Er lässt die Tür los und dreht sich noch einmal um, um mir mit einem Finger durch den Türspalt zu salutieren. Ich winke hektisch mit zwei Händen, was weit weniger cool it. Godwin drückt auf die Knöpfe, die uns zum Röntgen bringen.

»Wer ist Jag?«, fragt Lewis.

»Nur ein Freund, der auch Arzt ist.«

»Sie werden rot. Sie wird rot, oder, Godwin?«

Godwin lächelt, sagt aber nichts.

»Das stimmt gar nicht.«

»Doch, das tun Sie«, kichert er. »Hat es Ihnen gefallen, wie ich mit Ihnen angegeben habe, als ich meinte, Sie hätten zwei meiner Herzklappen ausgetauscht?«

»Ja, das hat mir durchaus gefallen.«

»Sie mögen ihn, oder?«

Ich schaue in sein erwartungsvolles Gesicht. Er versteht das Leben so gut, so klar. Das hat er seinen Eltern zu verdanken. Selbst die Art, wie sie ihre Ehe beendet haben, war so einvernehmlich, und im Vordergrund stand immer dieser Junge.

»Sind Sie glücklich, Doktor C? Ich hoffe, Sie sind glücklich.«

Der Junge ist wie ein Stärkungsmittel. Ich hätte ihn bezahlen sollen, damit er mich nach meiner Scheidung therapiert – ich hätte ihn mit Gummibärchen entlohnen können.

»Jag wirkt nett.«

»Jag *ist* nett.«

»Außerdem hat er coole Turnschuhe. Das sind VaporMax, und die kosten Hunderte Pfund.«

»Die Leute interessieren sich sehr für seine Schuhe«, sage ich zu ihm.

»Schuhe sind wichtig. Ich meine, wenn er Crocs getragen hätte, dann würde ich Ihnen raten, ihm den Laufpass zu geben.«

Er schnippt mit den Fingern, und Godwin und ich lachen tief aus dem Bauch heraus.

»Sie sollten mit Jag zusammen sein. Worüber machen Sie sich Sorgen?«

»Mein Herz?«, sage ich leise.

Godwin lächelt mich an.

»Aber das Herz ist das stärkste Organ im menschlichen Körper, Doktor C. Es hält alles aus«, erklärt mir Lewis.

»Und woher hast du diese Information?«, frage ich.

»Von Ihnen!«, sagt er lachend, und die Aufzugtüren, die mit drei lächelnden Oktopussen verschönert sind, öffnen sich.

Es ist sieben Uhr, ich habe Feierabend. Ich habe das Röntgen selbst übernommen und mich vergewissert, dass Lewis' Herzklappen so sind, wie sie sein sollen. Ich habe ihn zurück auf die Station und zu seiner Mutter gebracht und sie umarmt. Sie schien überrascht, aber es war eine Geste der Solidarität, weil ich diese Traurigkeit kenne und weiß, wie tief sie geht. Auch das wird vergehen, und wie ihr Sohn mir gesagt hat: Es könnte schlimmer sein, wir könnten tot sein.

Oder Crocs tragen, also sehr viel schlimmer. Ich lächle und muss an den Jungen denken, während ich das Krankenhaus verlasse und mein klingelndes Handy aus der Tasche hole.

»Na, fertig mit der Arbeit, Bitch?«

Das ist natürlich Lucy. Lucy und ich haben uns nach der Sache auf der Party wieder versöhnt. Die Neuigkeiten von geheim gehaltenen Kindern und Beths Beziehungsprobleme haben uns dazu gezwungen, aber wir haben auch einen Pakt geschlossen, dass ich ihr Bo-Peep-Kleid ersetze, wenn sie mir verspricht, sexuelle Schultorgeschichten auf ein Minimum zu reduzieren.

»Ich komme gerade aus dem Krankenhaus. Was gibt's zum Essen?«

»Äh, nichts. Wir haben uns mit Tante Beth zum Tee getroffen und bei Subway gegessen.«

»Toll. Habt ihr mir etwas besorgt?«

»Hast du etwa Lust auf dreißig Zentimeter?«, sagt sie und lacht wiehernd.

»Die Mädchen. Wie geht es den Mädchen?«

»Satan hat sie vor etwa einer Stunde abgeholt. Ich war ganz brav. Ich habe nichts gesagt, aber vielleicht habe ich ihn etwas angefaucht wie eine wütende Dschungelkatze.«

»Ist das sein neuer Name?«

»Wir könnten ihn auch Arschgesicht nennen, oder Wichser, Abschaum, Bastard, Ficker …«

»Lass uns bei Satan bleiben. Bist du zu Hause? Ich glaube, ich hole mir noch schnell was zu essen.«

Ich spüre, wie mir jemand auf die Schulter tippt.

»Nee, ich entführe dich auf einen Drink«, sagt sie und legt auf.

Ich schließe sie in eine Umarmung. »Du bist hier?«

»Das bin ich.«

»Ich will mich nicht betrinken. Ich habe nicht die passenden Schuhe an.«

Sie rollt mit den Augen. Als das alles passiert ist, dachten sie und Beth zunächst, dass sie mir so über Simon hinweghelfen könnten. Füllen wir sie ab und zerren wir sie auf eine Tanzfläche, damit sie all das Schreckliche vergisst. Diese

Nächte endeten gewöhnlich damit, dass ich weinte, einmal sogar in den Armen eines Dönerladenbetreibers namens Hamid.

»Ein Drink. Vielleicht.«

Sie mustert mein ausgezehrtes und eingesunkenes Gesicht.

»Oder wir plündern einen Supermarkt, trinken an der Station und veranstalten ein Picknick in der Bahn.«

Bei diesem Vorschlag fange ich beinahe an, vor Erleichterung zu weinen.

»Ich bin zu gut zu dir.« Sie hakt sich unter, und wir machen uns auf den Weg zur U-Bahn.

»Du kommst sonst nie ins Krankenhaus.«

»Beth meinte, ich solle nach dir sehen. Du bist ziemlich schlecht drauf, seit du von Simons Bastard erfahren hast.«

»Er ist ein Kind, nenn ihn nicht so.«

»Meg ist ein Bastard. Ich nenne sie ständig so. Es ist kein Schimpfwort, wenn es den Tatsachen entspricht.«

»Es ist immer schlecht. Und das Kind ist in gewisser Weise mit dir verwandt.«

»Werde ich dem Ding etwa Weihnachtsgeschenke kaufen müssen?«

»Es ist auch kein Ding.«

Sie zuckt die Achseln und zieht mich über den Gehweg zum Bahnhof Waterloo. Der Winterwind beißt sich in unsere Wangen und schlägt mein Haar zu Zuckerwatte. Ich zerre sie in einen Marks & Spencer, wobei ich den Pendlern ausweiche, und schnappe mir einen Korb. Ich habe wirklich den ganzen Tag kaum etwas gegessen, also spricht mich gerade alles an. Alles. Ich beginne, wahllos Sachen aus den Regalen zu nehmen: eine Packung Krapfen mit Himbeerglasur. Das ist gut. Ich kaufe (natürlich) auch Hummus, Coleslaw, eine Familienpackung Salt&Pepper-Chips und ein Trifle. Ich hoffe, ich laufe nicht Maddie in die Arme, denn das sind keine Sachen mit Nährwert.

»Ich sehe mal nach dem Wein. Ich will Sushi, aber nicht den Scheiß mit Mayo.« Lucy schlendert davon und wippt dabei zur Musik, die in den Gängen gespielt wird.

Käse-Blätterteig-Stangen, Nudelsalat, Cocktailwürstchen. Dann bleibe ich neben jemandem stehen, der eine Rolle gelber Preisetiketten in der Hintertasche hat. Aber hallo! Ist es mir wirklich gelungen, die heilige Stunde abzupassen, zu der alles Essen reduziert wird? Er etikettiert Garnelen mit Dip, und obwohl ich mich nicht ganz wohl damit fühle, Fisch kurz vor dem Verfallsdatum zu essen, lege ich sie in meinen Korb. Ich folge ihm um die Ecke. Heiliger Odin, hier gibt es ganze Regale voll, angefangen bei Käse bis hin zu Pastete. Das ist ein ganzes Menü! Ich lege allen möglichen Essenskram in meinen Korb und lächle. Es dauert jedoch einen Moment, bis mir auffällt, dass jemand neben mir steht. Die Person ist hochschwanger, aber ich denke mir nicht viel dabei.

»Sie haben reduzierte Pizza, ich könnte uns welche kaufen? Haben die Mädchen schon gegessen?«, sagt sie zu jemandem am anderen Ende ihres Telefons.

Es gibt Pizza? Vielleicht sollte ich auch Pizza kaufen. Sie legt eine davon in ihren Korb. Erst jetzt blicke ich auf und in ihr Gesicht. Oh. Sie spürt, dass ich sie ansehe, wirft mir einen Blick zu und hört auf, mit der Person am anderen Ende der Leitung zu sprechen. Susie. Sie sagt kein Wort zu mir und ich auch nicht zu ihr. *Du bist hier, du bist echt, und ja, du bist wirklich äußerst schwanger.*

Ich schätze, die Möglichkeit, dass so etwas passiert, bestand immer, nachdem wir beide in der gleichen Gegend arbeiten, aber ich werde niemals bereit dafür sein. Ich kann sie nicht recht lesen. Ist das Wut? Es fühlt sich an, als wäre ich etwas, in das sie reingetreten ist. Sie mustert mich von oben bis unten und wendet mir den Rücken zu. Verzeihung? Was habe ich ihr bitte getan? Ich sollte die Wütende sein. Während sie zur Kasse geht, bleibe ich schockiert bei den heruntergesetzten Lebensmitteln stehen. Simon wird diese Pizza nicht essen. Es ist Ananas drauf. Wie schwanger ist sie? *Erzähl mir von Oliver. Ich bin Emma. Ich war Simons Frau.* Sag etwas. Rede mit ihr. Aber ich bleibe stumm.

»Na so was, du Rabatthure. Ausgezeichnete Arbeit«, sagt Lucy und legt zwei Flaschen Rotwein in den Korb. Sie dreht sich um und will auf die Kasse zusteuern.

Ich packe ihren Arm. »Das geht jetzt nicht.«

»Warum?« Sie wirkt verwirrt. Ich kann es ihr nicht sagen. Sie wird auf sie losgehen, einfach weil sie Lucy ist. Wir würden einen Mittelklasse-Bitch-Fight in einer Mittelklasse-Lebensmittelabteilung starten. Sie würde sie mit Oliven mit Sardellenfüllung und Mausespeck bewerfen, und wir würden Hausverbot bekommen. Ich will diesen Kampf nicht. Ich werde diesen Kampf nicht zulassen.

»Es ist nur …« Ich hebe den ohnehin bereits übervollen Korb hoch, um meine zitternden Hände zu beruhigen. »Brot. Wir brauchen Brot.«

»Echt? Wir haben noch eine Menge daheim.«

»Nein, ich habe es heute Morgen aufgegessen.«

»Einen ganzen Laib? Geht es dir gut?«

Ich zucke stumm mit den Schultern. Das ist das Problem, Luce. Ich weiß es nicht.

Kapitel vierzehn

665 Tage nachdem ich Simon endlich gesagt habe, er soll sich zur Hölle scheren, und meine Schwestern applaudierten

Warum bist du auf dem Klo?

Ich sitze nicht auf einem öffentlichen Klo, sondern auf der Toilette im The Dorchester. *Es gibt sogar ein Sofa hier.*

Und? Wirf dich ins Partygetümmel. Such die verdammte Bar.

Ich bin früh dran. Übrigens, wofür sollte ich Kondome brauchen?

Du hast sie gefunden. Sehr gut. Man weiß nie. ;) Für welches Kleid hast du dich entschieden?

Das glänzende Schwarze.
Langweilig, aber vorhersehbar. Hab dich lieb, amüsier dich gut. Und lass dich volllaufen, ist schließlich eine Hochzeit. xxx

Ich stecke das Handy zurück in meine Handtasche und betrachte mich noch einmal in dem filigran verzierten Spiegel im Klo des *The Dorchester*, wo ich mich aufgrund von Nervosität und lähmender Panik verschanzt habe. Das schwarze, mit funkelnden Steinen verzierte Kleid, das ich anhabe, stammt von Siv, einer Freundin von Lucy, an die ich mich vor allem deshalb erinnere, weil sie in der Lage war, flüssigen Eyeliner in einem fahrenden Bus mit meisterhafter Präzision aufzutragen. Wir kontaktierten sie mit einer Anfrage für ein Abendkleid für eine indische Hochzeit, und sie tauchte eine halbe Stunde später mit fünfundzwanzig Outfits auf, die von Saris bis zu Kostümen und Kleidern reichten. Und jedes davon war nur einmal getragen, weil sie fünfunddreißig Cousins und Cousinen hat und ihre Mutter es peinlich findet, wenn Outfits sich auf Hochzeitsfotos wiederholen.

Ich habe mit meinem schwarzen Abendkleid die sichere Wahl getroffen. Das Mieder ist bestickt und glitzert auf eine Art, die nicht aussieht, als würde ich gleich Foxtrott tanzen. Außerdem sitzt es gut und hat eine akzeptable Länge. Ich habe keine Ahnung mehr, was hübsch oder gut aussieht, weil ich die ungute Angewohnheit nicht loswerde, mich immer zu fragen, warum ich Simon nie gut genug war. Und es ist eine verdammte Schande, dass ich mich gerade jetzt an das letzte Mal erinnern muss, als ich etwas Ähnliches getragen habe.

Simon und ich besuchten einen Charity-Ball für Mediziner, und ich hatte mir extra dafür ein dunkelblaues bodenlanges Kleid gekauft. Es hatte eine Sanduhrsilhouette, betonte die Brust und war ganz anders als meine üblichen eher formlosen Kleider. Ich hatte ein Vermögen für ein Waxing, Nägel und einen Friseur ausgegeben, den ich bat, mir die Haare im Stil eines verführerischen Filmstars der Vierziger aufzudrehen.

Ich legte mich selten so ins Zeug, aber das war zwei Monate nach der australischen Nanny. Ich erinnere mich daran, wie ich mit falschen Wimpern und ellbogenlangen Handschuhen vor dem Schlafzimmerspiegel stand und Simon, der gerade von der Arbeit kam, sich an mir vorbeidrängte. Er sah nichts. Er duschte sich schnell, zog einen Smoking an und meinte, ich solle mich beeilen, weil der Verkehr auf der Hammersmith-Überführung um diese Zeit die Hölle sein würde. An jenem Abend schmierte er jedem Honig ums Maul, betrank sich mit teurem Whisky, den er flaschenweise spendierte, weil er sich mit irgendwem so eine Art Schwanzvergleich liefern musste. Er flirtete mit der Bedienung, die uns das Brot brachte. Er ersteigerte irgendeinen gerahmten Druck bei einer Auktion. *Alles für den guten Zweck,* sagte er, als er auf die Bühne ging, um ihn sich abzuholen, und die Menge applaudierte und jubelte ihm zu. Wir tanzten nicht. Ich konnte nichts essen, weil mein Mieder so eng war, also kam er in den Genuss von zwei Portionen Lamm. Der Tiefpunkt kam am Ende des Abends. Ich hing in einer Unterhaltung mit einem Neurologen fest, der mir von seinem Forschungsprojekt erzählte und es dabei schaffte, das Wort Hirnlappen mindestens dreiundzwanzig Mal zu erwähnen. Ich entschuldigte mich, weil ich aufs Klo musste. Als ich durch den Flur zu den Toiletten ging, kam Simon aus einer Tür ohne Schild. Er fragte mich, wo ich hinwollte. Aufs Klo? Fünf Sekunden später tauchte die Bedienung mit dem Brot auf und wischte sich die Lippen. Ich senkte den Kopf. Simon zuckte mit den Schultern und ging, als ob nichts passiert wäre. »Das ist wirklich ein hübsches Kleid«, sagte die Bedienung.

Such die Bar, hat Lucy gesagt. Ich weiß nicht, warum ich nervös bin und mich auf dem Klo versteckt habe. Ich schätze, auf dem Weg hierher wurde mir klar, dass das ein ziemlich großer Schritt ist. Ich könnte auf Hochzeitsfotos sein, die die Leute eine Ewigkeit behalten. Ich werde seine Familie treffen. Was, wenn sie mich nicht leiden können? Möglicherweise hassen sie mich ja? Und dann fuhren wir vor, und ich entdeckte die ersten Formschnitthecken. Ich öffnete meine Clutch, um den Uber-Fahrer zu bezahlen, und all die Kondome, die Lucy darin versteckt hatte, und meine Panik kamen herausgeflogen. Bar. Gin hilft bestimmt. Vielleicht ein Cocktail? Hier sieht es aus, als würde es eine Bar mit makellosen quadratischen Servietten und einem Herrn am Piano in der Ecke geben. Sehr stilvoll. Ich kann stilvoll sein, während ich darauf warte, in diese Hochzeitsfeier zu platzen. Und ich bin gut auf Alkohol vorbereitet, weil Lucy mir gesagt hat, ich solle vorher noch einen Toast essen, damit ich was im Magen habe. Manchmal ist sie doch ganz nützlich. Ich hätte diese Kondome auf dem Klo wegwerfen sollen. Aber das fühlt sich an wie Verschwendung.

»Guten Abend, Madam. Darf ich Ihnen einen Tisch anbieten?« Ein Kellner begrüßt mich an der Tür zur Bar. Ich bin versucht, mich ebenfalls zu verbeugen.

»Ich hatte auf einen Drink gehofft. Ich bin wegen der Hochzeit hier, aber ich bin etwas zu früh dran.«

»Ah ja, die Hochzeit im Ballsaal. Sehr gerne.«

Er führt mich durch die Bar, und ich bemühe mich, mich auf den Hocker zu setzen, ohne dass es aussieht, als würde ich ihn besteigen.

Der Barkeeper legt mir eine Serviette hin. »Guten Abend, Madam.« Dieses ständige Madam gibt mir das Gefühl, dass man mich für eine Prostituierte hält, die hier nach Kunden sucht.

»Guten Abend. Ich hätte gerne einen Gin Tonic.«

»Bevorzugen Sie einen bestimmten Gin?«

Ich sehe ihn verständnislos an. Den, in dem Alkohol drin ist?

»Wir haben über neununddreißig Sorten. Vielleicht möchte die Dame ja etwas mit Fruchtaromen versuchen oder etwas Würziges, etwas Trockenes? Und welches Tonic möchten Sie?«

Der Gin Tonic, den ich zu Hause zubereite, beinhaltet Schweppes und eine Zitronenscheibe und wird bisweilen aus Tassen getrunken. Seit wann ist Alkohol so schick?

»Wissen Sie was? Überraschen Sie mich.«

Er grinst angesichts der Aussicht, freie Hand zu haben. Neben mir lacht jemand.

»Deshalb habe ich Brandy bestellt.«

Es ist ein älterer asiatischer Mann in traditioneller Kleidung. Ich will ihm nicht unterstellen, dass er auch wegen der Hochzeit da ist, aber er hat freundliche Augen und ein charmantes Lachen, obwohl das auch am Brandy liegen könnte. Er schüttelt mir die Hand. »Mein Name ist Arjun.«

»Ich bin Emma.«

Er schaut mich noch mal genauer an und betrachtet mein Gesicht. »Das ist vielleicht eine seltsame Frage an eine Dame, die ich gerade erst kennengelernt habe, aber …«

Himmel, bitte denk nicht, dass ich ein Escort bin.

»Sind Sie eventuell Herzchirurgin?«

Ich kneife die Augen zusammen.

»Das bin ich.«

Sein Lächeln wird noch breiter. »Dann, junger Herr hinter der Bar, geht dieser Drink auf mich. Ich bin Arjun Kohli, Jags Vater.«

Das war es dann mit dem Nervenberuhigen. Ich bin direkt in die Höhle des Löwen gelaufen. *Sie sind Jags Vater?* Er sagt den Namen seines Sohnes mit einem Akzent, der ihn sehr imposant klingen lässt. Ich lächle ihn an.

»Ich … dann … freut es mich sehr, Sie kennenzulernen, Sir.«

»Bitte sagen Sie nicht Sir. So alt bin ich nicht.«

»Mich nennen sie Madam, seit ich hier angekommen bin.«

»Autsch.«

Wir lachen. Er mustert mich noch eindringlicher, und ich warte auf die Befragung. Ich hätte Antworten vorbereiten sollen. Ich frage mich, was Jag sonst noch über mich erzählt hat. Hat er mich ihnen nur als die Herzchirurgin verkauft? Und was ist mit meinen Kindern? Der Scheidung? Ein Glas wird vor mich geschoben, garniert mit Zitronenzeste und Gurke.

»Danke«, sage ich und proste beiden, dem Barkeeper und Arjun, zu. Wir stoßen an.

»Mir gefällt, dass Ihrer mit Beilagensalat serviert wird«, scherzt er.

Ich grinse breit. »Alles Vitamine. Also, wie war die Hochzeitszeremonie?«

»Meine Güte, es war ein langer Tag. Ich bin seit neun Uhr morgens hier. Die Zeremonie selbst und die Gebete dauerten über eine Stunde, weil mein Bruder das große Spektakel liebt, dann gab es Mittagessen und jetzt Abendessen und dann Tanzen. Um ehrlich zu sein: Wüsste ich nicht, wie gut das Catering ist, dann würde ich mich in Richtung Bett aufmachen.«

Ich strahle, weil er so ehrlich ist. »Aber es muss doch schön sein, Ihre Nichte heiraten zu sehen?«

»Oh, Meera ist ein liebes Mädchen, aber mein erstes Haus war billiger als diese Hochzeit.«

Ich lache. »Und der Bräutigam, wie ist der so?«

»Netter Junge. Aber ein kleiner Spießer. Sonst trägt er eine Brille, aber Meera wollte sie nicht auf den Fotos, also hat sie ihn gezwungen, das erste Mal Kontaktlinsen zu tragen. Und jetzt quellen die Augen des armen Jungen hervor, als wären seine Hosen zu eng.«

Ich lache tief aus dem Bauch heraus und nehme einen großen Schluck von meinem Drink, wobei ich mir sehr bewusst bin, dass er mich anstarrt.

»Sie sind anders als die Mädchen, für die Jag sich sonst interessiert.«

»Weil ich *wie* bin?«

»Normal?«, sagt er und brüllt vor Lachen. Ich mag, dass das der Schluss ist, zu dem er so kurz nach unserem ersten Treffen kommt. »Wir haben uns schon ernsthaft gefragt, ob der Junge Geschmacksverirrungen hat. Ich nehme an, Jag hat Ihnen von dem Kuchenmädchen erzählt? Seine Verlobte? Chay?«

»Flüchtig.«

Er beugt sich zu mir. »Als sie die Hochzeit abgeblasen hat, hätten wir beinahe eine Party geschmissen. Sie ist heute hier. Sie hat die alberne Torte da drin gemacht. Ich schwöre, wenn man die bis nach ganz oben steigt, kann man den Mond berühren.«

Ich lache, versuche aber, ihn auf das Thema zurückzubringen.

»Sie ist hier?«

»Mit ungefähr fünfhundert weiteren Gästen, machen Sie sich also keine Sorgen. Halten Sie einfach Ausschau nach der Übellaunigen mit einem Gesicht wie ein Kabeljau und einem Lachen wie ein sterbender Papagei. Sie war nicht gut für meinen Jag.« Seine Aufmerksamkeit gilt plötzlich jemandem hinter mir. »Wenn man vom Teufel spricht. Warum hast du dich umgezogen?«

Ich drehe mich um und sehe Jag auf uns zukommen. Ich

ärgere mich etwas, dass ich nicht mehr über die mysteriöse Chay in Erfahrung bringen konnte, aber ich bin auch angenehm abgelenkt. Ich will nicht lügen: Normalerweise sehe ich Jag in Krankenhauskleidung und Turnschuhen, deshalb ist Jag im Smoking eine angenehme Abwechslung. Er lächelt, scheint aber auch etwas gestresst darüber zu sein, dass ich mich mit seinem Vater unterhalten habe. Hinter ihm kommt eine jüngere Frau in einem wunderschönen goldenen Hosenanzug, die ein kleines Kind in den Armen hält.

»Ich sehe, du hast meinen Vater schon kennengelernt«, sagt er.

»Jag, so geht man doch nicht auf eine wunderschöne junge Frau zu. Asha, sag ihm …«

»Dad, wir haben dich schon überall gesucht.« Sie schlägt ihn spielerisch mit der Clutch und wendet sich dann mir zu: »Ich bin seine kleine Schwester. Schön, dich kennenzulernen, Emma. Und das ist Zahra.« Eine kleine Hand winkt mir. Arjun kichert angetrunken, aber er hat meine Gunst, weil er mich jung genannt hat.

»Emma, du siehst atemberaubend aus«, sagt Jag. »Dad, du siehst betrunken aus.« Er legt seinem Vater einen Arm um die Schultern. »Du bist einfach aus dem Saal verschwunden.«

»Ich wappne mich nur. Ich habe die Sitzordnung gesehen, sie haben mich neben die Frau deines Onkels gesetzt. Ich brauche den Alkohol, sonst muss ich mich leider im Dhal ertränken.«

Jag schließt langsam die Augen. Ich finde das alles unglaublich liebenswert. Sein Vater erhebt sich von seinem Stuhl, und Asha stützt ihn.

»Jag, nimm du bitte Zahra, und ich nehme diesen alten Schluckspecht.«

»Emma … es war mir ein Vergnügen, Madam.« Ich kichere, und er umarmt mich voller Wärme. »Asha, wo ist deine Mutter?« Er hakt sich bei seiner Tochter unter, und sie trotten auf den Eingang zur Bar zu.

»Ist mit ihm alles okay?«, frage ich und sehe zu, wie Zahra sich an Jags Brust schmiegt.

»Ja. Tut mir leid. Er ist speziell.«

»Er war sehr charmant.«

»Es ist nur so, dass ich immer sehen muss, wo er bleibt, und dann sind da noch zwei Cousinen, die sich nicht leiden können, also versuche ich, dafür zu sorgen, dass sie sich nicht begegnen. Und Zahra geht es nicht gut. Es ist ein bisschen viel.«

Ich lege eine Hand in Zahras Nacken und gehe in den Ärztinnen/Mutter-Modus. »Wie alt? Sie hat etwas erhöhte Temperatur.«

»Sie ist drei. Asha denkt, es sind die Zähne, aber sie meint, ihr Bauch tut weh.«

Ich lasse sie sich setzen und gebe Jag meinen Drink. »Trink das.« Er gehorcht. Ich ergreife seine Hand. »Vermutlich die Aufregung des Tages. Sie könnte übermüdet sein. Wir können ein Auge auf sie haben.«

Er lächelt, weil er weiß, dass meine Worte einen beruhigenden Effekt haben. Ihn im besorgten, kuscheligen Onkelmodus zu sehen ist zudem unglaublich niedlich.

»Kann man in Dhal ertrinken?«, frage ich.

»Ich vermute mal, das geht, wenn man in einer Badewanne mit dem Zeug sitzt.«

»Du trägst einen Anzug?«

»Das tue ich. Ich wollte eigentlich Krankenhauskleidung tragen, aber Mum meinte, dass das nicht zur Torte passt.«

»Ich habe von der Torte gehört.«

Er lächelt, und da ist ein Moment zwischen uns, der sich

langsam vertraut anfühlt. Das hier ist wie ein Date. Wir sind schick angezogen. Niemand fällt Treppen runter oder wirft Flaschen herum. Es gibt sogar einen Mann am Klavier. Jag sieht mich noch eine Sekunde länger an.

»Du siehst wirklich schön aus«, sagt er.

»Du auch. Ich meine, attraktiv. Schön anzusehen. Du weißt schon.«

Er lacht. »Kommt schon, Doktor C, Klein-Zahra. Los geht's. Alles gut?«

Ich sehe, wie seine schwarz-goldene Brokatfliege das Licht reflektiert, und rücke sie etwas zurecht. »Uns geht es glänzend«, flüstere ich.

»Was war das?«

Ich schüttle den Kopf. Ich strecke meine Hand aus, und er schiebt seine Finger zwischen meine, doch dann hören wir ein Husten. Ich reiße die Augen auf. Es kommt tief aus dem Zwerchfell. Zahra schlägt die Hände vor den Mund. Ich kenne dieses Geräusch nur zu gut. Ein kleiner Mensch, der gleich explodieren wird. Ich schiebe meinen Stuhl zurück, damit sie auf den Boden zielen kann, aber stattdessen dreht sie sich von ihrem Onkel weg und übergibt sich auf meinen Schoß.

Jag sieht mich entsetzt an. Ich blicke auf und lache. »Und deshalb sollten wir wirklich überall Krankenhauskleidung tragen.«

»Alles gut, Liebes?« Ich stehe im Bad des Hotelzimmers von Jags Eltern. Die Armaturen sind vergoldet und die Wände marmorverkleidet. Das wäre jetzt der Moment für ein Selfie, ein ganz spezielles, das ich Lucy schicken könnte, während ich hier in einem Crop Top und einem Unterrock stehe und darauf warte, in einen Sari gehüllt zu werden. Das letzte Mal, dass ich meinen Bauchnabel gezeigt habe, war … nie. Während meine Schwestern in ihren Teenagerjahren ihren Bauch nur zu gerne gezeigt haben und auch einem Bikini nicht abgeneigt waren, war ich immer die Schwester im Einteiler. Aber sonst bliebe mir nur, mein Kleid zu tragen, auf dem ein riesiger Kreis Kotze in der Mitte prangt, der aussieht, als hätte ich mir in die Hose gemacht. Ich bin nicht direkt verärgert – Kinder haben ihre Momente –, aber jetzt komme ich in den Genuss eines sehr intimen Moments mit Jags Mutter und seiner Schwester, auf den ich nicht wirklich vorbereitet bin, und dabei hat der Abend noch nicht einmal richtig angefangen. Leise verlasse ich das Badezimmer. Asha sieht regelrecht verzweifelt aus.

»Es tut mir so leid. Mein Mann ist mit den Mädchen in unserem Zimmer. Ich kann mich gar nicht oft genug entschuldigen. Hier, ich hatte ihn heute Morgen an. Er ist sauber und frei von Erbrochenem.«

Ich lache. »Das ist so etwas wie ein Berufsrisiko für mich, also mach dir keine Sorgen.«

Neben ihr steht Jiya, Jags Mutter, ein Traum in Türkis und Silber. Ich sehe, wie sie mich von oben bis unten mustert, während sie einen dunkelblauen verzierten Sari in den Händen hält.

»Dreh dich mal für mich, Liebes.« Ich weiß nicht genau, was sie tun, aber sie stopfen Stoff in den Unterrock und ermuntern mich, mich weiter zu drehen. Ich tue, wie mir gesagt wird, und sehe, wie Jiya den Stoff in Falten legt und Bahnen davon über meine Schulter drapiert. Sie tritt einen Schritt zurück und bewundert ihr Werk.

»Die Farbe steht dir ausgezeichnet«, sagt sie.

Ich schaue in den Spiegel neben mir. Es ist definitiv ungewohnt. »Wird sich niemand daran stören, dass ich so gekleidet bin? Kultureller Übergriff oder so?«, frage ich.

Asha schüttelt den Kopf. »Nein, kultureller Übergriff wäre es, wenn du in einem Barett und mit einem Baguette unterm Arm zu einer französischen Hochzeit gehen würdest. Wir fühlen uns normalerweise eher geschmeichelt, wenn jemand sich uns anschließt. Es zeugt von Respekt. Was denkst du, Mum?«

Jiya mustert mich neugierig. »Bist du wirklich Herzchirurgin?«, fragt sie.

»MUM!«, ruft Asha bestürzt.

»Ja, das bin ich.« Ich habe das Gefühl, sie will mich bei etwas ertappen. Würden sie mich auch akzeptieren, wenn ich einen anderen Beruf hätte? Was, wenn er Lucy mitgebracht hätte?

»Bitte achte nicht auf meine Mutter. Sie würde auch gerne wissen, was du im Monat verdienst, welche Konfession du hast und ob du noch Jungfrau bist.«

Jiya schlägt ihrer Tochter spielerisch auf den Hinterkopf.

»Ich bin nur neugierig. Du bist sehr jung.«

»Ich bin fünfunddreißig.«

Asha rollt mit den Augen. »Du bist so neugierig! Die Tatsache, dass meine Tochter sich auf sie übergeben hat und sie immer noch hier ist, sagt mir alles, was ich wissen muss.«

Jiya wirkt nachdenklicher, als sie das hört.

»Stell dir nur mal vor, eines meiner Mädchen hätte sich auf Chay übergeben.«

Jiya lacht. »Sie hätte Zeter und Mordio geschrien.«

Wieder die Exverlobte. Es klopft an der Tür, und Asha geht hin, um sie zu öffnen. Jag steht dort und tritt verwirrt einen Schritt zurück. Er zeigt auf mich.

»Geht es dir gut?«

»Ja«, antworte ich.

»Mum, Asha – geht, die Tanten fragen schon nach uns. Ich übernehme ab hier.«

Sie nicken und gehen, während Jag und ich dort stehen. Er wirkt immer noch verwirrt.

»War meine Mutter okay? War sie schlimm?«

»Sie hat mich nach meinen Absichten gefragt und mir deine nackten Babybilder gezeigt.«

»Hat sie?«

»Nein.«

»Du siehst immer noch großartig aus.«

Ich werde rot. »Er ist tatsächlich sehr bequem.«

»Habe ich schon mal gehört.«

Er nimmt meine Hand, führt mich aus dem Raum, und wir laufen durch den aufwändig mit einem Teppich gepolsterten Flur zum Aufzug.

»Und, wie würdest du dieses Date im Vergleich zu unseren anderen bewerten?«, fragt er.

»Ich habe das Gefühl, unsere Geschwister haben sich gegen uns verschworen.«

Er lacht nervös. Es ist ein heller Lift, der mit gravierten Spiegeln ausgekleidet ist, sodass wir uns aus jedem Winkel sehen können. Ich habe mich noch nicht so genau gesehen. Ich lächle. Er könnte mich in das schickste Hotel Londons mitnehmen oder mir Hummus an einem Fluss geben, und ich glaube, es würde sich immer noch genauso anfühlen, neben ihm zu stehen. Stille breitet sich aus, während wir beide überlegen, was wir als Nächstes zueinander sagen sollen, aber er ergreift zuerst das Wort.

»Ich muss etwas tun, denn später ist nicht der richtige Zeitpunkt …«

Und damit beugt er sich zu mir, legt eine Hand auf meine Wange und küsst mich. Und ich weiß nicht, warum, aber dieses Mal fühlt es sich richtig an. Ich kann nicht atmen, weil wir uns so nah sind, das Gefühl seines Atems bei meinem, wie sanft seine Lippen mit meinen verschmelzen. Es ist kein langer, nicht enden wollender Kuss. Er ist kurz und nahezu perfekt. Die Aufzugtüren öffnen sich. Und in diesem kleinen, magischen Moment nimmt er meine Hand, und mit einem riesigen Grinsen auf dem Gesicht schiebt er seine Finger zwischen meine und führt mich durch den Ballsaal: ein faszinierender Ort mit hohen Decken, aufwändigem Dekor und funkelnden Blumentorbögen. Wir hören Trommeln und das laute Dröhnen von Musik. Ich stehe stumm da und lasse das alles auf mich wirken. Er hat mich gerade geküsst. Auf die Lippen. Und das hier ist ganz anders als jede Hochzeit, die ich zuvor erlebt habe. Das Summen und die Lautstärke der Gäste. Die Frauen in Saris in allen Farben des Regenbogens. Die Tische mit den riesigen Dekorationen und duftenden Currys. Es gibt Männer in Turbanen, die Trommeln schlagen. Und Rauch. Und einen Bräutigam, der wegen seiner Kontaktlinsen aussieht, als hätte er etwas mit der Schilddrüse. Aber ich lächle. Vor Schock, vor Überraschung? Ich weiß es nicht, aber Jags Vater hatte recht. Das ist eine verdammt riesige Torte.

Fahrer bestätigt und auf dem Weg
Malik, Toyota Prius

Als der Abend zu Ende geht, fordern all die Magie und das Trommeln ihren Tribut. Ich habe an diesem Abend gelernt, wie man den Bhangra tanzt. Ich kenne nicht genug Tänze, um ihn mit etwas zu vergleichen, aber da war viel mit Schultern und jubelnd erhobenen Armen. Ich kam nicht ganz in den Rhythmus und wusste, dass ich aussah wie MC Hammer, der wie eine Krabbe auf und ab wippt, aber das kümmerte mich nicht. Ich nahm all die Freude und den Überschwang in mich auf und tat, wozu Lucy mich seit zwei Jahren überreden will. Allerdings wurde überdeutlich, dass meine Füße nicht für dieses Ausmaß energetischen Tanzens gemacht sind, deshalb stehe ich jetzt ohne Schuhe auf dem Teppich, bereit, nach Hause zu fahren. Jag war ein großartiges Date, aber er hat die Aufgabe, sich um die älteren Verwandten zu kümmern, deshalb bleibe ich nicht länger hier. Er hat mich nach dem Aufzug nicht noch mal geküsst. Aber wir haben getanzt. Wir haben bei Paneer, Kuchen und Süßigkeiten gelacht. Ich tanzte mit seinem Vater, der Drehungen liebt, und mit irgendeinem Onkel. War er ein Onkel? Die Bezeichnung schien hier auf jeden über fünfzig zu passen. Ich habe am heutigen Abend mindesten zweiundzwanzig davon getroffen, und viele hatten Fragen zu ihrer Herzgesundheit.

Ich blicke auf mein Handy und lehne mich in eine Nische im Flur. Ich mache ein weiteres Selfie für Lucy, die vollkommen aus dem Häuschen ist, weil ich einen Sari trage, und das Glück darüber gleich mit den anderen in unserem Schwestern-Gruppenchat teilt. Ich habe noch Zeit, um mich zu verabschieden, und ich glaube, jemand meinte, dass es Gastgeschenke gibt, die bei einer Hochzeit diesen Ausmaßes nicht klein ausfallen dürften.

»Hast du sie mitgebracht, um mich zu demütigen?«

Die Stimme kommt von einer Stelle etwas den Flur hinunter. Ich spähe aus meiner Nische und entdecke ein hellblaues, funkelndes Kleid. Daneben sehe ich Jag und weiche sofort wieder zurück.

»Wir sind nicht mal zusammen, Chay.«

Ich bin wie festgeklebt.

»Ja, aber du wusstest, dass ich hier sein würde. Das ist respektlos. Meine Mutter spricht über nichts anderes. Jag ist mit seiner neuen Freundin hier. Und sie ist weiß und Ärztin.«

»Sei nicht unfair.«

»Ich wusste gar nicht, dass du auf alte Geschiedene mit Kindern stehst.«

»Woher kommt das plötzlich? Du hast *mich* doch verlassen.«

»Ja, und? Ist sie deine Freundin?«

»Nun, nein ... aber ...«

Und das ist der Moment, in dem mein Herz, das sich gerade erst erholt und ein wenig zu glühen begonnen hat, wieder dunkler wird. All die Arterien, die es versorgen, erstarren. Und doch spähe ich um die Ecke. Sie küsst ihn. Ich will nicht wissen, was er tut. Küsst er sie zurück? Ist er betrunken? Vielleicht hat er mich deshalb geküsst.

Im Laufe eines Lebens kann ein Herz viele Abermillionen Mal schlagen. Und doch kann man an einem gebrochenen Herzen sterben. Die Symptome ähneln einem Herzinfarkt, aber es kommt von einer Flut von Emotionen oder Hormonen, die durch den Blutkreislauf rauschen. Ich werde nicht zulassen, dass meines bricht. Nicht noch einmal. Die Füße tun mir immer noch weh vom Tanzen, also packe ich meine Schuhe und schleiche auf Zehenspitzen zu einer Seitentür, die ins Foyer führt. Ich werde nicht auf Malik warten.

Ein Mann mit Hut öffnet die Tür für mich. »Guten Abend, Madam. Was für ein hübsches Kleid.«

Ich antworte nicht. Ich springe einfach nur in ein schwarzes Taxi und bitte den Fahrer, mich nach Hause zu bringen.

Kapitel fünfzehn

671 Tage nachdem Lucy Simon beinahe die Treppe runtergestoßen hätte

Ich habe nach dir gesucht, konnte dich aber nach der Hochzeit nicht finden. Ist alles okay?

Emma?

Bist du gut nach Hause gekommen?

Wir haben dein Kleid. Asha hat es reinigen lassen.
Kannst du mich bitte wenigstens wissen lassen, ob du in Sicherheit bist?

Ich lese meine Nachrichten bei einer Tasse Tee. Ich habe sie die ganze letzte Woche nicht aufgemacht. Das war vielleicht grausam, aber was ich dort im Hotelflur gesehen habe, hat zu viele Emotionen in mir aufgewühlt. Es war besser, das Thema zu meiden und nicht zuzulassen, dass sie an die Oberfläche drängen. Mein Herz so dick einzuwickeln, dass es nicht brechen konnte, war die beste Herzoperation, die ich leisten konnte. Ich sprach mit niemandem darüber. Weder mit Schwestern noch mit Sekretärinnen. Ich konzentrierte mich darauf, ihnen das Gute von diesem Abend zu erzählen. Ich habe gelernt, wie man Bhangra tanzt, und habe das beste Auberginen-Masala meines Lebens gegessen. Natürlich inspirierte das Lucy sofort zu einem Peniswitz.

»Wann kommen Simon und die Mädchen hier an?« Beths Kopf lugt zusammen mit dem kleinen Joe um die Ecke. Er trägt eine dieser kuscheligen Fliegermützen, in denen er zum Anbeißen süß aussieht. Seit Kurzem ist er Kindermodel, was mich wenig überrascht. Ich freue mich, dass Beth wieder fröhlicher ist und Windeln als Bezahlung bekommt. Er kichert, und ich kann nicht anders, ich tue so, als würde ich eine seiner Backen auffressen.

»Vor zwanzig Minuten«, sage ich zu Beth.

Sie zieht eine Grimasse. Hinter uns liegt ein Wochenende voller logistischer Verhandlungen, weil ich es Simon erlaubt habe, die Mädchen zum Geburtstagsessen seiner Mutter mitzunehmen. Wir schichten die uns zugeteilte Töchterzeit für besondere Gelegenheiten schon mal um, aber wie man sich vorstellen kann, belasten die Gespräche darüber unsere ohnehin schon angespannte Beziehung. Er ist spät dran, was bedeutet, dass wir gleich zur U-Bahn rennen müssen, weil wir zu Lucy wollen, die bei einem *Frozen*-Wettbewerb in einem Londoner Park einen Auftritt als Elsa hat. Offenbar ist das eine große Sache. Sie kann Geld und einen Vertrag gewinnen, also gehen wir hin, um sie zu unterstützen und laut für sie zu jubeln.

Ich habe Simon nicht nach seinen Plänen für das Essen gefragt, aber ich vermute, dass er sie in ein Bistro eingeladen hat. Steak für ihn, und für seine Mutter irgendeinen Fisch à la Mornay. Ich erinnere mich noch gut an diese Essen, weil ich immer für den Kuchen zuständig war. Linda mochte keine Schokolade. Sie wollte einen einfachen Rührkuchen mit daumendick Marzipan. Wir haben ihr immer Badesalz und Büchergutscheine geschenkt, und Simon hat eine Karte besorgt und nur mit seinem Namen unterschrieben. Keine Küsse, keine persönliche Nachricht, kein Anzeichen von Zuneigung. Ich versuchte, das wiedergutzumachen, indem ich meinen Namen neben eine Nachricht schrieb, die ich nicht ganz aufrichtig meinte.

»Oh«, murmelt Beth und wiegt Joe in den Armen, als sie durch das Fenster das vorfahrende Auto entdeckt. »Ich habe sie schon eine Weile nicht mehr gesehen.«

Ich erhebe mich aus meinem Sessel und sehe Simons Range Rover draußen parken. Die Mädchen springen aus dem Wagen und wühlen im Kofferraum, um ihre Sachen zu finden. Neben dem Auto steht Linda Chadwick, Simons Mutter, und blickt zum Haus herauf. Sie entdeckt mich am Fenster und winkt. Ich habe sie auch schon seit einer Weile nicht mehr gesehen. Ich habe keine Weihnachtskarte oder Geschenke von ihr bekommen, jegliche Kommunikation lief über die Mädchen oder Simon. Sie wirkt zerbrechlich, wie sie dort auf dem Pflaster steht und ihre Handtasche fest umklammert. Hat sie an Gewicht verloren? Ich winke zurück.

»Sie wird reinkommen, oder?«

»Jep. Lächeln und Arschbacken zusammenkneifen«, sagt Beth.

Ich sehe, wie die Mädchen die Treppe hinaufspringen und laut an die Tür klopfen. Iris' Stimme hallt durch den Briefschlitz.

»Wir sind zu Hause!« Mir gefällt, dass sie diesen Ort immer noch ihr Zuhause nennen. Ich öffne die Tür, und die Mädchen fallen mir in die Arme. Sie sehen Tante Beth und gehen rein, um ihren Cousin zu bewundern. Simon steht da, mit mehreren Taschen, Mänteln und etwas, das nach einer Tasche mit Kleidung aus dem Sportunterricht aussieht, von der er erwartet, dass ich sie wasche. Die Übergabe wäre sehr viel einfacher, wenn er einfach alles in eine riesige Einkaufstasche stopfen würde, aber es gehört zu den Freuden der Scheidung, dass ich ihm keine Vorträge über seinen Mangel an Organisationstalent im Haushalt mehr halten muss.

»Du hast ein Kind?« Er zeigt auf Beth.

»Ja.« Beth ist nicht Lucy oder Meg, sie ist höflicher zu Simon, aber das ist einfach ihr Charakter, sie kann keiner Fliege etwas zuleide tun.

»Gratuliere.«

Seine Mutter steht hinter ihm, als würde Simon sie abschirmen.

»Linda, es ist schon eine Weile her, seit wir uns gesehen haben. Alles Gute zum Geburtstag.«

Sie schiebt sich an ihrem Sohn vorbei und schließt mich in eine feste Umarmung. »Emma, du siehst gut aus, sehr gut.« Ich bin ein bisschen irritiert über die warme Begrüßung, aber um fair zu sein, sie war eigentlich immer nett zu mir. Sie ist eine gute Großmutter, und ich habe nichts gegen sie. Aber sie sieht aus, als läge ihr etwas auf dem Herzen. Ich muss diese angespannte Stille überspielen.

»Hattet ihr ein gutes Essen?«

Violet springt an mir hoch. »Wir waren beim Chinesen. Ich habe vier Frühlingsrollen gegessen.«

»Hast du das? Wie aufregend. Gab es auch einen Geburtstagskuchen für Oma Linda?«

»Susie hat einen Schokoladenkuchen gemacht.«

Ich lächle in mich hinein. Linda konnte mit Sicherheit weder mit dem Kuchen noch mit dem chinesischen Essen etwas anfangen, sie ist essensxenophob, was Simon die Wände hochtreibt, es aber immer unkompliziert gemacht hat, für sie zu kochen. Braten und Würstchen und Kartoffelbrei, das war's. Ich bin seltsam ruhig angesichts der Tatsache, dass Susie dabei war, aber bei der Erwähnung des Namens scheint Linda sich zu sträuben.

»Das ist ein hübsches Baby. Sind Sie Meg?«

Beth wirkt etwas bestürzt darüber, dass sie mit ihrer sechs Jahre älteren Schwester verwechselt wird.

»Ich bin Beth. Schön, Sie wiederzusehen, Mrs. Chadwick. Ich glaube, wir haben uns das letzte Mal bei Violets Taufe gesehen?«

Linda nickt und wendet sich meinen Mädchen zu. »Nun, Iris, Violet … kommt her und umarmt eure Oma noch mal so richtig. Wir sehen uns bald wieder.« Meine Töchter wickeln sich um ihre untere Hälfte und wenden sich dann ihrem Vater zu.

»Bye, ihr Süßen«, sagt er. Sie werfen sich in seine Arme, und ich sehe, wie er die Augen beim Abschied schließt. Das ist vielleicht die einzige Gelegenheit, zu der ich ihn je so etwas wie Verletzlichkeit zeigen gesehen habe, aber ich zweifle nicht daran, dass es ehrlich ist. Beth spürt, dass sich etwas anbahnt, und scheucht die Kinder ins Wohnzimmer.

»Ich muss dich etwas fragen, Emma«, sagt Linda. »Bist du Susie je begegnet?«

»Nicht offiziell.«

»Und was ist mit dem kleinen …«

Simon unterbricht sie. »Mum, wir müssen jetzt wirklich los.«

Sie sieht erschrocken aus, dass er sie einfach so unterbricht.

»Oliver? Habe ich auch noch nie getroffen«, sage ich.

Linda wirkt überrascht, dass ich überhaupt weiß, wer er ist. »Ich habe ihn *heute* kennengelernt«, sagt sie gekränkt.

Ich sehe Simon an. Ich verstehe, warum er mir nichts von ihm erzählt hat, aber kann es sein, dass er seiner eigenen Mutter den Enkel verschwiegen hat? Der Junge ist vier Jahre alt! Vier Jahre Leben, die sie verpasst hat. Und er hat beschlossen, ihn an Lindas Geburtstag anzuschleppen? Vielleicht hatte er ja vergessen, ihr ein Geschenk zu kaufen.

»Willst du damit andeuten, dass ich es dir hätte sagen sollen?«, frage ich Linda, weil sie wirkt, als wäre sie irgendwie ärgerlich auf mich.

»Nein, ich wollte mich persönlich bei dir entschuldigen.«

Simon schüttelt den Kopf. »Mum …«

Sie hebt den Finger in seine Richtung und fährt an mich gewandt fort. »Du hast das nicht verdient. Es tut mir leid, dass mein Sohn dich so schäbig behandelt hat.«

Ich erstarre. Simon sagt nichts, sondern dreht sich nur um und geht zurück zu seinem Wagen, wobei man förmlich zornige Rauchwölkchen von ihm aufsteigen sieht. Also haben sie Linda in ein Restaurant geschleppt, das sie nicht mochte, und ihr dann knusprige Ente, Pfannkuchen und Enthüllungen vorgesetzt. Und obendrauf gab es dann noch einen Geburtstagskuchen ohne Marzipan. *Das ist meine Freundin, sie ist schwanger, und das ist mein Sohn, der geboren wurde, als ich noch mit meiner Exfrau zusammen war.* Sicher saß sie dort und hat versucht, sich die Abfolge der Ereignisse zusammenzureimen und dabei alle seine Lügen aufzudröseln. *Alles Gute zum Geburtstag, Mum.*

»Linda, ich weiß nicht, was ich sagen soll. Du hättest das nicht zu sagen brauchen …«

»Doch, das musste ich.«

»Willst du noch auf eine Tasse Tee reinkommen?«

Simon startet den Motor des Wagens. Sie dreht sich um und wirft ihm einen finsteren Blick zu.

»Vielleicht ein andermal.«

»Hast du noch meine Nummer? Du kannst mich jederzeit anrufen.«

Sie nickt, atmet tief durch und geht zum Wagen. Wenn er jetzt losfährt und seine eigene Mutter hierlässt, dann werde ich ihm einen Ziegelstein durchs Fenster nachwerfen. Ich stehe an der Tür und sehe zu, wie Simon sie anschreit, als sie einsteigt, und wie sie ähnlich heftig und laut antwortet. Er braust davon. Ich renne ins Wohnzimmer, wo Joe auf einem Teppich liegt und Iris ihn auf den Bauch küsst. Beth steht am Fenster und wirkt besorgt.

»Wart ihr wirklich chinesisch essen?«

Iris nickt. »Ich habe einen ganzen Teller knusprigen Seetang gegessen. Mir ist alles zwischen den Zähnen hängen geblieben.«

»War es okay? Mit den ganzen Leute, die da waren?«

Iris zuckt die Achseln. »Ich denke schon. Oliver war auch da. Scheinbar müssen wir ihn jetzt unseren Bruder nennen ...« Beth schaut mich mit großen Augen an, während Iris weiterspricht. »... und das ist komisch, weil er Susies Sohn ist und Susie nur mit Dad befreundet ist. Susie ist außerdem schwanger und bekommt bald ein Baby, Tante Beth. Aber er ist bestimmt nicht so niedlich wie Joe«, fährt Iris fort.

Ich halte einen Moment inne, um alles zu verarbeiten. Das ungeborene Kind ist auch ein Junge. Meine Mädchen haben keine Ahnung, wer der Vater dieser Kinder ist. Ich muss sie fragen. Ich atme tief durch.

»Wer ist Olivers Daddy?«

Violet schaut mich an. »Wir haben ihn noch nicht getroffen.«

Beth schaut mich an. All das Drama, all die Lügen und losen Fäden. Ich habe keine Ahnung, was ich tun soll, also drücke ich Violet an mich und lausche auf Joes Kichern. Ich sollte es ihnen sagen. Ich will nicht, dass diesen Mädchen die gleichen Lügen präsentiert werden wie mir. Ich will, dass sie mit einem Mindestmaß Ehrlichkeit von meiner Seite aufwachsen. Aber vielleicht nicht jetzt.

»Wer will Tante Lucy als Elsa sehen?«, sage ich.

Alle reißen die Hände in die Luft.

Wie nennt man eine Gruppe Elsas? Ich denke, es bräuchte ein Wort, das etwas mit Schnee zu tun hat: Schneegestöber oder Lawine? Ich habe noch nie so viel wasserstoffblondes Haar auf einmal gesehen. Hier sind Elsas in jeder Form, jeder Kleidergröße, jedem Alter und jeder Körpergröße. Eine sieht aus, als würde sie eine mit Glitzersteinen verzierte Gardine tragen, und eine andere hat ihr eigenes Trockeneis dabei. Wir können Lucy nicht entdecken, aber Joe schlummert in seinem Kinderwagen, und die Mädchen fühlen sich im Spielbereich wohl, wo man sich das Gesicht bemalen lassen kann. Beth und ich setzen uns auf eine Bank. Wir sind etwas außer Atem, nachdem wir den Kinderwagen die Treppen in der U-Bahn hoch- und runterschleppen mussten. Wir halten uns an überteuerter heißer Schokolade fest, und sie legt den Kopf auf meine Schulter.

»Ist das jetzt mein Leben? Veranstaltungen wie diese?«, überlegt sie, während wir zusehen, wie ein Vater mit seinem strampelnden und brüllenden Sohn über der Schulter an uns vorbeigeht. Beth tut das oft. Sie vergleicht ihr Leben mit Baby mit dem, das sie davor hatte. Vor Joe hätten Will und sie in diesem Park ein Konzert besucht, und sie hätten keine Heißgetränke gekauft, sondern sich mit Bier betrunken.

»In gewisser Weise.«

»Wie trostlos.«

»Es ist nett.«

»Wie hältst du das aus?«

»Hab immer Kleidung zum Wechseln und Feuchttücher dabei, und füll sie mit Zucker ab, damit sie genug Energie haben, um einfach immer weiterzumachen.«

Sie lacht. Ein Mädchen mit rosafarbenen Zuckerwatteresten um den Mund kommt mit einem riesigen, kuscheligen Rentier Sven an uns vorbei, das größer ist als sie selbst. Neben uns springen Kinder in einer hellblauen Hüpfburg herum, als wären sie Verrückte in der Gummizelle.

»Und meide Hüpfburgen und Trampoline. Unser Beckenboden ist nicht mehr das, was er mal war. Meg musste mal ein Grillfest verlassen, weil sie sich auf dem Trampolin in die Hosen gepinkelt hatte. Das habe ich dir nie erzählt.«

Sie kichert. »Wie geht es dir mit dem, was vorhin war?«

»Ich weiß es nicht. Die Mädchen müssen erfahren, wer Susie ist. Aber er überlässt dieses Gespräch mir, und das ist nicht fair.«

Beth wirkt überrascht. »Recht hast du. Lass ihn seine dreckige Wäsche selbst waschen. Denkst du, Linda ist okay?«

»Wer weiß?« Einen kurzen Moment lang muss ich an die beiden denken, wie sie sich im Wagen gestritten haben. Ich hoffe, er war nicht total unausstehlich zu ihr. »Und Will, wie steht es mit Will?«

Sie nimmt einen großen Schluck von ihrer heißen Schokolade und starrt Joe eindringlich an. »Er wohnt immer noch bei seinem Bruder.«

»Und er hat dich mit Joe allein gelassen. Ich denke nach wie vor, dass das nicht sehr fair ist.«

Sie denkt einen Moment nach. »Es ist mehr als das, Ems. Er hat wirklich gelitten.«

Ich reiße ungläubig die Augen auf, als ich das höre.

»Ich weiß nicht. Ich glaube, wir reden viel darüber, wie

schwer die Mutterschaft ist, aber der Druck, Vater zu sein, und die vielen Stunden auf der Arbeit, damit kam er nicht zurecht. Er hatte das Gefühl, zu versagen.«

»Inwiefern?«

»Wir leben in einer Zweizimmerwohnung. Die Londoner Preise und die Situation auf dem Arbeitsmarkt sind hart. Ich glaube, wir haben uns das beide anders vorgestellt. Dass wir wie frisch aus dem Instagram-Post im Partnerlook alles im Griff haben würden.«

»Du *hast* alles im Griff.«

Sie sieht mich an, als würde ich versuchen, die Dinge besser darzustellen, als sie sind. »Du meinst, ich sehe beschissen aus, Schwesterherz. Ich esse buchstäblich alles. Ich habe zwei Kleidergrößen zugenommen. Ich habe keine Ahnung, wann und ob ich überhaupt wieder zu arbeiten anfange. Ich weiß noch nicht mal, ob Joe mich mag oder nicht.«

»Natürlich mag er dich. Du bist seine Mutter.«

»Magst du unsere Mutter?«, fragt sie.

»Nervst du ihn mit unhöflichen und bissigen Bemerkungen wegen seiner Lebensentscheidungen?«

Sie verengt die Augen bei meiner sarkastischen Bemerkung. Joe regt sich. Er lächelt, als er Beth sieht.

»Siehst du? Er mag dich.« Ich sage nicht, dass ich glaube, dass es einfach nur eine Blähung war. Sie schneidet eine Grimasse und wühlt in einer Tasche. Im Inneren befindet sich ein wildes Durcheinander aus Kassenbons, halb aufgegessenen Snacks, Spielzeug und Windeln in seltsamen Größen. Es ist wie die Schultasche ihrer Teenagerjahre. Sie hat dunkle Augenringe, und vermutlich ist es schon ein paar Tage her, seit sie sich das letzte Mal die Haare gewaschen hat, aber man muss sich Joe nur ansehen, um zu wissen, wie glücklich er ist und wie sehr er geliebt wird.

»Also, was wirst du tun?«

»Will etwas Zeit geben, damit er sich über einige Dinge klar werden kann. Mehr kann ich nicht machen, oder?«

Ich umschließe Beths Hand fest mit meiner. Die meisten hätten nicht dieses Vertrauen oder die Geduld, aber vielleicht ist es das, was sie von uns anderen unterscheidet. Sie ist still und empfindsam und legt großen Wert auf Loyalität gegenüber den Menschen, die sie liebt.

»Darf ich etwas sagen, B?«

Sie nickt und wischt Joes Mund mit dem Ärmel ab, weil sie kein Tuch finden kann.

»Das Letzte, was Will auf deiner Party zu mir gesagt hat, bevor er gegangen ist, war, wie sehr er dich und Joe liebt. Ich glaube nicht, dass er ein schlechter Mensch ist. Er ist zumindest kein Simon.«

Beth sieht mich an. Da unsere anderen Schwestern weit weniger freundlich auf Wills Abgang reagiert haben, ist es, als würde sie auf die Pointe warten.

»Gib ihm Zeit bis Weihnachten. Aber versprich mir, dass du nicht zulässt, dass er mit deinen Gefühlen spielt. Es geht auch um dich. Lass dir das, was mir passiert ist, wenigstens eine Lehre sein. Sei keine Märtyrerin für etwas, was es nicht wert ist.«

Sie schließt mich stürmisch in die Arme. »Weihnachten. Ich verspreche es. Aber ich meine, schau dich mal an. Du hast so viel durchgemacht, aber jetzt hast du Jag. Übrigens hast du uns nie erzählt, wie die Hochzeit war.«

Ich nippe an meiner heißen Schokolade, damit ich keine Antwort geben muss.

»Lucy meinte, du bist ohne Schuhe nach Hause gekommen, was bedeutet, du hast mit ihm geschlafen und musstest leise abhauen, damit er nicht aufwacht.«

Sie versucht, mich mit Tricks dazu zu bringen, etwas auszuplaudern, und ich schaue in ihre traurige Miene. Joe hat Glück, dass er ihre funkelnden Katzenaugen geerbt hat. Beinahe fühle ich mich verpflichtet, ihr etwas zu erzählen, damit sie nicht das Gefühl hat, weniger zu erfahren als die anderen Schwestern.

»Ich habe die Schuhe ausgezogen, weil mir die Füße wehgetan haben«, sage ich. »Und du hast recht, ich wollte kein Geräusch machen, weil ich Jag gerade dabei erwischt hatte, wie er im Flur vor dem Festsaal mit seiner Ex knutschte.«

Sie schlägt die Hände vor den Mund. »Oh Ems, warum hast du nichts gesagt?«

Weil ich nicht wieder so gesehen werden wollte. Schaut euch Emma an, den Schwan, der anmutig in einem Sari in eine neue Liebe gleitet. Und hier ist sie, mit einem weiteren Bauchklatscher, der sie wieder auf den Grund sinken lässt.

»Ich bin schon wieder gedemütigt worden. Ich habe mir eine Menge Mühe gegeben. Ich habe zugelassen, dass seine Nichte mich ankotzt. Es fühlte sich besonders an, und dann, aus heiterem Himmel, wieder so ein Schlag in die Magengrube.«

Beth verzieht das Gesicht. »Es tut mir leid, dass er nicht der war, für den du ihn gehalten hast.«

Ich zucke mit den Schultern. »Na ja, er ist jünger als ich und zu trendy. Vielleicht bin es auch nur ich. Vielleicht bin ich einfach nur schlecht darin, Menschen einzuschätzen.«

»Bullshit. Du bist toll. Er weiß gar nicht, was ihm entgeht.«

»Und nun bin ich wieder ein glücklicher Single«, sage ich.

»Lass uns gemeinsam glückliche Singles sein.«

Wir blicken in die Ferne, und ihr Kopf liegt auf meiner Schulter, während Joe uns neugierig beobachtet. Ich sehe Bilder vor meinem inneren Auge, wie ich auf den Treppen vor unserem Familienhaus sitze, auf der zweiten Stufe von unten, und ihr helfe, sich die Schuhe zuzubinden. *Ich bin für dich da, Schwester. Was auch immer passiert.* Das sind die Momente, in denen es gut ist, die ältere Schwester zu sein. Ich erinnere mich: Als Meg sich solche Sorgen machte, dass die Probleme zwischen ihr und Danny ihre Ehe zerstören könnten, sagte ich zu ihr, dass sie in dem Fall wieder zu uns in den Süden ziehen könne. Ich würde uns allen ein großes Haus kaufen, in dem wir dann alle wohnen würden wie eine dieser Sitcom-Familien. Ich denke an all den Wein, den wir trinken könnten, die spektakulären Auseinandersetzungen wegen Feuchtigkeitscreme und all unsere Kinder, die am Küchentisch Spaghetti essen. Obwohl es ein wenig an eine religiöse Kommune erinnert, glaube ich, dass ich das ganz nett fände.

Eine Elsa läuft an unserer Bank vorbei. Ihr Kleid ist so durchsichtig, dass jedermann ihren schwarzen Tanga darunter sehen kann. Durch die Beschallungsanlage über einer Bühne vor uns dröhnt eine Stimme. Kleine Kinder rennen nach vorne, und meine Töchter bahnen sich einen Weg zurück zu uns. Violets Gesicht ist vollständig mit silbernem Glitter bedeckt, den ich tagelang nicht mehr aus meiner Badewanne kriegen werde. Welche von euch Elsas ist dafür verantwortlich? Ich werde dich bis ans Ende der Welt jagen.

»Seid ihr bereit?!«

Beth und ich sehen uns verwirrt an.

»Unsere Finalistinnen sind aus ganz London angereist, um an unserer *Frozen*-Fiesta teilzunehmen. Wir werden sie nach Kostüm, Haaren, Gesang und Tanz bewerten. Bitte spendet ihnen eine Runde warmen Applaus!«

Meine Mädchen – die heute schon heiße Schokolade, Gummibärchen und Mini-Donuts hatten – tanzen herum und schreien wie Verrückte. Beth wirft ihnen einen verwirrten Blick zu. Liebe Schwester, wenn du dachtest, Zahnen und geplatzte Windeln wären schlimm, dann kannst du dich schon mal auf was gefasst machen.

»Und unsere erste Elsa heute ist Nadia aus Sutton.«

Beth und ich klatschen, während ein Mädchen über die Bühne springt und Hände voller Glitter verteilt. Nice Try, aber ihr Kleid hat die vollkommen falsche Farbe. Die zweite Elsa trägt ganz offensichtlich eine schlechte Perücke, und Nummer drei ist Tanga-Elsa. Die Dads scheinen sie zu mögen.

»Und die nächste ist Lucy aus Richmond.«

Meine Mädchen stellen sich auf die Bank, um besser sehen zu können, und wir jubeln wie wild. Beth pfeift. Lucy scheint einen Partner zu haben. Oh, das ist Darren von der Party als Olaf. Ich hoffe, sein Ausschlag ist besser. Sie tut so, als würde sie ihm die Nase stehlen, und sie verfallen in ein kurzes niedliches Rollenspiel, das alle zum Lachen bringt. Sie weiß, wie man eine Menge begeistert. Ich lache leise und mache ein paar Fotos für den Schwestern-Gruppenchat. Meine Töchter sind hingerissen. *Ich rette Leben, Kinder. Ich kann einen Blinddarm entfernen oder eine Thoraxdrainage legen, aber das ist nichts im Vergleich zu Lucy.* Violet sieht aus, als müsste sie gleich vor Stolz explodieren, weil ihre Tante da oben herumtanzt. Lucy dreht eine Pirouette, und der Chiffon ihres Kleids wirbelt über die Bühne. Beth und ich stoßen ein »Ohhhh« aus. Sie verlässt die Bühne.

»Ist der Elch da Britney von der Party?«, fragt Beth.

»Ja. Und unter uns gesagt: Ich glaube, dass er ein wenig in unsere Schwester verknallt ist.«

Beth und ich sehen uns an und lächeln. Viel Glück, Olaf, du kannst es brauchen.

»Unsere Schwester hat einen Hang zur Dramatik, oder?«, sage ich.

»Aber sie ist gut darin. Wo sind die Annas?«

Ich sehe mich um. Sie hat recht. Es gibt als Rentiere verkleidete Männer, aber keine Anna, die wohl bessere Schwester in dem Film.

»Du meinst, die vergessene Schwester, die mutig und herzensgut ist, aber zurücktritt, damit ihre Schwester coole Dinge mit Schnee machen kann?«, sage ich mit großen Augen. Beth lacht herzlich und schmiegt erneut den Kopf an mich.

Jetzt ist es Zeit für die Elsas, zu singen. Tanga-Elsa ist dran, und jetzt weiß ich, warum sie einen Tanga trägt: um davon abzulenken, dass sie singt wie eine taube Kuh. Let it go, Herzchen.

»Oh, Emma? Na so was, du auch hier?« Ich drehe mich um, und da ist Leo.

»Leo?« Ich küsse ihn auf die Wange. »Beth kennst du ja schon …«

Er winkt. Das letzte Mal, als Beth Leo gesehen hat, war er Batman, deshalb mustert sie ihn neugierig.

»Lucy hat am Schultor die Veranstaltung hier erwähnt, also dachte ich, ich komme mit den Kindern her. Sie ist definitiv unter den Top drei, oder?«

»Du hast sie noch nicht tanzen gesehen«, sagt Beth.

»Nein, aber sie sieht toll aus, und sie hat einen Olaf.«

»Ja, aber die eine am Ende mit dem schlecht geflochtenen Zopf hat alberne Seilschleudern an den Händen. Vielleicht bekommt sie Punkte für den Einfallsreichtum?«

Ich bin mir nicht ganz sicher, warum Leo hier ist, aber mir gefällt, welche Wirkung Lucy auf ihn hat. Er wirkt entspannter, als würde er das Leben wieder genießen. Insgeheim vermute ich, dass sie es immer noch treiben, aber das werde ich jetzt nicht zum Thema machen.

Lucy tritt ans Mikrofon. Kann Lucy singen? Ja, aber wenn

man jemanden praktisch sein ganzes Leben lang singen gehört hat, dann ist man irgendwann nicht mehr so beeindruckt. Sie macht dieses Schauspielschulding, bei dem sie die Vokale überbetont. *Übertreib es nicht, Lucy.* Leo sieht voller Bewunderung zu. Sie endet, verbeugt sich mit ausschweifender Geste und schaut zu uns herüber, wobei sie aus der Rolle fällt, indem sie uns begeisterte Daumen nach oben zeigt. Als sie sich jedoch umdreht, rutscht sie auf etwas aus, das nach einem Stück Seil von Elsa mit den Schleuderhänden aussieht. Ungeschickt stürzt sie auf Olaf, das Kleid über dem Kopf. Und wenn wir dachten, dass Tanga-Elsa schlimm war, dann haben wir uns mächtig geirrt. Denn dies ist Elsa ohne Höschen. Man kann ihre gesamte untere Region sehen.

Die Menge schnappt nach Luft. Die Dads, die wegen Tanga-Elsa da waren, schauen plötzlich woandershin. Beth und ich sehen uns an, weder geschockt noch entsetzt. Und gerade als wir dachten, dass es das war, rappelt Lucy sich auf und stürzt sich auf die Elsa mit dem dummen Seil. Olaf versucht dazwischenzugehen, aber wegen seines unförmigen Kostüms torkelt er wie ein Sumo-Ringer gegen Perücken-Elsa. Die Perücke fliegt durch die Luft. Eine weitere Elsa, die etwas Billiges aus dem Supermarkt trägt, bricht in Tränen aus. Ich bin mir nicht sicher, wer als Erste zuschlägt, aber danach sitze ich stumm da und sehe zu, wie alles eskaliert. Kinder weinen, Eltern brüllen Obszönitäten Richtung Bühne, das Jaulen und Knistern eines Mikrofons, das über die Bühne gekickt wird, ein Nebel aus Glitter und Kunstschnee in der Luft. Beth legt den Kopf auf meine Schulter, und wir sehen zu, wie Lucy jemandem die Perücke vom Kopf reißt und sie durch die Luft schwenkt.

»Kennst du diese Elsa?«, fragt Beth.

»Nie zuvor gesehen.«

»Lucy, das war eine Veranstaltung für Kinder. Und auch unabhängig davon solltest du immer Unterwäsche tragen.«

Am Ende der heutigen *Frozen*-Fiesta hat niemand das Geld und den Vertrag gewonnen. Und das war vermutlich richtig so. Nachdem ein paar Männer in nordischer Kleidung die sich prügelnden Elsas voneinander getrennt und die Sanitäter von St. John sich um Schürfungen und Prellungen gekümmert hatten, wurden die Elsas auf die Bühne gerufen, damit sie sich bei den Zuschauern entschuldigen konnten. Außerdem teilte man ihnen mit, dass das Preisgeld für einen guten Zweck gespendet würde. Lucy bekam eine mündliche Verwarnung von einem Polizisten, aber auch zwei Telefonnummern von Menschen aus der Menge, es war also kein Totalausfall für sie. Natürlich hatte sie keine Kleidung zum Wechseln dabei, deshalb war die Fahrt zurück in der U-Bahn recht unterhaltsam.

»Wird deine Mumu nicht kalt ohne Höschen?«, fragt Iris.

Beth nickt und sieht Lucy an. Das ist eine berechtigte Frage, niemand hat gerne eine kalte Mumu.

»Ich war in Eile heute Morgen«, erklärt sie.

»Wenn man in Eile ist, vergisst man sein Handy und nicht sein Höschen«, sagt meine Älteste, und ich lache so heftig, dass mein Atem Nebel in der Luft bildet.

»Geht es Olaf gut?«, frage ich. »Hätten wir ihn zu uns einladen sollen?«

»Ihm geht es gut. Er hat heute Abend noch einen Auftritt in Wadsworth. Als Spiderman.«

»Er hätte sich die alberne Schnur von dem Mädchen ausleihen können«, kichert Beth.

Lucy schaut sie böse an. »Tricks und Spielereien. Und ich kenne diese Elsa, sie veranstaltet in der Kleidung keine Kinderpartys, wenn ihr wisst, was ich meine? Sie hat gerne ein bisschen Schnee auf der Haut.«

Beth und ich wissen genau, was sie meint, aber ich lege den Kopf schräg, um sie wissen zu lassen, dass sie gerade die Hände meiner Töchter hält.

»Und Leo. Du hast Leo eingeladen?«

»Er war da?«, sagt sie und wirkt interessiert.

»Ich dachte, du meintest, du würdest dich nicht mehr mit Dads von der Schule treffen?«

»Aber weißt du, ich mag die Dads von der Schule. Sie sind dankbarer für die Aufmerksamkeit, die man ihnen schenkt.«

»Warum sagst du *Dads* im Plural?« Bitte vögle nicht mit mehreren Dads, Lucy.

Beth schaut uns beide an. Fangt nicht wieder an. Nicht in der Kälte, wenn eine von uns kein Höschen trägt.

Plötzlich pralle ich gegen Iris, die stehen geblieben ist.

»Mummy, da ist jemand an unserer Haustür!«, ruft Violet.

Lucy entgeht meinem Vortrag fürs Erste. Alle drei sehen wir nach oben, aber die Straßenbeleuchtung reicht nicht ganz, um das Gesicht der Person zu sehen. Ich laufe hin, um sie zu begrüßen.

»Linda?«

Ich lächle, als ich sie sehe, und die Mädchen rennen an mir vorbei, um sie zu begrüßen und sich in ihre Arme zu werfen.

»Oma Linda! Warum bist du hier?«, fragt Violet.

»Ich dachte, ihr wärt nicht da.«

Lucy holt zu uns auf und stößt ein Zischen aus, ehe sie sie misstrauisch beäugt. Sie sieht Beth auffordernd an, sich ihr anzuschließen und sich zu meiner persönlichen Mädchen-Schlägertruppe zu formieren. *Du kannst sie mit dem Buggy rammen, und ich werfe mit Schnee.*

»Wir waren unterwegs. Warum bist du hier?«, fragt Lucy. Ich lege einen Arm um sie, damit sie sich beruhigt, weil mir klar wird, dass sie vorhin nicht dabei war.

»Du hast eine Tasse Tee erwähnt«, meint sie zu mir und sieht mich aus traurigen Augen an. Ich gehe zu ihr, aber Lucy schiebt sich schnell zwischen uns. Wir verbünden uns nicht mit dem Feind, Schwester. Sie dreht ihr den Rücken zu.

»Fünf Minuten die Straße runter gibt es einen Laden, wo sie sich ihren Tee selbst kaufen kann.«

Aber Beth schiebt den Buggy mit Joe an uns vorbei, und ich sehe, wie sie Lindas Gesicht mustert. So ist das oft: Lucy steht wütend gestikulierend in einer Ecke, aber Beth geht anders vor, empathischer. Sie weiß, wenn jemand verletzt ist.

»Du solltest reinkommen, Linda«, sagt sie. Lucy wirkt überrascht. Beth wendet sich mir zu. »Wir haben noch nicht gegessen. Sie könnte zum Abendessen dableiben.«

Ich sehe, wie Lindas Augen sich mit Tränen füllen. Ich meine, ich hatte eigentlich nur einen Tee im Sinn, aber ich kann verstehen, warum Beth das tut. Zum einen ist es ihr Geburtstag, aber da ist auch etwas in Lindas Gesicht, das *Einsamkeit* schreit, und Beth weiß im Moment ganz gut, wie sich das anfühlt. Mein Herz tut weh, als ich sehe, wie meine Schwester so offen auf sie reagiert. Ich nicke.

»Komm rein«, sage ich. Mir ist klar, dass es eine Menge gibt, was gesagt werden muss, dass es irgendwelche Entschuldigungen geben muss. Wir alle drängen uns auf der Treppe, und Lucy wirft böse Blicke in Richtung Beth, die im Gegenzug den Kopf schüttelt.

»Komm rein und schau dir mein Schulprojekt an, Oma … es ist in der Küche«, sagt Iris. Sie tritt durch die Tür, nimmt Linda bei der Hand und führt sie ins Haus. Ich beobachte sie wachsam. Die anderen Mädchen (und Joe) sind noch auf der Treppe und schlüpfen aus Mänteln und Schuhen.

»Das war der beste Tag überhaupt!«, verkündet Violet. Ich

sorge mich, weil das bedeuten könnte, dass sie die Prügelei unterhaltsam fand. »Kannst du auf meiner Party auftreten, Tante Lucy?«

»Ich würde alles für dich tun, Krümelkeks.«

Sie schaut sie neugierig an. »Du und Mummy, ihr mögt Essensnamen.«

»Das tun wir. Apropos, in der Bahn haben wir abgestimmt und beschlossen, dass wir Pizza bestellen wollen, Mum«, sagt Lucy zu mir. Beth blickt auf und nickt.

Violet kichert. »Sie ist nicht deine Mummy.«

»Ich wünschte aber, sie wäre es …«, sagt Lucy.

Ich lache. Violet saust zu ihrer Großmutter, und ich sehe durch die Küchentür, wie sie sich umarmen. Ich hoffe, Linda hat nichts gegen Käserand.

»Ist das eine gute Idee?«, fragt Lucy Beth.

»Du warst vorhin nicht da. Sie war ziemlich fertig, lass sie in Ruhe«, sagt Beth.

»Ich breche ihr die Beine, wenn sie hier ist, um eine Szene zu machen.«

»Lucy, sie ist gute siebzig«, gibt Beth entsetzt zurück.

»Dreiundsiebzig«, füge ich hinzu, entsetzt, aber auch neugierig, wie Lucy es anstellen würde, eine Rentnerin in meinem Haus zu verprügeln.

»Kann ich ihr Knoblauchbrot ablecken, bevor ich es ihr gebe?«

»Nein«, antworte ich.

Lucy zieht eine enttäuschte Schnute, und Joe muss lachen.

»Sie lassen mir aber auch gar keinen Spaß, Joejoe. Du weißt, dass ich auf euch beide aufpasse. Ihr seid so brav und wollt zu allen nett sein, aber manchmal, wenn die Dinge hässlich werden, braucht man einfach ein fieses Miststück. Dann rufe ich Meg an.«

Ich blicke erneut durch die Küchentür und höre perlendes Lachen.

»Und was soll Linda uns tun?«

»Ich traue niemandem, der etwas so Schreckliches wie Simon hervorgebracht hat.«

»Mum hat *dich* hervorgebracht, und ich traue ihr trotzdem«, meint Beth.

»Blöde Kuh«, antwortet Lucy.

Wir drehen uns zu ihr um, die auf der fünften Stufe der Treppe sitzt. *Oh Elsa. Was bist du nur für eine Schwester. Du bist diejenige, die alle anrufen würden, wenn wir neben einer toten Prostituierten aufwachen würden oder uns den Tanga verknotet hätten. Und du bist eine sehr gute Elsa. Aber ich bin wirklich froh, nicht deine Mutter zu sein.* Sie sieht uns starren und lüftet lachend den Rock.

»Lass mich mit deiner verdammten Möse in Ruhe«, fleht Beth und hält Joe die Augen zu.

»Niemals.«

»So fängt man sich was ein«, sage ich zu ihr.

»So fängt man Schwänze.«

»Du bist schrecklich.«

»Und deshalb liebt ihr mich alle.«

Wir geben keine Antwort.

Kapitel sechzehn

679 Tage nachdem Meg mir gesagt hat,
ich sei besser als Simon, dieser Wichser

»Nun, die Röntgenaufnahmen sehen gut aus, das EKG auch. Die Medikamente schlagen an. Wir sehen uns dann in einem halben Jahr?«

Auf einem Stuhl mir gegenüber sitzt Lewis in einem blauen Dino-Hoodie, aber das ist nicht der Junge, der noch vor ein paar Monaten auf meinem Küchenboden kauerte. Er ist wieder da, mit all der Wärme und Energie, die ihn auszeichnen. Seine Eltern sind dabei, und etwas an ihnen weckt meinen Neid. Wie entspannt sie da nebeneinandersitzen, ohne Feindseligkeit oder Anspannung. Offenbar zerbrechen nicht alle Ehen so brutal wie meine. Ich habe das Gefühl, ich sollte sie nach Tipps fragen. Als sich in meiner Beziehung das Blatt wendete, fühlte es sich an wie ein Tsunami, der mich komplett wegspülte.

»Okay. Wie geht es Jag?«, fragt Lewis hoffnungsvoll.

Seine Eltern sehen verwirrt aus.

»Als Lewis das letzte Mal hier war, haben wir einen Mann getroffen, mit dem ich in einer Beziehung war …«

»War! Was ist passiert? Er wirkte so nett!«, fragt er traurig.

»Lewis! Wir haben schon darüber geredet, sei nicht so neugierig. Es tut mir so leid, Doctor C«, ruft sein Dad.

»Ist schon okay. Es hat nicht sollen sein.«

»Mein Dad hat einen Bruder, der Single ist. Er ist Baumchirurg.«

Ich lache laut, zur Erleichterung seiner Eltern. Ich denke an Lucy und all die Sexwitze, die sie zum Thema Bäume, Holz und Latten machen könnte.

»Das ist sehr lieb, dass du an mich denkst, aber ich werde wohl erst einmal eine Weile allein bleiben.«

Lewis schmollt einen Moment lang. »Nun, sein Name ist Adam, und er ist auf Facebook, oder, Dad?«

Seine Mutter schüttelt den Kopf. »Es tut uns leid.«

»Entschuldigen Sie sich niemals für ihn. Melden Sie sich an der Rezeption, dann geben wir Ihnen einen Termin für die nächste Kontrolle.«

Ich werde mit einer Lewis-Umarmung belohnt.

Pass auf dich auf, Kleiner. Ich sehe zu, wie eine Schwester sie nach draußen begleitet, und entdecke Maddie, die in der Tür steht. Es ist einer dieser Tage, an denen wir beide bis zum Hals in Papierkram stecken, und sie bleibt noch etwas länger, um zu helfen.

»Wie geht es Lewis?«, fragt sie.

»Naseweis wie immer.«

»Und die Sache mit seinen Eltern?«

»Das haben sie geklärt, denke ich. Oder sie haben zumindest einen Weg gefunden, wie es funktionieren kann. Schau sie dir an. Man würde nicht meinen, dass sie geschieden sind, oder?«

Ich schüttle den Kopf, während wir ihnen hinterherblicken, wie sie zum Ausgang gehen, immer noch eine Familie, immer noch verbunden, einfach Menschen, die versuchen, sich zu vertragen. Kann es wirklich so einfach sein? Maddie und ich machen uns auf den Weg zum Aufzug.

»Es ist dieser Tage schlicht einfacher, geschieden zu sein«, meint Maddie. »Vor gerade mal zwanzig Jahren war es noch ein Schimpfwort. Scheidung war verbittert und voller Hass. Mittlerweile sind die Leute mutiger, wenn sie erkennen, dass ihre Beziehung nicht funktioniert. Sie halten nicht daran fest, obwohl sie unglücklich sind. Sie ziehen weiter. Das Leben ist kurz.«

Ich mustere Maddie. »Einen Moment lang hast du geklungen wie Oprah.«

»Das stammt tatsächlich aus einer Talkshow.«

Wir lachen beide. Sie packt meinen Arm und umarmt mich von der Seite.

»Und warum hast du mir das mit Jag nicht erzählt?«

»Beth?«

»Lucy, die es von Beth hat.«

»Mein persönlicher Schutzschild hat sich unterhalten, wie ich sehe.«

»Ich meine, ich hasse ihn jetzt offiziell. Sollte ich ihn in der Cafeteria sehen, werde ich ihn mit Kaffee bespritzen«, sagt sie.

»Mach das nicht. Die Abteilung für Verbrennungen hat genug zu tun.«

Ich sehe ihr die Gewissensbisse an. Sie hat uns verkuppelt, hat versucht, uns zusammenzubringen, aber es ist nicht ihre Schuld. Sie wollte nur, dass ich mal wieder die Zehenspitze ins Dating-Gewässer stecke. Ich umarme sie, um ihr zu sagen, dass sie an rein gar nichts Schuld trägt. Auf dem Papier war er eigentlich eine sichere Bank. Aber auf dem Papier ist wohl jeder die beste Version seiner selbst. Nirgendwo auf dem Papier muss ich angeben, dass ich ein bisschen langweilig bin, eine irrationale Angst vor Tauben habe und äußerst unsicher bin.

Als wir ganz oben im Krankenhaus ankommen, herrscht eine stählerne Stille, die von den leeren Büros und den Computern im Schlafmodus nur noch unterstrichen wird. Maddie und ich mögen das. Es ist ruhig, und wir können uns in der Küche die besten sauberen Tassen sichern und den Kühlschrank nach guten Snacks durchforsten.

»Tee?«, fragt sie.

»Immer.«

Ich mache mich auf den Weg zu meinem Büro. Manchmal liefert Dan Carvers Frau Kuchen und lässt ihn hier stehen, damit jeder sich etwas nehmen kann. Ich hoffe, sie hat Kuchen gemacht. Ich frage auch besser mal wegen der Mädchen nach. Und überlege mir, mit welcher Bahn ich nach Hause fahren will. Ich biege um die Ecke. Da steht jemand regungslos vor meiner Tür. Ich blicke auf. Oh. Du bist das.

»Emma?«

Ich nicke. »Du bist Susie.«

»Genau.«

Ich merke, dass ich keinerlei Reaktion zeige. Ich atme tief ein und versuche einfach nur, gefasst zu wirken. In solchen Situationen werden Leute umgebracht. Ist sie hier, um mich umzubringen? Aber der Ausdruck auf ihrem Gesicht ist anders als der, den ich beim Einkaufen gesehen habe. Nichts von dem Hass, vielmehr Resignation und Übermüdung.

»Warst du gerade auf dem Weg nach Hause?«

Sie trägt pinke Krankenhauskleidung und darüber einen riesigen Daunenmantel und ein paar Schlüsselbänder um den Hals. Sie ist sehr hübsch, aschblondes Haar, reine Haut und hellblaue Augen. Sie lehnt sich gegen den Türrahmen, und meine Instinkte übernehmen die Führung.

»Du siehst vollkommen fertig aus. Komm rein und setz dich.«

Ich weiß nicht, warum ich ihr vorschlage zu bleiben, aber ganz offensichtlich ist sie aus einem Grund hier, und ich glaube, sie ist zu schwanger, um mich wirklich umzubringen. Ich schließe die Tür zum Büro auf, und sie watschelt hinein und setzt sich vor meinen Schreibtisch, wo ich normalerweise Patienten empfange.

»Neulich in der Lebensmittelabteilung, das warst du, oder?«, fragt sie.

»Klar.«

Mehr will sie nicht wissen? Vielleicht ist sie auch hier, um zu triumphieren. Schau, ich trage das Kind deines Exmannes in mir, ich werde die Stiefmutter deiner Mädchen sein, und sie werden mich mehr mögen als dich.

»Wie weit bist du?«, frage ich, weil ich nicht weiß, was ich sonst sagen soll.

»Sechsunddreißigste Woche. Heute war mein letzter Arbeitstag.«

»Die Mädchen sagen, es ist wieder ein Junge.«

»Das stimmt.«

Ihr Bauch ist vor allem vorne, nicht um die Hüften und hinten, wie es bei mir war. Sie rutscht in ihrem Stuhl hin und her.

»Es tut mir leid, Susie. Ich weiß nicht, warum du hier bist … Hat Simon dich geschickt?«

»O Gott, nein. Es ist nur …«

Und in diesem Moment beginnen ihre Augen zu glänzen, und sie kämpft mit den Tränen. Ich reiche ihr die Box mit Taschentüchern von meinem Schreibtisch, und sie nimmt sich eines. Sie hat mit meinem Mann geschlafen, als ich noch mit ihm verheiratet war. Ich sollte nichts als Hass für sie empfinden. Allerdings kenne ich diesen Ausdruck im Gesicht. Diesen Ausdruck, wenn einem klar wird, dass man von vorne bis hinten verarscht wurde, und wenn man sich verloren und verletzt fühlt.

»Du wirst es nicht glauben! Jemand hat Kekse dagelassen!« Ich blicke auf, als Maddie in mein Büro tänzelt und ihre Beute in die Luft reckt. Sie entdeckt Susie und erstarrt. »Emma?«, fragt sie. Ich sehe sie flehend an. *Die Frau ist gebrochen. Gib ihr einen Moment. Ich meine, lass die Kekse da, aber ich bin okay.* Ich nicke ihr beruhigend zu, und sie stellt den Tee auf meinem Schreibtisch ab, während sie Susie beäugt.

»Ich bin gleich hier draußen, solltest du mich brauchen.« Sie zieht sich zurück, lässt die Tür jedoch offen, und ich sehe, wie sie in der Nähe stehen bleibt. Susie ist sich ganz offensichtlich bewusst, dass sie auf der Abschussliste steht. Flüsternd und unter Tränen fährt sie fort.

»In den letzten Wochen sind einige Dinge ins Wanken geraten. Dinge, die Simon zu mir gesagt hat, über dich, über eure Ehe. Wir hatten gestern Abend einen Riesenstreit darüber, und seine Mutter hasst mich. Also dachte ich, ich muss es aus erster Hand erfahren.«

Ich runzle die Stirn.

»Wann habt ihr euch getrennt? Offiziell?«, fragt sie.

»Ich habe ihm an Weihnachten zweitausendsiebzehn gesagt, dass er gehen soll.«

Ihr stockt ein wenig der Atem.

»Mir hat er gesagt, dass ihr zu diesem Zeitpunkt schon nicht mehr zusammen wart. Dass ihr getrennt seid und nur noch wegen der Mädchen zusammenlebt.«

Ich lache leise. Im Prinzip hat sie recht, aber es wäre nett gewesen, wenn Simon mir das auch mitgeteilt hätte, während ich noch versuchte, unsere sterbende Ehe zu retten.

»Was hat er sonst noch gesagt?«, frage ich.

»Er meinte, solltest du je von Oliver erfahren, würdest

du ihn ruinieren und ihm die Kinder und sein ganzes Geld wegnehmen. Er meinte, du hast meinen Sohn einen Bastard genannt.«

»Ich wusste bis zu einem Elternabend vor sechs Wochen absolut nichts von Oliver.«

Jetzt strömen die Tränen ungehindert.

»Linda. Seit wann weiß Linda über dich Bescheid?«, frage ich.

»Ich wurde ihr als seine Freundin vorgestellt, nachdem eure Scheidung durch war. Aber wir haben Oliver immer vor ihr geheim gehalten.«

»Warum?«

»Simon hielt das für nötig, jedenfalls hat er das gesagt. Er meinte, du hättest diesen brutalen Anwalt, der dafür sorgen würde, dass er die Mädchen nicht mehr sehen kann, wenn jemand von Oliver erfährt …«

Das Brutalste an George sind die Muster seiner Strickpullis.

»Also hast du den armen Jungen geheim gehalten.«

Ich glaube nicht, dass meine Missbilligung gut bei ihr ankommt. Ich vermute, sie ahnt bereits, dass sie die Sache begünstigt und Simon die Kontrolle darüber überlassen hat, was die Welt von diesem Jungen zu Gesicht bekam. Ich kann die Reue in ihrer Miene sehen.

»Er hat uns beide belogen«, sage ich. Möglicherweise sollten wir hier sitzen und uns die Hände reichen, weil uns diese Tragödie verbindet, aber ich weiß nicht, was ich zu ihr sagen soll. Entschuldigungen scheinen mir etwas fehl am Platz.

»Was hat er über unsere Ehe gesagt?«

»Er meinte, sie wäre nur noch Schein. Dass ihr nicht miteinander schlaft und euch nicht mehr liebt.«

Auch nach all der Zeit fühlt es sich wie ein Stachel im

Fleisch an, diese Worte laut zu hören. Vielleicht hat er mich nie wirklich geliebt und brauchte mehr. Etwas wie die Frau hier vor mir. Ich kann auf nichts antworten, was sie gerade gesagt hat, denn wir hatten noch in der Nacht, bevor ich ihn vor die Tür gesetzt habe, Sex, aber das braucht sie nicht zu wissen. Die ganzen anderen Erkenntnisse sind schon traurig genug für sie.

»Wo lebst du im Moment?«

»Ollie und ich haben ein kleines Haus in Brentford. Simon will seine Wohnung verkaufen, und dann sehen wir uns nach etwas Gemeinsamem um. Ich glaube …«

Das hat er ihr erzählt? Diese Frau ist nicht ich, und ihre Erfahrungen sind nicht meine, aber jede Faser meines Körpers will ihr zurufen: *Renn. Renn, so schnell du kannst, vor diesem Mann davon.*

»Und ist es das, was du willst?«

»Im Moment weiß ich gar nichts mehr. Ich kann einfach nicht glauben, dass er mich belogen hat, dass er seine Mutter belogen hat. Es tut mir so leid, weil er dich als dieses schreckliche, kontrollsüchtige Miststück dargestellt hat, und die ganze Zeit über …«

»War er es?«

So schrecklich ich mich auch fühle, mir wird klar, dass sie die ganze Zeit über die andere Frau war. Sie lebte von falschen Versprechungen und unter einer gewissen Form von Geheimhaltung. Gäbe es einen Wettbewerb, wem von uns beiden es gerade schlechter geht, dann fürchte ich, sie hätte knapp gewonnen.

»Kann ich dich etwas fragen? Hat er dir einen Antrag gemacht? Was sind eure Pläne?«

»Ich weiß es nicht. Er hat nicht viel gesagt. Ich liebe ihn. Und ich … ich glaube, er liebt mich auch.«

»Ist er treu?« Eigentlich wollte ich das nicht fragen, aber mir wird langsam klar, dass ich ihr, wenn die Dinge schon aus den Fugen geraten, vielleicht die ersten Risse zeigen sollte, damit sie ihnen selbst auf den Grund gehen kann.

Sie sieht mich entsetzt an und steht auf. »Nur weil er dir untreu war, bedeutet das nicht, dass er mir das auch antun würde. Er liebt mich.«

Ich lasse sie über ihre Worte nachdenken. Allein im letzten Jahr unserer Beziehung gab es mindestens zwei weitere Frauen, von denen ich weiß und die nicht Susie sind. Eine war die Angehörige eines Patienten. Und ich würde Geld darauf wetten, dass er im Moment seine Anwältin vögelt. *Wenn du gemein zu mir bist, dann werde ich all diese Informationen vor dir ausbreiten und jede Illusion zerstören, die du bezüglich dieses Mannes hast.* Aber etwas hält mich davon ab. Ich bin gerade erst aus dem Treibsand entkommen, ich brauche sie nicht an meinen Knöcheln, damit sie mich wieder hineinzieht.

»Du solltest jetzt gehen«, sage ich zu ihr.

»Das hatte ich auch vor.«

»Viel Glück.«

Ich will nicht grausam und bissig zu einer Schwangeren sein. Ein Teil von mir ist geschockt über das, was Simon getan hat. Er hat meinen Namen mit Dreck beworfen, weil es einfacher war. Er hat es seiner Mutter nicht erzählt, weil sie ihn dafür gehasst hätte. Er hat es Susie nicht gesagt, weil er nicht wollte, dass sie die »andere Frau« ist. Und ich fühle mich dumm, noch mehr als je zuvor, weil ich ihm geholfen habe, den Mythos aufrechtzuerhalten, dass er ein verheirateter Chirurg mit einer perfekten Familie ist.

Susie wendet sich zum Gehen und beugt sich nach unten, um nach ihrer Tasche zu greifen. Sie reibt sich die obere Kante ihres Bauches und zuckt ein wenig zusammen. Ich tue so, als würde ich meine Sachen packen, behalte sie jedoch genau im Auge. Sie bleibt stehen und stützt sich an der Stuhllehne ab. Sie lässt die Tasche fallen, und ihre Fingerknöchel auf der Lehne laufen weiß an. Ich eile hinter meinem Schreibtisch hervor, und sie atmet laut aus. Echt jetzt?

»Seit wann hast du schon Wehen?«, frage ich.

»Vier Stunden«, sagt sie und packt meine Hand, als sich ihr Fruchtwasser über meine Schuhe ergießt.

»Ja, hier ist Dr. Callaghan. Ich bin im obersten Stockwerk mit einer Frau, die Wehen hat und hinüber ins St. Thomas gebracht werden muss.«

»Ein Kind?«, fragt die Stimme am Telefon.

»Nein, eine schwangere Frau.«

»Ich glaube nicht, dass ich einen Rollstuhl habe, der groß genug ist. Lassen Sie mich nachsehen.«

»Sie ist kein Wal, also bringen Sie einfach, was Sie haben.«

Es wird still am anderen Ende. Ich habe Susie zu meinem Sofa gebracht, aber sie windet sich, um eine bequeme Position zu finden. Maddie beugt sich über sie und massiert ihr den Rücken. Dieser Mann wird nie zurückkommen. Ich lege auf und versuche es bei jemand anderem.

»Wen rufst du an?«, fragt Susie.

»Simon?«

»NEIN! Ich will ihn nicht hier haben.«

Meine Finger schweben über dem Telefon. Simon könnte das hier regeln, er könnte sie wegbringen und mich aus ihrem Drama heraushalten, aber ich sehe es in ihren Augen. Sie will dieses Baby nach ihren eigenen Regeln bekommen. Sie braucht meine Hilfe.

»Kannst du laufen?«, fragt Maddie.

Susie schreit, als eine weitere Wehe sie erfasst.

»Atme tief ein und langsam durch den Mund wieder aus«, rate ich ihr.

Susie bedenkt mich mit einem Blick, den ich nur zu gut kenne. *Gib mir jetzt bloß keine Ratschläge. Du hast gut reden, wie du schmerzfrei da stehst.* Ich muss sie irgendwie über die Straße bekommen, und ich werde sie verdammt noch mal nicht hintragen.

»Hast du Freunde oder Kollegen, die ich anrufen könnte?«, fragt Maddie. Susie kann nicht antworten. Maddie sieht mich an. »Ruf auf der Station an und bring sie dazu, dass sie jemanden rüberschicken.«

Ich rufe an, aber die Leitung ist besetzt. Maddie sieht mich fassungslos an.

»Das letzte Mal, als ich nachgeschaut habe«, sagt Susie zwischen hektischen Atemzügen, »warst du Ärztin.«

Ich schaue sie scharf an. *Du hast mit meinem Mann geschlafen, und du hast meine Wildlederschuhe und mein Sofa ruiniert.* Ich weiß, ich habe einen Eid geschworen und alles, aber sie kann das Baby gerne allein rauspressen. Ich versuche, mich an das letzte Mal zu erinnern, als ich ein Baby auf die Welt gebracht habe. Ich war noch im Studium, und es war ein Kaiserschnitt. Alles, was ich hier habe, ist eine stumpfe Schere und ein Tacker. Susie hat sich auf dem Sofa gedreht, die Hände in die Rückenpolster gekrallt, den Hintern in der Luft. Sie stößt ein tiefes, summendes Geräusch aus. Maddie weiß nicht mehr, wo sie hinsehen soll.

»Emma, ich glaube … ich glaube, ich muss pressen …«

Das passiert gerade nicht wirklich, oder? Ich lege das Telefon hin, renne zu meinem Waschbecken und wasche mir die Hände.

»Maddie, geh runter und schnapp dir, was du finden

kannst. Handschuhe wären gut, jemand vom Pflegepersonal, Handtücher ...«

»Halt es einfach drin, okay? Bis wir jemanden hier haben.«

Wir sehen Maddie beide an, und ich zeige auf die Tür.

»Es tut mir leid.« Susie schluchzt mittlerweile. »Ich hätte nicht herkommen sollen.«

Ich gehe und stütze sie, damit sie sich auf den Rand des Sofas setzen kann. Ich ziehe ihr Hose und Unterwäsche aus und untersuche sie. Normalerweise fluche ich ja nicht, aber Scheiße, ihr Muttermund ist bereits acht Zentimeter geweitet.

»Na ja, jetzt bist du hier. Es könnte schlimmer sein.«

»Wie könnte das hier schlimmer sein?«

»Du könnest in der U-Bahn sitzen?«

Sie stößt ein gezwungenes Lachen aus.

»Du darfst noch nicht pressen, nur noch eine Wehe, bis der Muttermund vollständig geweitet ist. Wie kommt es, dass du nicht wusstest, dass du Wehen hast?«

»Ich war so abgelenkt von der Arbeit. Ich dachte, es wären Braxton-Hicks-Kontraktionen. Senkwehen. Eigentlich habe ich noch einen vollen Monat.« Sie packt mich bei den Schultern und schluchzt leise. »Ich hasse dich wirklich«, sagt sie zwischen zusammengebissenen Zähnen hindurch und lacht dabei beinahe.

»Das beruht auf Gegenseitigkeit.«

Sie schließt die Arme fest um mich und drückt zu. Ich halte dagegen. Es ist wie ein komisches Wrestling-Manöver. Ich schaue auf mein Sofa, das mit Blut und anderen Flüssigkeiten befleckt ist. Sie schluchzt leise.

»Ich kann das nicht allein.«

»Du bist nicht allein«, flüstere ich.

Ich umschließe ihr Gesicht mit beiden Händen, und wir tauschen einen Blick. Was zum Teufel geschieht hier? Zwei

Gestalten tauchen an der Tür auf, und ich drehe mich um und sehe Maddie in Aktion, wie sie Pakete mit Papierlaken aufreißt. Und da ist, zu meiner Überraschung, Jag. Das ist gar keine seltsame Situation. Er sieht ähnlich entsetzt aus, wie ich mich fühle.

»Maddie hat mich gesehen und mich hier hochgezerrt. Himmel, Emma …«

»Ich sagte, jemanden von der Pflege, Maddie … er ist Anästhesist.«

»Ich hatte die Wahl zwischen ihm und Mira, der Putzfrau«, sagt Maddie hektisch.

»Stütz sie, damit sie aufrechter sitzt, Jag. Gib ihr einfach Halt von hinten.«

Jag tut, wie ihm geheißen, und versucht mich anzulächeln. Angesichts der Tatsache, dass bald ein Baby hier im Raum sein wird, ignoriere ich ihn.

»Das ist Susie Hunter, der Muttermund ist acht Zentimeter geöffnet und …«

Bevor ich weitersprechen kann, kommt eine weitere Wehe. Sie streckt die Beine, und der Schmerz, der in ihr Nervensystem schießt, lässt sie in den Raum hineinschreien. Ich kenne diesen Laut. Es ist reine menschliche Emotion, doch ihre Schreie sind auch voller Traurigkeit. Ich ziehe mir Handschuhe an und untersuche sie noch einmal.

»Das hat vielleicht schon gereicht, Susie. Bist zu bereit zu pressen?«

Sie schaut mir in die Augen. *Du bringst mein Baby auf die Welt, oder?* Wir wissen beide nicht, für wen von uns das demütigender ist.

Aber schon sehr bald wird sich ein weiterer kleiner Mensch in diesem Raum befinden, der nichts weiß und lediglich das Produkt dieses ganzen Schlamassels ist. Lass uns einfach dafür sorgen, dass er sicher zur Welt kommt. Sie nickt schweigend. Sie spannt all ihre Muskeln an, und Jag hakt sich unter ihren Armen ein, damit sie nach hinten gegen ihn drücken kann. Ich erinnere mich, als ich Violet herausgepresst habe, an den Adrenalinrausch, gegen den Schmerz anzupressen und sich davon zu befreien. Violet. Sie flog förmlich in die Welt hinaus. Ich erinnere mich, wie Simon am Bettende stand und ihren Kopf sah. Was für ein Bastard, der all diese Kinder in die Welt setzt, damit sie unter seinem schlechten Benehmen zu leiden haben.

»Ich kann den Kopf fühlen, Susie. Warte einfach auf die nächste Wehe und press dann noch mal so richtig.«

Jag sieht mich an. Ich kann nicht sagen, ob er aufgeregt oder ängstlich ist, aber er nimmt ihre Hand und legt sein Gesicht neben ihr Ohr. Er flüstert etwas, was ich nicht ganz hören kann, aber ihr Atem geht langsamer, und sie schließt die Augen. Ich sehe, wie der Schmerz erneut in ihr aufwallt und sie sich nach vorne beugt. Ich schiebe ihre Oberschenkel zurück, damit sie ein letztes Mal pressen kann, wobei ich Kopf und Schultern heraushelfe, damit der Rest ihres kleinen Jungen zum Vorschein kommen kann. Und als er es tut, ist es wirklich wie Magie. In einem Moment war er noch nicht da, im nächsten ist da ein ganz neuer Mensch im Raum. Ich seufze erleichtert, und Susie schluchzt leise, an Maddie gelehnt.

»Ist er okay? Ist er gesund?«

Ich halte ihn im Arm. Jag beeilt sich, die Nase und den Mund des Babys abzuwischen, und dann stößt es ein lautes Brüllen aus, und seine Haut wird rosa. Es ist ein bisschen klein, aber die Lungen sind in jedem Fall okay. Fünf Sekunden lang hört es auf und schaut mich an. *Hallo, willkommen.* Seine Augen sind blau, aber da ist ein Ausdruck in ihnen, der mir vertraut ist. *Armer kleiner Scheißer, du hast sein Kinn geerbt.* Er fängt wieder an zu weinen.

»Es ist ein Junge, und auf den ersten Blick ist er gesund.«

Ich reiche ihn an Susie weiter, die ihn an ihre Brust drückt, und Maddie deckt ihn zu. Das Schreien ist wie Musik in meinen Ohren; ich lasse zu, dass es das Rauschen in meinem Kopf übertönt. *Was haben wir nur getan, Susie Hunter? Warum haben wir zugelassen, dass dieser Mann uns das antut?* Sie sagt nichts, aber Tränen steigen ihr in die Augen, als wir in dieses zerknautschte Babygesicht schauen, das zu uns aufblickt.

»Wir wurden wegen einer Frau in den Wehen gerufen«, kommt eine Stimme aus dem Flur. Eine Hebamme erscheint mit einer Hilfskraft und einem Rollstuhl. Wir helfen Susie in den Rollstuhl. Susie sitzt dort, völlig geschockt, stumm, mit glasigen Augen. Ich beuge mich nach unten, um ihr eine Decke über die Knie zu legen und ihr zum Aufzug zu folgen.

Die Hebamme und Maddie plaudern darüber, wie aufregend das doch alles sei und wie gut Susie das gemacht habe, aber sie weiß einfach nicht, was sie sagen soll. Als sie im Aufzug verschwinden, tausche ich noch einen letzten Blick mit ihr, ehe die Türen sich wieder schließen. Ich stehe einen Moment lang dort, und das Weinen das Babys hallt noch in meinen Ohren wider.

Ich gehe zurück ins Büro und sehe Jag, der das Schlimmste von dem Chaos aus Laken und Papiertüchern entfernt. Ich stehe wie erstarrt in der Tür.

»Emma, du zitterst ja.« Er zieht einen Stuhl heran, und ich lasse mich darauffallen. »Soll ich dir eine Tasse Tee machen? Was brauchst du?«

»Ich sollte die Putzkräfte anrufen und ihnen sagen, was passiert ist«, antworte ich ausdruckslos.

Jag wirkt ein wenig besorgt. »Emma, wirklich … das kann

warten. Geht es dir gut? Das muss ein ganz schöner Schock gewesen sein. Ich kann gehen und Maddie holen.«

Ich kann nicht antworten. Ich blicke hinunter auf meine zitternden Hände und stehe auf, um zum Waschbecken zu gehen und sie sauber zu schrubben. Jag beobachtet mich aufmerksam, während ich das Wasser immer heißer werden lasse. Er kommt zu mir und stellt es aus.

»Emma, ich mache mir Sorgen. Wer war sie? Warum war sie in deinem Büro?«

Ich spüre, wie meine Schultern plötzlich unter den Emotionen einbrechen. Jag zieht mich dicht an sich und umarmt mich fest. Vielleicht war es das. Der letzte Schuss, den es noch gebraucht hat, um mich zu töten. Vielleicht hat Simon sie geschickt, damit sie hier ihr Kind bekommt und mich noch mehr demütigt. Denn im Moment tobt allein dieser Gedanke durch mich hindurch. Ich habe das Gefühl, dass dies der letzte Tropfen war, der das Fass zum Überlaufen gebracht hat. Dass ich dieses Baby aus der Geliebten meines Mannes zu holen und seinen kleinen, verletzlichen Körper in meinen Händen halten musste. Zumindest kann ich nicht aufhören zu weinen.

»Warum bist du hier? Das ist doch Wahnsinn«, sage ich und muss beinahe lachen.

»Sag du es mir. Ich war im Flur und habe ein Sandwich mit Ei gegessen, als ich mit einer hysterischen Maddie zusammengestoßen bin. Sie meinte, ein Baby würde geboren. Und dann … Ich kann nicht glauben, dass du ein Baby auf die Welt gebracht hast!«

Er steht da und wirkt verwirrt. Ich weiß nicht, was ich zu ihm sagen soll. Ich habe ihn nicht mehr gesehen, seit er seine Ex geküsst hat. Ich dachte, wir wären fertig miteinander. Aber die Art, wie er sich um mich kümmert und sorgt, weckt den Wunsch in mir, ihn nicht wegzuschicken.

»Ist sie eine Krankenhausangestellte? Kennst du sie?«

Das Problem mit Jag ist, dass er nichts über das Drama in meinem Leben weiß. Wir haben nette Unterhaltungen, Momente und Hummus miteinander geteilt. Aber wir haben nie über unser richtiges Leben gesprochen. Ich dachte, es wäre Eskapismus, aber in Wirklichkeit habe ich nur eine Wahrheit unter den Teppich gekehrt, die gerade in mein Büro marschiert ist und mir eine Ohrfeige verpasst hat. Ich war für Simon nicht genug. Wie könnte ich je für jemand anderen genug sein? Ich sehe zu ihm auf. Zeit, die Dinge unter dem Teppich hervorzuholen und mir anzusehen, wie beschädigt ich wirklich bin.

»Sie ist die Freundin meines Mannes«, sage ich lachend, beinahe ungläubig.

Jag reißt entsetzt die Augen auf.

»Sie wollte ein klärendes Gespräch. Scheint so, als hätte mein Ex uns beide angelogen. Sie haben einen weiteren gemeinsamen Sohn namens Oliver, der geboren wurde, als wir noch sehr verheiratet waren.« Meine Unterlippe bebt. »Die Wahrheit ist, dass mein Mann mehrere Affären hatte, als wir verheiratet waren. Sie ist eine von vielen, und ich habe das viel zu viele Jahre geduldet. Und jetzt, so scheint es, erlebe ich die ultimative Demütigung, indem ich ihre Kinder auf die Welt bringen muss.«

Ich weiß nicht, was ich erwartet habe, wie Jag reagieren würde. Sie können jetzt gehen, junger Mann. Er hat sich gut geschlagen, der perfekte Geburtshilfepartner, aber ich erwarte nicht, dass er mit mir durch diese Scheiße watet. Ich bin die reinste Katastrophe. Immer wenn ich denke, ich könnte heil werden und sei bereit, mich wieder der Welt zu stellen, zieht Simon mir den Boden unter den Füßen weg.

Doch Jag reagiert ganz anders. Er streicht mir die Haare aus dem Gesicht. Er wischt mir die Tränen von den Wangen.

»Schhh. Ich finde es ziemlich bewundernswert, dass du das getan hast. Andere hätten sie einfach weggeschickt.«

»Das ist ja nun aber buchstäblich mein Job. Ich habe getan, was jeder getan hätte.«

»Oder auch nicht … Ich weiß nicht, wie man ein Baby auf die Welt bringt.«

»Wo hast du denn bitte studiert?«

Er lacht, und ich reagiere mit einer Reihe von Emotionen, zu denen gehört, dass ich mir Tränen und Rotz mit dem Ärmel abwische.

Er zögert kurz. »Geht es dir gut, Emma? Ich weiß nicht, was zwischen uns passiert ist, wahrscheinlich auf der Hochzeit. Aber ich mag dich. Ich vermisse dich.«

Ich schaue ihm in die Augen. Wenn meine Zeit mit Simon mich eines gelehrt hat, dann, dass es besser ist, alles gleich direkt anzusprechen.

»Ich habe gesehen, wie ihr euch geküsst habt, du und deine Ex. Bei der Hochzeit.« Er wirkt entsetzt. »Ich habe genug Drama in meinem Leben. Ich brauche nicht noch mehr.«

»Warte mal, ich dachte, du bist wegen dem Streit gegangen?«

»Dem Streit?«

»Ich meine, Chay hat mir die Zunge in den Rachen gesteckt, und dann habe ich sie weggestoßen, weil das schrecklich war. Und dann hat sie angefangen zu schreien und mich einen Verlierer genannt und dass ich kein echter Arzt sei, und dann ist meine Schwester aufgetaucht. Und meine Mum, und dann ihre Mum und dann, nun, ich war so betrunken, dass ich einfach nur dort stand und geweint habe. Und ich dachte, dass du mich deshalb nicht mehr wolltest.«

»Du hast geweint?«

»Ich bin … sensibel. Es war ein ganz schön heftiger Streit. Meine Schwester hat ihr ziemlich eine reingehauen. Sie hat eine Extension verloren. Wir haben jetzt einen ganzen Familienzweig, der uns hasst. Deshalb hat Maddie mich im Aufzug mit den Laken gerammt, oder?«

»Möglich.«

Ich weiß nicht, was ich denken soll. Es scheint ein Tag voller schockierender Enthüllungen zu sein. Ich blicke auf eine kalte Tasse Tee hinab und dann hinaus in die Dämmerung.

»Alles, was ich sage, ist wahr. Ich kann Asha anrufen, und sie kann dir alles bestätigen. Du hättest etwas sagen sollen. Ich war so verwirrt«, sagt er.

Ich lächle. »Ich hatte einen Ehemann, der beinahe zehn Jahre lang ein Drama aus unserer Ehe gemacht hat. Ich wollte mich einfach nur still und leise zurückziehen.«

Er wirkt traurig, als würde ihm alles furchtbar leidtun.

»Emma, ich bin nicht wie dein Mann. Es tut mir leid, dass es ein Missverständnis gab, aber ich würde dich niemals so verletzen, wie er das getan hat.«

Ich lache leise. Simon hat mich nicht verletzt, er hat mir das noch schlagende Herz herausgeschnitten.

»Aber, wie du sehen kannst«, sage ich und deute auf mein ruiniertes Sofa, »ist diese Geschichte noch nicht vorbei. Es ist noch eine Menge Drama übrig, und das will ich dir nicht zumuten.«

Er sieht mich verwirrt an. »Aber was, wenn ich es will?«

»Du willst meinen bösartigen Exmann in deinem Leben, der jede Gelegenheit nutzt, um mir eine reinzuwürgen?«

»Solange es dir nichts ausmacht, dass ich eine bösartige Ex mitbringe, die riesige Torten backt.«

Ich lache unter Tränen.

»Wir alle haben eine Geschichte. Gib mir noch eine Chance. Ich mag dich. Wirklich. Ich glaube, du und ich, das wäre glänzend.«

»Wie deine Casio.«

Ich blicke darauf hinab. Ich fürchte, sein Einsatz als Geburtshelfer könnte sie ruiniert haben. Ich habe keine Worte mehr in mir. Er ist hier, und es schwingt Zuneigung und Ehrlichkeit in seinen Worten. Er hat mich in den Arm genommen und sich vergewissert, dass es mir gut geht. Er lächelt und schaut mir in die Augen.

»Vielleicht sollten wir von vorne anfangen.«

»Aber wie?«

Er tritt einen Schritt zurück. »Hi, ich bin Jag. Ich bin dreißig Jahre alt und erst mit sechsundzwanzig aus dem Haus meiner Eltern ausgezogen. Ich mag kein mexikanisches Essen, weil … ich meine, Fajitas, Tacos … Ich traue Essen nicht, das ich selbst zusammensetzen muss. Ich war mit meiner Exverlobten sieben Jahre zusammen, und vor einigen Wochen hat sie bei einer Hochzeit versucht, mich zu küssen. Dann, in dem Streit danach, hat sie über dreißig anwesenden Leuten erzählt, dass sie froh ist, mich nicht geheiratet zu haben, weil ich sehr haarig bin, und sie wolle meine haarigen Babys nicht. Ich bin wirklich sehr haarig. Mein Rücken muss im Sommer regelmäßig gemäht werden.«

Ich lache.

»Hi, ich bin Emma. Ich bin fünfunddreißig. Ich bin geschieden. Mein Exmann hatte mehrere Affären während unserer Ehe. Ich habe während der Scheidung sogar herausgefunden, dass er eine der Gäste bei unserer Hochzeit gevögelt hat. Ich war dumm genug, mit ihm verheiratet zu bleiben, weil ich gerne meine Zeit verschwende. Ich esse keine Sandwiches, und nach meiner Ehe hatte ich nur Sex mit einer Person, und auch nur, um sicherzustellen, dass ich noch weiß, wie man Sex hat. Ich weine nicht gern vor Publikum. Und ich will nie wieder heiraten.«

War das am Ende ein Deal Breaker? Außerdem habe ich ziemlich offen über Sex geredet. Lucys Schuld.

Er schaut mich an und streckt die Hand aus, damit ich sie schütteln kann. »Schön, dich kennenzulernen, Emma. Was hältst du von Hummus?«

Kapitel siebzehn

692 Tage nachdem wir Mum in die Notaufnahme gebracht haben, damit ihr ausgerenkter Daumen geröntgt werden konnte

»Meine Güte, was in aller Welt ist das da hinter dir?«

»Ein Sexshop. Das sind die Umrisse von einem riesigen Neonröhrenpenis. Lucy fühlt sich hier wie zu Hause.«

Ich lächle die Person auf dem Display an. Von uns Schwestern ist Grace, Schwester Nummer vier, die Globetrotterin. Im Moment hält sie sich in Amsterdam auf, wo sie an der Hochzeit einer Freundin teilnimmt, und natürlich war das die ideale Gelegenheit für Lucy, sie zu besuchen und vorzugeben, dass sie nur nach ihr sehen will, obwohl sie in Wirklichkeit der Ausschweifungen wegen dort ist.

Wenn es eine Schwester gibt, die das Ei ist, dem ich gleiche, dann ist es Grace. Sie arbeitet im Finanzwesen und legt wie ich Wert auf Details, Gründlichkeit und Pünktlichkeit. Weil ihr Leben eine tragische Wendung genommen hat, haben wir sie ermuntert, sich Zeit und Raum zu nehmen und für eine Weile zu verschwinden, um zu heilen, aber mir fehlt es, jemanden zu haben, der auf meiner Wellenlänge funkt.

»Wusstet ihr schon, dass Lucy jetzt mit Mädels knutscht?«, fragt sie mich.

»Meg hat etwas in der Art erwähnt. Meinst du nur küssen oder auch mit ihnen schlafen?«

»Wer weiß das schon. Heute kam schon ein Mann auf uns zu, der sie für eine Professionelle gehalten hat.«

Ich blähe entsetzt die Nasenflügel auf. »Was zur Hölle hatte sie an?«

»Wir waren unterwegs zu einer BDSM-Nacht.«

»Wir?«

»Frag lieber nicht«, lacht Grace. Es ist so schön, sie lachen zu sehen.

»Und Lucy hat mir von der letzten Episode mit Satan erzählt.«

»Nennt ihr ihn jetzt alle so?«

»Ja. Hast du es George schon erzählt?«

»Nein. Sollte ich?«

»Absolut. Aus einem rechtlichen Gesichtspunkt ändert das alles.«

»Inwiefern?«

»Wenn er weitere Angehörige hat, dann spielt das eine Rolle für die Finanzen. Er ist nicht mit Susie verheiratet, aber was passiert, wenn er morgen stirbt?«

»Dann schmeißt ihr eine Party?«

»Ja, klar, aber es sollte geklärt sein, wie sein Vermögen in dem Fall aufgeteilt wird und welche Rechte Oliver und das neue Baby hätten. Hat das neue Baby einen Namen?«

Ich zögere, ehe ich es ausspreche. »Louis.«

»Dein zweiter Vorname ist Louise.« Das ist kein Zufall. Maddie hat erzählt, dass Susie den ganzen Weg auf die Station über weinte und auch dort nicht aufhörte, bis die Beschäftigten sich schon Sorgen machten, sie könnte eine Art postnatalen Nervenzusammenbruch haben. Aber dann änderte sich etwas. Simon versuchte, sie zu besuchen, und sie hat Himmel und Hölle in Bewegung gesetzt, um zu verhindern, dass er die Station betritt. Es war wohl ziemlich was los. Mein Ex hat alles ins Feld geführt und mit Polizei und Aufsichtsrat gedroht, aber die Station hat Susie die ganze Zeit über unterstützt und beschützt. Pflegekräfte halten zusammen. Eine Woche später erhielt ich Blumen und eine Karte, auf der sie mir dankte und mir meinen Namensvetter vorstellte.

Grace bedenkt mich mit dem Blick, der mir schon von Beth, Lucy und meiner Mutter vertraut ist. *Bleib auf Distanz.* Es war sehr nett von mir, das Baby auf die Welt zu bringen, aber weiter sollte ich nicht gehen.

»Ruf George an«, sagt sie. »Dokumentiere alle neuen Informationen, die du hast, denn das sollte irgendwo vermerkt sein. Dir ist bewusst, warum er das alles geheim gehalten hat, oder?«

»Weil er ein Mistkerl ist und sich Sorgen macht, wie das nach außen hin aussehen könnte?«

»Schätzchen, das sind alles rechtliche Sicherheiten. Wenn du dir das alleinige Sorgerecht erstreiten wolltest, dann könntest du ihn mit diesen Informationen vor Gericht zerschmettern. Du könntest argumentieren, dass er leichtfertig ist, eine Gefahr für eure Mädchen, ein pathologischer Lügner. Ich möchte wetten, wenn jemand sich seine Finanzen genauer ansehen würde, würde herauskommen, dass er Einkünfte und Vermögen vor dir verbirgt. Wenn du wolltest, könntest du ihn damit vermutlich fertigmachen.«

Das war nie meine Absicht. Meine Schwestern haben lange genug gebraucht, mich dazu zu bringen, ihn zu verlassen, aber ich wollte es still und leise tun, ohne viel Gewese. Ich wollte meine Mädchen. Ich wollte dieses Haus. Aber was sie sagt, leuchtet mir ein. Plötzlich vermisse ich meine Schwester mit dem logischen Denken.

»Schütz dich weiterhin, indem du George hinzuziehst. Möchtest du, dass ich mit ihm rede?«

»In deinem Urlaub?«

»Es ist kein Urlaub.«

Einen Moment lang schweigen wir. Aus dem Hintergrund meldet sich eine Stimme. »Hey, London-Bitch!«

Grace schaut sich um und verdreht die Augen.

»Du hättest mitkommen sollen, Ems. Ich hätte dich in einen Sexclub mitnehmen können ...«

»Ähh, nein danke. Am Ende fange ich mir noch was ein.«

»Wäre auch nicht schlimmer als das, was du dir von Stuart Morton hättest holen können«, sagt Lucy.

Grace wendet sich wieder dem Display zu und schaut mich entsetzt an. »Du hast mit Megs Schwager geschlafen?«

»Jep, ich und Ems sind jetzt Penisgefährtinnen.«

Ich sage nichts, aber ich hoffe wirklich, dass meine Schwester sich ein paar holländische Filzläuse dafür einfängt, dass sie das ausgeplaudert hat.

»Ich dachte, du bist mit einem Asiaten zusammen?«

»Bin ich auch.« Es fühlt sich komisch an, das laut auszusprechen. Sind wir wirklich zusammen? Oder treffen wir uns nur hin und wieder? Ich fühle mich zu alt für einen festen Freund und zu spießig für einen Lover.

Lucy mustert mich neugierig. »Hast du schon mit ihm geschlafen?«

»Warum willst du so dringend, dass sie Sex hat?«, will Grace wissen.

»Vor Stuart Morton hatte sie fast zwei Jahre keinen Sex mehr, Gracie. Nach so langer Zeit kann das Jungfernhäutchen nachwachsen, weißt du?«

»Kann es nicht«, sage ich mit der Autorität meines medizinischen Fachwissens.

»Kümmere dich wenigstens um deinen Busch, damit du bereit für den Moment bist«, sagt Lucy.

»Ich habe heute Morgen alles abrasiert.«

»Wirklich?«

»Nein.«

In diesem Moment kommen zwei kleine Menschen in den Raum gerannt und springen auf meinen Schoß. »Was für einen Busch muss Mummy schneiden?«, fragt Violet und winkt ins Display. Lucy schickt ihr Kusshände zurück.

»Ich habe bei euch am Haus einen Busch gesehen, der ist total außer Kontrolle«, sagt Lucy.

Grace bemüht sich sehr, nicht in Lachen auszubrechen.

»Du solltest einen ordentlichen Busch haben wie die Frau, die gegenüberwohnt. Sie schneidet ihn jeden Tag«, fährt Violet fort.

»Das liegt daran, dass ihr Mann arbeitet und sie Hausfrau ist, deshalb hat sie Zeit für so was.«

Lucy schüttelt vorwurfsvoll den Kopf.

»Wann kommst du zurück, Tante Gracie?«

»Bald, ihr Süßen.«

»Du fehlst uns.«

»Ihr fehlt mir auch.«

Ich hasse es, dass sie nicht da ist, aber sie muss es tun. Ich verstehe das.

»Mach ihr nicht zu viel Kummer, Lucy«, sage ich.

»*Moi?* Niemals.«

»Mum und die anderen kommen bald zum Abendessen, wollt ihr Hallo sagen?«, frage ich die beiden.

Sie schütteln synchron den Kopf und grinsen selbstzufrieden. »Viel Glück, und richte ihnen schöne Grüße von uns aus«, flöten sie im Chor. »*Au revoir,* London!«

Ihr Kühe.

Ich und die an mich gekuschelten Mädchen winken ins Display, bis es schwarz wird.

»Das Essen riecht lecker, Mummy«, sagt V, die mit bemalten Händen auf meinem Schoß sitzt.

»Und warum hast du dich angemalt?«, frage ich.

»Damit ich Iron Man sein kann?« Klingt logisch. Ich küsse ihre Handflächen und hoffe, dass sie mich nicht mit ihren Lasern tötet. »Wann kommen Oma und Opa?«, fragt sie.

»Bald. Habt ihr eure Betten gemacht?« Violet nickt, aber ich blicke an die Decke und schüttle den Kopf. »Ich kann von hier aus sehen …« Violet schaut nach oben. Das wird immer mein bester Trick bleiben.

Iris weiß es besser und kichert. »Du hast keine Röntgenaugen, Mama!«

»Woher willst du das wissen?«, scherze ich.

»Weil Daddy es gesagt hat«, meint sie.

Verdammt, jetzt hat er mir meinen besten Witz ruiniert. Sie schaut mich auf die gleiche Weise an, wie Simon es immer getan hat, wenn ich versucht habe, witzig zu sein. Es ist absurd, dass ich diese beiden kleinen Mädchen so bedingungslos lieben kann, obwohl sie mich ständig an jemanden erinnern, den ich so abgrundtief hasse, dass ich liebend gerne tatenlos zusehen würde, wie er von wilden Wölfen gefressen wird. Iris kommt zu mir, und wir schmiegen uns zu einem riesigen Kuschelsandwich zusammen.

»Mummy, dürfen wir dich was fragen?«, sagt Violet.

»Klar. Was denn?«

Iris wirkt zurückhaltend, aber Violet scheint diese Vorbehalte nicht zu haben. »Kannst du Daddy fragen, was mit Susie passiert ist?«

Ich atme tief durch, als ich ihren Namen höre. Ich bin mir nicht einmal sicher, ob Simon weiß, dass ich geholfen habe, das Baby zur Welt zu bringen. »Was hat Daddy gesagt, das passiert ist?«

»Er sagt, dass sie keine Freunde mehr sind und wir sie und Oliver nicht mehr sehen werden.« Beide sehen verwirrt und traurig aus. »Und wir wissen nicht einmal, ob sie ihr Baby bekommen hat. Daddy will nicht darüber reden.«

Verdammt, Simon! Wie viel hat er den Mädchen erzählt? Dass er und Susie sich nur mal zum Spielen getroffen haben? Dass Oliver nur ein beiläufiger Freund war? Der Junge ist ihr Bruder! Ich blicke auf das schwarze Display, wo eben noch meine Geschwister waren. Iris und Violet haken sich vor mir beieinander unter. Sie hatten schon immer eine enge Beziehung, und ich zweifle nicht daran, dass das der Grund ist, warum sie so gut durch die letzten Jahre gekommen sind. Abends hörte ich sie oft in ihrem Zimmer flüstern, und manchmal saß ich im Flur und hörte ihrem Geschnatter zu, ihren Sorgen, ihren Ängsten, und weinte leise über ihre Unterhaltungen.

»Ich weiß nicht genau, wo Susie ist«, sage ich wenig überzeugend. »Aber vielleicht kann ich Daddy fragen.«

»Kannst du das machen?«, fragt Violet hoffnungsvoll. »Wie, glaubst du, haben sie das Baby genannt? Ich fand nämlich, sie sollen ihn Juan nennen.«

»Das ist ein interessanter Name …«, sage ich lächelnd.

Iris sieht mich verwirrt an. »Du würdest wirklich mit Daddy reden?«

Iris hatte immer schon ein besseres Auge für die Details unserer Scheidung. Immer wenn ich die Mädchen an ihn übergab, sah sie hoffnungsvoll aus. Vielleicht könnten wir uns einfach alle umarmen, und ihre Welt wäre wieder so, wie sie immer war.

»Er ist euer Daddy, natürlich mache ich das. Fehlt euch

Susie? Oliver?« Violet nickt, Iris sieht aus, als wollte sie mir nicht wehtun. »Sie wirkte nett?«, sage ich.

»War sie Daddys feste Freundin?«, fragt Iris. Violet scheint schockiert über diese Neuigkeiten zu sein.

»Ich glaube schon.« Beide schweigen. Ich hasse es, ihre Sicht auf die Welt zu zerbrechen und dass sie mitansehen müssen, wie zwei Menschen, die sie sehr lieben, sich voneinander entfernen. Iris ist still. Ich glaube, dass sie immer eine Ahnung hat, aber man kann sehen, wie sie die Puzzlestücke zusammensetzt, wie wir alle. Verdammt seist du, Simon, dass du unseren kleinen Mädchen das zumutest. Violet verarbeitet die Erkenntnis immer noch.

»Also haben sie sich getrennt?«, fragt sie.

»Ich glaube schon.«

Sie halten sich bei den Händen, und ich erinnere mich plötzlich wieder an einen Moment vor ein paar Wochen, als meine kleine Schwester auf einer Parkbank das Gleiche bei mir getan hat. Ich denke an zwei kleine Brüder draußen in London, die untrennbar mit meinen Mädchen verbunden sind, ohne dass einer von ihnen Schuld daran hätte. Ich denke daran, wie sie zu viert gegen die Welt bestehen. Ich öffne den Laptop und rufe eine E-Mail von Susie auf. Ich klicke auf das Foto im Anhang.

»Das ist Louis, Susies neugeborenes Baby.«

»Sie hat das Baby bekommen!«, quiekt Violet. »Er sieht aus wie ein Hündchen!«

Vermutlich nicht der Vergleich, den man sich für sein Baby wünscht, aber angesichts ihrer Begeisterung muss ich lächeln.

»Louis und Oliver sind eure Brüder.«

Obwohl es sich anfühlt, als hätte ich eine ziemliche Bombe platzen lassen, verarbeiten sie beide still diese Information. Ich drücke sie eng an mich.

»Also ist unser Daddy auch ihr Daddy?«, fragt Iris. »Aber warum haben sie uns dann was anderes gesagt?«

Sie blicken beide zu mir auf, und im ersten Moment möchte ich einfach nur für sie weinen. *Euer Vater hat mir viele Jahre lang etwas anderes erzählt. Das macht er so.* Ich versuche, das mit etwas schlichter Ehrlichkeit wieder in Ordnung zu bringen.

»Unsere Familien haben sich verändert. Ich schätze, er wollte nicht, dass ihr traurig seid«, sage ich. »Ihr müsst Daddy danach fragen.«

Ich kann nicht sagen, ob Iris wütend ist oder nicht. Sie ist in einem Alter, in dem sie noch ans Christkind glaubt, aber sie kennt das F-Wort, und wenn ich ihr schlichte Fakten wie diese vorsetze, weiß ich nicht, wie sie reagieren wird.

»Ich hoffe sehr, dass Daddy dafür sorgt, dass ihr Zeit mit euren Brüdern verbringen und sie besser kennenlernen könnt.«

Iris wirkt verwirrt. »Wärst du dann traurig?«

»Oh, Liebes … überhaupt nicht.« Ich schiebe ihr das Haar hinters Ohr. »Geschwister sind toll. Ich habe vier davon, und es ist immer sehr lustig mit ihnen.«

»Außer wenn Tante Lucy frech ist?«, sagt Iris.

»Na ja, das stimmt, aber stellt euch nur mal vor, ihr könntet eure eigene kleine Bande gründen. Ihr wärt die fantastischen Vier.« Ich bin vielleicht traurig darüber, wie diese Bande entstanden ist, aber ich bin nicht traurig, wenn ich an ihre Zukunft denke. »Wie ist Oliver so?«, frage ich.

»Er mag keine Möhren, er hasst sie richtig. Einmal hat er eine durch ein Restaurant geschmissen!«, erzählt Violet munter. Keine wichtigen Informationen, aber immerhin. »Er hat blaue Augen und mag Dinosaurier. Ist er dann auch dein Sohn?«

Ich zögere kurz. »Nein.« Ich schätze aber, er gehört zu meinem Umfeld. Das wirft in mir die Frage auf, ob moderne Familien nicht neue Verwandtschaftsbezeichnungen brauchen, damit ich ausdrücken kann, wie er zu mir steht. Scheidungssohn ersten Grades? »Aber ich würde ihn gerne irgendwann kennenlernen.«

»Vielleicht können wir ja mal zusammen zu Wagamama gehen?«, schlägt Iris vor. Violet nickt. Das waren eine Menge Informationen, und in gewisser Weise habe ich ein großes Geheimnis enthüllt, und ich vermute, dass sie es verarbeiten, indem sie versuchen, mich dazu zu bringen, ihnen Katsu und Nudeln zu kaufen.

»Das könnten wir.«

Sie klatschen einander ab. Iris schaut mir jedoch in die Augen. »Aber du wirst immer unsere Mama bleiben, oder? Ich werde niemanden sonst ›Mama‹ nennen.«

Aber so was von. Zwischen all der Veränderung und den neuen Menschen werde ich immer die Wahrheit sein. Ich nicke und umarme sie beide fest. *Ich würde bis zum Tod für euch kämpfen. So ein richtiger Gladiatorenkampf.* Ich schaue ihnen ins Gesicht. Hat das, was ich gesagt habe, ihre Lebenswelt noch mehr verändert? Haben diese Neuigkeiten sie verletzt? Ich werde es niemals wissen, aber wenigstens können sie jetzt anfangen, es zu verarbeiten.

Plötzlich klingelt es, und ich sehe, wie ihre Aufmerksamkeit sich auf etwas anderes richtet, als sie in den Flur sausen, um meinen Eltern die Tür zu öffnen. Ich höre Stimmengemurmel und gehe hinüber und stecke den Kopf in den Flur. Die Mädchen belagern sie begeistert.

»Emma, das riecht sehr gut«, sagt meine Mutter. Sie trägt einen Schal mit Leoprint, was so gar nicht ihre Art ist. Seit den späten Neunzigern steht sie auf Blumenmuster. Sie schaut sich im Flur nach Staub und Spinnweben um.

»Es ist Schwein. Du meintest letztes Mal, Hühnchen sei dir zu fummelig zu essen. Dad?«

Dad kommt zu mir und umarmt mich fest. Alles, was man über meinen Vater wissen muss, ist, dass sein Bart flauschig ist und er vermutlich seine eigenen Hausschuhe mitgebracht hat. Außerdem war er gute dreißig Jahre der Mann meiner Mutter und der Vater von fünf Töchtern. Er war in der Unterzahl und entthront, und doch steht er jetzt quicklebendig hier. Während unserer Teenagerjahre war er unser Taxi, und wenn wir eine Prüfung vermasselt hatten oder jemand mit uns Schluss gemacht hatte, dann hat er sich mit einer Tasse Tee und einem Mars-Riegel neben uns aufs Sofa gesetzt. Oder er hat versucht, das Melodrama unserer Mutter auszugleichen.

»Emma.«

»Gut siehst du aus, Dad.«

»Euer Vater singt schon den ganzen Morgen«, erwähnt meine Mum. »Er ist einem Männerchor beigetreten. Sie glauben, sie seien Westlife.« Das ist typisch Mum. Die Mädchen kichern bei der Vorstellung von ihrem bärtigen Opa als Popstar. Das ist eine gute Sache, wenn er so aus dem Haus kommt. Er nickt und lächelt mich an. An der Tür ist Tumult; Iris geht und öffnet sie.

»Joe!«, quiekt sie. Ihr kleiner Cousin hängt an Beth, und alles umarmt sich.

»Sollte er nicht eine Mütze tragen?«, sagt meine Mutter.

Ich zwinkere Beth zu, die Mum mit einer Umarmung und einem Kuss begrüßt, was mehr ist, als ich mir abringen konnte. Dad übernimmt Joe. Ich glaube, er wird immer sein Lieblingsenkel sein, weil er der Erste war, der den Mädchenfluch gebrochen hat. Iris schließt die Tür.

»Noch nicht, Süße. Was ist mit Will?«, fragt mein Dad.

Ich sehe ihn verwundert an. »Aber Will ist …«

»… der lebende Beweis, dass man auch zu viel arbeiten kann. Er ist noch im Büro. Deadline«, sagt Beth und schaut mich streng an. Du hast es Dad nicht gesagt? Warum zur Hölle nicht? Ich muss unseren lieben Dad anlügen?

»Das ist ein Jammer.«

»Ja, das ist es«, presst meine Mutter zwischen zusammengebissenen Zähnen hindurch. Beth schaut mich an. Das wird kein Spaß. Wein. Ich hoffe, einer von euch hat verdammten Wein dabei.

Der Braten ist eine Tradition, die meine Mutter begonnen hat, als wir alle von zu Hause auszogen. Der Gedanke dahinter ist, dass jede Schwester, die noch in London ist, alle zwei bis drei Monate alle zu einem Familienessen zusammentrommelt. Wir wechseln uns ab oder treffen uns auswärts, sollte es nötig sein. Natürlich gibt es nicht immer Braten, aber der Name hielt sich, weil es auch die Chance für meine Mutter war, nach uns zu sehen und uns für unsere ihrer Meinung nach schlechten Lebensentscheidungen am Spieß zu rösten. Meg blieb den meisten Treffen fern, aber Beth und ich sind so gut wie immer da. Diesen Monat ist Lucy sogar nach Amsterdam geflohen, um ihm zu entgehen. Ich wünschte nur, meine Mutter könnte diese Treffen für uns alle erträglicher machen. Ich sehe sie durch die Küchentür am Esszimmertisch sitzen und so tun, als würde sie mit Violet malen, während sie in Wirklichkeit dem Bild von Simon auf dem Kamin finstere Blicke zuwirft.

»Du hast es Dad nicht erzählt«, sage ich zu Beth.

»Nein, Mum sagte, ich soll es nicht tun, weil sie sich wegen seinem Diabetes sorgt.«

»Was hat das mit seinem Diabetes zu tun?«

»Wenn ich das mal wüsste. Vielleicht isst er dann etwas Ungesundes, um sich zu trösten, aber so fragt er mich ständig nach ihm. Und jetzt will ich Alkohol. Ich habe Wein gekauft, viel Wein«, sagt sie und sucht nach Gläsern.

»Du hattest auch den Auftrag, Nachtisch zu besorgen«, sage ich zu ihr.

»Ja, das habe ich auch erledigt. Hast du eine Form für den Pie, damit es so aussieht, als hätte ich ihn gemacht?«

»Unten rechts im Schrank. In der Schublade darüber ist Alufolie, falls du es richtig echt aussehen lassen willst.«

Sie zwinkert und zeigt mir eine Fingerpistole. Genau das Gleiche werde ich nachher mit den Yorkshire Puddings machen, also verurteile ich sie dafür nicht. Sie packt den Kuchen aus und versteckt die Verpackung unter ein paar Lagen Recyclingmüll, dann schenkt sie uns beiden ein großes Glas Wein ein.

»Darf ich dich nach Will fragen?«

»Er ist neulich vorbeigekommen.«

»Das ist gut.«

»Um sich einen Hoodie zu holen.«

»Oh.«

Ich sehe in ihr Gesicht. Sie wirkt einsam und verlassen. Jede Freundlichkeit, die ich dem Mann eigentlich entgegenbringen sollte, wird von einem intensiven Verlangen überlagert, ihn mit einem Stuhl anzugreifen. Ins Gesicht, wie eine Wrestlerin. Ich ziehe sie in eine Umarmung, eine voller Röstaromen, da ich noch die Ofenhandschuhe anhabe. Mum kommt in die Küche und sieht den Kuchen an. »Der sieht … interessant aus«, sagt sie.

Beth und ich lächeln, weil wir genau wissen, was dieses Wort bedeutet. Sie benutzt es, um neue Haarschnitte, einen Wintermantel in einer gewagten Farbe, ein Stück Inneneinrichtung, das sie nicht versteht, oder ein Gebäckstück, das nicht ganz aufgegangen ist, zu beschreiben. Es ist das Wort, das sie verwendet, wenn die negativen Begriffe aufgebraucht sind. Man kann sich vielleicht denken, dass Lucy ihr *interessantestes Kind ist.*

»Es ist Pfirsich Pie.«

»Hast du frische Pfirsiche oder welche aus der Dose genommen?«

»Frische natürlich.«

Sie nickt und wirft einen Blick auf meine Packung Yorkshire Pudding auf dem Küchentresen. Erwischt. Mist.

»Du hättest etwas sagen sollen, die sind so schnell gemacht. Ich hätte Teig mitbringen können.«

Ich lächle einfach nur, während sie sich ein Glas nimmt und dann das Etikett auf Beths Wein studiert.

»Hast du schon was von Will gehört? Wann er zurückkommt?«

Ich wende mich wieder Beth zu, deren Gesicht vor Angst verzerrt ist. Ich vermute mal, sie hat Mum auch eine andere Geschichte erzählt. Ob er überhaupt zurückkommt, steht noch in den Sternen. Aber sie weiß auch, dass Mums Reaktion hitzig ausfallen wird, also vermute ich, dass sie damit auch ein wenig Will beschützen will. Ich meine, an jenem Weihnachten hat Mum sich den Daumen ausgerenkt, und ich musste sie in die Notaufnahme fahren, wo wir neben einem Mann sitzen mussten, der versucht hatte, sich eine Christbaumkugel in den Allerwertesten zu schieben.

»Er braucht nur etwas Zeit, um sich über einige Dinge klar zu werden, Mum«, sage ich.

»Geht es um Geld? Wir können euch immer was leihen.« Sie bohrt weiter. »Ich finde nur, dass es schrecklich ist, dass er meine Tochter und meinen Enkel praktisch verlassen hat.«

Beth wirkt alarmiert, dass unser Dad etwas hören könnte. Ich bin vielmehr alarmiert, dass sie uns eine Szene machen könnte und dann Leute gehen werden. Auf dem Küchentresen steht eine ganze Schweinelende, die gegessen werden muss.

»Er hat mich nicht verlassen. Er nimmt sich nur eine Auszeit. Er …«

Beth nimmt einen großen Schluck Wein. Sie sieht mich hilfesuchend an. Wir kennen Mum zu gut. Bald wird sie bissige Kommentare über seine Eignung als Vater und Lebenspartner abgeben, die wehtun werden, weil sie im Grunde Kritik an unseren Entscheidungen sind. Ich kenne das nur zu gut. Früher standen wir ständig in dieser Küche und haben die gleichen Unterhaltungen über Simon geführt. *Er arbeitet? An einem Sonntag? Er hat dich betrogen? Schon wieder?*

»Lass uns einfach nur nett miteinander essen. Mum, könntest du bitte meine große Servierschüssel aus dem Schrank holen?«, frage ich, um ihr Verhör zu unterbrechen.

Beth atmet hörbar auf, während meine Mutter in meinem Schrank herumwühlt.

»Ich glaube, das ist meine Kuchenform, Emma.« Mum holt sie heraus und legt sie auf den Küchentresen. Sie ist nicht besonders hübsch mit dem Siebzigerjahre-Sonnenblumenmuster, aber man kann gut Crumble darin machen. Für mich gehörte es immer zum Erwachsenwerden, wenigstens ein Teil aus der elterlichen Küche zu erben. Ich höre, wie meine Ofentür geöffnet wird, und als ich mich umdrehe, sehe ich Mum, die hineinlinst, zweifellos, um zu kontrollieren, ob die Röstkartoffeln ihren Standards entsprechen.

»Ich meine, er ist besser bis Weihnachten wieder bei euch, sonst knöpfe ich ihn mir persönlich vor«, sagt Mum hitzig. »Muss ich ihm etwas schenken?«

»Mum, sei nicht so«, sage ich zu ihr.

»Bitte, Mum …«, fleht Beth.

Aber in genau diesem Moment kommt jemand durch die Tür. Es ist Dad. Das ist typisch für ihn. Er hat beinahe einen sechsten Sinn dafür, dass sich etwas zusammenbraut. »Fiona, die Mädchen sind oben und wollen dir etwas zeigen. Irgendeine Art Modenschau, glaube ich.«

Das ist schlau, denn die Enkelinnen gewinnen das Rennen gegen die Töchter jedes Mal, also geht sie, aber nicht, ohne vorher noch ein letztes Mal zuzustoßen. »Die Kartoffeln sehen ziemlich braun aus. Wenn sie zu knusprig werden, kann dein Vater sie mit seinen Prothesen nicht beißen, Emma.«

Ich salutiere, als sie die Küchentür schließt, und Dad lacht in sich hinein.

»Wie kann ich helfen?«, fragt er grinsend. Wir beide lächeln zurück.

»Du könntest die grünen Bohnen abgießen.« Ich stehe vor dem Tresen mit dem Braten und mache mich ans Tranchieren. Das ist das Gute an meinem Beruf: Diese Aufgabe fällt in der Familie immer mir zu. Das Highlight ist der Truthahn an Weihnachten. Ich kann Schenkel abtrennen wie ein Profi.

»Bin ich in was reingeplatzt?«

Beth schüttelt den Kopf.

Er mustert sie mit warmen Augen. »Sie macht sich nur Sorgen wegen dem, was bei dir los ist, Beth. Das weißt du, ja?«

Wir sehen ihn beide verwundert an, und er lächelt.

»Kennt ihr Lucy? Klappe wie ein schwarzes Loch.«

»Lucy hat dir … von Will erzählt?«, frage ich.

Er nickt. Beth geht zu ihm, um ihn zu umarmen.

»Manchmal mag ich es, wenn eure Mutter glaubt, dass ich nicht alles weiß. Sie denkt dann, sie hätte die Oberhand.«

Beth kichert. »Ich hätte es dir sagen sollen. Tut mir leid, Dad.«

»Nicht deine Schuld. Wie geht es dir? Brauchst du was?«

Sie zuckt mit den Schultern. »Ich werde es überleben. Hilf mir einfach nur, Mums Kommentare heute durchzustehen.« Beth sieht angespannt aus, und er umarmt sie noch einmal.

»Sie macht sich Sorgen, weißt du?«

Beth und ich sehen ihn fragend an. So ist es schon, seit wir klein waren. Als Mutter von Töchtern verstehe ich es voll und ganz. Als Mutter von Töchtern willst du, dass deine Mädchen ihren Platz im Leben finden, das Patriarchat zerstören und die Welt regieren, aber daraus ergibt sich auch, dass Mum unmögliche Maßstäbe an uns anlegt. Ich respektiere und fürchte sie dafür gleichermaßen.

»Sie würde Berge für euch versetzen. Ich glaube, sie hat nichts anderes getan, seit Meg geboren wurde, aber sie will euch auch beschützen. Das ist die Löwin in ihr.«

»Ich dachte mehr an einen Drachen«, lacht Beth.

»Dann missversteh ihr Feuer nicht«, sagt er weise.

Ich lache leise, aber Beth und ich sehen uns an und wissen genau, was er meint. Dieses Feuer ist ein Ausdruck von Liebe und Fürsorge. Manchmal verursacht es uns Brandblasen, und wir spüren die Wirkung dieser Flammen, aber sie sind nie wirklich gegen uns gerichtet. Er lächelt. Dad hat mir nie gesagt, was er über die Sache mit Simon denkt. Er hat mich getröstet und war freundlich, aber er hatte nie das gleiche Feuer wie Mum. Ich weiß nicht, ob das eine gute Sache ist oder nicht, aber wenigstens gleicht es meine liebe Mutter aus.

»Und hör nicht auf sie. Die Kartoffeln sind perfekt, Keks.«

Ich halte einen Moment inne. »Krümelkeks« war der Spitzname, den er mir gegeben hat, als ich noch klein war. Gürkchen, Erdnuss, Hühnchen und Böhnchen. Daher die Essensbegriffe. Ich umarme Dad von der Seite, ohne wirklich zu wissen, warum.

»ESSEN!«, brülle ich, während Beth und ich die letzten Teller auf den Tisch stellen, und wir hören das Trappeln von Schritten auf der Treppe. Um ehrlich zu sein, sie alle hier in meiner Nähe zu haben verursacht mir ein warmes Gefühl. Zu sehen, wie meine Mädchen von all der Liebe und dem Trubel umgeben sind. Ich stelle den Braten auf den Tisch und ziehe das Apfelmus weg von meiner Mutter, denn obwohl ich es in eine Schüssel gegeben habe, wird sie sehen, dass keine Stückchen drin sind, und wissen, dass es aus dem Glas stammt.

»Das sieht lecker aus, Ems. Vielen Dank«, sagt Beth und setzt Joe in seinen Hochstuhl.

Meine Mum wühlt sich stumm durch das Gemüse. Es ist schwer für sie, eine Balance zu finden. Sie sagt entweder zu viel oder nichts. Lob mich wenigstens für den Braten, ich finde nicht, dass er schlecht geworden ist.

»Also, Beth, warum erzählst du nicht allen von Joe? Mum, Dad … er hatte ein paar Shootings als Babymodel.«

Dad setzt sich in seinem Stuhl auf, während er sich etwas von dem Brokkoli nimmt. »Nun, es ist ja ganz offensichtlich, dass er mein gutes Aussehen geerbt hat.«

Die Mädchen kichern.

Mum sieht zu uns rüber. »Willst du so jetzt Geld verdienen? Ist das nicht etwas unsicher?«

Mum! Reiß dich zusammen. Sag etwas Nettes, auch wenn du es nicht ganz so meinst. Du weißt, dass sie es jetzt mehr denn je braucht.

»Halten sie deine Lehrerstelle für dich frei? Du warst so eine gute Lehrerin.«

Beth flutet ihren Teller mit Bratensoße. *Lass das Stressessen, Schwesterherz.* Ich sehe sie an. Ich spüre das Bedürfnis, sofort alle anderen Schwestern über FaceTime anzurufen, damit wir diese angespannte Stimmung miteinander teilen können.

Eine kleine Stimme meldet sich. »Sie *ist* eine gute Lehrerin«, sagt Iris durch einen Mund voll Bratenfüllung.

Beth zögert. »Wie meinst du das, Süße?«

»Oma hat die Vergangenheitsform benutzt. Tante Beth *ist* eine tolle Lehrerin. Du hast mir neulich alles über Adverbien beigebracht. Und du bist eine tolle Tante. Ich weiß nicht, warum Onkel Will dich verlassen hat, aber er ist ein Vollidiot.«

Ich lasse mein Tranchiermesser fallen, es landet auf dem Boden. Zum Glück, ohne mir die Zehen abzuhacken. Beth zieht Iris zu einer Umarmung an sich, während Mum und Dad mit offenem Mund dasitzen.

»Dad weiß Bescheid, Mum«, verkünde ich.

Sie starren sich an. Das können sie später im Auto ausfechten, jetzt lächle ich einfach meine Iris an, weil sie weiß oder zumindest schätzt, was für ein Wunder ihre Tante Beth ist. Sie, die den Gegenpol zu der verrückten Lucy bildet und niemanden hasst – nicht einmal meinen verdammten Exmann, nicht einmal den Kerl, der sie verlassen hat.

»So habe ich das nicht gemeint, Iris«, antwortet meine Mutter. »Ich weiß, dass Beth großartig ist. Sie ist meine Tochter. Alle meine Töchter sind großartig, und sie verdienen die ganze Welt, weil sie ein gottverdammtes Wunder sind.«

Und wir erstarren alle. Violet lässt vor Schreck über das Fluchen die Gabel fallen. Beths Augen werden feucht, und wir sehen uns an. Mum wird diese Worte nie wieder aussprechen. Zumindest nicht in den nächsten zehn Jahren, aber wir hatten das Privileg, sie zu hören. Das ist den heutigen Tag wert. Dad strahlt stolz, als wollte er uns sagen: Hab ich's doch gesagt!

»Selbst Tante Lucy?«, fragt Violet.

»Tut mir leid, dass ich geflucht habe. Ja, selbst eure Tante Lucy.«

»Sie hat nämlich neulich allen im Park ihre Mumu gezeigt.«

»Ist das ein Yorkshire Pudding da unter deinem Kissen?«, frage ich Violet.

»Ja, vielleicht bekomme ich in der Nacht Hunger.«

»Es sei denn, eine Maus findet ihn zuerst und frisst sich durch dein Gesicht, um dranzukommen«, sagt Iris.

Violet wirkt entsetzt, und ich werfe Iris einen strengen Blick zu. Ich bin sicher, ihre Schwester schläft nie wieder. Ich gebe Violet zu verstehen, dass sie mir ihre Schmuggelware geben soll, aber es amüsiert mich doch ein wenig, dass sie deftige Backwaren und keine Süßigkeiten versteckt und dabei noch die Geistesgegenwart hat, sie erst in eine Serviette zu wickeln.

Nach der schockierenden Ansprache meiner Mutter, dass sie ihre Töchter ziemlich gut findet, verlief das Essen noch ganz gut. Wir sollten allerdings Lucy vorwarnen, dass sie ein mächtiger Rüffel erwartet, nachdem Iris und Violet den ganzen Elsa-Vorfall geschildert haben. *Sie hat der einen voll eine reingehauen und sie ein Peroxyd-Tittengesicht genannt. Wirklich, Oma. Es war großartig!*

Beth ist noch unten und schaut fern, weil der Fernseher dort größer und meine Sofas bequemer sind. Mum und Dad sind wieder nach Hause gefahren. Sie haben etwas von dem Kuchen mitgenommen, den Mum »geliebt« hat. Sie sagte, Beth habe den Kuchen perfekt hinbekommen, und das war vermutlich das erste Mal, dass meine Mutter gelogen hat, aber ich glaube, sie wollte noch etwas länger nett sein und ihre Töchter ermutigen.

»Wann kommt Tante Lucy zurück?«, will Iris wissen.

»Sie und Tante Gracie waren bei einer Hochzeit, am Dienstag ist sie wieder da.«

»Freyas Mum heiratet«, meldet sich Violet. Mir wird klar, wer das ist: Faith, Leos Ex. Sie heiratet jetzt schon wieder? Ich werde ihm schreiben und ihn fragen, ob er okay ist. »Freya sagt, sie heiraten an einem Strand, und keiner hat Schuhe an. Kann man ohne Schuhe heiraten?«

»Ich schätze schon.«

»Hast du bei deiner Hochzeit Schuhe angehabt?«, fragt Violet. Iris wirft ihr einen Blick zu.

»Ist okay«, beruhige ich sie. »Ich habe weiße Absatzschuhe angehabt und sie mir ruiniert. Da war so viel Gras, dass sie am Ende des Tages hellgrün waren.«

»Wie Hulk?«

»Genau.«

Iris mustert mich neugierig. »Denkst du, du wirst noch mal heiraten, Mummy?«

»Ich weiß es nicht. Das wäre eine Menge Aufwand.«

»Du könntest eine Bürohochzeit haben«, sagt Violet.

»Du meinst, eine standesamtliche Hochzeit?« Ich muss über das Wort grinsen und stelle mir eine Bürohochzeit im Schein des Fotokopierers vor.

Iris ist stumm, und ich gebe ihr ein Zeichen, zu uns zu kommen, damit wir uns drücken und umarmen können.

»Alles okay, Kartöffelchen?«

Ich weiß, dass ihr das alles viel mehr ausmacht als ihrer Schwester.

»Da sind nur eine Menge Leute jetzt. Du hast uns die Fantastischen Vier genannt, und das hat mich traurig gemacht.«

»Warum?«, frage ich.

»Weil Daddy uns immer so genannt hat.«

Ich höre die Traurigkeit in ihrer Stimme. Mir war nicht einmal klar gewesen, woher ich den Begriff hatte.

»Und manchmal vermisse ich die Zeit, als es nur wir vier waren.«

Das Gefühl ist kaum zu ertragen. Eine Träne rinnt über meine Wange; Violet wirkt wie versteinert.

»Sei nicht traurig, Mummy.«

»Ich bin nicht traurig. Es tut mir nur leid, dass Daddy und ich es nicht hingekriegt haben. Aber ihr wisst, wie sehr wir euch lieben. Und dass ich ihn immer dafür lieben werde, dass er mir meine beiden Äpfelchen gegeben hat.«

»Du nennst uns schon wieder wie Essen.«

»Weil ihr beide so lecker seid.«

»Das nennt man Kannibalismus«, sagt Iris.

»Hast du einen neuen Freund?«, fragt Violet.

Ich zögere. Will ich mit ihnen darüber reden? Jetzt? Sollen sie ihn erst kennenlernen? Soll ich ihnen ein Bild von ihm zeigen?

»Ich habe mich ein paar Mal mit einem Mann namens Jag getroffen.«

Sie kichern beide.

»Was ist so lustig?«, will ich wissen.

»Das ist ein alberner Name. Wie Jaguar?«

»Er ist Asiate.«

»Ist er nett zu dir?«, fragt Violet.

»Er kauft mir Hummus.«

»Und du liebst Hummus«, sagt Violet und rückt ihr Kissen zurecht. »Hat er Kinder? Haben wir dann *noch mehr* Brüder und Schwestern? Dann müssten wir einen Bus kaufen.«

Ich lächle, als ich höre, wie praktisch sie darüber denkt. Sie sieht darin eine Gelegenheit, neue Freunde kennenzulernen und eine Party im Bus zu feiern. Wann hat sie dieses riesige Herz entwickelt?

»Jag hat keine Kinder, und er ist auch ein Arzt.«

»Und du liebst Ärzte«, scherzt Iris. Ich kneife die Augen zusammen, weil sie so frech ist. Plötzlich klingelt mein Handy auf der Kommode, und ich rapple mich auf, um ranzugehen. Weil wir gerade von Ärzten sprechen, die ich mal geliebt habe …

»Simon?«

Die Mädchen setzen sich in ihren Betten auf. »Ist es Daddy? Können wir ihm Gute Nacht sagen?«

Die Stimme am anderen Ende ist jedoch unterdrückt, er atmet heftig. O mein Gott, ist er versehentlich beim Sex auf sein Handy gekommen? Aber irgendetwas stimmt nicht.

»Mädchen, Zeit zu schlafen.« Ich küsse sie schnell auf den Kopf und verlasse den Raum.

»Simon, was ist los? Weinst du?«

»Ems.« Er bekommt kaum Luft.

»Ist es Susie? Eure Jungs?«

Nein, es fühlt sich anders an. Selbst bei unserer Scheidung habe ich ihn nie so erlebt.

»Es ist Mum. Sie ist gerade im OP wegen eines Blutgerinnsels …«

Ich setze mich aufs Bett, bevor mir die Beine nachgeben. »Oh Si… Ist sie okay?«

»Kannst du kommen?«

Ich zögere kurz. Ich sitze hier in einem Raum, der einmal uns gehörte, in einem Haus mit unseren Töchtern. Ein Gericht hat bestätigt, dass ich nicht mehr seine Frau sein muss. Aber ich höre seine Stimme, die Panik darin, und das Herz tut mir weh, und ich weiß nicht genau, warum.

»Sag mir, wo du bist.«

Kapitel achtzehn

Wenn es ein Geräusch gibt, das man als den Soundtrack meines Lebens bezeichnen könnte, dann ist es das eines Herzmonitors. Das Piepen beruhigt mich – es bedeutet, dass jemand am Leben ist und sein Herz funktioniert. Aber das durchdringende Geräusch, wenn ein Herz zum Stillstand kommt, langgezogen und anhaltend, das macht mir zu schaffen. Wenn ein Herz stirbt, dann entdeckt der Monitor das absolute Nichtvorhandensein elektrischer Aktivität im Muskel. Es hört auf zu schlagen. Es steht still. Ich stelle mir das oft vor wie die Wellen auf einem Ozean, die plötzlich zum Halten kommen und nur stilles Gewässer zurücklassen.

Ich war nicht mehr als Besucherin in einem Krankenhaus, seit letztes Jahr Grace' Mann gestorben ist. Er hieß Tom, und es war alles so unendlich tragisch. Im einen Moment waren sie noch dieses junge, schöne Paar, das das ganze Leben vor sich hatte, im nächsten erhielt Tom eine Diagnose, die alles veränderte. Er verstarb innerhalb eines Monats. Ich war dort, als er starb. Als sein Körper aufhörte zu funktionieren, brach Grace am Boden zusammen. Ich habe sie gehalten. Ich spürte den unendlichen Schmerz, der sie zerriss und alles, was ich durchgemacht hatte, in die Bedeutungslosigkeit versinken ließ. Das waren keine Risse, die mit der Zeit wieder heilen würden, das war ein Herz, das zu einem Nichts zerschmettert worden war.

»Gehören Sie zur Familie?«, fragt die Dame an der Rezeption.

Ich zögere kurz. »Ja. Emma Chadwick. Ich bin ihre Schwiegertochter.«

Die Station in diesem Krankenhaus ist in gedämpftes Licht getaucht. Aus einem Krankenzimmer hinter mir höre ich eine angespannte Stimme; eine Schwester geht hinein, um den Patienten zu beruhigen. Es ist eine Symphonie aus Herzmonitoren und einem quietschenden Wägelchen, das Krankenblätter und Medikamente von einem Ort zum anderen befördert. Geriatrie ist so. Dem Ganzen wohnt eine gewisse Ruhe inne, aber ich finde es alles so unglaublich traurig – Angehörige, die sich von geliebten Menschen verabschieden, die sie schon lange kennen; einige, die allein sterben, andere, die alles Denken und Verstehen verloren haben, weil ihr Geist dahinschwindet.

Die Rezeptionistin schaut in ihren Computer. »Sie wird noch operiert.«

»Ihr Sohn war bei ihr, ist er noch da?«

»Groß, schönes Haar?«

»Ich nehme es an …«

»Er wartet in ihrem Zimmer. Nummer vier, auf der linken Seite.«

Sie lächelt auf eine Weise, die ich schon tausend Mal zuvor gesehen habe, und ich gehe hinüber zu dem Zimmer und starre die Tür an. Warum bin ich hier? Ich klopfe leicht.

»Herein?«

Als ich eintrete, sehe ich Simons Gestalt am Fenster. Er trägt einen marineblauen Caban-Mantel, den ich ihm zu dem Weihnachten geschenkt habe, an dem der Entschluss fiel, mich von ihm zu trennen. Schatten fallen auf sein Gesicht, aber ich kann sehen, dass er geweint hat. Simon weint niemals – nicht bei der Geburt unserer Töchter, nicht wenn er einen Patienten verlor, nicht bei unserer Scheidung. Nach der Trennung fragte ich mich deshalb oft, ob er eine Art Soziopath ist. Jetzt wischt er sich die Tränen aus den Augen und kommt vorsichtig auf mich zu. Ich bin kein Monster, also breite ich die Arme aus, um ihn zu trösten. Sein Körper krümmt sich an meinem, und ich spüre ihn unter Schluchzern erzittern.

»Danke, dass du gekommen bist.«

Dann wird ihm klar, dass er Schwäche gezeigt hat, und wir lösen uns voneinander. Ich hole einige Taschentücher vom Nachtschränkchen, und er geht zurück ans Fenster. Simon ist allein mit Linda aufgewachsen. Sein Vater hat sie verlassen, als er fünf war, also hatte er keine Geschwister und kaum Verwandte.

»Was ist passiert?«

»Schlaganfall.«

»Oh Simon. Warst du bei ihr?«

»Ja. Emma, was ist, wenn sie stirbt?«

Er zieht einen Stuhl zu sich, um sich zu setzen, senkt den Kopf und weint leise. Ich stelle meine Tasche ab, trete an seine Seite und lege ihm eine Hand auf den Rücken.

»Gab es irgendwelche Anzeichen? Ich dachte immer, sie ist bei guter Gesundheit.«

»Das war sie auch. Sie hat immer sehr auf sich geachtet.«

»Dann weißt du so gut wie ich, dass sie die Operation gut überstehen sollte … Hast du sie schnell hergebracht?«

»Ja.«

»Haben sie einen Scan gemacht? Ist es ein ischämischer Anfall? Was tun sie?«

Ich sitze auf dem Bett vor ihm. Er antwortet nicht, und ich befürchte das Schlimmste. Ich habe mit Herzen und allen damit verbundenen Bereichen zu tun. So zäh sie auch sind, sie sind auch unberechenbar. Ich schätze, er braucht jetzt die Versicherung, dass das bei ihrem anders ist.

»Macht sie noch ihre Morgenspaziergänge im Park?«

»Ja. Eingemummelt in lavendelfarbenen Fleece. Jeden Morgen. Sie hat die Mädchen auch immer mitgenommen.«

»Hör auf, in der Vergangenheitsform über sie zu sprechen. Ich bin sicher, alles wird gut.«

Wir stehen auf, und ich fühle mich etwas hilflos. Das Kingston Hospital ist außerhalb unseres Zuständigkeitsbereichs, aber ich zweifle nicht daran, dass Simon hereinspaziert ist, mit seinen Referenzen und seinem schönen Haar, und dafür gesorgt hat, dass seine Mum ein Einzelzimmer bekommt.

»Seid ihr an ihrem Geburtstag wirklich zum Chinesen gegangen?«, frage ich.

Simon lacht leise über meinen Themenwechsel. »Gott, sie hat es gehasst. Du weißt ja, wie sie ist, wenn es um Essen geht. Und dann der Kuchen und … o Gott, ich habe es so richtig vermasselt, Ems.«

Ich weiß nicht, ob das eine allgemeine Aussage ist, also bin ich still.

»Und das war nur der Anfang von allem, was schiefgegangen ist. In den letzten Wochen haben wir uns nur gestritten. Das ist alles meine Schuld.«

Ich bin kein so schlechter Mensch, dass ich ihm bestätige, dass er seine eigene Mutter in einen Schlaganfall getrieben hat, aber ich sehe, wie die Schuldgefühle ihn zerreißen, sodass er ausnahmsweise mal Emotionen zeigt. Beinahe bin ich eifersüchtig, weil ich so etwas während unserer Ehe nie gesehen habe. Ich entferne mich von ihm.

»Ich war grausam. Weißt du, was das Letzte war, was sie zu mir gesagt hat, bevor sie zusammengebrochen ist? Dass ich zu meinem Vater geworden wäre. Einem Mann, der uns für eine andere Frau verlassen hat.«

Ich drehe mich zum Fenster. Da hat sie nicht unrecht. Obwohl sein Vater nie Teil seines Lebens war, obwohl ich ihn nie getroffen habe, habe ich immer gespürt, dass seine schlimmsten Eigenschaften in seinen Genen liegen. Sein Vater war einer von der ganz üblen Sorte. Er hielt sich von ihnen fern, bewarf sie mit Geld und tat so, als wäre er dadurch präsent. Doch in Zeiten wie diesen irgendetwas zu bestätigen oder dagegen zu argumentieren kommt mir irgendwie unehrlich vor.

»Sie ist zu mir gekommen. Vor einigen Wochen. Nach unserem Gespräch vor meinem Haus. Wir haben sie zum Abendessen eingeladen.«

Er dreht sich um, als wartete er auf die Pointe.

»Was hast du ihr erzählt?«

Ich antworte nicht.

»Du hättest was sagen sollen.«

»Deine Mutter ist gekommen und hat ein bisschen Knoblauchbrot gegessen. Sie hatte einen schönen Abend mit ihren Enkelinnen. Meine Schwestern waren da, wir haben Merlot getrunken. Um ehrlich zu sein, wir haben kaum geredet. Ich habe gespürt, dass sie einfach nur …«

»Antworten wollte?«

»Gesellschaft wollte. Es war ihr Geburtstag. Und es fühlte sich so an, als wollte sie sich aussöhnen. Die Fehler ihres Sohnes wiedergutmachen.«

War das grausam? Wer weiß das schon noch.

»Brauchst du was?«, frage ich ihn.

»Ich hab die Sache mit Susie auch vermasselt. Sie lässt mich Oliver und das Baby nicht mehr sehen.«

»Ich dachte mehr an eine Tasse Tee? Willst du, dass ich mal frage, wie weit sie sind?«

Er schaut mich an, als wären das unsinnige Details. Ich bin gekommen, um hilfsbereit und nett zu sein. Ich will keine persönlichen Geständnisse, schon gar nicht jetzt in diesem Raum.

»Willst du, dass ich Susie anrufe?«, frage ich.

»Ich habe es versucht, aber sie geht nicht ran.«

»Also hast du stattdessen mich angerufen?« Auf ewig die zweite Wahl.

»Ich habe dich zuerst angerufen.«

»Warum?«

»Du stehst ganz oben auf meiner Kontaktliste.«

»Warum?«

»Ich habe es nie geändert. Und ich glaube tatsächlich, dass du immer noch meine nächste Angehörige bist.«

Ich antworte nicht. Meine nächste Angehörige war das Erste, was ich nach der Trennung geändert habe. Jetzt vertraue ich Lucy mehr, wenn es um Entscheidungen geht, die mein Leben betreffen, und das will was heißen.

»Bin ich zu meinem Vater geworden, Ems?«

»Ich bin deinem Vater nie begegnet.«

»Mum war fuchsteufelswild wegen der Susie-Sache. Als ich ihr erzählt habe, dass das Baby auf der Welt ist und wir es nicht besuchen können … und dann …«

»Kam die Wahrheit ans Licht.«

Er antwortet nicht.

»Das Baby hat einen Namen. Er heißt Louis.« Er schaut mich verwirrt an.

»Susie kam in mein Büro, um mich zu konfrontieren, und hat dort Wehen bekommen. Sie hat das Baby mit meiner Hilfe auf dem Boden meines Büros zur Welt gebracht.«

Er dreht den Kopf, und Schock zeichnet seine Miene. »Du hast *was* gemacht?«

»Sie hatte Wehen, während sie deinetwegen geweint hat.«

»Du hast unser Baby auf die Welt gebracht?«

»Ich glaube, wir sind beide in der Lage, so etwas zu tun.«

»Wie ging es ihm? Ist er okay?«

»Er hat dein Kinn, aber ja, als sie gegangen sind, ging es ihm gut.«

»Und du hast mir nichts davon erzählt?«

»Was erzählt? Dass deine Geliebte bei mir war? Dass ich geholfen habe, ihr Baby auf die Welt zu bringen? Nein. Unsere Türschwelle kam mir nie wie der richtige Ort vor, das Thema anzusprechen.«

»Wir hatten uns darauf geeinigt, ihn Harry zu nennen.«

Ich schweige. Harry stand auf unserer Liste, als ich schwanger war. Wir haben nie vorher das Geschlecht feststellen lassen, und der Name war immer da, in der Reserve, deshalb fühlt sich diese Neuigkeit ein wenig grausam an.

»Louis klingt etwas gewöhnlich.«

Okay, das ist grausam.

»Ich denke, es kommt von Louise, meinem zweiten Vornamen.«

»Oh.«

»Ich habe es auch den Mädchen gesagt.«

»Unseren Mädchen?«

»Man hat ihnen Lügen über diese Jungs erzählt. Ich dachte, es ist wichtig, dass sie von ihren Brüdern wissen.«

Er schweigt ungläubig. »Ich bin mir ziemlich sicher, dass das nicht in deinem Zuständigkeitsbereich lag.«

»Ich bin ihre Mutter, Simon. Und ich wollte nicht, dass man sie weiter belügt.«

Er reibt sich die Schläfen. Die Augenringe ziehen sein Gesicht nach unten, seine sonst so reine Haut wirkt fahl und bleich. Ich weiß im Moment nicht, was ich fühlen soll. Ich will nicht hier stehen und ihm predigen, dass er den Schmerz, den er empfindet, verdient hat, oder mich in seinem Leid suhlen, aber ich kann auch kein Mitleid aufbringen.

»Wir müssen ihnen auch von dem hier erzählen.«

»Kannst du das machen?«

»Wir machen es zusammen.«

»Ich kann nicht … Ich habe noch Arbeit, ich muss …«

»HIMMEL NOCH MAL, SIMON!«

Er zuckt zusammen, als er mich schreien hört. Das habe ich nur selten gemacht. Hatte ich Angst vor ihm? Selbst in den schlimmsten Phasen unserer Scheidung ging mein Zorn immer sofort in Traurigkeit über. Er wirft mir einen Blick zu, als wollte er mir sagen, dass ich nett zu ihm sein muss, weil seine Mutter unten operiert wird.

»Das mit deiner Mutter tut mir leid. Das verdient niemand. Aber ich werde die Mädchen nicht mehr anlügen, und ich werde nicht deinen Job für dich erledigen. Du hast es mir überlassen, ihnen vom Ende unserer Ehe zu erzählen. Und ich war diejenige, die ihnen von ihren Brüdern erzählt hat. Hab wenigstens den Anstand und die Eier, dich zu ihnen zu setzen und ihnen zu erklären, dass es ihrer Großmutter nicht gut geht.«

»Und dass es meine Schuld war?« Er schluchzt leise. »Ich will nicht, dass sie schlecht über mich denken.«

»Aber das werden sie, wenn du nicht ehrlich zu ihnen bist.«

Es herrscht Schweigen, er putzt sich die Nase und wischt sich über die Augen. Wo waren diese Tränen vor zwei Jahren? Ich hasse es, das zuzugeben, aber sie wecken eine unerwartete Eifersucht in mir. Gut, wenigstens weiß ich jetzt, dass ihm seine Mutter wichtig ist. Dass er überhaupt ein Herz hat.

»Hatte Linda hohen Blutdruck? Vielleicht hat man etwas übersehen?«

»Denkst du, ich habe etwas übersehen? Dass mir etwas hätte auffallen sollen, weil ich Arzt bin?«

»Dreh mir nicht die Worte im Mund um.«

»Wenn ich dich nicht betrogen und nicht Susie kennengelernt und Oliver und Louis, wie er jetzt heißt, gehabt hätte, dann wäre meine Mutter nicht so emotional aufgewühlt gewesen und hätte vermutlich keinen Schlaganfall bekommen.«

»Falsch. Wenn du nicht über all das gelogen hättest.«

Er schweigt.

»Als deine Mutter auf meiner Türschwelle stand, tat sie das, weil sie traurig war, dass du nicht der Mann bist, für den sie dich gehalten hat, und weil du sie die ganze Zeit belogen hast. Es ist ein einziges Lügengebäude, du übernimmst für nichts Verantwortung.«

»Wow, Ems. Nimm bloß kein Blatt vor den Mund.«

Ich weiß wirklich nicht, warum ich hier bin. Aber ich bin nicht gekommen, um sein emotionaler Sandsack zu sein, an dem er seine Trauer abarbeiten kann. *Ich lade Emma ein, bei ihr kann ich meinen Scheiß abziehen, ohne dass sie sich wehrt.* Ich drehe mich um und nehme meine Tasche.

»Es tut mir leid, Emma. Bitte bleib. Ich habe niemanden sonst.«

»Freunde?«

Er lacht. Ich geselle mich zu ihm ans Fenster, und wir blicken auf den Parkplatz hinaus, wo die Autos im Kreis fahren und nach einem Stellplatz suchen. Ein Mann mit einem riesigen Blumenstrauß kommt vorbei, seine Heliumballons tanzen im Wind.

»Du warst meine einzige Freundin«, sagt er.

»Ich war deine Frau, Chadwick.«

»Das warst du. Du hast mich seit Jahren nicht mehr Chadwick genannt, nicht seit dem Studium.«

Ich erinnere mich an eine Zeit, als alles einfacher war. Als wir im Partnerlook in Uni-Hoodies zu Vorlesungen liefen und uns gegenseitig Fragen zu den Teilen der Niere gestellt haben. Als wir nebeneinandersaßen und uns Stifte und Limo geteilt haben.

»Nun, ich wurde auch eine Chadwick. Das wäre verwirrend geworden.«

Er lacht leise. »Kann ich dich was fragen?«

»Klar.«

»Bin ich ein schlechter Mensch?«

Ich suche nach den richtigen Worten. »Nicht … schlecht. Etwas kaputt vielleicht. Du bist ein guter Vater. Unsere Mädchen vergöttern dich, aber du warst ein beschissener Ehemann.«

»Da kann ich nicht widersprechen. Warum … warum kaputt?«

»Es ist nicht mehr mein Job herauszufinden, warum du bist, wie du bist.«

»Habe ich als Ehemann irgendetwas richtig gemacht?«

»Die Liste ist nicht sehr lang.«

Er achtete auf seine Zahnhygiene, räumte die Spülmaschine richtig ein und hatte eine ausgezeichnete Rechtschreibung. Mehr fällt mir nicht ein, aber ich spreche es nicht laut aus. Er blickt wieder hinaus auf den Parkplatz und sieht den ewig kreisenden Autos zu.

»Wie bringe ich das wieder in Ordnung, Emma?«

»Was? Dich? Therapie oder etwas in der Art?«

»Hätten *wir* das tun sollen? Zusammen.«

»Ich habe es allein getan.«

»Hast du?«

»Dachtest du, ich trenne mich von dir und lebe einfach munter weiter?«

»So hat es sich zumindest angefühlt.«

»Du hast mich gebrochen, Simon. Ich musste mit jemandem darüber sprechen, der nicht meine Mutter oder …«

»… eine deiner Schwestern ist. Denkst du, die Therapie hat was gebracht?«

»Ich sagte, was ich sagen musste, sie hörte zu. Ich habe an meinen Problemen gearbeitet.«

»Und die waren?«

»Wo soll ich anfangen? Selbstvertrauen, mein Schmerz und die Sorge um die Mädchen. Darüber zu sprechen verhalf mir zu Klarheit. Ich begriff, dass unsere Ehe unrettbar gewesen war, obwohl ich mir solche Mühe gegeben hatte.«

»Hast du ihr alles erzählt?«

»Das Ganze findet auf vertraulicher Basis statt, falls du dir Sorgen machst …«

»Egal, was hast du gesagt?«

»Ich habe mit ihr über die Kindermädchen geredet. Die Französin und die Australierin.«

»Das war nicht meine Schuld.«

»Siehst du? *Das hat nichts mit mir zu tun. Ich bin lediglich ein Sklave meines ausgeprägten Sextriebs.* Als wäre dir alles egal, völlig unbeteiligt.«

»Ich *habe* einen ausgeprägten Sextrieb. Das wusstest du.«

»Dann schau dir Pornos an oder hol dir einen runter! Du hast das als Ausrede benutzt. Du hast so getan, als wäre ich das Problem.«

»Warst du nicht.«

»Gut, dass ich das jetzt weiß.«

»Du warst eine gute Ehefrau.«

»Warum habe ich das Gefühl, dass du mir gleich den Kopf tätschelst?«

Er lacht.

»Kann ich dich was fragen?« Ich atme tief durch. »Wie hast du Susie kennengelernt?«

»Im Krankenhaus. Es war ein One-Night-Stand, und ich war leichtsinnig, habe nicht aufgepasst. Sie wurde schwanger und bekam Oliver.«

Ich halte einen Moment inne, als er seinen Sohn als einen Fehler aus Leichtsinn beschreibt.

»Und seit Olivers Geburt wart ihr zusammen?«

»Wir hatten Kontakt. Ich habe ihr Geld für das Haus gegeben. Sichergestellt, dass sie es gut hat. Erst als wir uns getrennt haben, wurden sie und ich ein Paar.«

Es fühlt sich kleinlich an zu fragen, woher das Geld kam, also frage ich das, was mir am dringendsten auf den Nägeln brennt. »Liebst du sie?«

»Ich glaube schon.«

»Du glaubst? Warst du ihr treu?«

»Ich habe sichergestellt, dass es ihr und dem Jungen gut geht.«

»Du hast meine Frage nicht beantwortet. Warum hast du sie vor allen verheimlicht? Selbst vor deiner Mutter?«

»Ich brauche jetzt keine Vorträge. Sie sind immer noch meine Söhne. Ich habe ein Recht auf sie.«

»Nun, ich bin keine Anwältin. Cat De Vere kann dir da sicher weiterhelfen.« Ich lächle wissend.

»Du weißt, dass ich mit ihr geschlafen habe, oder?«

»Wir waren über zehn Jahre zusammen, Simon. Nach einer Weile wurdest du ziemlich berechenbar. Ich nehme mal an, Susie weiß nichts davon.«

»Nein.«

»Lucy hat es auch eine Meile gegen den Wind gerochen.«

»Nun, wenn es auf diesem Planeten vier Menschen gibt, die mich mehr hassen als du, dann sind es vermutlich sie.«

»Fünf, du hast meine Mutter vergessen.«

»Wie geht es Fiona?«

»Sie hat eine Firma gegründet, die Voodoo-Puppen von dir verkauft. Sie hat ein Vermögen damit gemacht.«

Simon lächelt kurz, dann blickt er wieder hinauf in den nächtlichen Himmel. Er berührt seine Nase. Lucy hat ihre Rechte eindeutig von unserer Mutter. Er musste operiert werden, um den Schaden, den sie angerichtet hat, wieder zu korrigieren. Er schnarcht seitdem, und seine Nase zeigt immer noch ein wenig nach links.

»Und ich habe dich nicht gehasst.« Ich weiß nicht, warum ich das hinzufüge.

Er zögert. »Ich habe dich auch nicht gehasst.«

»Manchmal fühlte es sich so an. Es fühlte sich definitiv nicht nach Respekt an. Oder nach Liebe.«

»Natürlich habe ich das. Du weißt das, oder? Du warst mir sehr wichtig. Ich habe dich sehr für deine Intelligenz bewundert und dafür, dass du mir unsere Mädchen gegeben hast. Ich denke, da war auch Liebe.«

»Du denkst? Nun, falls es einen Unterschied macht: Ich habe dich geliebt.«

Verdammt. Das laut auszusprechen, es ihm gegenüber zuzugeben fühlt sich wie Schwäche an. Ich reibe mit dem Daumen über die Stelle an meinem Finger, wo einmal der Ring war.

»Es tut mir leid, Emma, wirklich.«

Als die Worte seinen Mund verlassen, atme ich aus, und meine Schultern sinken herab. Vielleicht ist das alles, was ich je wollte. Dass er Verantwortung übernimmt. »Ich glaube, das ist das erste Mal, dass ich dich je diese Worte habe sagen hören.«

Und zum ersten Mal sehe ich etwas in seinem Gesicht,

das ich nie zuvor gesehen habe. Schuldgefühle? Reue? Mein Bauchgefühl sagt mir, ich soll dem nicht trauen. Er war immer so selbstzufrieden, so ein absoluter Bastard.

»Ich kann es nicht erklären, Emma. Vielleicht war ich wirklich wie mein Vater und hatte einen Hang zur Selbstzerstörung. Ich habe nicht wirklich verstanden, wie es ist, Teil einer Familie zu sein, damit hatte ich keine Erfahrung.«

Ich kann mir immer noch nicht erklären, wo diese Tiefgründigkeit und Erkenntnis so plötzlich herkommen.

»Du warst es auch nicht allein. Ich habe auch zugelassen, dass du mich betrügst. Ich habe dich nie damit konfrontiert.«

»Nein, das hast du nicht. Ich habe nie verstanden, warum nicht.«

»Hast du erwartet, dass ich dich verprügle?«

»Nein nein, aber ich habe Wut erwartet.«

»Die war da. Ich habe mir schreckliche Dinge vorgestellt und gehofft, dass sie dir passieren.«

»Zum Beispiel?«

»Eine schreckliche Krankheit, die deine Genitalien befällt …«

Er lacht, überrascht darüber, dass ich versuche, lustig zu sein.

»Du hast mich nie zur Rede gestellt. Obwohl du wusstest, was vor sich geht.«

»Ich habe es unter den Teppich gekehrt, weil ich nicht wollte, dass du die Oberhand gewinnst. Vielleicht Stolz? Und wir hatten die Mädchen. Ich habe es für sie getan. Ich wollte nicht, dass sie das Ausmaß meines Schmerzes spüren. Ich dachte, ich würde sie schützen. Also habe ich so getan, als wäre nichts.«

»Obwohl es in Wirklichkeit …«

»… jedes Mal ein Schlag in die Magengrube war. All die

Tränen, die ich deinetwegen geweint habe. Manchmal war ich wie erstarrt, gebrochen, weil ich diesen Schmerz so tief gefühlt habe. Wie er in mir wuchs und mich zerstört hat.«

Ich spüre, wie mir die Tränen kommen, aber ich reiße mich zusammen.

»Aber es war nicht alles schrecklich. Die Jahre, in denen wir zusammen waren. Ohne dich hätte ich das Studium nicht überlebt.«

»Das stimmt. Und wir hatten gute Momente. Wir haben die Mädchen.«

»Diese Mädchen …«

»Sie sind toll, oder?«

Wir schweigen und lassen das auf uns wirken. In diesem ganzen Chaos waren und sind sie unser Ein und Alles, und sie sind das Symbol dafür, dass unsere Ehe kein komplettes Desaster war.

»Das Foto in deinem Wohnzimmer … warum?«

»Iris mag es. Ich bringe es nicht übers Herz, es ihr wegzunehmen. Damals am Strand, als wir zusammen Tee tranken. Meine Güte, sie waren so winzig.«

»Sie passten in deine Tasche. Ich kann nicht glauben, dass Iris bald neun ist. Wann ist sie so groß geworden?«

»Du bist fast eins neunzig groß, es war unvermeidbar, dass sie etwas davon erbt.«

»Nun, ich bin froh, dass sie die ganzen guten Dinge von dir geerbt haben.«

»Ich glaube, das war ein Kompliment.«

»Ich bin dazu in der Lage.«

»Iris hat vorhin etwas gesagt … Dass sie manchmal traurig ist, dass es nicht mehr nur wir vier sind.«

»Ich verstehe, was sie meint … Damals war alles einfacher. Was hast du zu ihr gesagt?«

»Ich sagte, dass es mir leidtut, dass es mit uns nicht geklappt hat. Ich habe ihr gesagt, dass ich immer mit dir verbunden sein werde, weil du mir unsere Töchter geschenkt hast.«

»Das ist nett von dir.«

»Diese Mädchen müssen daran glauben, dass sie aus Liebe geboren wurden. Das ist die eine Sache, die ich in all dem hier brauche.«

Er nickt. Da war Liebe. Da waren gute Momente. Aber die Sache ist die: Simon hat sich auf vielerlei Weise schrecklich verhalten, aber wirklich schlimm machte es die Tatsache, dass es sich anfühlte, als würde er auf meine Liebe für ihn und unsere Familie scheißen. Ich kann nicht mehr anders. Ich weine. Sosehr ich auch versuche, die Tränen zurückzuhalten, sie fließen dennoch. Seine plötzliche Ehrlichkeit ist hoffentlich nicht gespielt, sonst erwürge ich ihn. Er weint auch. Das hier ist schmerzhaft und peinlich.

»Oh Ems.«

Er greift nach meiner Hand und zieht mich in eine Umarmung. Ich kann nicht sagen, wie sich das anfühlt. Nicht richtig, aber vielleicht gehört das zum Trennungsprozess. Ich hasse es, aber ich scheine mich nicht von ihm lösen zu können. Dann sehe ich den Schatten seines Gesichts, das sich mir nähert.

Er küsst mich. Ich stoße ihn heftig von mir.

»Nein.«

»Das wollte ich nicht.«

»Dein Lebensmotto.«

»Ich bin verwirrt. Meine Mutter …«

»Wage es nicht, sie jetzt als Ausrede zu benutzen.«

»Ich habe niemanden mehr. Buchstäblich niemanden. Susie spricht nicht einmal mehr mit mir. Du und die Mädchen, ihr seid alles, was ich habe.«

»Deine Mutter lebt noch, Simon.«

»Aber ich brauche ...«

»Du brauchst Hilfe dabei, dich um deine kranke Mutter zu kümmern? Also kommst du zu mir? Ich gehöre dir nicht mehr.«

»Aber Emma, all die Jahre! Wir können das in Ordnung bringen, wir können zurückgehen und herausfinden, wo der Fehler angefangen hat, und wir können ...«

»... nichts tun, Simon.« Ich kann nicht glauben, was ich da höre.

»Aber die Mädchen! Wir könnten wieder eine Familie sein. Wir vier. Ich liebe dich?«

Ich lache. Er formuliert das wirklich als Frage? Was zum Teufel tut er da?

»Emma?«

»Im Ernst, hör auf.«

Und dann sehe ich einen jungen Mann in einer Bar vor mir. Er trägt ein Shirt von Hackett, das Haar fällt ihm ins Gesicht, er ist selbstbewusst und verzaubert alle mit seiner Eloquenz, und es gab einmal eine Zeit, vor vielen Jahren, da hat er sich für mich entschieden. Er hat mir das Gefühl gegeben, die einzige Frau im Raum zu sein. Aber etwas ist geschehen. Ihm wurde die Macht seines Charmes bewusst, und statt allein mit mir in diesem Raum zu bleiben, mit der Frau, für die er sich zuerst entschieden hat, lud er andere ein. Es blähte sein Ego auf, fütterte seinen Narzissmus, und er begrub alles unter seinem Charisma und seinen Lügen. Er hielt sich für unantastbar. Bis zu dem Punkt, an dem ich beschloss, ihn zu verlassen, und plötzlich war ich es, die unsere Ehe hinter sich ließ. Ich kann nicht glauben, dass er versucht, mich zurück in diesen Raum zu bekommen. Ich kann nicht glauben, dass ich noch mal auch nur einen Fuß hineingesetzt habe.

Ein Klopfen an der Tür unterbricht unsere Unterhaltung.

»Mr. Chadwick?« Ein junger Chirurg steckt mit einer Schwester den Kopf ins Zimmer. Ich kenne diesen Ausdruck von Müdigkeit und Erleichterung. Er sieht mich und kommt, um mir die Hand zu schütteln. »Und Sie sind?«

»Miss Callaghan«, antworte ich nachdrücklich in Simons Richtung. Er schweigt.

»Ihrer Mutter geht es gut, wir bringen sie bald aus dem Aufwachraum nach oben.

»War eine Kraniotomie nötig?«, frage ich.

Der junge Chirurg schüttelt den Kopf. »Es war nur ein leichter Anfall. Wir hatten keine großen Sorgen. Ein kleiner Eingriff, und Medikamente sollten für den Rest sorgen.«

Ich nicke. »Danke für Ihre Mühe.«

Er geht, und ich sehe zu, wie Simon in einen Stuhl fällt. Er atmet aus, seufzt erleichtert. Ich bin auch erleichtert, aber es tut auch immer noch weh, dass er versucht hat, mich zu küssen, dass er unsere Ehe noch einmal aufleben lassen wollte. Lass uns etwas wiedererwecken, das sehr, sehr tot ist, und es tragen wie einen hässlichen Hut. Aber ich beobachte ihn, und es ist eine tröstliche Feststellung, dass mein Herz nicht gänzlich abgestorben ist. Ich bin hier. Ich will ihn nicht. Aber mir ist nicht egal, was mit ihm passiert. Ich brauche ihn, damit er für unsere Töchter da ist, damit wir ein für alle erträgliches Arrangement haben können.

»Ich denke, ich gehe jetzt, Simon.«

»Wohin?«

»Nach Hause. Deiner Mum geht es gut. Du kommst klar?«

»Tue ich das?«

»Ich will nicht hier sein, wenn sie sie bringen, aber du kannst mich anrufen, wenn du was brauchst.«

»Ernsthaft?«

Ich zucke mit den Schultern und greife nach meiner Tasche.

»Emma … es tut mir leid.«

»Zwei Mal an einem Abend. Ich fühle mich verwöhnt.«

Er lacht. Ich lege die Hand auf seinen Arm.

»Versuch, dir nicht zu viele Sorgen zu machen. Ich arbeite morgen, aber ich kann mit ein paar Sachen vorbeikommen, wenn du etwas brauchst. Wenn du hierbleiben musst und es schwierig für dich wird, die Mädchen zu nehmen, sag mir Bescheid. Ansonsten: Bis nächste Woche?«

Er nickt.

Kapitel neunzehn

710 Tage, nachdem Lucy Simon eine Schande für alle Männer genannt hat

»Ich habe Wein gekauft. Sollte ich Wein mitbringen? An unserer Schule müssen wir ihn selbst mitbringen.«

Maddie hat nicht nur Wein gekauft, sie hat drei Flaschen davon, die sie gekonnt in ihrer Handtasche versteckt.

»Meg sagt, oben im Norden hatten sie Glühwein, und dann sind die Eltern aufeinander losgegangen, und sie mussten die Polizei rufen«, antwortet Beth.

»Das ist genau die Art Schule, an die man seine Kinder schicken will, oder?«, antwortet Maddie.

Heute findet das alljährliche St. Catherine's Weihnachtsquiz statt. Ich habe mich von meiner achtjährigen Tochter übertölpeln lassen und Tickets gekauft, weil ich dachte, das Geld sei für die Tombola. Also habe ich Verstärkung angefordert, und vor mir sitzt jetzt eine seltsame Ansammlung von Menschen, die diese Gelegenheit möglicherweise nur nutzen, um sich komplett volllaufen zu lassen oder jeden anderen im Raum mit ihrem Allgemeinwissen fertigzumachen. Wir brauchen Maddies Wein nicht, denn mit dem Ticket habe ich bereits für mehrere Flaschen Alkohol, Pizza und ein paar gute Stifte bezahlt.

Man weiß, dass man an einer guten Schule ist, wenn man Qualitätstintenroller und rote Zwiebeln und Ziegenkäse auf Sauerteig bekommt.

»Wer hat die beste Handschrift?«, fragt Jag, der die Schreibwaren verwaltet. Ich lächle, weil das hier auch ein Date für uns ist, und ein wichtiges noch dazu, weil Jag meine Schwestern trifft, die ihn hoffentlich dieses Mal nicht mit einer Flasche Alkohol angreifen. Ich gebe alles Maddie, deren Steno ausgezeichnet ist, und sehe zu, wie ihr Mark sich die Ärmel hochrollt. Er weiß, er ist hier, um zu trinken, Fragen zu beantworten und uns bei allem zu helfen, was mit Fußball zu tun hat.

»Sie wollen meinen Teamnamen nicht annehmen«, meldet sich eine Stimme, die sich dem Tisch nähert.

»Lucy, was hast du ihnen gesagt?«, frage ich.

»Die, die von hinten kommen«, sagt sie schmollend. Jag wird rot, Mark schmeißt sich weg. »Angeblich muss es was mit Weihnachten zu tun haben … egal, ich habe noch einen Nachzügler gefunden.«

Hinter ihr steht Leo, der ein wenig verloren aussieht in seiner Weihnachtsmütze. Ich habe ihn nicht mehr gesehen, seit ich erfahren habe, dass seine Frau bald wieder heiraten wird, und ich beuge mich zu ihm rüber und ziehe ihn in eine Umarmung. Ich verstehe allerdings immer noch nicht, wie der Mann im Dezember Shorts tragen kann.

»Tut mir leid, dass ich so reinplatze. Eigentlich sollte ich mit einigen der Dads in einem Team sein, aber dann kam Politik dazwischen, und Faith ist mit ihrem neuen Typen hier und hat kein Problem damit, es alle wissen zu lassen.«

»Je mehr, desto besser, ich bin Jag.« Jag zieht ihm einen Stuhl heran, während sich alle kurz vorstellen und ich das einzig Richtige tue, indem ich ihm ein Glas Wein einschenke.

»Ich kann nicht glauben, dass sie ihn hierher mitgebracht hat. Er ist wie ein Fötus, so verdammt jung ist er«, sagt Leo.

Wir drehen uns alle um und schauen zu ihrem Tisch hinüber.

»Schaut doch nicht alle gleichzeitig!«, sagt Maddie.

Wir drehen uns alle wieder zurück. Leo sitzt da, und der halbe Tisch, der keine Ahnung hat, wer er ist, wartet auf seine Geschichte.

»Das ist Faith, sie ist meine Exfrau, und das ist ihr Verlobter Brandon, und er ist irgend so ein Online-Entrepreneur-Start-up-Fuzzi, der einen Tesla fährt. Alles an ihm ist vegan, sogar die Schuhe, sagen meine Kinder.«

Lucy legt ihm tröstend den Arm um die Schulter. Ich achte besonders auf die Körpersprache, um herauszufinden, ob sie es immer noch miteinander treiben.

»Ich bin Leo. Ich bin ein alter Sack, der Lederschuhe mag und einen Škoda fährt.«

»Hey, ich bin Mark. Ich fahre einen weißen Van, also mach dir bitte keine Sorgen. Als ich an der Schule vorgefahren bin, dachten sie, ich bin hier, um was zu liefern.«

»Kia«, sagt Jag und reckt eine Hand in die Luft. »Alle lachen darüber, aber der Spritverbrauch ist ein Traum.«

Leo lächelt schwach.

»Spezialgebiet?«, frage ich ihn.

»Britpop«, antwortet er.

Beth klatscht mit ihm ab. Wir sind eine ziemlich wirr zusammengewürfelte Truppe, aber wenigstens werden wir Spaß haben. Ich setze mich neben Leo und ermutige ihn, einen Schluck Wein zu trinken.

»Geht es dir wirklich gut?«, frage ich ihn.

»Sie heiraten nächstes Jahr in Devon in irgendeinem ökologisch nachhaltigen Dom oder so. Sie schreibt alle sozialen Netzwerke damit voll und hat einen Heidenspaß daran, mich jedes verdammte Detail erfahren zu lassen. Es fühlt sich ziemlich grausam an. Es fühlt sich überstürzt an. Aber es geht mich ja nichts an.

»Nicht mal, wenn es um die Kinder geht?«

»Das hat sie sehr deutlich gemacht. Ein Kind wird meine Kinder aufziehen, aber mich geht das nichts an.«

»Wie alt ist er?«

»Sechsundzwanzig. Er sieht aus, als müsste er in einer Boyband sein.«

Lucy schaut zu ihm hinüber und mustert ihn vom Kopf bis zu den Zehen. »Wichser wie der sind in der Regel scheiße im Bett. Die meisten Veganer sind das, weil sie keine Ahnung von Fleisch haben.« Ein Fitzelchen Pizza fliegt aus Jags Mund, als er lachen muss. »Komm, wie wäre es«, fügt sie hinzu. »Wir könnten uns einen Spaß draus machen und den ganzen Abend über flirten. Nicht dass wir das nicht eh schon getan hätten. Und ich bin jünger, also steche ich ihn aus. Ich könnte meine Brüste rausholen.«

Ich glaube, alle um den Tisch erröten bei ihren Worten. Oh Lucy. Ich schäme mich, aber ich finde es auch gut, dass sie helfen will. Leo zuckt mit den Schultern. Ich schätze, er ist über den Punkt hinaus, an dem es ihn noch gekümmert hätte. Aber wenn es die anderen Teams ablenkt, sodass wir das Quiz gewinnen, dann bin ich voll und ganz dafür.

»Pizza für Sie, Miss Callaghan?«, fragt Jag lächelnd. Ich habe ihn gerne hier und finde, dass er gut in die Dynamik der Runde passt. Wenn wir ein Paar werden, begleitet er mich dann immer zu diesen Schulveranstaltungen? Wenn wir uns unterhalten, erwähnen wir jetzt die Kinder häufiger, und wir sprechen offen über meine Scheidung und all die anderen

Dinge, die wir zuvor gemieden haben. Er hört zu. Ich halte seine Hand unter dem Tisch und drücke sie kurz.

»Oh, verdammt.« Beth, die mir gegenübersitzt und den Mund voller Pizza hat, erstarrt. Sie starrt jemanden an, der gerade erst hinter mir den Raum betreten hat. Ich zögere und sehe mich nach ihm um, nur um mich schnell wieder zurückzudrehen. Lucy und Maddie sehen ihn auch, ihre Mienen zeigen Entsetzen. *Ernsthaft?*

»Ist das nicht …?«, fragt Mark. Maddie rammt ihm schnell den Ellbogen zwischen die Rippen.

Ich muss es Jag sagen. Oder doch nicht? Aber er spürt die Anspannung, und als er sich umdreht, steht Simon direkt hinter ihm. Ich habe meinen Exmann nicht mehr gesehen, seit ich das Krankenzimmer seiner Mutter verlassen habe. Um ehrlich zu sein, bin ich mir nicht ganz sicher, was in jener Nacht passiert ist, aber die Mädchen haben ihrer Großmutter Karten geschrieben, und wir haben Blumen geschickt. So lange haben wir noch nie zuvor über unsere Beziehung gesprochen. Es hat uns einen klareren Blick ermöglicht. Das Problem ist, dass ich niemandem davon erzählt habe. Als ich Beth in jener Nacht bat, auf die Mädchen aufzupassen, habe ich ihr gesagt, es gebe ein Problem im Krankenhaus. Es beunruhigt mich zu sehr, dass ich für den Mann da war, als er weinend zu mir kam. Sie würden es nicht verstehen. Aber warum ist er hier? Ich habe ihm definitiv kein Ticket gekauft.

»Callaghans, Maddie …«

»Simon«, antwortet Maddie.

Etwas klickt in Jags Kopf, und er steht auf. »Hi. Ich bin Jag.«

Simon schüttelt ihm die Hand, aber wie immer, ohne seinem Gegenüber viel Aufmerksamkeit zu schenken. Simon mustert die Leute am Tisch.

»Unser Team ist schon voll«, sagt Lucy unumwunden.

»Oh nein, Freyas Mum hat mich gefragt, ob ich in ihrem Team mitspiele. Ich habe sie beim Sport getroffen und dachte mir: Warum nicht? Eine gute Gelegenheit, sich bei der Schule zu revanchieren.«

Er schaut mir dabei in die Augen. Wir alle tragen Freizeitkleidung mit diversen Partyaccessoires, aber er ist in einem Anzug und diesem marineblauen Caban-Mantel gekommen. Er kommt direkt von der Arbeit und hat auch sein Namensschild nicht abgenommen, damit ja auch jeder mitbekommt, dass er Arzt ist.

»Wo sind unsere Töchter?«, fragt er.

»Sie warten im Auto auf uns«, antwortet Lucy sarkastisch. »Sie rauchen Gras, und mein Kumpel Tank tätowiert sie.«

Sie hat einen Kumpel namens Tank?

»Meine Mutter hat heute Abend alle Enkel bei sich«, antworte ich und weiß nicht genau, warum ich ihm eine Erklärung abliefern muss.

»Jag ist Emmas fester Freund«, fügt Lucy hinzu. Jag reißt die Augen auf. Ich weiß nicht genau, ob es nötig war, das zu verkünden, aber ich hake mich bei ihm unter, damit es nicht zu unangenehm für ihn wird. Es hat funktioniert. Simon wirkt unbehaglich.

»Erinnerst du dich noch an unser erstes Quiz an dieser Schule, Emma? Wir beide zusammen konnten alle englischen Grafschaften benennen. Wir waren ein richtiges Dreamteam.«

Simon hat das gerade wirklich laut gesagt? Es waren nicht nur wir. Unser Team bestand auch noch aus zwei Schulbeiräten und einem weiteren Paar – er hat die Frau gevögelt, und sie haben später deshalb ihre Kinder von der Schule genommen.

»Ich glaube, ich habe alle Grafschaften aufgezählt, weil du nur Surrey, Hampshire und Kent kanntest«, antworte ich.

Lucy und Beth kichern hinter mir.

»Und was machst du so, Jag?«

»Ich arbeite am Evelina.«

»Als Chirurg? Ich glaube nicht, dass wir uns schon mal begegnet sind.«

»Nicht, wenn du keinen Kinderanästhesisten gebraucht hast.«

»Oh.« Sofort will ich meinen geschiedenen Mann boxen. Jag schlägt ihn in jeder Beziehung, von der besseren Gesichtsbehaarung bis hin zu seinem Schuhwerk. Aber Jag wirkt nicht, als fühlte er sich bedroht oder als machte ihm das alles etwas aus. Ich schätze, er weiß genug über Simon, um sicher zu sein, dass er sich keine Sorgen zu machen braucht.

»Hat jemand ein Lineal dabei, damit Simon heute Abend seinen Schwanz messen kann?«, fragt Lucy.

Maddie und Mark können sich ein Kichern nicht verkneifen. Beth gibt vor, in ihrer Tasche zu wühlen.

»Oh, Lucy. Immer schön zu sehen, wie du das Niveau hebst.«

»Irgendjemand muss es ja tun ...«

»Oh ... und wie ich hörte, ist jemand wieder Single, Beth?«

Beth sitzt schockiert da. Lucy steht auf und geht in Angriffshaltung. »Was geht dich das an?«, fragt sie.

»Die Mädchen haben mir davon erzählt«, antwortet Simon ungerührt. »Wie schade, wo doch der Kleine noch so jung ist. Wie heißt er noch? Jamie?«

»Joe. Du hast mehrere Söhne, oder? Erinnere uns doch bitte noch mal an ihre Namen. Ist nicht einer von ihnen nach meiner Schwester benannt?«, merkt Lucy an.

Oh, wow. Meine Schwestern sind fest entschlossen, heute Abend Benzin ins Feuer zu gießen.

»Ja, das ist wohl so. Nun, dann viel Glück heute Abend. Und Emma, ich wollte dir noch danken, dass du neulich ins Krankenhaus gekommen bist, als meine Mutter krank war. Es bedeutet mir viel, dass du für mich da warst.«

Einen Moment herrscht Stille, und Beth und Lucy sehen mich missbilligend an. *Was hast du getan, große Schwester?* Ich umfasse Jags Arm etwas fester.

»Das habe ich für die Mädchen getan, für ihre Großmutter. Nicht für dich.«

Er antwortet mit einem Schulterzucken und einem selbstzufriedenen Grinsen, ehe er mit einer Flasche seines Lieblings-Rioja unter dem Arm zu seinem Tisch geht. Alle Blicke folgen ihm durch den Schulsaal.

»In welches Krankenhaus bist du gefahren?«, fragt Lucy.

»Als du in Amsterdam warst und alle zum Essen kamen, rief er mich an und erzählte mir, dass seine Mutter zusammengebrochen ist. Sie hatte einen Schlaganfall«, antworte ich.

»Und du?«, fragt Maddie.

»Ich bin zu ihm gefahren. Was auch immer zwischen uns passiert ist, sie war einmal meine Schwiegermutter. Sie ist die Großmutter der Mädchen.«

Es herrscht Schweigen, als ich beschämt meine Erklärung herunterrattere. Warum ist er hier? Er hat diese Schulveranstaltungen immer gehasst und oft zu mir gesagt, dass er diesen Leuten lieber einen Scheck ausstellen würde, als Zeit mit ihnen zu verbringen. Drüben an seinem Tisch küsst er alle und schüttelt unter Gelächter und Geplauder Hände. Wenn Blicke töten könnten, dann würde unser Tisch diesen Wettbewerb zweifellos gewinnen.

»Wir machen dieses Team fertig, richtig?«, fragt Mark.

Wir nicken alle. Jemand klopft auf das Mikrofon.

»Könnte der Teamkapitän der Ho Ho Hos sich bitte melden?«

Lucy reckt die Hand in die Luft.

»Falsches Buch, das ist *Sinn und Sinnlichkeit*«, flüstert Beth. Maddie streicht die Antwort durch und schreibt den richtigen Titel darüber, aber sie hat schon ganz schön was getrunken, deshalb ist ihre Schrift ein ziemliches Gekritzel. »Da bin ich mir sicher. Ich habe das mit der Abschlussklasse durchgenommen.«

Die Freuden, eine Englischlehrerin im Team zu haben, deren Austen-Wissen über Colin Firth und Kate Winslet hinausgeht. Beth hat in den Literaturrunden geglänzt, während Leo die Musik von Fleetwood Mac perfekt kannte. Wie erwartet, war Mark bei den Sportfragen erstklassig und Jag der König der Hauptstädte. Ich bin erste Sahne im Weintrinken. Ich bin sehr betrunken und weiß nicht so recht, warum. Vielleicht weil Lucy hier ist und die unglückliche Angewohnheit hat, jedermanns Glas nachzufüllen, wenn er gerade nicht hinsieht. Der Beweis dafür sind die Flaschen unter unserem Tisch, die unsere Gruppe ein wenig wie einen Wertstoffhof aussehen lassen. Aber ich trinke auch, um zu vergessen, dass Simon hier ist, sich ständig in den Mittelpunkt drängt und versucht, mir diese Veranstaltung zu vermiesen. Bis jetzt hat er fünfhundert Pfund für einen Wochenendurlaub in Suffolk im Cottage von irgendwem geboten, ist auf die Bühne gegangen, um es entgegenzunehmen, und hat Mrs. Buchanan umarmt. Er hat die Krawatte abgenommen, er ist laut und ruft ständig Bemerkungen darüber, wie einfach die Fragen doch seien. Er kann die Finger nicht von Leos Ex und einer anderen Frau am Tisch lassen, und ich überlege kurz, sie zu warnen. Lucy hat ein Bein über Leo gelegt und zeigt dem ganzen

Raum von Zeit zu Zeit ihr Höschen, deshalb mache ich mir etwas Sorgen um meine Reputation in diesen vier Wänden. Allerdings hat sie wenigstens ein Höschen an, es könnte also schlimmer sein. Ich stürze den Rest in meinem Glas hinunter und werfe einen beiläufigen Blick zu ihrem Tisch.

»Leo, woher kennt Faith eigentlich Simon?«

»Keine Ahnung. Aber so wie ich sie kenne, benutzt sie ihn nur wegen seines Wissens. Der Dad da drüben ist ein Abgeordneter, diese Mutter da ist Anwältin, und ich glaube, sie war vor zehn Jahren in einer Quizshow. Ein Arzt vervollständigt die Gruppe. Sie ist eine dumme Kuh und ehrgeizig noch dazu.«

Ich blicke zur Tafel auf der Bühne, wo eine der Sekretärinnen den Punktestand dokumentiert. Simon ist im Team *Gans schön clever*, was für sich spricht, aber es ist auch an erster Stelle. Wir sind Dritte hinter den *Jingle Ladys*, die alle hier arbeiten und vermutlich gewinnen werden, weil sie professionell bleiben und nur an Preiselbeersaft nippen. Der Punktestand wird aktualisiert. Wir sind auf den zweiten Platz vorgerückt, und ich klatsche in betrunkenem Überschwang gleich zwei Mal mit Beth ab.

»YES! Du scheiße schlaue Bitch du!«

Maddie bricht in Gelächter aus, als sie mich fluchen hört. Jag zieht mich zurück auf meinen Stuhl.

»Alles gut, Callaghan?«, fragt er mich.

»Wir müssen sie schlagen, wir müssen. Für Leo, für mich und für das kleine Jesuskind.«

Lucy kichert. »Wann soll ich meine Brüste rausholen?«

Leo lächelt, und Beth schüttelt den Kopf.

Maddie nimmt ihr das Glas ab. Vergesst das mit dem Sieg, ich hoffe einfach nur, wir kommen bei Bewusstsein hier raus und müssen niemanden heimtragen. Jag lacht über alle drei

Schwestern und schmiegt sich an mich, während wir auf die letzte Runde warten.

»Ich mag es hier. Das macht Spaß.«

»Es tut mir leid, dass Simon da ist und alles ruiniert …«

»Eigentlich ist es ganz gut. Dann kann jeder sehen, was für ein Arsch er ist.«

»Nicht wahr?«, unterbricht Lucy. »Der absolute Oberarsch. Ein atomarer Oberarsch. Ein Massenvernichtungs-Oberarsch.«

Leo hält das für urkomisch, und wir überlassen die beiden ihrem doch recht offensichtlichen Flirten.

»Das wusste ich ohnehin schon. Ich hab ihn hier und da im Krankenhaus gesehen, und sein Ruf eilt ihm voraus.«

»Und jetzt fragst du dich, wie jemand so dumm sein konnte, ihn zu heiraten?«

»Nein. Ich denke, er hat deine Güte ausgenutzt, mehr nicht.«

Wir lächeln uns an.

»Also, das wievielte Date ist das jetzt?«, frage ich Jag.

»Zählen wir die Kaffees in der Cafeteria mit?«, will er wissen.

»Oder die einstündigen WhatsApp-Unterhaltungen?«

Maddie belauscht uns, und ich sehe, wie sie in sich hineinlächelt.

»Für mich ist das die offizielle Nummer sieben«, sage ich. »Und ich bin gespannt, was der Abend noch zu bieten hat.«

Mir wird klar, dass das einen leichten sexuellen Unterton hat, und werde etwas panisch, aber er lacht und küsst mich auf die Stirn.

»Also, in der letzten Runde, die bestimmt, wer die Gewinner des heutigen Abends sind, geht es um den menschlichen Körper.«

Lucy quiekt und reckt eine Faust in die Luft. »Das haben wir in der Tasche.«

Sie und Beth fletschen aggressiv die Zähne, und selbst Maddie umklammert ihren Stift, weil sie weiß, dass wir eine Trumpfkarte haben. Ich blicke über Beths Schulter und sehe jemanden zu uns herüberschauen. Er fängt meinen Blick auf, und ich nicke kurz, um den Beginn des Zweikampfes anzudeuten. Eine Frau kommt mit dem Fragenblatt zu uns und reicht es Maddie.

»Fuuuuuuckk ...«, sagt sie.

Ich entreiße ihr das Blatt. Es ist das Diagramm eines Skeletts, auf dem man Knochen benennen muss. Simons Spezialgebiet. Vermutlich hat er mit jemandem geschlafen, damit das in der letzten Runde drankommt. Ich sehe zu, wie er die Ärmel hochrollt und verkündet, dass die Kavallerie jetzt angekommen ist.

»Kranium, Unterkiefer, Schlüsselbein, Oberarmknochen, Elle, Speiche, Becken, Steißbein, Schienbein, Mittelfußknochen«, sage ich fast mechanisch. Meine Schultern sinken nach unten. Gut möglich, dass wir jetzt verloren haben, und es fühlt sich ein wenig so an, als wäre das Spiel zu unseren Ungunsten manipuliert worden. Maddie füllt manisch den Bogen aus, und ich sehe zu, wie sie auf der anderen Seite des Raums dasselbe tun. Am Tisch neben uns sitzen *Die Weisen aus dem Morgenland,* denen Leo eigentlich hätte angehören sollen, und ich sage auch ihnen die Antworten, weil es mich nicht mehr kümmert, wer gewinnt. Wir geben unsere Bögen ab und warten auf das schreckliche Rumgeprotze, wenn die Gewinner verkündet und gefeiert werden. Vielleicht muss ich auch gehen. Ich sehe zu, wie die Lehrer auf der Bühne über die Antworten diskutieren.

»Zum ersten Mal in der Geschichte unseres Weihnachtsquiz haben wir einen Gleichstand.«

Ich blicke auf. Simon wirkt verwirrt und hebt die Hand.

»Aber wir hatten einen Punkt Vorsprung! Wie kann das sein?«, fragt er.

»Ihr Team hat eine falsche Antwort in der letzten Runde.«

Ich stehe auf und schlage die Hände vor den Mund. Bitte sag das noch mal laut und deutlich, damit wir alle es hören können, damit ich es auf Band aufnehmen und allen in Fachkreisen vorspielen und es zu meinem Klingelton machen kann.

»Wirklich?«, ruft er.

»Äh, ja.«

»Welche Antwort soll das sein?«

»Sie haben Schädel geantwortet, der Begriff, nach dem wir suchten, war aber Kranium.«

Beth und Lucy können ihre Freude nicht verbergen, und ihr Frotzeln ist sowohl kleinlich als auch laut.

»Die Zeichnung war unklar.«

»Meine Schwester hat richtig geantwortet«, verkündet Lucy dem ganzen Saal.

Ein paar der Teams halten inne, um das Drama zu verfolgen, das sich gerade anbahnt. Das ist der Grund, warum wir eigentlich hier sind, nicht das Fundraising der Schule. Wir sind hier, um zu glotzen und herauszufinden, wer die beste Ehe hat, die überzeugendste Schönheitsoperation, wessen Kind ein Musikgenie ist und wer den schönsten Urlaub in Dubai verbracht hat. Simon starrt mich finster an. *Du müsstest das wissen, Simon. Knochen sind dein Spezialgebiet.* Ich habe nur mit Herzen zu tun und säge mal die eine oder andere Rippe durch. »Könnte bitte jeweils ein Vertreter der *Ho Ho Hos* und des Teams *Gans schön clever* zu mir nach vorn kommen? Wir haben eine Stechfrage, und wer sie zuerst beantwortet, gewinnt.«

»Und das Thema?«, fragt Faith.

»Es ist eine weitere Frage zum menschlichen Körper.«

»Ich mach das!«

Ich stehe auf und gehe nach vorne, während die Leute klatschen und Beth und Lucy mich betrunken anfeuern. Ich stelle mich zu Simon und warte. Mrs. Buchanan weiß genau, was sie tut, und ich zweifle nicht daran, dass es auch für sie beste Unterhaltung ist, aber ich weiß, was ich tun muss. Simon steht vor mir, und ich denke an eine Zeit, als er mir den Rücken zugewandt hat und ich immer hinter ihm war. Ihm zugesehen habe, ihm gefolgt bin, ihm die Führung überlassen und geglaubt habe, ich sei nicht gut genug. Sein Blick wirkt jetzt sowohl hinterhältig als auch ganz anders auf mich. Er schüchtert mich nicht ein. Er bestimmt nicht mein Selbstwertgefühl. Ich schaue durch ihn hindurch und frage mich, was ich je an diesem Mann geliebt habe.

»Die erste Person, die die Hand hebt und mir die richtige Antwort gibt, ist der heutige Sieger. Ladys and Gentlemen, darf ich um Ihre Aufmerksamkeit bitten.«

Bitte lass mich das wissen, bitte lass mich das wissen. Zeig's dem Verlierer.

»Was sind die Namen der drei Knochen …«

»Ich weiß es!«, rufe ich und hebe die Hand.

Mist. Sie hat die Frage nicht zu Ende gestellt, oder? Ich war zu schnell. Drei Knochen. Von welchen drei Knochen spricht sie? Entweder Arm oder Ohr. Aber der Arm war schon im Diagramm dran. Ebenso das Bein. Ich muss etwas riskieren. Ich hasse Risiko. Vielleicht spricht sie auch vom Torso. Ohr. Im Ohr gibt es drei Knochen. Ich muss die richtige Antwort geben.

»Malleus, Incus und Stapes, auch bekannt als Hammer, Amboss und Steigbügel.«

Der ganze Raum schweigt. Dann lächelt Mrs. Buchanan

und nickt. Eine Ecke des Schulsaals explodiert dermaßen, dass Beth vom Stuhl fällt. Leo winkt seiner Frau. Maddie zeigt mit beiden Händen auf mich, und Mark versucht ohne Erfolg, einen Fangesang für mich anzustimmen. Andere, weniger alkoholisierte Teams wirken verwirrt, und mir wird klar, dass wir uns eine ziemliche Reputation eingehandelt haben. Ich würde gerne sagen, dass Simon ein guter Verlierer ist, aber er geht zu Mrs. Buchanan und versucht zu diskutieren.

»Es wurde nicht gesagt, dass wir jederzeit antworten können. Ich denke, Sie sollten die Stichfrage wiederholen«, fordert er.

»Oh, jetzt krieg dich wieder ein, Chadwick. Wir haben gewonnen.«

»Sehr erwachsen.«

»Nein, einfach nur besser.«

»Touché«, sagt er und schüttelt mir dann die Hand.

Das kann er mir nicht nehmen. Ich weiß, wir sind in einem Schulsaal mit Parkettboden und Stechpalmen an den Wänden, und es geht nur um hundert Pfund Preisgeld und einen Kunstharzpokal in der Form eines Gehirns, aber dieser Moment gehört mir, und er überragt alle Momente, in denen er mich gedemütigt und mir das Gefühl gegeben hat, ein Nichts zu sein. Ich habe ihn in einem Wettbewerb geschlagen, und zwar in seinem Spezialgebiet.

Mrs. Buchanan lacht leise, als ich den Umschlag und die Trophäe entgegennehme, beides über meinen Kopf recke und leicht damit hin und her schunkle. Ich glaube, Mark hat sich gerade in die Handtasche seiner Frau übergeben, aber dieser Moment gehört mir, und er ist wirklich sehr, sehr süß.

Später am Abend gehen wir alle unserer Wege. Maddie umarmt mich innig und verspricht, unseren Sieg überall auf

Facebook zu verkünden. Beth hat sich aufgemacht, Essen zu finden. Jag und Lucy warten vor der Schule und rufen uns Ubers, während ich mich bemühe, meine Reputation zu retten, indem ich helfe, die Stühle im Schulsaal zu stapeln.

»Gut gemacht«, meldet sich eine Stimme hinter mir.

Es ist Faith, Leos Exfrau. Ich hatte bislang nicht wirklich viel mit ihr zu tun – ich wusste, dass wir in anderen Welten leben, als ich ihre Balenciaga-Turnschuhe beim Schullauf sah.

»Ungewöhnlich, eine Nanny mit zu einem Quizabend zu nehmen. Sie ist doch Ihre Nanny, oder?«

Ich weiß genau, was sie hier gerade versucht. Sie will herausfinden, wer die junge Frau war, die den Abend auf dem Schoß ihres Exmannes verbracht hat. Ich muss etwas für Leo tun, sozusagen einen solidarischen Akt für den Club der Geschiedenen leisten. Der Alkohol in meinem Blutkreislauf ist dabei sicher eine Hilfe.

»Ja, das ist sie. Sie heißt Elsa und ist sechsundzwanzig.«

»Interessant.«

»Nicht so interessant wie der Sex, den sie haben.«

Die Kinnlade fällt ihr runter. Und zwar so richtig. Dem Anschein nach hat sie schon einige Botox-Behandlungen hinter sich, aber ich bin mir ziemlich sicher, dass dieser leere Gesichtsausdruck Schock ist.

»In Ihrem Haus?«

»Oh nein. Leo und ich haben uns angefreundet. Wir unterhalten uns. Schön zu hören, dass er glücklich ist.«

Sie starrt mich an. Ich weiß nicht, wie ich diese Lüge weiter ausschmücken soll, ohne dass sie zu grotesk klingt. Soll ich sagen, dass »Elsa« Teilzeitschauspielerin ist? Oder zum schwedischen Königshaus gehört? So oder so schmerzt es mich zu sehen, wie wütend Faith darüber ist, dass ihr Ehemann möglicherweise sein Leben wieder aufnimmt, genau wie sie das getan hat. Es ist wie ein Rennen darum, wer zuerst wieder glücklich ist.

»Nun, Scheidung ist ein lustiges Spiel, das wissen Sie ja selbst«, antwortet sie.

Kann man jemanden mit einem Kunstharzpokal umbringen? Sie verschwindet, um ihren jungen Entrepreneur-Verlobten zu finden, und ich schaue ihr hinterher und frage mich, ob eine Scheidung jemanden in so ein Miststück verwandeln kann. Aber vielleicht war sie immer eins. Gut gemacht, Leo, dass du sie hinter dir gelassen hast.

Ich hole meine Tasche, um zu gehen, und Mrs. Buchanan winkt mir. Ich glaube, sie mag mich jetzt. Dann mache ich mich auf den Weg durch die unzähligen Parkettkorridore der Schule, um meine Uber-Partner zu finden. Ich hoffe, Beth hat Pommes besorgt.

Dann jedoch höre ich etwas. Ein durchdringendes Krachen auf dem Boden. Ich schleiche hinüber, um nach der Quelle zu sehen, und finde Simon am Boden sitzend im dunklen Flur vor, neben ihm ein Klassenzimmer, das mit Weihnachtsmännern aus Papiertellern und Watte verziert ist. Vor ihm liegen die Überreste eines zerschmetterten Handys. Ich denke an ein ähnliches Handy auf der Terrasse meiner Mutter vor zwei Jahren.

»Ich hoffe, es war versichert.«

»Sieh an, das Mastermind persönlich. Gut gemacht, Callaghan.«

Ich sammle Displaysplitter in meine Hand, weil ich mir Gedanken um die Kinder mache, die hier morgen wieder entlanglaufen.

»Danke. Du meidest solche Veranstaltungen sonst. Warum bist du gekommen?«

»Willst du die Wahrheit hören?«

»Ausnahmsweise einmal?«

»Ich dachte, Susie könnte hier sein. Sie hat an einem Informationsabend für Oliver Tickets gekauft.«

»Sie hat ein ziemlich kleines Baby, nicht verwunderlich also, dass sie nicht auftaucht.«

»Das stimmt.« Er reibt sich die Schläfen. »Ich glaube, ich habe Mist gebaut. Ich denke nicht, dass sie mich zurücknimmt.«

»Nun, dann ist sie eine klügere Frau als ich. Hast du das Baby schon gesehen?«

»Nein.«

Er sitzt ungewöhnlich still da. Es ist ein seltener Anblick, wie er ruhig dort sitzt und Emotionen verarbeitet, statt sein Handeln davon leiten zu lassen. Mit dem Nachdenken hatte er es nie so.

»Wie konntest du nur Schädel schreiben? Ich schäme mich ja fast für dich.«

»Diese Schande muss ich mir eingestehen. Aber vielleicht habe ich dich auch gewinnen lassen?«

»Du bist der ehrgeizigste Mann, den ich kenne, deshalb weiß ich, dass das eine Lüge ist. Wie geht es deiner Mum?«

»Ihr Zustand bessert sich. Danke der Nachfrage.«

Ich drehe mich um und will gehen.

»Es tut mir leid, dass ich versucht habe, dich zu küssen.«

Ich schweige und bleibe stehen. Da ist ein Unterton in seiner Stimme, den ich nicht ganz interpretieren kann.

»Bist du okay, Simon?«

Er schaut mir in die Augen, um zu sehen, ob ich das sarkastisch meine.

»Alles ist ein ziemliches Chaos, Ems. Ich weiß nicht, wie ich das wieder geradebiegen soll ... Was mache ich jetzt?«

Ich sehe ihn an. Ist es das, was ich wollte? Eine Niederlage? Sehen, wie er auf dem Schlachtfeld liegt, blutend und gebrochen, mein Knie auf seiner Brust, während ich die Siegesflagge im Namen aller betrogenen Frauen dort draußen schwenke?

Ich atme tief durch. »Wir sehen uns morgen, die Mädchen freuen sich schon auf dich.«

Er nickt, und ich gehe. Draußen schmeißen sich Jag und Lucy weg vor Lachen über die Ereignisse des Abends.

»Halt den Pokal in die Luft, ich will ein Bild von dir machen«, sagt Lucy.

»Das war ein ziemlich verrückter Abend. Gut gemacht!«, sagt Jag und hakt sich bei mir unter.

»War der Siegestanz zu viel? So vor allen?«

»Ich glaube, Maddie hat das gefilmt …«, teilt Lucy mir mit.

»Hat sie?«

»Jedenfalls habe ich es gerade als Instagram-Story gesehen.«

»Wir bekommen vermutlich Hausverbot für das nächste Quiz, oder?«

»Ich finde, wir haben viel zur Unterhaltung beigetragen. Hast du das Team rechts von uns gesehen? *Die Stillen Nächte?* Ich habe schon Kadaver mit mehr Persönlichkeit gesehen«, scherzt Jag.

Sein Handy klingelt, und er redet mit einem verirrten Uber-Fahrer, während Lucy breit grinst. *Ich mag ihn,* formt sie mit den Lippen in meine Richtung. Hinter uns öffnet sich die Schultür, und Simon kommt heraus. Jag und Lucy sagen nichts, rollen jedoch mit den Augen, als er sie nicht mehr sehen kann. Ich schaue zu, wie er mit seinen Schlüsseln herumfummelt, um schnellstens ins Auto zu kommen. Aber vorher hält er noch in der Tür inne, sieht mich an und salutiert mir. *Es war nur ein Spiel, Simon.* Aber vielleicht ist es an der Zeit, mit den Spielchen aufzuhören.

Kapitel zwanzig

»Oh nein, ich glaube, der Siebziger-Busch kommt wieder in Mode. Ich weiß nicht, warum, aber viele Männer haben mich schon darum gebeten, ihn wieder wachsen zu lassen, bis zu den Oberschenkeln hin.«

Wir sitzen alle um meinen Esstisch herum und lauschen gebannt Lucys Enthüllungen über ihr Liebesleben, während ich mir Gedanken darüber mache, was »viele Männer« wohl heißen soll. Wir haben beschlossen, den Quizabend bei mir zu Hause fortzusetzen, damit meine Schwestern die Gelegenheit haben, Jag noch ein wenig besser kennenzulernen. Es fühlt sich an wie etwas, was ich schon während meiner Ehe hätte tun sollen. Formlose Abende bei mir zu Hause, mit Fastfood, Alkohol, Unterhaltungen und Menschen, die ich wirklich mag, statt Ärzten und Leuten, die Simon beeindrucken will. Beth hat zu viel von dem Quizabend-Wein getrunken, um vernünftiges Essen zu kaufen, deshalb liegen vor uns die Überreste eines KFC-Eimers, verschiedenes Thai-Food, eine riesige Tüte mit Pommes und ein paar zerknautschte Würstchen. Ich beiße von einer scharfen Fischfrikadelle ab, damit nicht auffällt, wie entsetzt ich bin, über die Haarsituation meiner Schwester aufgeklärt zu werden.

»Leo steht total auf Haare.«

»Triffst du dich noch mit ihm?«, frage ich neugierig.

»Hin und wieder. Er ist ein netter Kerl. Er will mich nicht heiraten. Wir haben viel Sex. Ich glaube, ich bin eine Ablenkung für ihn, und es gibt ihm Selbstvertrauen. Ich habe das Gefühl, dass ich ihm einen Dienst erweise.«

»Du lässt es klingen, als wärst du eine Prostituierte«, meint Beth.

»Eine freundliche mit einem Herz aus Gold. Ich mache ihm Tee und lasse ihn auf meine Brüste kommen. Er hat einen netten Schwanz.«

»LUCY!«, quiekt Beth.

Ich beschäftige mich intensiv mit den Pommes, während Jag mich total entsetzt anschaut. Ich meine, ich habe ihm von dieser Schwester erzählt.

»Leo will nicht mal, dass ich mir die Achseln rasiere.«

»Ich rasiere mir auch nicht die Achseln«, erzählt Beth. Ich will sagen, dass ich es auch nicht mache, wenn es nicht dringend nötig ist, aber ich will Jag nicht vertreiben.

»Ja, aber das ist bei dir kein Fetischding«, meint Lucy. »Das ist ein Bequemlichkeitsding. Im Sommer rasierst du sie ja, oder?«

Jag lacht. »Wie mein Rücken. Ich rasiere ihn nur, wenn ich muss. Sonst ist es einfach zu mühsam.«

»Wie rasierst du dir selbst den Rücken?«, will Lucy wissen.

Das weckt natürlich mein Interesse, denn wenn er nicht gerade ein Verrenkungskünstler ist, dann ist es schlicht unmöglich. Außerdem wird mir gerade klar, dass ich das vielleicht irgendwann für ihn tun muss, wenn aus der Sache mit uns etwas Ernstes wird.

»Tja, peinlich. Ich bitte meine Mum.«

Lucy und Beth brüllen vor Lachen, während ich dort sitze und mich frage, wann wir auf das Thema Körperbehaarung gekommen sind. Und ich dachte, wir würden wenigstens versuchen, eine zivilisierte Unterhaltung über Politik und Umweltschutz zu führen.

»Und nach dieser Enthüllung verkrümle ich mich mal eben auf die Toilette und sterbe vor Scham.«

Er steht auf und streift dabei meine Hand. Das bleibt nicht unbemerkt. Sie warten, bis er die Tür zu meiner unteren Toilette geschlossen hat, ehe sie etwas sagen.

»Von wie behaart sprechen wir hier? *Planet der Affen?*«

»Lucy! Ich habe ihn noch nicht gesehen.«

»Wie bitte?«

»Weil ich noch nicht mit ihm geschlafen habe?«

»Aber ihr habt euch zu Dates getroffen und so!«

»Nun, wir haben uns geküsst, aber wir lassen es langsam angehen.«

»Shit! Dann heute Nacht? Du könntest ihn heute Nacht vögeln.«

»So weit habe ich nicht geplant«, sage ich.

»Beth und ich können abhauen und dann …« Sie führt einen seltsamen Rave-mäßigen Tanz auf, weil sie glaubt, dass alles nach ihrem Plan läuft.

Beth wirkt besorgt. »Willst du denn mit ihm schlafen?«, fragt sie.

»Wie findet ihr ihn?«

»Ganz ehrlich?«, antwortet Beth.

»Natürlich.«

»Er passt ins Puzzle. Will sagt immer, dass es schwer ist, Teil unserer Truppe zu werden. Frag Danny oben im Norden, Tom, als er noch da war, vielleicht sogar Simon … Man hat keine Beziehung mit *einer* Callaghan-Schwester, man bekommt gleich einen ganzen Haufen davon. Dafür hält er sich verdammt gut.

»Hat Simon ins Puzzle gepasst?«, frage ich sie lachend.

»Möglicherweise war er dieses eine ärgerliche Teil, das eine total merkwürdige Form hat. Wir haben ihn mit Gewalt reingepresst, dabei …«

»… hätten wir es gleich in den Müll werfen sollen«, meint Lucy.

»Jag scheint ein guter Mann zu sein, Emma«, sagt Beth, und in ihren Augen steht immer noch der Schmerz darüber, dass Will nicht mehr bei ihr ist. Ich nehme ihre Hand. Jag kommt von der Toilette zurück, und Lucy wippt auf ihrem Stuhl auf und ab. *Wage es nicht, Schwester.*

»Wir haben uns gerade etwas überlegt, Jag.«

»Redet ihr immer noch über meinen Rücken?«

»Nein, aber der Wein ist alle, und wir dachten, du könntest mal eben zum Laden an der Ecke laufen und welchen kaufen.«

Beth und ich fragen uns, was sie vorhat.

»Klar, kann ich. Sonst noch was?«

Wenn sie ihm jetzt sagt, er soll Kondome kaufen, erdolche ich sie mit einem Essstäbchen.

»Gibt es sonst noch was, was du brauchen könntest?«

Sie bewegt sich auf einem sehr, sehr schmalen Grat.

Er steht auf und holt seinen Mantel. Ich will ihm Geld geben, was er allerdings ablehnt. Ich gebe ihm meine Schlüssel, und er macht sich auf den Weg zur Tür. Beth lässt Lucy nicht aus den Augen.

»Echt jetzt?«, sagt sie.

»Wir müssen dich vorbereiten, wenn du mit ihm schlafen willst.«

»Mental?«, frage ich.

»Warst du beim Waxing?«

»Du meintest gerade erst, dass Männer auf den Siebziger-Busch stehen«, unterbricht sie Beth.

»Ja, aber ich mache das auf Anfrage. Beim ersten Mal habe

ich wenigstens die Seiten getrimmt und ein bisschen Formschnitt betrieben.«

Wer ist diese Frau? Wie kann man fünf Mädchen im gleichen Haus aufziehen und dann einen Ausreißer wie diesen dabeihaben?

Sie steht auf und wühlt in einer meiner Küchenschubladen herum, bis sie eine Schere findet. »Zeig mir deinen Busch«, weist sie mich an.

»Lucy! Ich bereite Essen mit dieser Schere zu.«

»Wir spülen sie danach ab.«

Beth kann nicht aufhören zu lachen, als ihr klar wird, was hier passiert.

»Ich werde nicht meinen Busch in meiner Küche rausholen.«

»Du bist so langweilig. Ich will nur helfen. Wie sehen deine Achseln aus? Schade, dass keine Zeit ist, sich um deine Oberlippe zu kümmern.«

Instinktiv schlage ich eine Hand vor den Mund. »Ich habe einen Schnurrbart?«

»Ich meine, du bist nicht Tom Selleck, aber Bleichen könnte nicht schaden.«

»Jetzt wirst du fies, Luce«, sagt Beth. »Aber ich glaube, es könnte verdammt lustig werden, wenn Lucy deinen Busch in der Küche trimmt, und wir brauchen das jetzt.«

Ich stehe widerstrebend auf und knöpfe meine Jeans auf.

»Ha!«, schreit Lucy. »Du trägst ein schönes Höschen, du wusstest, dass das passiert. Zieh es einfach runter und lass mich sehen.«

Ich lasse sie sehen, und sie schnalzt missbilligend mit der Zunge.

»Mach schnell, verdammt noch mal. Das braucht wirklich niemand zu sehen.«

»Willst du eine bestimmte Form?«

»Ein Herz oder so was? Nein!«

»Du bist Herzchirurgin, das wäre süß!«

»Nein!«

»Dann nehme ich einfach nur Länge weg. Beth, streck die Hand aus …«

»Muss ich?«

»Liebst du deine Schwester nicht wenigstens so viel, dass du ihre Schamhaare halten würdest?«

Ich weiß nicht mehr, was hier passiert. Eine Schwester hält ein scharfes Objekt in direkter Nähe zu meinem Intimbereich, und ich höre das Quietschen von Metall, als sie sich ans Werk macht. Die andere sammelt das herunterfallende Haar in einer Serviette in ihrer Handfläche. Es fühlt sich an wie der perfekte Moment für eine FaceTime-Runde mit Meg und Grace. Weißt du noch, als wir uns alle geopfert haben, damit Emma wieder ein Sexleben haben konnte?

»Danke, Lucy.«

»Ich finde, ihr sagt das nicht oft genug.«

»Das stimmt«, meint Beth.

»Willst du, dass ich mir deinen auch mal ansehe, B?«

»Kein Bedarf.«

»Was, wenn er auf komisches Zeug steht?«, frage ich.

»Zum Beispiel?«

»Ich bin nicht sehr abenteuerlustig. Ich hatte vielleicht Sex in fünf verschiedenen Stellungen.«

»Nun, niemand zeigt alle seine Moves beim ersten Mal«, meint Beth. Lucy schaut uns an, als wollte sie sagen: Sprecht für euch.

»Und er darf nicht in mir kommen. Ich verhüte im Moment nicht. Am Ende werde ich schwanger.«

»Dafür gibt es Kondome?«, meint Beth.

Sie schauen mich beide an, als wollten sie sagen: Du bist die Ärztin hier und solltest wissen, wie Fortpflanzung funktioniert und mit welchen Methoden man verhindern kann, schwanger zu werden. Ich erinnere mich an den Sex mit Stuart Morton. Ich habe schon wieder alles vergessen.

»Wie mache ich ihm klar, dass ich Sex haben will?«

»Nun, du könntest für ihn tanzen?«, sagt Lucy spöttisch. »Ihr habt beide getrunken, lass den Dingen ihren Lauf. Es gibt keinen schlechteren Sex als geplanten Sex.«

»Ich habe nichts geplant. Du bist diejenige, die mir mit der Küchenschere an die Vulva gegangen ist.«

»Ich bin übrigens fertig. Nicht mein bestes Werk, aber wenigstens findet er jetzt den Weg.«

Beth rollt mit den Augen und wirft die Serviette in den Abfall. Ich ziehe die Jeans hoch, setze mich an den Tisch und leere mein Glas. Was, wenn er mich nicht gut findet? Was, wenn er keinen hochkriegt? Oder noch schlimmer, er wirft einen Blick auf meine Brüste, zuckt mit den Schultern und sagt, dass er nicht auf sie steht. Ich habe akzeptable Brüste, aber sie würden keine Preise gewinnen. Was, wenn er bessere Brüste will?

»Du machst dir zu viele Gedanken«, sagt Beth.

»Ich habe keine Kondome.«

»Ich habe welche in dein Nachttischchen gelegt.«

Wie lange plant Lucy das schon?

»Meg hat mir außerdem einen Vibrator für dich geschickt, aber wir haben uns dagegen entschieden.«

»Weil ich so verklemmt bin?«

»Weil ich ihn für mich selbst behalten habe; an dich wäre er verschwendet«, antwortet sie.

»Das ist der Grund, warum Simon mit anderen geschlafen hat, oder?«

»Woah«, sagt Lucy und streckt die Hand aus. »Simon war ein Arsch, hör auf, an ihn zu denken. Das ist gar kein Vergleich. Schau mal, mach dich heute Nacht einfach mit diesem Jungen nackt, schau dir seinen Rücken an und hab eine Menge Spaß. Genieß es.«

Das Problem ist möglicherweise, dass ich nicht mehr weiß, was Spaß ist. Kann man mit mir Spaß haben?

Ich höre den Schlüssel in der Haustür. Das ging schnell, du lieber Himmel. Jag kommt mit zwei Flaschen Rotwein in die Küche, und ich fühle mich sofort schuldig, weil ich noch ein ganzes Regal davon in der Waschküche habe. Außerdem hat er ein paar Packungen Chips dabei und nimmt die Küchenschere vom Tisch, an der noch winzige Haarfitzelchen kleben, um sie aufzuschneiden.

»Chips?«

»Ohh, du hast dich für was Scharfes entschieden. Du magst doch scharfe Chips, oder, Ems?«

Beth und Lucy brechen in Gekicher aus. Ich hasse euch beide.

»Wir müssen noch zu einer Party in Brixton. Gemeinsamer Kumpel von uns beiden, hatte ich ganz vergessen …«, sagt Lucy wenig überzeugend und tut so, als würde sie nachsehen, wann die nächste Bahn geht.

Ich fühle mich schrecklich. Ich schicke die Schwestern hinaus in die Kälte, damit Jag und ich das Haus für uns haben können. Lucy zwinkert mir ständig zu, was vor allem daran liegt, dass sie mindestens zwei Flaschen Wein intus hat. Jag steht an der Küchentür, während ich alle verabschiede. Ich kann das nicht. Ich will ihm nicht in die Augen schauen, weil ich spüre, dass ich rot werde, und befürchte, dass ich einfach an der Überhitzung meines Gesichts sterben werde.

»Viel Spaß, Kinder!«, flötet Lucy und scheucht Beth weg vom Haus. Ich schließe die Tür.

Und dann waren wir nur noch zwei. Ich drehe mich um, und Jag steht nicht mehr in der Tür. Ich schleiche in die Küche, wo er Teller stapelt. Er nimmt die Schere und will sie zurück in die Schublade legen.

»Oh, die muss gespült werden.«

Er lächelt mich an und legt sie in die Spüle.

»Sollen wir jetzt aufräumen?«

»Das hat Zeit.«

»Okay.« Er schenkt mir sein großartiges Lächeln, und ich entspanne mich, und gleichzeitig ist mir leicht übel. Das ist die Nervosität vor dem ersten Mal. Ist es komisch, dass ich darüber nachdenke, wie aufgeräumt es in meinem Schlafzimmer ist? Habe ich das Höschen von gestern weggeräumt oder liegt das noch in der Ecke? Weiß ich noch, wie man jemandem einen bläst? Er schüttet den Rest des Weins weg.

»Stopp.«

»Hammer time?«

»Was?«

»Der Song. Ich habe nur versucht, lustig zu sein.«

Ich zwinge mich zu lachen und gehe zu ihm an den Küchentresen. Ich schnappe mir ein Glas und nehme einen großen Schluck.

»Als ich das letzte Mal in dieser Küche war, hast du mich gesundgepflegt.«

»Als Lucy dich mit einer Flasche beworfen hat?«

Er lächelt etwas nervös. »Darf ich dir etwas sagen? Ich denke, ich sollte es dir sagen, bevor etwas passiert.« Und da ist es. Das Sexgespräch. Will er mich vor seinem Rücken warnen? »Es ist nur … Ich will nicht, dass du es siehst und Panik bekommst.«

Es ist entweder sein Rücken oder sein Penis. Irgendetwas stimmt nicht mit seinem Penis. Mir fällt keine Antwort ein.

»Ich habe dir etwas zu Weihnachten gekauft. Und normalerweise würde ich nicht so viel für jemanden ausgeben, aber es war im Angebot, und jetzt habe ich das Gefühl, ich habe es übertrieben und du wirst mich für einen Stalker oder so was halten.«

Ich bin immer noch sprachlos.

»Ich habe dir ein neues Sofa gekauft. Für dein Büro. Weil die neue Freundin deines Mannes es in Fruchtwasser und anderes Zeug getränkt hat.«

»Du hast *was* getan?«

»Ich habe es Maddie erzählt, und sie hat geweint. Und jetzt habe ich das Gefühl, es übertrieben zu haben, aber es ist von Ikea. Ich glaube nicht, dass du es selbst aufbauen musst, aber …«

Und in diesem Moment packe ich ihn am Kragen und küsse ihn. Er taumelt ein wenig, aber dann schmiegt er seinen Körper an meinen. Ich schaffe das! Mist! Er hebt mich hoch. Er setzt mich auf den Tresen, und ich würde gerne sagen, dass wir uns von diesem Augenblick an ganz dem Moment überlassen, aber da steht Rotwein nur wenige Zentimeter von meinem Hintern entfernt, also schiebe ich das Glas weg, während ich ihn immer noch küsse. Während wir uns küssen. Er ist so gut darin. Seine Lippen. Es ist angenehm. Ich spüre seine Hände auf meinem Rücken, und dann zieht er mir den Pulli über den Kopf. Ich sitze im BH da. Denk nicht zu viel nach. Oh, der BH ist weg. Ich sitze mit nackten Nippeln in meiner Küche. Er küsst sie. Erwähne ich jetzt die Kondome? Mir wird klar, dass meine Nippel steif sind. Weil mir jemand ein Sofa gekauft hat?

»Also ist es nicht zu viel?«

»Ich habe nichts für dich.«

»Das hier ist perfekt«, flüstert er. Er schaut mir in die Augen und schiebt mir das Haar aus dem Gesicht. »Also, ich meine damit nicht, dass du mich mit Sex bezahlen sollst. Gott, das meinte ich ganz und gar nicht.«

Ich lächle und küsse ihn zurück, wobei ich spüre, wie seine Erektion sich gegen mich presst. »Ich würde dir aber gerne den Sex schenken«, platze ich heraus.

Er lacht. »Den Sex?«

»Den Sex.«

»Ich meine, ich wollte nichts vorwegnehmen, aber jetzt hast du gefragt und … ich habe mir den Rücken nicht rasiert, also warne ich dich schon mal im Voraus.«

»Meine Schwester hat mir buchstäblich gerade erst die Schamhaare getrimmt.«

Wir lachen beide, obwohl er etwas verwirrt dreinsieht.

»Bist du sicher, dass du das hier willst?«, fragt er mich.

Ich nicke. Ich kann das leichte Pochen seiner Halsschlagader unter der Haut sehen, das Tanzen seines Pulses. Ich lege mir die Hand auf die Brust und spüre beinahe, wie mein Herz sich wieder öffnet und Blut durch meinen Körper rauscht, mir die Erlaubnis gibt, wieder etwas zu fühlen. Du hast mir ein Sofa gekauft.

»Ja. Den Sex. Bitte.«

Kapitel einundzwanzig

713 Tage nachdem Grace Simon geraten hat, sich einen Anwalt zu suchen. Einen verdammt guten Anwalt

»Alsooo … du hast nicht viel erzählt. Wie ist sein Schwanz so?«

Ich tue so, als würde ich mich intensiv nach einem Parkplatz umsehen, um irgendwie meine Würde und meinen Anstand zu wahren, während Lucy breitbeinig neben mir im Auto sitzt und einen Overall, Uggs, einen Parka und eine Sonnenbrille trägt. Ich glaube, an dem Overall sind sogar Ohren dran. Seit ich mit Jag geschlafen habe, sind ein paar Tage vergangen. War es leidenschaftliches Liebemachen in der Küche, wie man es in einem Film der Nouvelle Vague sehen würde? Nein. Wir sind aufs Sofa umgezogen. Es war ein typisches erstes Mal: Ich lachte, als er Mühe hatte, seine Jeans auszuziehen, er schwitzte stark, wir stießen mit den Köpfen aneinander, und ich hatte einen Krampf im rechten Fuß. Aber es hatte auch etwas sehr Echtes und Ehrliches. Er war so süß, aufmerksam und zuvorkommend, und es fühlte sich einfach richtig an.

Lucy schrieb mir am Tag danach eine Nachricht, die vor sexuellen Emojis nur so strotzte, angefangen bei Baguettes über Wassertropfen bis bin zu Avocados. Ich ignorierte sie.

»Du hast nichts gesagt. Ich erzähle dir immer alles«, beschwert sie sich.

»Und darin unterscheiden wir uns. Es war sehr angenehm.«

»Spaziergänge im Park sind angenehm. Bist du gekommen? War sein Rücken wie ein Bettvorleger?«

Ich sehe sie an und lächle, und sie schmollt. Wir sind heute in einer Abholmission hier. Zu den Nebeneffekten meines Daseins als Ärztin gehört, dass mein Biorhythmus komplett im Eimer ist. Das ist nicht toll, aber es bedeutet, dass ich diejenige bin, die man anrufen kann, wenn man mitten in der Nacht jemanden zum Reden braucht oder jemanden, der einen vom Flughafen abholt. Und deshalb war ich es, die man nominierte, als Grace uns eine Nachricht schrieb und verkündete, dass ihr Flug um sechs Uhr morgens ankommen würde. Mir macht das ganz und gar nichts aus. Ich habe sie ewig nicht gesehen und sehne mich sehr danach, sie in die Arme zu schließen und eine weitere Schwester zurück im Clan zu wissen. Natürlich habe ich Lucy mit auf mein Abenteuer genommen. Ihre innere Uhr ist an durchzechten Nächten ausgerichtet, deshalb ist sie wie eine menschliche Eule. Ich parke rückwärts ein.

»Sag mir wenigstens, mit was du es zu tun hattest. Er sieht aus wie einer, der einen ordentlichen Umfang hat?«

»Ein sehr angenehmer Penis.«

»Du bist so langweilig! Grace hat bessere Geschichten zu erzählen als du, und sie ist Witwe.«

Ich werfe Lucy einen Blick zu. Es fühlt sich seltsam an, dieses Wort im Zusammenhang mit unserer Schwester zu hören. Sie ist immer noch so jung, dass es sich nicht real anfühlt.

»Was für Geschichten sollen das sein?«

»Sie war bei einem Rave in einer Lagerhalle in Brooklyn und hat mit einem Mann namens Z geschlafen.«

»Sein Name bestand nur aus einem Buchstaben?«

»Mehr hast du dazu nicht zu sagen?«

»Ja.«

Es fällt mir schwer, mir die Schwester, die mir am ähnlichsten ist, bei so etwas vorzustellen, aber vielleicht haben die letzten beiden Jahre uns so weit gebracht: Wir haben über den Tellerrand hinausgeschaut und es gewagt, etwas Ungewohntes zu tun.

»Es ist so scheißkalt, Ems.«

»Das liegt daran, dass es Dezember ist. Was hast du unter diesem Einteiler an?«

»Nichts.«

»Nicht mal einen BH? Was ist, wenn du mal aufs Klo musst? Dann sitzt du mit nackten Brüsten in der Kabine.«

»Ich liebe es, dass du dir darüber Gedanken machst. Weißt du, was helfen könnte, damit mir wieder wärmer würde, Mum? Ein Kaffee …«

Sie hakt sich bei mir unter, während wir nach dem Eingang zum Terminal suchen. Sie nennt mich in letzter Zeit oft Mum, was mir das Gefühl gibt, alt zu sein, aber in der Regel ist es ein Trick, um mich dazu zu kriegen, dass ich bezahle. Ich sehe aus, als hätte ich ein riesiges Kind dabei. Wir kämpfen uns durch ein Meer von Reisenden zu einem Starbucks durch. Der Kassierer verzieht bei Lucys Anblick das Gesicht, aber er trägt selbst ein Rentiergeweih und sollte wohl nicht mit Steinen werfen.

»Hallo, was ist die größte Bechergröße, die Sie haben?«, sagt Lucy.

»Venti?«

»Ja, was auch immer. Americano, doppelter Schuss Espresso oder was auch immer Sie machen können, damit er scheiße stark ist.«

Kurzes Zögern, während der Mann hinter der Kasse sich bemüht, die »scheiße stark«-Option auf seinem Bestelldisplay zu finden.

»Und einen normalen Cappuccino bitte.«

»Name?«

»Catwoman.«

Ich mustere sie verwundert, während ich für beides bezahle.

»Und warum?«

»Weil es witzig ist? Irgendeine andere Bitch, die auch Lucy hieß, hat mir mal meinen Latte gestohlen, also mache ich das jetzt, um mein Koffein zu verteidigen und mich zu amüsieren. Haben wir eine Flugnummer oder so was?«, will Lucy von mir wissen.

Ich schaue hinüber zur Anzeige. Ich habe keine, aber Grace war in Amsterdam, also bin ich sicher, wir können es herausfinden. Alles, was wir haben, ist ein Terminal und eine Uhrzeit. Ich schaue erneut auf mein Handy und dann auf die Anzeige. Da ist ein Flug, der aus N'Djamena kommt? Havanna? Lucy hockt sich auf einen Tisch, und wir sehen zu, wie die Leute ein und aus gehen. Weihnachten bedeutet Verwandte, die zurückkehren oder zu Besuch kommen. Massenweise Großeltern, die fröhlich durch die Halle trotten, um kleine Menschen mit selbst gemalten Schildern zur treffen. Ein Kind, das offensichtlich von einer Reise zurückkommt, umarmt innig seinen Vater, der es gar nicht mehr loslassen will. Hinter ihnen entdecke ich das glückliche Wiedersehen eines Paars, das einen langen, innigen Kuss teilt. Obwohl es so früh ist, scheinen die beiden von innen heraus zu leuchten. Lucy schüttet drei Beutelchen Zucker in ihren Kaffee. Sie entdeckt das glückliche Paar.

»Ich glaube nicht, dass ich jemanden so sehr lieben könnte,

dass ich ihn um fucking sechs Uhr morgens am Flughafen abholen würde.« Sie nimmt einen großen Schluck von ihrem Kaffee und tut so, als müsste sie würgen.

»Aber du bist doch jetzt hier.«

»Wegen Gracie. Das ist keine romantische Liebe. Es ist eine in Stein gemeißelte Liebe. Für meine Schwestern würde ich mir Gliedmaßen abhacken.«

Mir gefällt die große Geste in diesem Geständnis. Ich bin mir nicht sicher, ob ich so etwas Beeindruckendes tun würde. Ich würde definitiv erst andere Möglichkeiten in Betracht ziehen, bevor ich Gliedmaßen opfern würde.

»Vielleicht hast du den richtigen Menschen noch nicht getroffen. Eines Tages könntest du jemanden finden, für den du bis ans Ende der Welt gehst. Vielleicht haben sie sich sehr lange nicht mehr gesehen.«

»Märchenbullshit. Vielleicht ist er ein geiziger Arsch, der kein Geld für ein Taxi ausgeben wollte.«

Wir sehen noch einmal zu ihnen hinüber. Er schiebt ihr das Haar aus dem Gesicht. Sie hat sich die Mühe gemacht, Make-up aufzulegen, also musste sie eine halbe Stunde früher aufstehen, um sich präsentabel zu machen.

»Vielleicht haben sie auch eine Affäre. Vielleicht ist er ein französischer Geschäftsmann namens Thierry, und sie ist seine britische Affäre. Er hat seiner Frau gesagt, dass er eine wichtige Geschäftsreise nach London macht, aber in Wirklichkeit schleppt er das Vögelchen dort in irgendein Flughafenhotel, wo sie es dann treiben. Ich wette einen Fünfer, dass sie kein Höschen anhat.«

Ich sehe Lucy verwirrt an, denn erstens hat sie das meiste davon mit einem gezwungenen französischen Akzent gesagt, und zweitens frage ich mich, wann sie eine so ernüchternde Sicht auf die Liebe gewonnen hat.

»Eines Tages wirst du dich verlieben und all den großen Gesten verfallen, die du jetzt so zynisch kommentierst, und dann werde ich lachen.«

»Das wird nie passieren. Weißt du, was das Beste daran ist, die Jüngste zu sein? Ich habe euch und eure Erfahrungen gesehen, und dabei wurde mir klar, dass es weder den Aufwand noch das gebrochene Herz wert ist.«

»Willst du damit sagen, dass ich die Liebe für dich ruiniert habe?«

»Nein, ich würde sagen, Meg hat es gut hingekriegt, auch wenn ich sie lieber in der Nähe hätte. Aber dann hast du Simon geheiratet, Beth und Wills Beziehung befindet sich immer noch in der Schwebe, und … nun … Tom ist gestorben.« Wir schweigen beide kurz. Sie fährt fort: »Vier Schwestern, und nur eine davon war einigermaßen erfolgreich in der Liebe, wohingegen die anderen gezeigt haben, was alles sehr schiefgehen kann. Das ist kein guter Durchschnitt.«

»Aber ich habe eine neue Liebe gefunden!«

»Liebst du Jag?«, fragt sie aufgeregt.

»Ich meine damit, dass meine Scheidung nicht das Ende war.«

»Das stimmt. Aber je mehr Beziehungen ich sehe, desto weniger möchte ich es riskieren, in einer zu sein.«

»Sagt die Risikofreudigste von uns allen.«

»Ich habe verborgene Tiefen, liebe Schwester. In Wirklichkeit bin ich sehr sensibel und habe ein zerbrechliches Herz.«

»Und wie ich gehört habe, knutschst du jetzt auch mit Frauen?«

»Hin und wieder.«

»Also bist du bi?«

»Ich stecke es nicht in eine Schublade. Wenn mir jemand

gefällt, dann ist es mir egal, ob die Person einen Penis hat oder nicht. Es geht um den Spaß und eine gute Zeit.«

»Und was, wenn du irgendwann Kinder willst?«

Sie schaut mich an, als wäre ich verrückt geworden.

»Sehe ich aus wie eine Mutter?«

»Niemand sieht wie eine Mutter aus.«

»Du vergisst, dass ich mit Kindern arbeite. Das Risiko, dass ich mit einem Tollpatsch ende, der seine eigenen Haare isst, ist mir zu groß. Im Grunde habt ihr Schwestern mir die harte Arbeit abgenommen. Meine Nichten und mein Neffe sind ein verdammtes Wunder. Ihr habt mir die Liebe meines Lebens gleich mehrfach geschenkt.«

Ich lächle breit, weil mir bewusst ist, dass ihre Liebe für unsere Kinder immer am lautesten und am buntesten war. Sie werden eine lustige Tante Lucy brauchen, die sie mit zu coolen Orten nimmt und ihnen Sachen kauft, die ich nicht einmal kenne, weil ich zu konservativ und vernünftig bin.

»Außerdem will ich meiner Vagina das nicht zumuten. Ich habe die Geschichte von Beths Geburt gehört.«

Sie verzieht das Gesicht und presst sich eine Hand zwischen die Beine. Meine Miene zeigt resignierte Verwirrung.

»Kann ich einen Muffin oder so was haben?«

Ich seufze und nicke, während ich in meiner Handtasche nach Münzen wühle. Sie steht auf, erstarrt jedoch, als drei Menschen auf uns zukommen. Lucy hat ein Riesengrinsen auf dem Gesicht, aber ich stehe nur da und bin verwirrt.

»Gracie!«, schreit Lucy und wirft sich auf Grace. Ich brauche etwas länger, bis ich reagieren kann.

Ich mache einen Schritt, aber dann beuge ich mich hinunter zu der winzigen Person neben Grace: ein kleines Kind, das sich hinter ihrem Bein versteckt. Die Kleine hat einen großartigen schwarzen Wuschelkopf und riesige braune Augen, die an Schokodrops erinnern. Sie wirkt müde und zerzaust und hat sich einen lila Plüschhasen unter den Arm geklemmt.

»Das ist Cleo.«

»Grace?«, sage ich und blicke zu ihr hinauf.

Lucy stößt angesichts des Babys im Kinderwagen neben ihr entzückte Schreie aus.

»Und das ist Maya.«

Ich finde keine rechten Worte.

»Ich schätze mal, wir werden wieder Tanten.« Lucy führt einen Freudentanz auf.

Grace lächelt. Tränen steigen ihr in die Augen, und ich kann nicht anders, ich tue es ihr gleich. Ich halte Cleo meine Hand hin.

»Hi, ich bin Emma.« Sie lächelt und gibt mir ihren Hasen, und mein Herz dehnt sich auf eine Größe aus, die ich nie für möglich gehalten hätte.

Zurück in der Sicherheit meines Hauses kuschelt Grace sich in einen meiner Sessel im Wohnzimmer. Maya schläft in ihren Armen, während Lucy mit Cleo auf dem Teppich spielt. Lucy will gleich von Anfang an klarmachen, wer die Tante zum Spaßhaben ist. Grace sieht zu und lächelt entspannt.

»Wie alt sind sie?«

»Cleo ist drei und Maya eins.«

»Und wie?«

»Ich habe das Waisenhaus und die Schule in Vietnam besucht, wo Tom gearbeitet hat. Er hat Monate dort verbracht und ihnen geholfen, sie zu bauen. Er war so eine Art lokaler Held. Ich war gut acht Wochen da. Die Mädchen hatten erst vor Kurzem ihre Mutter verloren, und irgendetwas zwischen uns hat Klick gemacht. Vielleicht verbindet uns die Erfahrung des Verlusts.«

Ich erwähne Tom nicht, aber mir ist klar, dass sie ihre Liebe in etwas investiert hat, das größer ist als sie selbst. Sie wirkt völlig verzückt. Ob sie mit den Mädchen auf der Rückbank des Autos spricht oder Maya immer wieder auf die Stirn küsst, da ist immer diese herzergreifende Verbindung. Ich hatte diese Schwester immer gern, aber wie sie ihre Rolle als Mutter ohne Fragen und Zweifel akzeptiert, erfüllt mich mit unglaublichem Stolz.

»Und wir dachten, du bist in Amsterdam!«

»Ich bin vor einer Woche nach Vietnam geflogen, um die Papiere ausstellen zu lassen, und habe dabei alle möglichen Verrenkungen angestellt, um alles zu regeln und sie mitnehmen zu können.« Etwas an ihrem Gesichtsausdruck sagt mir, dass sie einfach nur unglaublich glücklich und erleichtert ist, ein neues Kapitel aufschlagen zu können.

»Hast du die Sache mit dem Haus geregelt?«

»In zwei Wochen kann ich zurück, aber ich wollte ohnehin etwas Zeit bei Mum verbringen. Und sie und Dad mit dem hier überraschen.«

»Du hast es also niemandem gesagt?«

»Keinem. Die Papiere wurden buchstäblich erst vor achtundvierzig Stunden unterschrieben, und dann bin ich Hals über Kopf nach Singapur, um die Ausstattung für die Mädchen zu kaufen und Flüge zu buchen. Ich wollte sicher sein.«

»Du hättest etwas sagen sollen. Eine von uns hätte hinfliegen und dir helfen können.«

»Ich habe es geschafft. Ich bin hier.«

»Aber das ist etwas ziemlich Großes, Gracie?«

»Das weiß ich.«

»Und die Reise? Ich habe so viele Fragen.«

»Ich habe auch Fragen. Wie geht es Jag?«

»Lucy hat dir von ihm erzählt?«

»Natürlich.«

»Ich kann es gar nicht erwarten, dass ihr euch kennenlernt. Und dass die Mädchen ihre neuen Cousinen treffen. Und du? Wie geht es dir?«

»Ich lebe.« Sie sagt die beiden Worte langsam und mit Nachdruck.

Ich lächle. »Du bist zurück.«

»Das bin ich.«

Wir sehen hinüber zu Lucy, die die kleine Cleo kitzelt und sie zum Kichern bringt. Grace wusste, dass diese Mädchen Tanten, Großeltern und massenweise Cousins und Cousinen haben würden. Und ganz kurz denke ich an zwei kleine Jungs dort draußen, Oliver und Louis. Jungs, die nicht blutsverwandt mit mir sind, aber dennoch Teil dieses umfassenderen Konzepts, das ich Familie nenne. Ich denke an eine Schwester, die hier ist und ihr Herz Kindern geöffnet hat, die ihre Liebe brauchen. Ich bin voller Bewunderung. Und schockiert.

»Und wie steht es mit Simon? Hast du mit George geredet?«

»Das habe ich.«

»Und? Was plant ihr? Hat er schon Finanzsachverständige eingeschaltet? Werden wir ihm jeden Penny nehmen, den er hat?«

Ich lächle. Grace ist ruhig, aber sie hat dennoch das Feuer von uns Schwestern.

»Ich habe mich noch nicht entschieden. Ich bin hin und wieder in Kontakt mit Susie, der anderen Frau, und wir werden sehen, was passiert.«

Sie schaut mich aufmerksam an. »Du wirkst so anders, Ems. Das gefällt mir.«

»Anders?«

»Glücklicher?«

»Nun, du auch.«

Sie greift nach meiner Hand.

Was für Jahre hinter uns liegen! Ich bin froh, dass wir es beide überstanden haben.

»Ich brauche Tee. Ordentlichen scheiße starken Tee.«

Ich lache und stehe auf, um ihr eine Tasse zu machen.

»Nein, nimm Maya. Ich muss aufstehen, sonst bringt der Jetlag mich um.« Sie legt mir das Baby in die Arme und streckt sich. »Cleo, lass uns mal schauen, was Tante Emma im Schrank hat. Sie hat immer Kekse da.«

Mayas warmer Körper schmiegt sich an mich, und ein schwarzer Lockenkopf legt sich an meine Brust. Ach du meine Güte, ich bin dir gerade erst begegnet, aber ich weiß schon, dass ich dich auf ewig lieben werde, Kleines. Solange du kein Problem mit meiner großen, ziemlich verrückten Familie hast: Willkommen. Ich sehe hinüber zu Grace, der Schwester, die vor zwei Jahren auf dem Boden war, nicht nur gebrochen vor Trauer, sondern verletzt und wütend. Super Gracie ist zurück, ihr Herz ist wieder voll und aufgeladen. Ich sehe erneut auf Maya in meinen Armen hinab. Die Wärme, die ich spüre, das ist eine volle Windel, oder? Na, das kriegen wir schon hin.

Kapitel zweiundzwanzig

723 Tage nachdem Dad Simon gesagt hat, er solle sein verdammtes Haus verlassen, und mein Dad flucht nie. Nicht mal Lucy gegenüber

»Mummy, warum ist sein Pillermann so klein?«, fragt Violet.

»Also, Babys können nicht mit einem normal großen Pillermann geboren werden, oder?«, antwortet Iris und rollt peinlich berührt mit den Augen.

Susie wechselt Louis gerade die Windeln, und die Mädchen schauen zu. Was ist denn ein normal großer Pillermann? Ich bin froh, dass ich keine Söhne hatte; das Wickeln sieht anders aus. Ich hoffe, der Kleine spritzt keinen Urin auf meinen Teppich. Ich sehe zu, wie Louis' kleine Faust sich um Violets Finger schließt und sie kleine verzückte Laute ausstößt, weil er so babyklein ist. Iris reicht Susie Feuchttücher, und ich stehe auf und sehe zu. Ist das komisch? Louis ist in meinem Haus, und auch Oliver kniet auf meinem Küchentisch und vernichtet die Chips, die ich hingestellt habe. Sein ganzes Gesicht und Haar ist voller Kartoffelkrümel. George, unser Anwalt, schaut ihm interessiert zu. Ich glaube, er hat einen Seelenverwandten gefunden.

Es ist ein komischer Tag. In den letzten vierzehn Tagen ist Grace zu uns zurückgekommen, und ich habe meine neuen

Nichten viel gesehen. Sie haben Zeit mit ihren Cousinen verbracht, die Freuden des britischen Kinderprogramms kennengelernt und eine Vorliebe für KitKats entwickelt. Sie sind eine reine Freude. Vielleicht liegt es an der Begegnung mit ihnen oder daran, dass ich Grace wiedergesehen habe, die so gelassen ist angesichts des Schmerzes, den sie erlitten hat. In jedem Fall habe ich etwas getan, von dem ich nicht wusste, dass ich dazu fähig bin. Ich habe Susie zu mir eingeladen, damit ich ihre Söhne kennenlerne und die beiden ihre Schwestern treffen. Ich war mir nicht sicher, wie sich der heutige Tag entwickeln würde, aber das hier fühlt sich wie ein Schritt in die richtige Richtung an. Allerdings habe ich auch eine Weihnachts-Quiche gekauft, für den Fall, dass alles den Bach runtergeht.

Susie und ich können unsere Beziehung noch immer nicht recht definieren. Sie ist weder Freund noch Feind, aber ich habe das Gefühl, dass ich sie immer auf meiner Seite haben sollte. Ich sehe zu, wie sie die Wickelunterlage wegpackt, und reiche ihr die Feuchttücher und Stoffwindeln, die sie aus der Tasche genommen hat. Wie fängt man eine Unterhaltung mit der Ex seines Ex an? Vermeidet man es ganz, nach ihm zu fragen? Macht man Scherze darüber, dass er sich im Bett die Zehennägel geschnitten hat? Oder über seine unverständliche Vorliebe für Actionfilme aus den Neunzigern? Lucy ist nicht viel besser. Sie beobachtet sie stumm von der Küche aus, weil sie immer noch glaubt, Susie habe einen Plan.

»Kann ich ihn nehmen, Susie?«, fragt Iris.

Susie nickt. »Natürlich. Aber pass darauf auf, dass sein Kopf gestützt ist.«

Ich sehe zu, wie Iris ihn eng an sich drückt, und mein Herz springt in verschiedene Richtungen. Das war nicht, was ich mir bei meiner Hochzeit mit Simon gewünscht habe, aber was ich hier vor mir sehe, ist perfekt. Meine Tochter, die eine

Beziehung zu jemandem herstellt, der immer ein Teil ihres Lebens sein wird. Ich hoffe, das passiert so. Ich hoffe, er ist eine Beth, denn ich habe die Vermutung, dass der Chipsvernichter auf dem Tisch ihre Lucy sein wird. Der Junge gibt nicht auf, bis er die ganze Schüssel weggeputzt hat. Lucy kommt mit einer versprochenen Tasse Tee und wirft Susie einen finsteren Blick zu. Sie hat den Auftrag, höflich zu sein, und ich hoffe, das kriegt sie hin. Ich suche die Oberfläche des Tees nach Schaum ab.

»Kannst du mal in die Küche kommen, Ems? Ich weiß nicht recht, was ich mit der Quiche machen soll«, sagt Lucy wie beiläufig. Ich lasse meine Mädchen zurück und folge ihr durch die Tür. In der Küche beginnt sie zu gestikulieren und starrt Susie finster durch einen Spalt in der Tür an, ehe sie flüstert: »Ich hasse sie.«

»Wir hassen nichts und niemanden, Lucy. Wir sagen, dass wir etwas nicht gut finden.«

Sie lacht. Das waren die Worte unserer Mutter, als wir noch klein waren. Brokkoli verdiente es nicht, gehasst zu werden, er hatte nichts getan, was solche Worte verdient hätte.

»Ich verstehe nicht, warum du so nett zu ihr bist. Sie hat dich verarscht, sie wusste genau, was sie tut. Ich könnte das nicht vergeben.«

»Ja … aber schau dir mal die Mädchen an. Das ist mehr als Vergebung. Ich finde nicht einmal mehr Worte dafür.«

Sie sieht ihre Nichten mit den Jungs und blickt mich an. »Man nennt es ein großes Herz. Du bist wirklich ein besserer Mensch als ich, oder?«

»Das ist doch offensichtlich.«

»Ich lasse sie aber nicht so einfach davonkommen. Ich will weiterhin die bleiben, die sie daran erinnert, dass sie etwas Falsches getan hat.«

»Sei aber friedlich, okay?«

»Was auch immer das heißen soll. Wann kommt Satan? Und im Ernst, ich dachte, wir können die Quiche einfach so essen?«

»Bald. Ofen auf hundertachtzig Grad, fünfzehn Minuten, und leg schon mal Gabeln bereit.«

Sie zieht eine Grimasse, weil ihr klar wird, dass sie ihr Leben lang kalte Quiche gegessen hat. Ich gehe hinüber ins Esszimmer, um mit George zu reden, der den ganzen säuberlich mit Büroklammern gebündelten Papierkram ausgepackt hat. Daneben liegen ein teurer Füller, Hustenbonbons und ein Taschentuch. Ich glaube, das ist, wie er offizielle Angelegenheiten angeht.

»Ich höre, Grace ist zurück. Das muss eine Erleichterung sein.«

»Weniger eine Erleichterung als vielmehr eine Freude. Es geht ihr gut.«

»Das freut mich zu hören.«

Er erwischt mich dabei, wie ich hinüber ins Wohnzimmer blicke, wo Violet auf Susies Schoß sitzt. Ich weiß nicht, was ich davon halte, aber er ahnt etwas und versucht, mich abzulenken.

»Ich habe mich sehr ausführlich mit Miss Hunter unterhalten, und es war interessant herauszufinden, wie Simon euch beide manipuliert hat. Ob nun finanziell oder emotional, alles, was er getan hat, war in seinem eigenen Interesse.«

Das ist keine Überraschung, aber vielleicht ist es gut, dass Susie alles weiß. Ich entdecke einen Brief, der an Susie adressiert und mit einem roten Stempel versehen ist. Ich kenne diesen Stempel, er markiert Rechnungen für Gebühren.

»Gib mir das, ich kümmere mich darum.«

»Ehrlich? Aber …«

Ich zucke mit den Schultern. Sie hat gerade ein Baby bekommen, und eine riesige Anwaltsrechnung ist vermutlich nicht das, was sie gerade gebrauchen kann. Ich lege den Finger an die Lippen, um ihm zu signalisieren, dass er es geheim halten soll. Wenn das hier auf dem richtigen Fuß beginnen soll, muss ich vielleicht den ersten Schritt tun.

George lächelt genau in dem Moment, als es klingelt. Ich sehe, wie Susie für einen Moment erstarrt. Wir tun das wirklich, oder? Ich gehe in den Flur und sehe seine Gestalt an der Haustür. Atmen, Emma, atmen.

»Dadddyyyy!«, quiekt Violet, als ich die Tür öffne. Sie springt ihm in die Arme.

Hinter ihm steht die gepflegte Miss de Vere, eine Augenweide in Kamelfarben. Ich hoffe, dass eins der Kinder sie mit Johannisbeersaft attackiert. Ich führe sie ins Wohnzimmer, wo Iris mit Louis steht und Oliver mit einem Auto am Boden spielt. Wo zum Teufel ist Susie? Ich sehe mich im Raum um und entdecke George, der die Hände in die Luft hält. Ernsthaft? Simon bleibt stehen, als er seinen Sohn sieht, und lächelt Iris an.

»Ist das …«

»Das ist Louis, Daddy.«

Er nimmt das Baby in den Arm und schweigt, als er ihm das erste Mal ins Gesicht blickt. »Hallo, kleiner Mann.«

Ich sage nichts. Ich habe diese Gestik, diese Mimik schon einmal gesehen. Simon ist vieles, aber ich leugne nicht, dass er ein guter Vater ist. Er ist aufmerksam, kümmert sich, und die Mädchen lieben ihn. Er wird diesen Jungen lieben. Er liebt ihn jetzt schon. Ich sehe, wie Oliver sich an sein Bein schmiegt und dieses kleine Team Kinder ihn umgibt, und schweige gebannt.

»Wo ist Suse?«, fragt er.

Suse und Ems: Er spricht über uns, als wären wir ein Pop-Duo.

»Sie hilft Lucy in der Küche«, sagt George.

Sie ist abgehauen. Ist sie zur Hintertür raus?

Lucy kommt kopfschüttelnd in den Raum. »Er ist wie eine niedlichere Version von dir, Simon.«

»Lucy.«

Sie wirft mir einen Blick zu. »Deine Quiche verbrennt, Em.«

»Warum hast du sie dann nicht aus dem Ofen genommen?«

»Die andere Quiche.« *Oh.*

»Ich bleibe hier und passe auf. Nun, Kinder, wisst ihr schon, welche die drei kleinsten Knochen im menschlichen Körper sind?« Sie grinst Simon an, der so tut, als wäre sie nicht da.

In der Küche liegt eine blasse, schlaffe Quiche auf dem Küchentresen, und die Tür zur Waschküche steht offen. Ich gehe hinein und sehe ein Paar Beine, das aus der Garderobe hängt.

»Erinnere mich bitte, dass ich dich niemals in mein Team wähle, wenn wir Verstecken spielen.«

Sie sagt nichts. Ich schließe die Tür und lehne mich gegen die Arbeitsfläche, wobei ich auf eine Wanne voll mit Lucys benutzten Höschen hinabblicke. Ich schüttle den Kopf und werfe sie in die Waschmaschine. Susie späht durch einen Spalt, um zu sehen, was ich tue.

»Es tut mir leid. Ich habe seine Stimme gehört und konnte es nicht ertragen, ihn zu sehen.«

»Ich verstehe das. Man weiß nicht, ob man in Tränen ausbrechen will oder …«

»… ihm die Fresse polieren?«

»Genau das. Also hast du Louis bei Iris gelassen und bist hierher geflohen?«

»Das war nicht gut, tut mir leid.«

Ich antworte nicht. Ich lege eine Hand auf den Korb Wäsche neben mir und beginne, Schuluniformen zu falten. Ich sage Lucy immer, sie soll das machen, sobald sie sie aus dem Trockner holt. Hört sie auf mich? Nein. Genau wie sie nicht auf mich hört, wenn ich ihr sage, dass sie ihre dreckigen Höschen nicht ins Waschbecken werfen soll. Susie kommt heraus, um mir zu helfen.

»Ist das ein Meerjungfrauenkostüm?« Sie sieht mich verwirrt an, weil das definitiv nicht zu mir passt.

»Es gehört meiner Schwester. Sie veranstaltet Kinderpartys am Wochenende. Das ist ihr Arielle-Outfit. Sie hat eine Perücke und ist mit einem Mann unterwegs, der als Krabbe verkleidet ist.«

Susie lacht leise. Ich glaube nicht, dass man das Kostüm in der Maschine waschen sollte, aber als sie zurückkam, war etwas Klebriges drauf, von dem sie behauptet, dass es Eiscreme ist. Aber bei Lucy weiß man nie. Wir sind jetzt bei dem riesigen Haufen Strumpfhosen und Strickjacken angelangt, die die Mädchen im Laufe einer Woche brauchen.

»Ich habe die Uniform für Oliver noch gar nicht gekauft. Für St. Catherine's. Kostet sie viel?«

»Du musst eine lächerliche Masse Zeug kaufen, aber wir haben ein paar Teile, die wir weitergeben können. Außerdem haben sie einen Second-Hand-Verkauf. Ich kann mit dir hingehen.«

»Danke.«

Ich wühle mich durch einen Haufen Socken, und sie reicht mir eine, damit ich ein Paar bilden kann. Sie wirkt ein wenig mordlustig, und ich hoffe und bete, dass sie das nicht an mir auslässt. Könnte sie mich mit einem Wischmopp umbringen?

»Wie schaffst du das?«

»Was?«

»Du siehst ihn ständig, zwei Mal in der Woche, und du kommst zurecht. Willst du ihn nicht erwürgen? Ich weiß einfach nicht, was ich tun werde, wenn ich da draußen bin. Ich traue mir selbst nicht.«

»Wie würdest du ihn umbringen?« Sie schaut mich fragend an. »Ich habe Fantasien, wie ich ihm ein Messer in den Bauch ramme und dann zusehe, wie er langsam ausblutet«, erkläre ich. Möglicherweise war das zu ehrlich, und mir ist klar, dass wir noch nicht so gut befreundet sind. Ich hoffe einfach, dass sie mich nicht bei meinem Arbeitgeber verpfeift.

»Ich habe eher an etwas gedacht, was länger dauert. Gift. Jeden Abend in seinem Essen. Ein Gift, das vielleicht Haarausfall verursacht. Wir wissen doch, wie wichtig ihm seine Haare sind.«

Ich lächle sie an. Okay, sie ist an diesem Punkt der Trennung angelangt. Die wütende, zornige Phase, in der es sich so anfühlt, als würde jede Zelle vor Emotion knistern.

»Ich habe mir mal vorgestellt, wie ich einen Auftragskiller engagiere. Ich wusste aber nicht recht, wo man einen findet«, sage ich.

»Über eine Telefonzelle, oder?«

»Ich dachte an Twitter. Ich habe mir vorgestellt, dass ich es wie einen Unfall aussehen lassen könnte. Wie ich bei seiner Beerdigung bin. Ich habe sogar eine Trauerrede geschrieben. Ist das komisch?«

»Nein. In meiner Fantasie endet alles damit, dass ich in dem schwarzen Kleid, das ich bei seiner Beerdigung getragen habe, über eine Londoner Brücke laufe und etwas, was er mir geschenkt hat, in den Fluss werfe.«

Ich lache und sehe sie an. Würde ich ihn jemals wirklich verletzen? Nein. Manchmal gaben mir meine Emotionen das

Gefühl, sie waren so ungezähmt und kochten in mir und kehrten mein Innerstes nach außen. Aber wenn der ganze Hass erst einmal runtergekocht war, dann waren da immer noch diese kleinen Menschen, und die Welt drehte sich weiter.

»Ist dir klar, dass er es schon wieder geschafft hat?«, sage ich und glätte die Schulstrickjacke mit den Händen.

»Was?«

»Er ist da draußen mit unseren Babys, und wir sitzen in einem besseren Besenschrank.«

Susie schweigt und versucht sich an der unlösbaren Aufgabe, alle dunklen Socken zu Paaren zu ordnen. Ich denke an die Szene, die sich vermutlich außerhalb unseres Zufluchtsorts abspielt: Lucy sitzt dort und machte eine Reihe bissiger Bemerkungen in Richtung Simon und seiner Anwältin. Die Kinder toben herum. George sitzt in meiner Küche, spielt an den Büroklammern herum und isst die letzten Snacks auf.

»Wir müssen da raus.«

»Ich kann nicht.«

»Aber war der Gedanke nicht, dass wir das zusammen tun? Gemeinsam sind wir stark und so weiter?«

»Aber wir sind nur zu zweit.«

»Und er ist nur einer. Wenn du dich auf die Eier stürzt, übernehme ich die Augen.«

Sie lächelt.

»Wie ist er mit Oliver? Verstehen sie sich?«, frage ich.

»Sehr gut.«

»Konzentrier dich vielleicht auf das wenige Positive. Meine Mädchen lieben ihn abgöttisch. Er behandelt sie gut. Wenn er sie je so behandeln würde, wie er das mit mir getan hat, dann würde ich ihn fertigmachen. Ich würde ihn überfahren, zurücksetzen und noch ein paar Mal drüberfahren.«

»Ich gebe dir ein Alibi.«

»Ist schon okay. Dafür habe ich vier Schwestern.«

»Du denkst also nicht, dass er von Grund auf böse ist?«

»Kommt drauf an, wie man *böse* definiert. Wie Hitler? Nein, aber er ist auf vielerlei Weise nicht in Ordnung. Er ist selbstsüchtig, ein Lügner und hat eine zutiefst narzisstische Seele. Ich muss einfach nur dafür sorgen, dass meine Töchter das nie sehen. Ich muss dafür sorgen, dass diese ganze Situation weniger schlimm für sie ist.«

»Was, wenn seine Anwältin einen Trick im Ärmel hat. Was, wenn er versucht, mir die Jungs wegzunehmen?«

»Dann greife ich ihn mit der Quiche an.«

»Ich muss dir was sagen«, gesteht sie.

»Ja?«

»Es tut mir leid. Ich glaube nicht, dass irgendwer gerne die andere Frau sein will. Meine eigene Mutter hasst mich dafür.«

»Wir waren alle die andere Frau.«

Sie nimmt ein Höschen in die Hand, das buchstäblich nur aus zusammengenähten Schnüren besteht.

»Die gehören meiner Schwester«, platze ich heraus.

Sie wirkt nicht überzeugt.

»Nein, wirklich. Das sieht aus, als würde ich mir damit was abschnüren.«

Sie verschluckt sich leicht. »Ich hasse ihn.«

»Heb dir den Hass für die Menschen auf, die ihn wirklich brauchen.«

»Zum Beispiel?«

»Du lernst bald das Schultor kennen. Glaub mir.«

Es ist komisch. Kleine Fasern lösen sich aus dem Stoff, um uns miteinander zu verbinden. Plötzlich sind wir so eine Art Familie. Ich denke an Schwestern, die ich mir nicht ausgesucht habe und mit denen ich nicht immer gut zurechtkomme, die aber dennoch ein Teil von mir sind. Wer bin ich, dass ich bestimmen will, wie eine Familie auszusehen hat? Susie und ich sind verbunden durch die Schwesternschaft, von dem gleichen Mann betrogen worden zu sein. Vielleicht soll das so sein. Ich öffne die Tür zur Waschküche.

»Bitte, bevor Lucy ihn wirklich noch umbringt.«

Sie bewegt sich nicht vom Fleck.

»Für die vier dort in dem Zimmer. Wir regeln das, und dann können wir weiterziehen.«

»Wohin?«

»Das kann ich nicht für dich beantworten. Aber erst einmal raus aus meiner Waschküche.«

»Miss Hunter kann die vollen Gebühren nicht aus eigener Tasche bezahlen, aber sie ist gerne bereit, einen Teil davon zu übernehmen.«

»Mr. Chadwick ficht das nicht an. Er bezahlt gerne die Schulgebühren, wenn sie für Uniformen und Diverses aufkommt.«

»Was zählen Sie unter Diverses?«

»Clubs, Ausflüge, Ausstattung und Schulbedarf.«

Susie nickt in Georges Richtung. Das ganze Procedere hindurch hat sie es nicht gewagt, Simon auch nur anzusehen. Als sie mein Wohnzimmer betrat, war die Anspannung in der Luft beinahe greifbar. Ich war mir nicht sicher, ob sie sich gleich wie eine Wildkatze auf ihn stürzen, ohnmächtig in seine Arme fallen oder in einem Gefühlsausbruch zu Boden stürzen würde. Sie wich nicht von meiner Seite, während sie zusah, wie Simon tat, was er am besten kann: Er verzauberte die Kinder mit seinem Charme, brachte das Baby zum Lächeln. All diese kleinen Blicke und Gesten lösten früher bei mir eine beinahe schmerzhafte Verwirrung aus. Ich hoffte, Susie würde nicht darauf hereinfallen. Sie wollte Hallo sagen, verstummte jedoch, als sie Cat entdeckte. Ich hätte sie warnen sollen.

Oben sitzt Lucy mit den Kindern. Ich habe ihr zehn Pfund gegeben und das Versprechen, dass sie Leute in mein Haus einladen darf. Ich habe keine Ahnung, was sie macht, aber ich höre leise den Bass von einem Song aus *Moana* und schreibe ihr unter dem Küchentisch eine Nachricht, dass sie leiser machen soll.

Es ist eine seltsame Konstellation. Susie, George und ich sitzen auf einer Seite des Tisches und Cat und Simon auf der anderen. Stünden die Dinge besser, würden wir Monopoly spielen, und ich würde Hotels auf die Schlossallee bauen, um Simon finanziell zu ruinieren.

»Und Miss Hunters aktuelle Bleibe? Das Haus in Brentford. Miss Hunter hat Geldmittel angesammelt, die sie gerne verwenden würde, um die Hypothek zu übernehmen. Sie möchte Sicherheiten, dass das Haus weiterhin auf ihren Namen läuft.«

»Geldmittel?«, fragt Simon.

»Meine Mum. Sie zieht zu uns.«

Er sieht sie prüfend an, um zu sehen, ob sie lügt, und zuckt dann mit den Schultern.

»Gut, dann sprechen wir über das Sorge- und Besuchsrecht«, meint Cat. Sie hat sich heute selbst übertroffen. Das Kleid schmiegt sich an ihren Körper, und ihr Eyeliner weist einen bedrohlichen Schwung auf. »Mr. Chadwick gibt an, dass Sie ihn davon abhalten, seine Söhne zu sehen.«

»Aus gutem Grund«, unterbricht Susie sie. Ich packe ihren Ellbogen. Vernunft vor Gefühlen, Susie.

»Ja, wenn ich eine Gefahr für die Jungen wäre, aber Emma kann bestätigen, dass ich nie eine Gefahr für meine eigenen Kinder war.« Schlauer Fuchs, zieht mich in die Sache mit rein.

»Ich werde notfalls auch vor höhere Instanzen ziehen, damit ich wenigstens ein Besuchsrecht bekomme.«

Und jetzt die Trumpfkarte, George.

»Nun, ja … Sie sind keine Gefahr, aber Miss Callaghan und Miss Hunter wollen sichergehen, dass Sie eine gesunde und angemessene Beziehung zu Ihren Kindern entwickeln.«

Simon sieht mich an.

»Und sie sind übereingekommen, dass diese Schwestern und Brüder eine geschwisterliche Bindung entwickeln müssen«, fährt George fort. »Deshalb haben Miss Callaghan und Miss Hunter beschlossen, dass sie möchten, dass die Kinder unter der Woche Zeit miteinander verbringen. Das geht natürlich am besten unter Ihrer Aufsicht.«

Simon scheint überrascht.

»Ich habe nicht den Platz für vier Kinder.«

»Aber offenbar hattest du die Zeit, sie alle zu zeugen«, sage ich zu ihm. »Wir können helfen, und wir möchten, dass sie auch deine Mum sehen. Wir wollen einfach das Beste für sie.« Wir können alle das Trappeln kleiner Füße über uns hören und dumpfe Geräusche, die klingen, als würde Lucy sie von den Betten springen lassen.

»Und wir haben noch eine Bedingung«, fügt George hinzu. »Wir haben keinen Zweifel daran, dass Mr. Chadwick ein ausgezeichneter Vater ist, aber es gibt Facetten seines Charakters, die uns Sorgen bereiten.«

»Inwiefern?«

»Hinweise auf Suchtverhalten, emotionale Manipulation. Die Misses Hunter und Callaghan schätzen es zudem nicht, gegeneinander ausgespielt zu werden.«

»Wie soll ich das bitte getan haben?«

»Du hast mir gesagt, sie sei eine Furie, die versucht, das alleinige Sorgerecht zu bekommen«, meint Susie. »Du hast mich dazu gebracht, Oliver wie ein schmutziges kleines Geheimnis zu verstecken.«

»Ich habe versucht, das Beste zu tun. Ich will nicht, dass jemand verletzt wird.«

»Du hast getan, was das Beste für *dich* war.«

Es ist traurig und befriedigend zugleich, ihn so zu ertappen. Sein ausdrucksloses Gesicht zeigt uns, dass wir genau das geschafft haben.

»Es tut mir leid, Susie. Kann ich es irgendwie wiedergutmachen?«

Wir tauschen einen Blick. Ich frage mich schon, ob sie drauf reinfallen wird, doch dann wird ihr Blick unfokussiert, und ich lese eine andere Emotion darin. Ich glaube, es ist Selbstachtung. Sie sieht mich an.

»Ich will, dass die Jungs einen Vater haben. Ich will, dass sie ihre Schwestern kennenlernen. Sehen wir zu, dass wir das hinbekommen.«

Er nickt.

»Ich will keine Kommunikation mit dir. Wenn ich auch nur eine anzügliche Nachricht in der Nacht oder irgendetwas Provokatives von dir bekomme, dann überdenke ich alles noch einmal. Respektiere die Grenzen.«

»Ich war betrunken, als ich die …«, sagt Simon in dem Versuch, alles zu vertuschen.

»Du hast mir erst letzte Woche welche geschickt. Ich musste dich blockieren.«

George schiebt einige Ausdrucke von Screenshots, die Susie gemacht haben muss, über den Tisch zur Gegenseite. Simon fällt alles aus dem Gesicht. Ich zucke nicht einmal. Ich habe diesen Penis bereits aus allen Blickwinkeln gesehen. Er machte schon immer gerne Bilder davon, um sie anderen zu schicken. Er war so stolz darauf: Schaut euch meinen Pillermann an, ist der nicht toll? Cat sieht aus, als wollte sie Simon mit einem Kuli erdolchen.

»Das hier«, meint George, »ist nicht das Verhalten von jemandem, den diese Frauen in der Nähe ihrer Kinder haben wollen. Darin liegt ein toxisches und ungesundes Potenzial, deshalb stellen wir Bedingungen.«

»Bedingungen?«

»Wöchentliche Termine bei einem Therapeuten oder einer Therapeutin, bei denen Sie Ihr Verhalten überdenken können.«

»Das ist alles?«, sagt Simon überrascht.

»Ja«, meint George. »Haben Sie mehr erwartet?«

»Ja, um ehrlich zu sein, dachte ich, ihr zwei werdet mich ausnehmen wie eine Weihnachtsgans. Ihr meint also wirklich, ich muss lediglich zur Therapie und kann dann die Jungs sehen?«, fragt er.

»Wir wollen einen Beweis für die Termine, dann können wir an einem Plan arbeiten, der für alle passt.«

Cat ist immer noch mit Susies Enthüllung beschäftigt und stößt sich mit ihrem Stuhl vom Tisch ab. Ich sehe, dass sie Datum und Uhrzeit der Nachrichten registriert. Dann räumt sie ruhig ihre Sachen zurück in ihre Tasche und verpasst Simon eine harte Ohrfeige. Er reagiert nicht, aber Susie lacht auf.

»Alles in Ordnung, Miss De Vere?«, fragt George.

»George, schicken Sie bitte alle Papiere in die Kanzlei, wir kümmern uns darum. Mr. Chadwick, in Kürze wird man Ihnen einen neuen Anwalt zuteilen.«

In Susies Gesicht lese ich Erleichterung, aber auch Bestätigung. Sie sieht Cat an und kommuniziert ihr, dass sie die Beine in die Hand nehmen soll. Cat braucht keine weitere Ermunterung, sie stürmt aus dem Raum und Simon gleich hinterher. Ich folge ihnen, um sicherzustellen, dass es ihr gut geht, aber ich will nicht lügen, irgendwie bin ich auch neugierig. Die Haustür geht auf, und auf den Stufen vor dem Haus kommt es zu einer angeregten Unterhaltung. Cat sticht mit dem Finger in Richtung seines Gesichts und wirft ihm Schimpfworte an den Kopf, die selbst Lucy erröten lassen würden. Dann macht sie einen ziemlich eleganten Abgang. *Wow, nicht schlecht, Cat.*

Und er steht dort auf der Straße, ganz allein. Er folgt Cat, doch dann blickt er zum Himmel. Das ist der Moment, in dem du weinen und auf die Knie fallen solltest, Simon. Regnen müsste es jetzt auch.

»Chadwick?«

Er sieht zu mir hoch. Die Sache ist die: Er ist nicht wirklich allein, oder? Ich setze mich auf die Treppe und bedeute ihm, sich neben mich zu setzen. Er kommt her und tut es. Und auf einmal habe ich das Gefühl, ein Déjà-vu zu erleben. Diese Stufen sind Zeugen vieler Momente unserer Ehe gewesen. Im Sommer saßen wir gerne hier draußen. Kurz nach unserem Einzug saßen wir hier mit Bier und hochgerollten Ärmeln, während die Kisten sich in Jenga-mäßigen Türmen stapelten. Einen Moment lang schweigen wir uns an.

»Gut gemacht, Callaghan«, flüstert er. Er hebt eine Hand ans Gesicht und presst die Finger gegen seine Stirn.

Ich bin großzügig bei meiner Antwort: »Du hast auch nicht alles schlecht gemacht.«

»Inwiefern?«

»Die Mädchen. Hast du sie angesehen? Sie haben Brüder. Sie sind total aus dem Häuschen.«

Es scheint ihn zu verwirren, dass ich nicht besonders wütend darüber bin.

»Es ist definitiv eine Schar.«

»Ich bin in einer Schar aufgewachsen. Das ist allen Ärger wert.«

»Hast du Susie überredet, dass sie mich die Jungs sehen lässt?«

Ich zögere. »Das habe ich. Ich habe sie davon überzeugt, dass du ein Mensch bist. Dass wir die Chance brauchen, die Sache hier zum Funktionieren zu bringen.«

Was auch immer ich von ihm denke, und was auch immer er mir angetan hat, es ist Zeit, es hinter mir zu lassen. All der Hass, die Zweifel und die Gefühle waren wie ein Krebs, der mich auffraß. Er hat schlimme Dinge getan, aber es ist ermüdend, ihn ständig dafür zu verachten.

»Du bist ein Mensch, oder?«, frage ich ihn.

»Ich glaube schon.«

»Dann mach die Therapie. Arbeite an dir.«

»Das werde ich.«

»Und ich will, dass wir mit den Spielchen aufhören.«

»Inwiefern?«

»Du wirst notgedrungen immer ein Teil meines Lebens sein. Ich liebe dich nicht, aber ich will dich auch nicht hassen. Keine Spielchen mehr …«

»Es sei denn, es ist ein Schulquiz.«

»Ja, natürlich. Ich bin bereit für ein Rematch nächstes Jahr, um meinen Titel zu verteidigen.«

»Herausforderung angenommen.«

»Dann versuchen wir es? All diese Kinder, lass uns das Richtige für sie tun.«

»Es braucht ein Dorf und so weiter …«

»So was in der Art.«

»Und bin ich der Dorftrottel?«

»Was? Natürlich bist du das.«

Er lacht, dann schweigen wir. In der Ferne hört man das leise Summen von Verkehr, und die Dampfwölkchen unserer Atemluft lassen mich denken, dass wir beide Mäntel tragen sollten. Ich entdecke Mrs. Phelbs, die ihren Baum schon aufgestellt hat und daneben am Fenster steht, wobei sie versucht, sich hinter dem Vorhang zu verbergen. Es ist schon fast Weihnachten. Zwei Jahre sind seit meinem Entschluss, mich scheiden zu lassen, vergangen. Und doch sitzen wir jetzt hier.

»Ich bin übrigens wieder in einer Beziehung. Mit dem Mann, der mit mir bei dem Quiz war. Er heißt Jag.«

»Dachte ich mir schon. Er wirkt nett. Haben die Mädchen ihn schon kennengelernt?«

»Bald. Wir gehen zusammen in den Zirkus. Warst du mit Cat in einer Beziehung?«

»Nicht wirklich. Willst du in Zukunft wissen, wenn ich mit jemandem eine Beziehung habe?«

»Nicht, solange sie keinen Kontakt zu unseren Mädchen haben.«

»Wie sehr hasst Susie mich?«

»So sehr, wie ich dich an Weihnachten vor zwei Jahren gehasst habe. Gib ihr Zeit.«

Wir sitzen schweigend da und leisten uns Gesellschaft.

»Sind wir schon Freunde, Emma?«

»Nein. Vielleicht irgendwann. Aber wir sind etwas, ich habe nur noch kein Wort dafür gefunden.«

»Mrs. Phelbs steht hinter dem Vorhang und beobachtet uns.«

»Ich weiß. Vermutlich, weil Cat …«

Die Haustür öffnet sich, und hinter uns erscheinen zwei kleine Gesichter.

»Was macht ihr da? Es ist eiskalt!«, ruft Iris.

»Nun, dann komm her und kuschle mit mir, damit mir wieder warm wird«, sagt Simon.

Ich sehe, dass Lucy uns vom Wohnzimmerfenster aus beobachtet. Sie gibt mir gestikulierend zu verstehen, dass jetzt der richtige Moment gekommen wäre, ihn die Treppe runterzustoßen. Ich tue es nicht. Simon und ich nehmen jeder ein Mädchen. Ich nehme Violet, die ihre Beine zwischen meine schiebt und sich in meine Armbeuge schmiegt. Ihr Haar riecht nach Kokosnuss und Play-Doh. Iris benutzt Simon als Klettergerüst. Er tippt ihr auf die Nase, wie er es schon macht, seit sie ein Baby war. Sie findet es immer noch urkomisch. Der Himmel wird dunkler, und die Bäume werfen Schatten auf das Pflaster. Ein Haus die Straße runter ist mit festlichen Lichtern geschmückt, die jetzt angehen und dann in einem synkopischen Rhythmus flackern.

An dem Weihnachten, als alles passiert ist, hockte ich hier und sah zu, wie die Mädchen auf Rollern die Straße hoch- und runterflitzten. Simon und ich trugen beide Schlafanzüge und Puschen und tranken Kaffee aus zueinander passenden Tassen. Mein Herz tut weh. Unsere Ehe war voll von kleinen Momenten wie diesen, die Sinn ergaben und in mir den Wunsch weckten, das, was wir hatten, zu erhalten, in der Hoffnung, dass irgendwann alles perfekt würde. Aber das wurde es nicht. Und endlich macht meine Seele ihren Frieden damit.

»Mama, warum sitzt ihr auf der Straße?«, fragt Violet.

»Eigentlich ist es gar nicht die Straße, es ist immer noch unser Haus«, sage ich zu ihr.

»Ist euch nicht kalt?«, fragt sie. »Was sind Frostbeulen?«

»Das sind bläuliche Schwellungen, die man bekommt, wenn es sehr kalt ist, warum?«, erkläre ich.

»Tante Lucy meinte, dass Daddy die an seinem Pillermann bekommen soll.«

»Sie hat das wirklich gesagt, oder?«, meint Simon. Er dreht sich zum Fenster, aber Lucy versteckt sich schnell. Iris schmiegt den Kopf an Simons Brust und in seine Halsbeuge.

»Ich kann deinen Herzschlag hören«, sagt Iris.

Es ist beruhigend zu wissen, dass dort drin etwas ist.

»Ba-bumm, Ba-bumm, Ba-bumm … warum klingt das so?«

»Frag deine Mutter, sie kennt sich mit Herzen aus.«

Ich lächle.

»Ich weiß. Außerdem ist sie ein besserer Doktor als du. Sagt Tante Lucy.«

Er lacht leise.

»Lass uns die Mädchen ins Warme bringen, Simon.«

Er nickt. »Klar, Emma.«

Epilog

Der Tag, an dem ich meinen Ehemann zurückgab

»Willst du etwa sagen, mein Truthahn sei trocken?«

Ich schaue hinüber zu Meg in der Ecke unserer Familienküche und frage mich, woher in aller Welt sie den Mut nimmt, so etwas zu sagen. Selbst Danny hält beim Abwasch inne, um zu verarbeiten, was seine Frau gerade zu unserer Mutter gesagt hat. Ich meine, so was denkt man sich, aber dann ertränkt man es einfach in Bratensoße und arrangiert sich damit. Das sind die Freuden eines kreideweißen Fleisches wie Truthahn.

Warum jetzt? Jetzt wird sie nicht mehr aufhören, über den Speck zu reden, den sie auf die Brust legt, und über all das Gänsefett. Aber das ist Meg. Sie liebt die Herausforderung. Insgeheim glaube ich, dass sie denkt, nur dann eine Beziehung zu unserer Mutter haben zu können, wenn sie sich regelmäßig mit ihr fetzt. So haben sie dann wenigstens irgendeine Art der Kommunikation.

»Es war ein großartiges Essen, Mum. Hast du die Mince Pies gemacht?« Meg zwinkert mir zu.

Du weißt sehr gut, dass sie das nicht getan hat. Ich schüttle den Kopf in ihre Richtung und transportiere den Teller mit Mince Pies durch das Wohnzimmer. Meine Mutter hat Kränze aufgehängt und die Lampenschirme mit Lametta geschmückt, und auch sonst ist alles vertraut: Dad schläft im Sessel in der Ecke und hat sich einen stechpalmengrünen Papierhut über die Augen gezogen. Kleine Kinder krabbeln auf dem Boden und formen zwischen den Überresten funkelnden Geschenkpapiers Engel mit ihren Körpern. Ich hoffe, Mum hat Trifle gemacht. Beth und Will dösen auf dem benachbarten Sofa und erholen sich immer noch von ihrem Londoner Kater von letzter Nacht, als sie in irgendeiner Neon Warehouse Bar in Hoxton gefeiert haben. Ich mag diesen Teil von Weihnachten, wenn der Boden mit alten Kräckerbröseln übersät ist und die Dämmerung hereinbricht.

Ich nehme einen Mince Pie und schnappe mir den letzten freien Platz auf dem Sofa. Violet, gerade vier Jahre alt, legt den Kopf auf meine Knie. »Was isst du da, Mama?«

Ich blicke hinab in ihre großen grün-braunen Augen und frage mich, wie sie immer noch hungrig sein kann, wo sie doch zu diesem Zeitpunkt aus neunzig Prozent Röstkartoffeln bestehen müsste.

»Einen Mince Pie.«

»Was ist da drin?«

»Obststückchen.« Ich zupfe ein paar von besagten Stückchen heraus und lasse sie in ihren Mund fallen, als wäre sie ein Vögelchen. Sie verzieht das Gesicht und rollt sich weg von mir.

Es ist gut möglich, dass Will neben mir furzt, aber ich achte nicht auf ihn. Er und Beth sitzen aneinandergeschmiegt. Möglicherweise ist das, was ich da rieche, auch Gras. Bekifft, betrunken und randvoll mit Rosenkohl. Medizinisch möglicherweise nicht ungefährlich. Zeit, den besseren Alkohol rauszuholen, Kinder. Sich etwas für ein besseres neues Jahr zu wünschen. Ich kratze mich am Hals. Simon hat mir einen sehr senffarbenen Pulli geschenkt, der weich und aus Kaschmir ist, aber ich bekomme davon Ausschlag am Hals. Außerdem ist er nicht rot, und das stört das Farbkonzept, das meine Mutter für ihre Fotos will. Wo ist Simon? Ist es schlecht, dass ich das so oft frage? Ist es schlecht, dass ich gerne sagen würde: Scheiß auf den Pulli, das Versprechen, dass du mir nicht mehr fremdgehst, wäre ein besseres Weihnachtsgeschenk? Er könnte es mir als Gutschein geben, vielleicht in einem Bilderrahmen.

»Reich mal den Mince Pie weiter«, bittet Will, der sich gerade durch das Fernsehprogramm wühlt, um einen Film für die Kleinen zu finden.

Dad erwacht aus seinem Schlummer und lächelt mich an. »Alles gut, Ems?«, fragt er.

Ich lächle und nicke. Das ist meine Standardreaktion dieser Tage. Ich könnte krank sein, die Mädchen könnten krank sein, ich könnte mich in einem Kriegsgebiet befinden oder auf der Straße leben oder niemanden in diesem Raum haben. Es könnte schlimmer sein. Aber jeder weiß über Simon Bescheid, deshalb werde ich das oft gefragt. Sie hinterfragen mein Urteilsvermögen und meinen Gemütszustand. Hin und wieder betrinkt sich eine der Schwestern, und dann sagt sie mir, wie dumm ich bin, dass ich mich wie eine Ehefrau aus den Fünfzigern verhalte, aber niemand hat es geschafft, mich von ihm zu lösen. Niemand versteht meine Furcht, meine Angst vor einem Dasein als Geschiedene. Ich wäre allein. Ich wäre dreiunddreißig und allein mit zwei kleinen Kindern und einer Karriere. Jedes Mal, wenn ich mir eine mögliche Zukunft ohne Simon auch nur vorstelle, ist sie wirr und unklar. Ich würde mich so verloren fühlen. Ich wäre gebrochen. Und ich würde das Gefühl hassen, versagt zu haben. Also bleibe ich, wo ich bin. Ich habe das Gefühl, dass die bessere Option immer die ist, die einem vertraut ist, selbst wenn dazu rituelle Demütigung gehört.

Tom sitzt am Boden und hat vier Nichten auf dem Rücken, während er mit ihnen malt. Er ist der lustige Onkel, den alle gern haben, weil er gut Origami falten und Tiergeräusche machen kann. Grace kommt zu mir, setzt sich auf meinen Schoß und schließt mich in eine dicke Umarmung. Jemand hat vom Sherry genascht.

»Emsy Ems. Ich liebe dich. Danke für die Socken.«

»Und ich danke dir für die Schokolade und den Wein. Du sagst immer, dass du kalte Füße hast. Ich habe versucht, praktisch zu sein.«

»Sie sind sehr nützlich. Nützlicher als die unflätigen Untersetzer, die Lucy mir gekauft hat.«

»Was steht auf deinen?«, fragt sie.

»Auf meinen steht: *Benutz einen verfickten Untersetzer!*«, sage ich leise, damit die Kinder mich nicht hören.

»Ich habe Penisse im Kacheldruck bekommen.«

Wir müssen beide lachen, und sie schüttet den Rest ihres Drinks hinunter und mustert Tom aufmerksam. Die beiden sind seit der Uni zusammen und schienen nie recht zueinander zu passen. Sie haben die ganze Bandbreite an emotionalen Hochs und Tiefs durch, aber ihre Hochzeit letztes Jahr hat wohl alle Zweifler zum Verstummen gebracht. Abgesehen von der Torte, über die sprechen wir nicht. Eine Torte aus Käse ist keine gute Art, eine Beziehung zu besiegeln, meinte meine Mutter.

»Und wie geht es dir?«, fragt sie.

»Mir geht es gut. Aber möglicherweise brauche ich mehr Alkohol.«

»Meg hat mir von der Mutter aus der Schule erzählt, mit der Simon …«

Ich lege mir einen Finger auf die Lippen, um ihr zu verstehen zu geben, dass sie in Gegenwart der Mädchen still sein soll.

»Ich habe ihr gesagt, sie soll es für sich behalten«, sage ich. Grace wirft mir einen bezeichnenden Blick zu. Wann konnte je eine von uns etwas für sich behalten? Man erzählt es einer Schwester, und die verbreitet es dann hinter vorgehaltener Hand weiter. Die Mutter war auch verheiratet, und ich habe gehört, dass sie jetzt in Scheidung lebt. Nach einer erbitterten Trennung wurden die Kinder von der Schule genommen. Ich habe Simon danach gefragt, und er hat alles abgestritten, aber ich wusste Bescheid. Natürlich wusste ich Bescheid. Wollte ich, dass das Gleiche unseren Mädchen passiert? Der Aufruhr und der Stress? Also sah ich darüber hinweg. Wie all die anderen Male auch.

»Er sagte, es ist vorbei.«

»Ems …«

»Lass. Es ist Weihnachten.«

In einer ganz untypischen Geste zieht sie meinen Kopf zu sich und streichelt mir übers Haar.

»Ems, kann ich dich was Komisches fragen?«

»Klar.«

»Wann sollte man sich Sorgen wegen Knötchen an den Hoden machen?«

»Was für Knötchen?«

»Es sind nicht meine Hoden, aber da ist etwas. Tom will nicht zum Arzt. Ich sage es ihm ständig, aber er weicht mir aus. Könnte Simon sich das mal ansehen? Oder du?«

»Süße, ich liebe deinen Mann, aber er sollte zu einem Spezialisten gehen. Es ist vermutlich nichts. Ich lasse dir ein paar Telefonnummern zukommen.«

»Klar, danke. Ich habe zu viel getrunken. Ich kann mein Gesicht nicht mehr spüren.«

»Trink weiter, dann wird es leichter, dich später beim Scrabble zu schlagen.«

»Davon träumst du …«

Und in diesem Moment hören wir es. Es ist anders als jeder Laut, den wir je zuvor in diesem Haus gehört haben, aber wir hören Lucy im Flur kreischen. Da wir sie kennen, nehmen wir an, dass sie mit jemandem streitet oder ein tolles Geschenk geöffnet hat oder einfach nur Lucy ist. Aber ich höre auch Simons Stimme. Ich höre, wie sie im oberen Stockwerk herumrennt und dann Kampfgeräusche. Wir schauen auf die Terrasse hinaus, als etwas auf die Bodenplatten fällt. Die Kinder rennen hin und pressen die Gesichter gegen die Scheibe.

»Es ist ein Handy. Da ist ein Handy vom Himmel gefallen«, sagt Iris.

Wir springen alle auf. Tom tritt in Aktion.

»Mädchen, wer hat Lust auf Fernsehen mit Onkel Tom?«

Iris, Violet, Tess und Eve klettern an ihm hoch, und ich sehe zu, wie Meg sich in Bewegung setzt. Man hört ihre Schritte die Treppe nach oben hallen. Dad schließt die Tür zum Wohnzimmer, um die Geräusche von oben zu dämpfen. Mum und Grace gehen ebenfalls, aber ich stehe einfach nur da, weil ich weiß, worum es geht. *An Weihnachten, Simon? Du hast dich wirklich selbst übertroffen.*

Langsam steige ich die Treppe meines Elternhauses nach oben und sehe, wie alle vier Callaghan-Mädchen und meine Mutter auf ihn losgehen.

»Er hockte doch tatsächlich im Gästezimmer und hat irgendeiner Frau erzählt, was er mit ihr anstellen will. Ich habe jedes Wort mitgehört!«, kreischt Lucy.

»Ich habe über eine Behandlung im Krankenhaus gesprochen!«, protestiert er.

»Und dazu gehört, jemandem die Klitoris zu lecken?«, gibt Lucy zurück. Grace, Meg und Beth schütteln stumm die Köpfe.

»Und dann hat deine Schwester mein Handy aus dem Fenster geworfen!«, erzählt Simon.

»Du kannst dich glücklich schätzen, dass ich nicht deinen verlogenen Arsch aus diesem Fenster geworfen habe.«

Meg kommt Lucy zu Hilfe. »Was zum Teufel soll das, Simon? Was zum Teufel? Deine Kinder sind unten! Deine Töchter!«, schreit sie.

»Emma, es ist wirklich nicht, was du denkst.«

»Was ist es dann?«, frage ich.

Er schaut mich an, wie er es immer tut. *Du weißt genau, worum es geht. Du wirst mich niemals verlassen.* Ich weiche zurück.

»Er hatte irgendeine Schlampe auf FaceTime, und sie hat ihm ihre Fotze gezeigt.«

»Lucy, könntest du bitte etwas weniger vulgär sein?«, bittet meine Mutter.

»Ich? Er ist hier und tut, was er schon seit Jahren tut. Du bist so ein Arschloch, Simon. Bitte, Emma, komm doch endlich mal zur Vernunft.«

Lucy lallt ein wenig, weil sie ebenfalls etwas von dem Sherry hatte, aber sie schaut mir in die Augen. *Hör auf, dir das anzutun, Ems. Hör sofort damit auf.* Grace hält meine Hand fest umschlossen. Meg zeigt auf ihn, und ich sehe ihre Wut und wie sehr sie das aufbringt.

»Ich will dir buchstäblich den Schwanz abreißen.«

»Meg, bitte«, flüstere ich.

Beth kocht vor Wut, aber sie schweigt und weint neben mir, während sie der ganzen Szene zusieht. Und mein Herz tut weh. Es ist ohnehin schon gebrochen. Ich bin gebrochen. Aber ich dachte immer, dass es niemals wieder heilen kann. Und heute sagt es mir etwas anderes. Es sagt mir, dass all diese Menschen mir viel wichtiger sind als diese Ehe. Ein seltener kosmischer Zufall hat dafür gesorgt, dass alle vier Callaghan-Schwestern zusammen sind. Niemand ist bei den Schwiegereltern, niemand muss arbeiten oder ist auf Reisen. Wir sind vollzählig versammelt.

Zuvor habe ich meine Ehe als etwas Abgeschottetes betrachtet, ich dachte immer, es ginge nur um mich und ihn, aber alles, was ich durchmachte, spürten auch andere. Die Menschen, die einen lieben, egal durch welchen Sturm man sich gerade kämpft, die einem den Weg zeigen und einen niemals ertrinken lassen würden. Ich sehe Tränen. Ich sehe Zorn. Ich sehe Liebe.

»Wer ist sie? Nur irgendeine beliebige Schlampe? Wie alt ist sie? Weiß sie, dass du verheiratet bist?«

»Ems? Ems?«

»Sieh zu, dass die Mädchen unten bleiben, David. Spiel etwas auf dem Klavier!«

»Ich brauche das Handy für die Arbeit.«

»Du bist ein Arschloch.«

»Das ist meine Ehe, und die geht euch nichts an.«

»Emma, dieser Wichser verdient dich nicht!«

»Ich flehe dich an. Lass nicht zu, dass er dir das antut.«

»Raus aus meinem verdammten Haus, bevor ich dich rausschmeiße.« Das ist meine Mutter.

»Eine Schlampe kennt die andere …«

»Du suchst dir besser einen verdammt guten Anwalt.«

Ich weiß nicht mehr, wer was sagt, ich stehe einfach nur da und versuche herauszufinden, wie es weitergehen soll. Ich sehe die Faust durch die Luft schnellen und auf Simons Nase treffen. Ich sehe Blut. Ich höre Lucy jubeln und sehe, wie Grace meine Mutter auffängt, die von der Wucht des Aufpralls zurückgeworfen wird. *Was* hat sie da gerade gemacht? Mum? Beth schlägt bestürzt die Hände vor den Mund. Meg erklärt Simon, dass er sich glücklich schätzen kann, wenn er nicht mehr als das bekommt. Jemand sperrt sie ins Bad. Blut überall. Es sickert aus seinen Venen und seiner leicht schiefen Nase. Sie ist gebrochen. Ich übergebe mich. Alles, was ich riechen kann, sind Mince Pie und Blut, und ich lehne mich gegen die Wand. Beth hält mich aufrecht und schließt mich in die Arme.

Mir wird klar, dass meine Ehe endgültig vorbei ist. Dies ist der Moment, in dem ich sie beende. In dem ich dich zurückgebe. Dies ist der Moment, in dem ich neu anfange.

(Es ist niemals das)
ENDE

Dank

Bookouture! Du bist ein großartiger Verlag und hast mir so viel Unterstützung, Liebe und Kameradschaft geschenkt. Ihr seid meine Buchfamilie, und ich kann mir keinen besseren Ort für meine Bücher vorstellen. Vielen herzlichen Dank an alle, die meine Bücher zum Leben erwecken.

Und Christina, du bist immer noch die absolut beste Lektorin überhaupt. Danke, dass du mir geholfen hast, meinen Witz zu finden, und dass du alles, was du tust, mit einer überwältigenden Begeisterung angehst.

Meinem Ehemann, Nick, der in meinen Buchtiteln nie gut wegkommt, möchte ich danken, weil er das alles aushält. Ich dachte schon öfter daran, dich gegen Idris Elba auszutauschen, aber in Wahrheit wäre er kein so guter Tee-Butler wie du. Also ja, ich will dich nie zurückgeben. Du musst es mit mir aushalten. Die Kinder mögen dich ohnehin lieber.

In diesem Buch geht es, zum Teil, um Schwestern, und ich habe die beste Schwester auf der ganzen Welt. Ihr Name ist Leanne, und sie ist genauso groß wie Kylie Minogue. Einmal sind wir Eislaufen gegangen und haben den legendären Auftritt von Torvill und Dean zu *Boléro* nachgestellt. Wir haben sogar die Begleitmusik gesungen. Der Rest der Familie hat so getan, als würden sie uns nicht kennen. Zweifellos bist du die Beste von uns drei Geschwistern (meinen Bruder zählen wir nicht mit, er stinkt), und die lustigsten Zeilen im Buch sind vermutlich etwas, was du irgendwann mal zu mir gesagt hast. Also vielen Dank für ein ganzes Leben Inspiration.

Das Herzelement des Buches wurde inspiriert von dem Leben meiner Tochter und einer Person, die tatsächlich Lewis heißt. Beide haben das Wort Tapferkeit für mich neu definiert, deshalb möchte ich auch ihnen und den Menschen danken, die sie beide am Leben gehalten haben.

Es gibt noch eine ganze Liste mit den Namen von Freunden, die mich vor einer einsamen Autorenexistenz retten. Egal, ob ich nun deinen Namen und deinen Stil klauen durfte, ob du mich endlos retweetet, für mich Korrektur gelesen, mir Wein eingeschenkt, Playlists geschickt oder stundenlang mit mir telefoniert hast: Meine Liebe und ewige Dankbarkeit für all deine Unterstützung sind dir sicher: Emma Harris, Dan Turkington, Leo Williams, Morgan Hamer, Anna Le Jeune, Sara Hafeez, Graham Price, Joe Rigby und Jag Sanghera.

Und schließlich … Ich habe es gehasst, die Figur Simon zu schreiben, weil er mich so sehr an eine Reihe von Mistkerlen erinnert, die ich im Laufe meines Lebens kannte oder von denen ich gehört habe: schlicht und einfach fürchterliche Ehemänner. Einmal abgesehen von der Inspiration, die sie mir geschenkt haben, scheint es mir nicht angemessen, ihnen zu danken, deshalb an dieser Stelle lieber eine Botschaft an alle Frauen, die das Gefühl haben, noch immer mit einem Simon verheiratet zu sein: Wirf ihn weg, gib ihn zurück, fang noch mal neu an, du verdienst etwas Besseres, setz dich und dein Glück an die erste Stelle.

Für Träume ist es nie zu spät

Tanja Huthmacher
IST DER LACK AB,
STREU KONFETTI DRAUF
Roman

448 Seiten
ISBN 978-3-404-18434-7

Die Kinder sind groß, die Ehe ist in die Jahre gekommen, und die 46-jährige Natalie fragt sich: Was nun? Umso mehr, als sie vor dem Überraschungsgeschenk ihres Gatten Julian zum zwanzigsten Jahrestag steht: eine Ackerscholle zum Selbstbepflanzen. Dabei ist sie zur Gartenfee nun wirklich nicht berufen. Lieber erfüllt sie sich endlich ihren lang gehegten Traum und tritt einer Theatergruppe bei. In Gesellschaft von sechs ganz unterschiedlichen Frauen nimmt schon bald ein furioses Stück Gestalt an. Natalie entdeckt sich selbst neu und blüht auf, während ihre Ehe im Sinkflug begriffen ist. Bis ein unerwartetes Ereignis sie vor eine folgenreiche Entscheidung stellt …

Lübbe